山东省社会科学规划研究项目《中国古代小说中的灾害叙事研究》
（项目编号：20CSTJ06）研究成果
山东省人文社科基地水浒文化研究基地建设成果
山东省鲁西南区域文化传承与创新文科实验室建设成果

中国古代小说中的灾害叙事研究

孙 琳 著

黄山书社

图书在版编目(CIP)数据

中国古代小说中的灾害叙事研究/孙琳著.—合肥：黄山书社,2023.12
ISBN 978-7-5737-1037-6

Ⅰ.①中… Ⅱ.①孙… Ⅲ.①古典小说-小说研究-中国 Ⅳ.①I207.41

中国国家版本馆 CIP 数据核字(2023)第 239759 号

中国古代小说中的灾害叙事研究
ZHONGGUO GUDAI XIAOSHUO ZHONG DE ZAIHAI XUSHI YANJIU
孙 琳 著

出 品 人 葛永波
责任编辑 周振华
装帧设计 钱志刚
责任印制 李 磊
出版发行 黄山书社(http://www.hspress.cn)
地址邮编 安徽省合肥市蜀山区翡翠路 1118 号出版传媒广场 7 层 230071
印 刷 合肥锐达印务有限责任公司
版 次 2023 年 12 月第 1 版
印 次 2023 年 12 月第 1 次印刷
开 本 700 mm × 1000 mm 1/16
字 数 290 千字
印 张 18
书 号 ISBN 978-7-5737-1037-6
定 价 69.00 元

服务热线 0551-63533706
销售热线 0551-63533761
官方直营书店(https://hsss.tmall.com)

目　录

绪 论

灾难是人们日常生活中的一种异常状态，往往直接影响到人们的衣食乃至生命延续等生存活动，由此便形成了灾害。风调雨顺、五谷丰登是人们普遍的美好愿望，但奇正相反而相承，各种灾害往往又难以避免，故而成为人类古老而永恒的话题。中华民族漫长的历史中充斥着各种灾害的记载，据专家研究：

> 从公元前十八世纪，直至公元二十世纪的今日，将近四千年间，几于无年无灾，也几乎无年不荒。西欧学者甚至称我国为“饥荒的国度”（The Land of Famine）。①

洪水、干旱、蝗虫、瘟疫、战乱等灾难，对人类生存而言，皆为灾害。从一定程度上，所谓“宝剑锋从磨砺出，梅花香自苦寒来”，“多灾多难”是所有文明必经的历程。中华文明正是在一次又一次与灾害抗争的过程中展现其坚韧不屈的杰出品格，正是在一次又一次磨难中展现其璀璨的光芒。

一、灾害叙事的内涵

灾难，无论是人祸，抑或是天灾，往往是人世间难以回避的磨难，在灾难对人们的生活造成伤害时便形成了灾害。“灾难”强调的是“难”，“灾害”关注的则是“害”，二者相通又稍有差异。对于灾害的书写，作为生活反映的文学，亦是

① 邓云特：《中国救荒史》，商务印书馆 2017 年版，第 9 页。

一个无法回避的重要主题。大多数与各种灾难相关的文学作品,其创作目的并非仅仅为了记录灾难或描述灾难,而是透过灾难来反省人类自身的所作所为,通过灾害叙事来努力张扬一种生命的尊严与人类的反思和抗争精神。正因如此,针对灾难与灾害之间的差异,文学往往有自己处理这一主题的独特方式,那便是以文学叙事的方式,在确定了"说什么"的基础上,将叙事重心更多地放在"怎么说"方面,以此来表现这样一个略显沉重的主题。

(一)灾难文学

国际上自20世纪50年代以来对地球生态问题的持续关注,以及我国近年来以"生态美学"为重要内容的新时代美学研究的持续深入,兼之21世纪以来涉及全球的各种灾难的频发,更是引发了灾难研究的热潮,以"文学的灾难书写""抗震文学与中国精神"等为主题的学术研讨频繁举行,以"灾害"叙事为研究对象的学术论文和成果大量涌现,以及相当数量的博士、硕士论文以"灾难文学"研究为主题,充分呈现出学界对当下人生和当下生活的关注。

文学为人类特有的生活、生命表达,对于生活中曾经听闻的灾难多有所表现,像加缪的《鼠疫》、余华的《活着》、迟子建的《伪满洲国》《世界上所有的夜晚》《白雪乌鸦》,乃至影视作品《后天》《2012》《流浪地球》等,都是对某类灾难的文学叙写,无论是写实,还是玄幻,此类文学作品以灾难为主要叙事内容,即可算作灾难文学。所谓灾难文学,即指专门描写某种或某次灾难的发生、发展、结果等的文学作品,在人类视野中的灾难多会给人类生存造成极大伤害,灾难与人类生活相结合,或许以"灾害文学"来表述更为恰当。除此之外,还有大量文学作品并非以灾难为叙事重心,但亦涉及部分灾害的叙写,如中国的女娲补天、后羿射日、大禹治水,如西方的洪水神话,以及像《三国演义》《水浒传》等作品中的瘟疫、水淹、火焚等,是将灾害作为某种叙事的背景,皆可称为灾害叙事,但归于灾难文学则不甚妥当。

灾难文学绝非仅仅展现灾难真实,或是单纯地歌颂英雄,更是要去追问:究竟是什么原因导致了灾难的发生?灾难应该如何避免形成灾害或者将灾害程度降至最低?面对灾难之时人类身上的痛苦和恐惧来自哪里?灾难之后又该如何更好地"活着"?人类在灾难来临时应如何认识自我?真正有意义的文学写作,多有这样一种追问和求索。

(二)灾害叙事

就灾害的研究来说,既需要整体的高度与深度,也需要独特的角度;既需要当下的对策应对,也需要历史的考索。从文学角度而言,灾害叙事是诸多经验和教训的结晶,是灾难亲历者或灾害研究者深思熟虑之后的提炼与总结,是一个具有研究价值的文学重要内容。灾害叙事传达给人们的,不仅是灾难过程的简单记录或浅显的展览,也不仅是切身痛苦情感的一般宣泄,更是体现了一种共同的意义指向——灾害意识,即如何能做到"灾不为害",如何能做到面对灾难而从容应对,如何能做到在灾害面前更好地认识自我等。从文学的角度对灾害叙事进行考察,无疑存在着巨大的研究潜力。

灾害是如何发生的?灾害造成的影响有哪些?灾害的治理有哪些经验和教训?这些问题都是我们考察文学作品中灾害叙事的重点所在,这涉及叙事学的基本理论观点。叙事学是关于叙事的理论和系统的研究,在整个 20 世纪,叙事理论以不同形式与我们相伴随,到现在,它已成为文学和文化研究中经常用到的方法之一。然而叙事学毕竟是以西方文化和西方文学为基础生成的一种研究范式,与中国小说特有的叙事方法之间有着不小的距离。像西方的小说以叙事为主,而中国的小说重点体现在"写人";西方的小说叙事往往偏重宏观、外放,中国的小说叙事更为具体、内敛;西方的小说叙事与评论分别较为明显,中国的小说叙事往往与评点交织在一起。通过对中国古代小说中灾害叙事的系统分析与研究,重点关注中国古代小说的叙事方式与方法,探讨中国古代小说中灾害叙事的基本范式,也是本书研究的重要方面。

本书的研究还涉及解释学理论,即如何站在当下的视角、文学的视角来考索灾害叙事本身,从中探讨作者写作的深意与当时的社会观念。西方传统的解释学以本文作者的原意为标准来评价文学,并努力帮助读者去理解"本文"实则是作者的所谓原意。进入 20 世纪以来,伴随文本中心和读者中心的转向,以海德格尔和伽达默尔为代表的现代解释学理论发生了文本阐释中的历史性变化。他们指出本文作者的原意难以把握,所谓"作者已死",进而推导出文本阐释客观标准是不存在的结论。其后接受美学的代表人物姚斯和伊瑟尔以"期待视野""召唤结构"等概念强调读者在文学活动中的重要地位,日益远离了文学文本中心,此种思维甚至泛化至所有文本研究,不仅对文学研究影响甚大,更对哲学、史学、社会学等学科产生冲击,有学者将此类阐释称为“强制阐释”,并视之为“当代西方文论的基本特征和根本缺陷之一”①。此种说法或许值得商榷,但某些脱离文本的阐释仍大量运用于中外学者的文学批评与研究中则是不争的事实。在逐渐远离作者和文本的理论洪流中,亦有不少学者在强调“保卫作者”“保卫文本”。如美国文论家赫施于1967年初次出版的《解释的有效性》一书中指出文本“含义”与“意义”的区别,批评所谓的当代阐释学混淆了二者之间的关系,强调文本的“含义”是相对稳定亦是可以理解的,其标准便是文本自身,其主要文学阐释活动是解释;而文本的“意义”则因时代和读者的不同会有一定的历史性变化,其主要文学阐释活动是评价。在明确了“含义”与“意义”的区别之后,赫施认为评价文学作品的合适方法是:“只把文学作品作为文学去看待。只有这一点才是对文学进行文学性批评的纲领中重要的,而且是唯一富有意义的论点。”②解释与评价同属阐释的两翼,但二者均应有一定尺度,脱离这一尺度进行的阐释,必将是“无效的”,必将是过度的。或者以叙事学视角来看,“含义”即所叙之事,“意义”为如何叙事或叙事为何。本书所谓“灾害叙事”,一方面研究文学作品中是如何描写灾害的原因、经过和结果的,即所叙之事;另一方面则是灾害叙事起到了怎样的文学功能,即如何叙事的。

二、中国古代小说中的灾害叙事

我国历来重视“文以载道”,在文学方面向以“言志”的诗文为正宗,而“小说”在中国古代长期以来属于“街谈巷议”的不经之作,说得好听些算作“稗官野史”,与经史地位差异悬殊。“小说”在《汉书·艺文志》居于“九流十家”之一,虽与后世的“小说”概念不同、内涵亦不同,但作为诸子流派,“小说家”亦算成名。班固《汉书·艺文志》有言:

> 小说家者流,盖出于稗官,街谈巷语,道听途说者之所造也。孔子曰:

---

① 张江:《强制阐释论》,《文学评论》2014年第6期。

② [美]E.D·赫施著,王才勇译:《解释的有效性》,生活·读书·新知三联书店1991年版,第170—171页。

“虽小道，必有可观者焉。致远恐泥，是以君子弗为也。”然亦弗灭也，闾里小知者之所及，亦使缀而不忘。如或一言可采，此亦刍荛狂夫之议也。①

此语虽短，却至少包括了几条基本信息：一者，小说出于稗官，属“街谈巷语，道听途说”之造，从创作源头与传播途径的角度指其“不正”；二者，借孔子之口对小说作出评价，指出其既有一定价值，有一定可观者，但又属于“小道”，与“修身、齐家、治国、平天下”的大道相比实属微渺，况且“致远恐泥”，在传播过程中可能会走样变形，从而指其“不经”；三者，君子不为小说，非不能，而是不屑为之，指其“不为”；四者，小说易为“闾里小知”者接受和传播。此处“小说”概念虽与近代的“小说”概念有异，但“不正”“不经”“不为”的评价直接影响到小说的文学地位，以致后世绝大多数知识分子将小说尤其是通俗小说的读写视为“闲事”，不但不屑于从事小说创作，甚而严禁子弟染指，即使偶尔有志于此者也不敢或不屑署名，这也是现存诸多古代小说作者难以考证的重要原因之一。

然而小说因其特有的叙事性更易引发人们的阅读兴趣，与诗、文一起，共同构筑起中国特有的文化殿堂。中国古代小说内容含量巨大，其中大多渗透着对国计民生的深刻思考，尤其是明清之际，中国小说与现实之间的关系更为密切，像瘟疫、洪水、地震等天灾，像战争、盗匪、贪吏等人祸，不但在《水浒传》《金瓶梅》《红楼梦》《封神演义》等大部头经典小说中有所呈现，在许多传播范围较小的小说如《花月痕》《金钟传》《镇海春秋》等亦有表现，其中的灾害书写涉及灾害的发生缘由、灾害的处理、灾害的延续等方方面面，对中国古代小说中灾害叙事进行系统深入的研究，具有一定的现实意义和学术价值。

（一）研究的主要内容

1.中国古代小说的内涵界定

顾名思义，中国古代小说即指中国古代的小说，然而对其内涵与分类存在部分争议，如“古代”的时间界定，到底是1840年之前，还是1911年之前；如“小说”的概念界定，像庄子寓言、《史记》、地方志之类是否算作小说，等等。但大旨而言，以鲁迅先生所撰《中国小说史略》为纲，像先秦两汉神话寓言、魏晋南北朝

① ［汉］班固撰，［唐］颜师古注：《汉书·艺文志》，商务印书馆1955年版，第39页。

文言小说、唐代传奇、宋元话本、明清章回小说等，皆可算作“中国古代小说”范畴，异议相对较少。因篇幅体例和个人学力所限，本书所作“中国古代小说中的灾害叙事”研究对象中的“中国古代小说”指 1911 年之前中国作家所撰写或创作的小说，灾害叙事研究涉及的小说简单分为文言笔记小说、章回小说、地方志小说等几类，分类单纯地是为了分析灾害叙事的方便。固然地方志中某些叙事文学是否属于“小说”可能还存在争议，但依笔者看来，在“大文学观”的视野下厕身于史部地理类之方志，其中某些文章的情节和人物描写具有较强的文学性，小说意味较明显，故亦纳入灾害叙事的视野中进行考察，另少量地方志虽出版年代为 1911 年之后，但所叙事件或撰写者为 1911 年之前人物，亦纳入研究范畴，特此说明。

2.研究的关注点

第一，中国古代小说中的天灾叙事。中国古代小说中描述了大量的水灾、旱灾、蝗灾、兽灾等自然灾难，大多形成了灾害，撰写者通过写实或神异化、妖魔化等手法，对自然灾害形成的原因进行探询。撰写者在叙述自然灾害时或许有着不同的主旨表达，如有人同情民生疾苦，有人鞭挞施政弊端，有人迷信因果报应，有人感叹祸福无常，有人歌功颂德，有人抒发治国理想等等，对不同的小说涉及天灾的叙事异同进行归纳总结，能够得出小说叙事虽言天灾，但多与人事相关联的初步结论。

第二，中国古代小说中的人祸叙事。中国古代小说涉及题材广泛，除了天灾之外，还描述了大量的人为灾害，像兵灾、匪灾、贪吏、宦官、奸臣、恶俗等，对此类人为灾害的叙事往往更为深刻，对于百姓悲惨遭遇的叙写体现出撰写者悲悯、愤慨等态度，在叙事手法方面又多有所不同，叙事中透露出一定的抗争意识。

第三，中国古代小说灾害叙事中的灾害处理策略。中国古代小说中对于自然灾害有过各种不同的处理方式描写，如朝廷通过修筑堤防、疏通河道、重视预兆积极预防，采取开放义仓、平粜粮食、遣散人口等方法予以赈济，百姓亦选择逃荒、求助等途径展开自救。当人力难以解决灾难时，人们通过斋戒、祭祀、祈祷，寻求神灵保佑，虽属迷信，实际上亦起到一定心理安慰、稳定民心的功能。通过对小说中灾难处理叙事的研究，对当下的灾难应对或许亦可提供一定的借鉴。

（二）研究的重点与难点

本书将文献研究与文化研究充分相结合，以文献搜集与整理为基础传承传统文化，以文化研究为辅助传播传统文化。灾害叙事既体现在我国经典小说中，亦存在于大量的地方志等文献之中，以灾害叙事为视角，广泛涉猎各类古代小说中的灾害叙事描写，进行一定的研究，是保存和传承优秀传统文化的有益方式。

1.拟突破的重点

第一，中国古代小说灾害叙事的规律性研究。中国古代小说中多有涉及灾害叙事的描写，但大多比较零散，像《水浒传》起初的瘟疫祈禳，像《封神演义》中的“瘟神”降灾，像《三国演义》中征蜀时的瘴气等，虽涉及灾难种类各异，处理方式和结局也大多不同，但对于灾害的发生与人间社会的关系亦有一定内在相似的叙事逻辑。本书拟以灾害叙事为线索，将中国古代小说中天灾、人祸等同类的叙写分成不同类别，系统分析其异同，探讨背后“天人”理念的文学表现。

第二，灾害叙事的解决策略研究。小说中的灾害叙事往往是以“局外人”的视角审视灾害本身，其中除对导致灾害发生的原因、过程有所阐发，对于灾难处理的策略，像选派干员、能吏，政府出面全面调配资源，控制疫情扩散，积极寻求有针对性的药物等，通过对此类策略的归纳与分析，对于现实生活亦有一定的借鉴意义。

第三，中国古代小说的人生关怀。小说在我国古代虽地位相对不高，但与诗、文相比更富有通俗性和民间意义，其中对于百姓生计的关注更能体现出作者及其同时代人们的共同呼声。通过此项研究，能够更好地探讨中国古代小说写作主旨的共同性，分析在出世与入世情怀的渗透下，小说作者是如何将人生关怀表现于小说之中的。

2.拟突破的难点

第一，古代小说中灾害叙事材料的广泛涉猎与概括。在我国大力发扬优秀传统文化的背景下，中国古代小说的相关整理工作近年来取得极大的成绩。但一些相对较为稀见的小说，尤其是大量存在于地方志中的小说整理工作还有所滞后，而此类小说中有大量涉及灾害叙事的内容。广泛涉猎地方志中的小说材料，从中找出有一定规律性的内容，是难点之一。

第二，中国古代小说现代价值的发掘。中国古代小说的当下接受多以四大名著为主，除此之外的大量小说中亦具有一定的现代价值，尤其是涉及灾害叙事方面，更可做到古为今用。如何将古代与现代相结合，如何将小说与现实相结合，亦是难点所在。

三、研究意义

中国古代小说数量众多，并不仅仅限于四大名著，像明清之际即至少有数百种小说，尤其是部分作品尚以抄本的形式存在，其中不乏某些有益的成分。虽文学水平各异，传播情况也存在诸多不同，但其中有相当数量的灾害叙事内容，此类内容分布较为分散，涉及灾害叙事的种类和描写态度、写作主旨亦存在诸多差异。在现有文献搜集和整理条件日益完善的情况下，以灾害叙事的角度将现存的中国古代小说中相关内容加以比较、分析，既有文献传承的重大价值，对于我国传统文化的传承或许也能起到一定的推动作用。

中国古代小说创作主旨发掘的创新。长期以来，中国古代小说表面上作为“小道”为社会所轻视，然而从事小说创作和传播的大量文人是将之视作人生寄托而付出终生心血的，其中隐含着对国计民生的关注，对百姓的同情与理解，此类情怀在灾害叙事中表现得尤为明显。通过对中国古代小说中灾害叙事的深入研究，能够更好地挖掘小说之中隐寓的“大道”，是对中国古代小说创作主旨发掘的创新。

在全球灾害频发的时代背景下，灾害叙事研究方兴未艾，可算是我国当下学术研究中的显学，然而中国古代小说中的灾害叙事分布较为零散，对于历史上灾害叙事的搜集、整理尚不完备，对于历史上“灾害”本身的处理方式与结果亦不容易得出全面的结论。此项研究或许可以从一定程度上补充关于中国古代灾害处理和防护的民间叙事材料，为灾害研究提供更多的资料。

第一章　笔记小说中的天灾叙事

笔记小说多篇幅短小，但涉及内容丰富多样，且多为文人创作，多有创作者个人的独特感受渗透其间，在涉及灾害叙事时又对起因、结果有较多关注，还有对灾害禳治的描写。如前文所述，所谓灾害叙事，可以简单地划分为天灾和人祸两大类，本章即以气候灾害的描写、气候灾害的禳治及畜物之害的描写等为例，探讨笔记小说在天灾叙事中的内容表现及叙事特征。

第一节　气候灾害的描写

我国为传统的农业大国，在古代科技条件有限的情况下，靠天吃饭便为常态，百姓生计与气候息息相关，像水伤、火难、干旱、雨雹、雷厄、地震等，在笔记小说中经常出现。与正史写作中较为冷静客观、超然物外的写作方式相比，笔记小说中的记载体现了写作者更多的悲悯情怀。

一、水伤

俗言"水火无情"，体现了人类在面对水火之灾时的无助感。水之灾害大体上可分为河海泛滥之害与雨雪骤降之灾。

(一)河海之害

我国自三皇五帝时期便有江河泛溢的相关记载,像鲧、禹父子相继受命于尧、舜负责治水,然而受气候影响,河泛海溢之难始终伴随着人类文明的发展而难得最终解决。

1.河海伤害的叙事

(1)江河泛溢之害

河海之害往往影响范围大,持续时间长,对百姓的伤害亦甚大,甚至有一年中发生多次者,如《朝野佥载》卷一所载唐开元八年(720)时即频发水灾:谷水夜间突涨,漂灭者二万余人;上阳宫中水溢,致令宫人死者十之七八;京兴道坊夜间忽陷为池,五百家没于水中;邓州初见二小儿以水相泼,瞬间云雨晦暝,雨水中漂没二百余家。《宣室志》卷五亦载开元年间江南发大水,溺死者数以千计,唐玄宗遣御史郐君载前往巡查赈济,发现有古墓亦溺于水中。郐君载命人将尸骸迁葬于高处,得一石铭,上言千年之前此墓主人即知有被溺之祸,且有郐御史会助其迁葬。此则小说虽为传奇,但千年之前即预计到自己坟墓会遭水淹,从侧面表露了人们对河海泛溢灾害的某种深远忧虑。《癸辛杂识》续集下记载,至元十八年(1281)朝廷派大军欲征日本,至竹岛时夜半忽狂风大作,诸船相互撞击而粉碎,四千余舟仅有二百尚存,十五万人得生归者不足五分之一,弃粮五十万石,衣甲器械无数,海风之威一至于斯。

明顾起元所撰《客座赘语》卷一亦载数次大水,甚言其害:

> 嘉靖三十九年庚申大水,江东门至三山门行舟。万历十四年丙戌五月初三日大雨,至十七日,城中水高数尺,儒学前石栏皆没,江东门至三山门亦行舟。三十六年戊申五月,江涛大溢,城中水泛滥,儒学棂星门亦淹没。余所居最高,门前水亦几至尺许。视前庚申、丙戌更甚,父老言闻见自所未有也……又传嘉靖十八年七月,大风卷水灌真州,漂失盐场数十处,人民死者亡算。其日,扬子江水涸数十丈,金山至露其趾,尤为奇事。考前史,吴太元元年八月大风,江海泛溢,平地水数丈。东晋时,涛水入石头者再,四坏大航。至义熙十一年,大水毁太庙。梁天监六年,大水涛入御道七尺,则

六代时水患之烈,又有甚者矣。①

此则小说提及连日大雨致城中水深数尺,只得靠舟行于城中,虽未言人受伤害的具体数目,但儒学石栏被淹没,“死者亡算”的笼统描写更显灾害之大。《五杂组》卷四载万历己酉年(1609),建安因山水暴发而溪水涨数丈,水逾城而入,溺毙数万人之多,同卷中有评论,将水患与火灾之害进行比较:

水柔于火而水之患惨于火。火可避而水不可避,火可扑灭而水无如之何,直俟其自落耳。若癸卯山东之水、丁未南畿之水、己酉闽中之水、壬子北都之水,皆骸骨蔽野,百里无烟,兵戈之惨无以逾之。然北方之水或可堤防而障,或可沟浍而通,惟南方山水之发,疾如迅雷,不可御也。②

水灾难避,尤其是河海泛溢之时,无处可避,无时可避,造成的死伤动辄上万。如《涌幢小品》卷二十亦载此次建安水发,称漂尸蔽江,且百姓因多从卧榻中被水冲出而多无着衣,有一十五六岁少女身死,其尸体一手掩目,一手掩阴,若不欲见人者,董考功瘗而谥其曰“愍贞”。此则小说以个例形象地叙写了人们在水灾来临之时的仓促和无助。

《涌幢小品》还有多次记及水害之大、之广,如卷二十七载洪武二十三年(1389),扬州海潮泛溢,溺死灶丁三万余人,松江、海盐亦各二万余人,江淮之民备受磨难;同卷载嘉靖三十三年(1554),京师大水,平地有丈余之深;万历三十五年(1607),大雨如注,京邸高敞之地水深亦有二三尺,会通河决口,粮船损毁者有二十三只,八千余石米尽没于水中,直接淹死押运兵士二十六人。朝廷紧急下诏发放救济银十万两,由五城御史查访百姓酌量赈救,并发太仓米二十万石以平粜。《杨文公谈苑》载钱若水曾言洛中大水时,室庐多有被水浸者,像太师之第中书卷悉化为菌,尚有墨痕文字,依稀可识。《青琐高议》前集卷一载皇祐年间,商湖河决,沿途上千里皆为泥涂,由此而山东大歉,灾民流徙,饿殍枕

① [明]陆粲、顾起元撰,谭棣华、陈稼禾点校:《庚巳编 客座赘语》,中华书局1987年版,第24—25页。

② [明]谢肇淛撰:《五杂组》卷四,上海书店出版社2009年版,第72页。

藉，白骨蔽野，富公命徐牧收葬，得骸骨数千具，称为“丛冢”。另载彭介夜见灶神，知有饿鬼入室盗食，乃祭饿鬼于水滨，葬遗骨于高原，后彭介死时，空中闻上百人泣声，以示感激之情。遭难之际，生者尚艰于生计，骸骨弃于道旁沟渎者更显灾害之巨。

此数则小说叙及大水发作之时，连京城之地、高官之宅亦多遭难，致书籍被浸而化为菌类，更遑论普通百姓所受伤害之大。由水灾而致田地无收，庄宅被毁，无粮无衣，流亡他乡，死于饥者、死于疾者不计其数。

(2)渡河(海)遇困

陆行以车，水行以舟，在河海之上如遇危难，往往难以得到及时的营救，相较于江河泛滥而言，伤死于河海之难者数量不大，但小说叙事中涉及者不少，无形中展现了人们对行于江海之上的某种担忧，亦有某种禁忌的意味。如《搜神记》卷四《冯夷》言南朝宋时冯夷因八月上庚日渡河，溺死之后被天帝任命为河伯，又转引《五行书》载：“河伯以庚辰日死，不可治船远行，溺没不返。”①此则小说故事简单，但将具体日辰不可行舟的因由解释了出来，就是因为河伯曾因在庚辰日渡河被淹死，成神后将之当作禁忌，亦不许他人于此日辰行舟。同卷《张璞》则叙因一婢戏言以张璞之女配祠堂之神像，舟行过程中颠簸不平而不得行，张璞之妻秘以张璞亡兄之女置席水中，船方得续行。后张璞发现隐情，一怒之下又将亲女投于水中，返回登陆之时，二女皆被神送回，称因赞赏张璞之义故而放回。此二则小说言水中有神，往往渡河遇难与神有关，将干宝创作《搜神记》时的理念表露无遗。《搜神记》卷十八《船飞》言吴王伐巨梓树造船，令童男女三十人牵挽，结果船自飞下水，三十人皆溺死潭中。此三十人之死，虽为水淹，但小说叙事中实亦隐言吴王之恶，才是导致灾害发生的缘由。

渡河遇困，往往还成为小说叙事中表现人物性格和风骨的重要考验形式。如《异苑》卷十《管宁思过》言管宁曾泛海遭风，所乘之船面临覆亡的危险，此时他人皆慌乱无措，只有管宁在反思自己是否曾犯过错以遭致水灾：“吾尝一朝科头，三晨晏起。今天怒猥集，过恐在此。”②《殷芸小说》等亦载此事。当然此则

---

① ［晋］干宝、［晋］陶潜撰，曹光甫、王根林校点：《搜神记 搜神后记》，上海古籍出版社2012年版，第40页。

② ［南朝宋］刘敬叔撰，黄益元校点：《异苑》卷十，《汉魏六朝笔记小说大观》，上海古籍出版社1999年版，第684页。

小说旨在褒扬管宁生平无大过，善于自省，但亦隐寓水灾的发生是由个人过错所致的观点。《世说新语·雅量》亦载一类似故事，谢太傅曾与孙兴公等人一起泛海而游，忽风起浪涌，其他人皆惊慌失色，唯有谢太傅仍以吟啸为念，在狂风猛浪中镇定自若，且劝他人不要乱动。《涌幢小品》卷十七载罗近溪乘舟触石而覆，众人皆呼号求救，有一槎冲至罗足下，罗得安全登陆，大笑称洗得清清净净更好。《鹤林玉露》甲编卷五载程颐被贬谪，渡江时遇大风浪，正襟危坐，神色自若，与众人慌乱形成鲜明对比。此数则故事中，风浪成为考验人物雅量的重要契机。

《唐阙史》卷上载司空陇西公曾在横海为官，严于用刑，朝廷有急诏北渡，因天寒河冻，众人破冰而行，结果舟覆人溺，诏旨亦沉没于河。未溺水的守吏、水工皆大惊恐，说：

> 吾帅信于用刑，今不得诏，吾百族之血，当殷于河畔枯草矣。然河神阴骘，遽敢没天子之书，而忍嫁祸于吾辈哉？请帅祷祭，冀凭肸蚃而有以复也。①

众人因惧被诛杀，冒险击冰，搜寻诏旨，结果六日未得，为恐家族受株连，只得准备牺牲用品，祭祀河神。后诏书果得，而已溺死的舟人难以复生。众人仅庆贺诏书之复得，未有怜惜溺死之人者，隐含着对诏书的看重和对人命的轻视。

上述几则小说中多言渡河遇难是由水神参与所致，故而免灾之法亦与水神有关，如《幽明录》言吴猛乘船逆行，众弟子问其原因，吴猛称因水神数次兴风作浪，残害行旅，故行约敕，令水神不复伤人，水神听令，且助其逆水行舟。此则小说中言某些真正的贤士可影响并控制水神，虽为传奇，但隐寓了民众的某些内心企盼。

(3)江河禁忌叙事

某地的风俗传说往往跟某些江河灾害的发生有关。如《搜神记》卷十二《鬼弹》言汉永昌郡不韦县禁水有毒，每年中仅有十一、十二月可以渡过，其他时候

---

① [唐]刘肃等撰，恒鹤等校点：《大唐新语(外五种)》，上海古籍出版社 2012 年版，第 239 页。

如渡河皆有病患之忧，甚至此郡某些官吏会将有罪之人置之水旁，往往不出十日，有罪之人便会死于非命。此则小说实是当地某种禁忌来源的阐释，或许河水中确实有能伤害人的因素，且在寒冻之时渡河伤害较轻或没有，小说本身有一定事实依据。

亦有某些小说叙述水灾时，是为了解释某地名的来历。如《异苑》卷一《五百陂》言五百名军士欲破堰，先以酒肉祭祀神灵，祈求水涸便于劳作。夜间梦神人与众约定，湖水可竭，但如见到大鱼不可食用，见到铜釜不可开启。结果水落后，鱼、釜皆出，军士们将梦中的约定置诸脑后，食鱼开釜，水忽涌出，五百人尽皆溺毙，此湖故名“五百陂”。湖水忽涌而致五百人罹难，灾害可谓巨大，然而起因于众人不循神谕，不遵约定，小说叙事中更多的是诫勉而非怜悯，即以此故事告诫人们要遵守约定。

某地的一些禁忌往往借小说叙事加以阐释。如《剧谈录》卷上载咸通年间，一夕风雷暴作，有龙移湫至华阴县南，当地人遇旱涝前往祈祷，多有应验。后乾符初有朝士不信其灵异，以木石投之湫中，忽有大鱼跃出水面，继则风雨冥晦，众人所乘车马几乎被暴水漂没，后人敬伏，无敢犯者。另《录异记》卷七载石季龙欲于灵昌津上建桥，无论用多大石头沉河，皆马上被水冲去，用工五百余万，而终不得成功。于是石季龙以宝璧沉河而祭，谁知璧竟流于渚上，继而发生地震，楼殿倾圮，百余人被压死，而桥终不得成。此则小说警醒人们在灵昌津上修桥难度之大。《大唐传载》载五台山北台下青龙池，据佛经所言为囚禁五百毒龙之所，如有比丘尼及女子靠近，瞬时即雷电风雨，如再行靠近，更是会被毒气所吸而没于池中。此则小说有规劝比丘尼与女子不得靠近青龙池之意。《独异志》卷上载秦始皇建石桥海岸时，欲观海神之貌，海神现身而有人暗中以脚摹画其形，神大怒，令海岸崩坍，左右诸人皆陷没海波之间，仅有秦始皇一人得以生还。湫不可投石，津上不得建桥，青龙池不得靠近，神不可画其形，虽多以龙神、河神、海神等为灾害之由，亦可见小说叙事中对某地禁忌或风俗的阐释功能。

除江海之灾外，因井为大部分古人饮水之处，还有不少小说叙及井水为害，实则亦为对某种禁忌的阐释。如《博异志》中《敬元颖》载：天宝年间，陈仲躬旅居洛阳，寄居的宅中有一口井经常发生溺人事故，仲躬偶见井中有艳丽女子之影。数月炎旱，井中水忽枯竭，有一女子自称名叫敬元颖谒见仲躬，称井中有毒龙好食人血，自汉代以来，已杀三千七百多人，因河南大旱，毒龙被勘责，暂离井中，请仲躬淘井以绝此怪。陈仲躬请匠人入井中，寻得一面古铜镜，题曰“夷则之镜”，自后此井不复害人。靠近井中取水时不宜直视井水过久，因倒影炫目，多有溺井事件发生，此种事情在民间故事中多有发生，此则小说实为此种注意事项的某种阐释，旨在提醒人们取水时注意安全。《稽神录》卷一亦载数则因井而致祸之事：大旱中有一对父子浚井，相继而死，众人引绳出尸，不敢复凿；有军士浚井，先是二人皆卒，一人复入，称见城郭、邑庐等，不见先亡二人的尸首，此井镇之不复浚；夏天暴雨突至，水忽聚而成井，试之有数十丈深，井中得一新馒头，与人间者无异；有林主簿为人虐苛异常，其女日食双鸡，后一日鸡入井中，父女随之相继而入，井中如有釜蒸，黑气缭绕，黑气消散后井底唯余鸡骨一具，人骨二具。此数则小说中灾祸的发生皆与井有关，以今人视角来看，或许是缘于井中空气稀薄，或许是浚井时挖到有毒气体等，遂有人入井遇难。此数则小说或以不敢复凿而结，或以镇之不浚而结，或井中得馒头，或井中被害仅余骨殖，皆言入井之危险，为某种禁忌的小说阐释。

2.灾害起因与结果的阐释

文人笔记小说叙事中，常常提及水害发生之前的怪异之状，并以此作为水害之由进行叙述，多有归因于宿命者。如《朝野佥载》卷一载：开元五年(717)，唐玄宗听司天监奏报，由天象预测，当年会有进士三十人同日而死之事发生，其中有一进士李蒙为玄宗女儿之婿，于是玄宗私下里通知其女儿在游宴之时，一定不要让李蒙外出。谁知恰逢曲江涨水，音乐声闻四野，李蒙逾垣而出，刚刚登船，船即沉于水，进士三十余人果然无一生还者。此则故事以传奇笔法叙事，隐隐以宿命论观点进行解释，亦展现水难来临是难以躲避的。《独异志》卷上亦载此事，人数则直接写明是三十八人。《茅亭客话》卷四有术法家名史见魂，于酒肆前望空而揖，称见有水府人吏在此，劝诫酒肆主人要注意水灾的发生，远离水源。后三日大雨，江水暴涨，酒肆主人出城看水，因马惊蹶而溺死于江中，小说将之视作宿命使然。《唐国史补》卷下言鼠有灵异，如舟中群鼠四处散走，兆示旬日之间必然会有覆溺之灾，另载龙门人皆善于游泳，但寒食时必须要祭拜于河滨，否则必然会在水中被溺死，小说将群鼠乱窜视为覆溺之兆，而寒食拜祭则当作某种避免溺死的风俗而进行阐释。《玉照新志》载：嘉禧末年，有人携巨鱼入京，后跃入池中不见，当年黄河大决，水涌入都门，毁坏百姓室宇数百家。小说中将巨鱼入京视作黄河决口的预兆。《剧谈录》卷上载有守阍者听闻人歌，言

"天津桥畔火光起，魏王堤上看洪水"，至咸通四年(863)洛中果发大水，淹没庐舍无数，令京邑萧条，十余年间仍未能修葺如前，小说将此视为歌谣的应验。《草木子》卷三载：至正戊子年(1348)，永嘉发生海啸，海舟被风吹上平陆高坡二三十里，死者数以千计，其后海寇方国珍据海为盗，攻剽濒海数州。小说将海啸视作兵起之兆。《癸辛杂识》续集上载：庚寅五月起四十余日连雨，浙西田地多被淹没，幸存者又遇大风挟湖水而来，田庐顷刻而尽，称"湖翻"，农人无奈，结队前往淮南趁食，乘百十余舟，至太湖湖心而大风骤至，皆覆舟溺死。另有千余人渡扬子江，亦沉于江中，其中四僧因未带雨具而回取，未能登舟而幸免于难。此等浩劫，作者将之归为劫数。

水灾的形成除上述原因外，亦有将之归咎于执政者的滥行胡为上。如《朝野佥载》卷四载：姜师度在长安城中穿渠引水，费亿兆民财，劳役无数民夫，几年后河口堰破，整个棣州的百姓皆漂没水中。此种劳民伤财又扰民害民的举动，反而被姜师度当作自己的功绩，竟借此得以升官。在玄宗即位之后，方才将其斩首，而造成的恶果及遭难的百姓则不再提起。

除阐释水害之由外，另有小说将叙事重点放在水害得以避免的原因探究上。如《括异志》卷七载：有一贾姓者过洞庭湖，在暴风中上下漂荡，几至沉溺，有人以扇循岸招之，船方得靠岸得免。此则小说主要说的是有道之士，可凭一己之力以扇招河船，助人免覆舟之难。《北窗炙輠录》卷上载：姚进道渡扬子江时遇大风浪，众人皆惊号无措，姚进道对江言己从未做不义事，如江神有知风浪即止，如江神无知则溺死，风浪遂止。《癸辛杂识》续集上载：有两舫舟忽发声如牛吼，称之"船吟"，未几而有透渡之祸，而西兴渡因舟子不谨，让众人太早上沙，大潮忽至而溺死近百人，后将艄人处典刑以谢罪溺者，将溺亡事故的发生视作人不知兆或舟子不谨。《汉武故事》中载：汉武帝欲至海外拜访神仙，以得长生之药，遇大风，海水暴涌，悔悟道："朕即位已来，天下愁苦，所为狂勃，不可追悔。自今有妨害百姓费耗天下者，罢之。"①此海上风暴未形成明显灾难，只是阻拦了武帝的出游，小说将海上风暴视作对汉武帝的某种规诫。

小说中亦有叙述虽受江河之灾，而结局尚可者，类似于一种奇遇。如《唐国

① [汉]佚名撰，王根林校点：《汉武故事》，《汉魏六朝笔记小说大观》，上海古籍出版社，1999年版，第176页。

史补》卷下载元义方出使新罗时，航海行至一岛，见流泉中有小蛇蜿蜒而出，舟师大惧，称恐有龙怒，急速上船而逃。未出数里，而风雨雷电齐至，持续三昼夜而不息，等雨停时，出使船只竟已经到达莱州了，海难则成助风之举。《括异志》卷二载：魏瓘乘船，侍女涤器而坠水，因船行驶速度极快，瞬间已至十里之外，人不得救。此侍女魂降于另一侍女身上，哭求间或得祭，魏公与夫人恻然而允，谁知此侍女后被另一渔艇所救。此则小说言溺水之人与周围人皆以为难以救援，只望得祭即为满足，能得生还，为万万想不到之幸运。

遭受水灾，溺亡者在小说叙事中并非为最终结局，其尸身得埋、其冥中得优待在小说中亦有叙及。如《大唐新语》卷四载延和年中，夔州征人舒万福等十人行经巴阳滩，溺亡而死，尸骨无人打捞埋葬。时任监察御史的敬昭道在万春驿梦中遇此十人哀恳，醒来即召驿吏询问缘由，多方招募善泳者打捞尸首，以酒肴祭奠，准备棺木，将骸骨送归故乡。此则故事中也提到敬昭道在任大理评事时，对被反叛者连坐的四百余人援赦而免狱，旨在彰显敬昭道的仁义与敬业，但也反映了连坐者和征役之人命运的悲惨。《江淮异人录》卷上载：唐末闽帅王保宜持章赴朝廷，泛海途中溺水而亡。后来其孙因家人有疾，特请道士祷于冥府，尚见王保宜在水府有冥职。小说的此类叙事可算对逝者亲人的某种安慰。

（二）雨雪灾害叙事

与江河泛溢相比，雨雪频繁，多与风结合，作为特殊的灾害对百姓生计影响较大，形成灾害者次数不多，但在百姓心目中影响甚大。如《西京杂记》卷二《雪深五尺》中称：在元封二年（前 109），天降大雪，深至五尺，野生鸟、兽皆冻死，而畜养牛马亦蜷缩如猬，其中仅三辅人民冻死者就有十之二三。文帝初时多雨，有时竟连降百日。小说在叙事中对雨雪造成的直接伤害虽有涉及，但往往与其他事件结合在一起，表现的内容并不仅仅限于自然灾害本身。

1.表达作者对人物的褒贬

有小说将风雨之害与贤人联系起来，如《博物志》卷七有故事言：姜太公为灌坛令时，周武王梦中有一妇人向之哭诉：

> 吾是东海神女，嫁于西海神童。今灌坛令当道，废我行。我行必有大

风雨，而太公有德，吾不敢以暴风雨过，是毁君德。①

此东海神女路行时辄有风雨，因知姜太公有德行，恐怕过路时形成的风雨给太公名声造成不利影响，故请武王召太公离开驻地，方敢过路而行。《搜神记》卷四《灌坛令》亦载姜太公故事，只是作为周文王时事，而神女为泰山之女嫁为西海妇者，并最终因此事而获知太公之贤，文王遂拜子牙为大司马。《搜神记》卷八《武王》言：伐纣之时，大雨暴风，疾雷晦冥，波涛大作，众将士心生畏惧。而武王慨言："余在，天下谁敢干余者！"②以当仁不让之姿面对天灾，风波立止。《稽神录》卷四载：吕师造修城掘濠时辄遇风雨，有柳翁警告他说濠下有龙穴，如掘之不已，将为霖雨之患。吕师造不听劝告，令人掘深数丈，发现巨大的木头，后来果然霖雨为灾。

风雨因贤人而绕路、因妄行而发作，凸显了风雨与人事之间的关联，而创作者对姜太公和吕师造的不同态度亦有所表露。此外，一些小说中突降风雨，亦成为展现人物性格特点的重要催化剂。如《孔氏谈苑》卷四载：宋太祖设宴时忽逢暴雨，心中大为不悦。赵普则称：

外面百姓正望雨，官家大宴何妨？只是损得些陈设，湿得些乐官衣裳，但令雨中作杂剧，更可笑。此时雨难得，百姓快活时，正好饮酒宴乐。③

太祖因听闻百姓望雨而欢乐，遂转怒为喜，令雨中作乐，尽欢而罢。《画墁录》有一类似故事：建隆年初，春宴方准备就绪，而风雨忽大作，令乐舞大为失色，皇帝怒颜，范质言称此雨必令当年麦子倍收，由此君臣皆乐。另有《孔氏谈苑》卷四载：庆历中大雪，晏元献置酒西园，欧阳永叔作诗："须怜铁甲冷彻骨，四十余万屯边兵。"④因大雪而念及边兵甲寒。晏元献称昔年韩愈赴裴度会亦有此类诗作，大为称赏其忧国忧民之情。

---

① ［晋］张华等撰，王根林等校点：《博物志（外七种）》，上海古籍出版社 2012 年版，第 31 页。

② ［晋］干宝、［晋］陶潜撰，曹光甫、王根林校点：《搜神记 搜神后记》，上海古籍出版社 2012 年版，第 80 页。

③ ［宋］孔平仲撰，王恒展校点：《孔氏谈苑》卷四，齐鲁书社 2014 年版，第 108 页。

④ ［宋］孔平仲撰，王恒展校点：《孔氏谈苑》卷四，齐鲁书社 2014 年版，第 115 页。

小说中除以风雨而彰显人物优良道德，对其有所推崇外，亦有人物因风雨而遭致贬谪的叙述。如《倦游杂录》载：徐仲谋见京师多雨，献《秋霖赋》，其中有言：

> 连绵乎七月八月，淹浸乎大田小田。望晴霁而终朝礼佛，放朝参而隔夜传宣。泥涂半没于街心，不通车马；波浪将平于桥面，难度舟舡。①

宋仁宗见赋，怒而贬徐仲谋监邵武军酒税。赋中除描述多雨之害，还指出仅靠祭祀佛道无济于事的事实，而遭贬的理由甚有可能亦源于此。小说中虽未明言对宋仁宗的褒贬，但对隐含着某些讥刺赋作的传写附录，态度已寓于其中。

另有风雨中待人以诚而得到福报者，如《搜神记》卷九《何比干》言：某日大雨，有八十余岁老妪前来求寄避雨，何比干款留之。雨止后，老妪赠其符箓近千枚，称其有阴德，以符授比干，以寓其子孙厚报得官之多。此则小说中，风雨成为人物品德的考验方式。

2.探寻灾害之由

某些笔记小说中将天地异变往往或归之于祥瑞，或归之于灾异，也会从人事中寻找原因。如《大唐新语》卷九载：武则天称帝时曾经三月降雪，时凤阁侍郎苏味道等将之归为祥瑞，欲上表称贺。左拾遗王求礼则提出异议：

> 宰相不能燮理阴阳，令三月降雪。此灾也，乃诬为瑞。若三月雪是瑞雪，腊月雷当为瑞雷耶？②

此则小说归类于"谀佞"，可见作者对苏味道等人的做法是有所讥讽的。苏味道年少时文名远播，与李峤时称"苏李"，亦两任宰相。在武则天朝时，苏味道明哲保身，处事模棱两可，时有"苏模棱"之称。故王求礼所指出"宰相不能燮理阴阳"者，是有一定的指摘之意，而将"三月雪"与"腊月雷"并称，更是将"谀佞"

---

① [宋]张师正撰，傅成、李裕民校点：《括异志 倦游杂录》，上海古籍出版社2012年版，第115页。

② [唐]刘肃撰，许德楠、李鼎霞点校：《大唐新语》卷九，中华书局1984年版，第142页。

者针砭得体无完肤。卷十三亦载:则天朝时新丰县露台乡因风雨雷震而有山涌出,高二百尺,周围生成三顷之池,武则天以此为祥瑞而取名“庆山”,荆州人俞文俊上书称此为天示警兆,因触怒武则天被流放于岭南。此数则小说将雨雪异常视为上天对人间君臣的警诫。

另有小说则以传奇的方式解释气候异常,如《续玄怪录》卷四《李卫公靖行雨》载:李靖曾在山中射猎,阴晦中迷路至一人家,原来竟是龙宫别院。夜间李靖听闻天降符令,要求龙子按符降雨。而龙子恰好外出,龙母遂请李靖替龙宫行雨。李靖因私念此地久旱,遂不按规定点数而连下二十滴,结果降雨竟至水深二丈有余,整个村落皆被淹没,仅余树梢。因为误下点数,龙母遭受天罚,被杖八十,李靖虽为执行者,但未受任何处罚,临行还被赠以一婢。此则小说中叙降雨与否皆有天意,而私改天命将遭受惩罚,与小说《西游记》中泾河龙王因私改降雨时辰与点数被处斩一事相类。李靖因好心办坏事,在小说叙事中并未多加谴责,反而隐含着对李靖特殊能力的推崇。

还有小说将风雨之生发与某些特殊事件联系起来。如《酉阳杂俎》前集卷十七载:蜀中每杀黄鱼之时,必定要天阴降雨,这或许与蜀中多雨有关。

小说叙事中除重视风雨发作之由的推导外,亦有将风雨视为某种更大灾祸的预兆。如《三水小牍》卷下载:广明庚子夏四月忽起狂风雨雹,坏屋拔树,鸟兽尽殪于山泽之间,古槐亦被拔去十之五六。然而小说将风雨之害只视作征兆,预示着其后李巡光等一千五百人焚长夏门而入蜀,自此天下动荡。

(三)冰雹

冰雹为风雨的变体,虽发生频率较低,但每次遇到,皆会对百姓造成较大伤害,笔记小说多有记载的灾害内容。如《稽神录》卷一载:杨汀言在彭城时曾遇一次甚大冰雹,竟有一雹高与寺楼相等者,坠地深有丈余,月余后此雹方才消尽。以此而言此雹更像是一座小型冰山了。此则小说主要谈雹之大,或许有夸大之嫌,未言造成的伤害。另有数则小说亦言冰雹之大,如《菽园杂记》卷三载:成化壬辰年(1472),陕西陇州冰雹大者如牛马头,次者如碗,小者如鹅卵,打死人畜甚多,禾苗尽毁。从一般意义上来看,冰雹愈大,伤害愈大,几则小说对于冰雹之大或有夸大之辞,但对其伤害的描写则相对客观。《茅亭客话》卷五载:广都县雨雹齐下,造成诸多伤害:

雹自县东山横布数十里，西南沿江而下，则更不知其远迩也。雨雹过处，篱墙屋宇林木大者，皆为雹击、雷拔之，牛马犬豕皆惊仆地，鸟鹊小禽中者俱毙。时麦方实，无有孑遗。有一村人云："某家是夜数雹穿屋而落，大如㪷，盆瓮锅釜，皆为击破。"其雹所至之处，树木屋瓦，十不存二三焉。夫雹者雨冰也，皆阴阳相胁而成。《左传》曰："凡雹，冬之愆阳，夏之伏阴，圣人在上无雹，虽有，不为灾。"此盖下民当丰稔收成，即便务奢侈，以至于服玩衣装，车马屋宇，违越制度，撒弃五谷，曾无爱惜，上天垂诫以惩之尔。①

禽兽多毙，麦无孑遗，树木屋瓦十不存二三，雹之害甚大。而将其视为是上天的垂诫，警醒人们要爱惜粮食，戒奢止侈，或许是作者的意旨所在。亦有言天降陨石者，与冰雹之灾甚为相似，如《寓圃杂记》卷十载：庚戌年陕西庆阳府降陨石如雨，大者四五斤，小者二三斤，击死者数以万计，满城之人皆窜他所。关于冰雹之来由，《西京杂记》卷五《董仲舒天象》以京师雨雹引出鲍敞向董仲舒询问雹之来历，董仲舒以阴阳理论进行阐释，并涉及雨雪雷电等自然现象。此则亦收在《古文苑》卷十一中，董仲舒以阴阳二气的消长变化阐释季节更替与风、雨、云、雾、雷、电、雪、雹等的形成，更重要的是将政治得失与气候变化联系起来："政多纰缪，则阴阳不调，风发屋，雨溢河，雪至牛目，雹杀驴马。此皆阴阳相荡而为祲沴之妖也。"②此论对后世影响甚大。

亦有某地的传说与雹之生发联系在一起，如《朝野佥载》卷六载：妒女泉旁侧寒食不准举火，如有艳丽打扮女士或有人取山丹、百合从旁经过，定然会伴以雷电风雹等以震惊之。《录异记》卷六载：长安富平县北有山，如有人触犯，立致雷雹，损伤雨稼；另一洞前有一窠神鹏，如有人侵犯，立致殒毙。此则故事言山有禁忌。《殷芸小说》卷三载：袁安为阴平长时，县里早先有所谓的雹渊，即冰雹的大本营，一年四季不曾消融，经常为害乡里。袁安斋戒沐浴，以至诚感动神灵，冰雹为之沉沦不起，当地即再无冰雹与风雨的侵害了。

---

① ［宋］钱易、［宋］黄休复撰，尚成、李梦生校点：《南部新书 茅亭客话》，上海古籍出版社2012年版，第124页。

② ［汉］董仲舒著，陈蒲清校注：《春秋繁露·天人三策》，岳麓书社1997年版，第341页。

与其他气候灾害的叙写相类似，亦有小说将冰雹视为某种灾祸的兆应。如《剧谈录》卷下载：乾符六年（879），朝廷任命王铎为都统，崔相国、豆卢相国亦同日拜相。宣命之时，忽然雾气四塞，雨雹齐至，且雹大如鸡卵。第二年大寇攻陷京师，二相同时遇难。《草木子》卷三载：庚子年间，太原天降大如斗器的冰雹，牛马多死，随后天下大乱。此数则小说中，冰雹为日后灾祸的兆应。

二、干旱

（一）干旱之害

旱灾往往导致饥馑乃至大量饿死情况的发生。如《搜神记》卷十一《周畅》言：周畅其人自小至孝，母有事啮手而得有感，元初二年（115）为河南尹之时，恰逢大旱，祈祷甚久而无有反应，只有在周畅收葬洛阳城旁边客死异乡万余具骸骨于义冢之后，大雨随之而下。此故事中值得深思的是洛阳城边为何会有如此多的异乡枯骨？元初二年时当权者为汉安帝刘祜，即位之初便有 18 个郡国发生了地震，41 个郡国发生了水灾，28 个郡国受风暴和冰雹的袭击，至延光三年（124），又有京城和 23 个郡国发生了地震，36 个郡国发了大水，下了冰雹，人民困苦不堪。东汉内忧外患，灾害频仍，洛阳城边的枯骨无人收葬，正是诸种灾害结果的展现。《却扫编》卷下亦载：元丰间陈向宿于陈留佛祠，夜半似闻有人声，出外四望，积骸蔽野。神宗令其葬之，得骸八万余具，安葬之后，把其地一隅规划为佛寺。古人讲究入土为安，而八万余骸骨无人收埋，蔽于旷野，亦为人间惨事。此种叙事手法，将天旱与城外异乡枯骨无形中联系在了一起，隐含了作者对人间惨祸的悲悯态度。

《倦游杂录》载：熙宁八年（1075）时，淮浙大旱，米价上涨，途多饿殍，杭州之人平素多装饰过度，门窗之类多漆以金粉，荒灾之年，多鬻之为薪而烧。《涌幢小品》卷二十七载：万历九年（1581）与十年（1582），山西连年大旱，饿殍遍地，平凉、固原城外掘有万人坑三五十处，处处皆满；有一富家女因父母饿死，自插草标上街自卖，被人调戏而自行撞死；一大家少妇见丈夫饥饿濒死，只留遮身小衣而剪发并卖浑身衣物，无有买者，夫死后亦号哭三日而死。富家之人遇灾尚且如此，贫困之家想必惨状更甚。《麈史》卷下载：戊子年五月五日适逢夏至，安陆一地有老农称:“夏至逢端午,家家卖男女。”[1]当年秋天,庄稼未得丰收,冬天果有以卖子自给者,更有无奈将子女委弃于路边者。第二年己丑更逢大旱,以至于民人相食,弃子者更是不可胜数。同卷又载:神文年间京师大旱,皇帝忧心如焚,宰相请示下畿内遍祷祠庙以禳灾。陈留县尉祷于张良庙,作诗戏谑:

今人不如古,肉身不如土。我来汉相庙,为民祈灵雨。[2]

此诗隐寓对不重人力、不重当下而只求庙中土塑之神的不满。同卷中更有因执政者失误而陷民于死地者:元祐中,一太守下令白天关闭子城南门,而百姓多不知情,忽一日民家失火,居者不得出,救者不得入,导致民屋尽焚,后有人质诘太守,则言因旱而用董仲舒闭纵之术。书以“乖谬”为题概括此类小说,作者讽喻之意甚为明显。执政者的苛政往往会令气候之害更趋严重,如《客座赘语》卷五载:南唐烈祖时税赋颇重,曾经大旱,烈祖问侍御伶人是否听闻四郊多雨之事,而纳闷为何城中不得雨,伶人回答“雨惧抽税”,故不敢进城,讥刺之意甚浓。

干旱灾害发生之时,亦有良吏懂得变通,令民稍微缓解所遭气候之害。如《涑水记闻》卷十四载:两浙因旱蝗之灾,米价踊贵,饿死者十之五六,诸州皆禁增米价,结果米价反涨而不下,百姓生计艰难。而赵阅道知越州,独任米商随意增价,诸州米商听闻此事,齐集越州,米价反而益贱,越州百姓无有饿死者。此则小说彰显了良吏贤官的正确举措足可令“灾不为害”,或者说不为大害。

(二)干旱原因的探寻

与水、火之害多推究人事之源类似,不少小说亦将干旱的发生与人事联系起来。如《搜神记》卷七《淳于伯》言:晋元帝建武年间,大旱、地震频发,归因于淳于伯的受冤屈死。淳于伯死之时血曾逆流上柱二丈三尺,又兼频旱三年。此书卷十一《东海孝妇》言小姑冤告,致孝妇周青被官吏收系于狱,百般拷掠毒刑,孝妇不堪忍受,只得自承其罪。被斩死时,有血缘幡竹逆上之异,其后郡中枯旱

---

① [宋]王德臣、[宋]赵令畤撰,俞宗宪、傅成校点:《麈史 侯鲭录》,上海古籍出版社 2012 年版,第 53 页。

② [宋]王德臣、[宋]赵令畤撰,俞宗宪、傅成校点:《麈史 侯鲭录》,上海古籍出版社 2012 年版,第 54 页。

三年，直至太守亲自祭奠孝妇之冢，天方降雨。酷吏冤狱之害展露无遗，干旱实为受冤之人的无言反抗，元关汉卿《窦娥冤》对此多有借鉴之处。《南部新书》载：李锜被杀后，连降三日大雾，不见太阳，有人听闻鬼哭之声，皇帝疑其有冤，遂诏许得葬。小说记叙特异气候的发生，往往旨在替受冤者喊屈。另有《青琐高议》后集卷五《隋炀帝海山记》下载：隋炀帝被杀前，对欲行斩首者称诸侯之血入地可致大旱，更何况人主？遂得自经而死，其妃嫔贵儿则被乱兵所杀。战乱之时，帝王及后妃死于非命，只能求得不以血入大地，可想普通百姓命贱如草的悲惨遭遇了。

《却扫编》卷上载：庆历年间，因久旱，援东汉时策免三公的故事为例，贾文元、陈恭公、吴正肃、宋元宪、丁文简等数人皆降职，旱情平复数月之后仍复还原职。《涑水记闻》卷十六载：熙宁七年（1074）大旱，郑侠上书称因王安石所致，若罢安石，天必雨，后来王安石出知江宁府，当天果雨。司马光此则记载中虽未将郑侠之言视作正当，但王安石作为宰相实施变法之时有多人不满，于此则小说中有所显露。不少小说中既然将旱涝的生发与人事相关联，故叙事之中亦多将灾情的消除归于人事。《东轩笔录》卷六载：枢密副使王韶上书，建议烹杀吕嘉问而祷雨：

> 昔桑弘羊为汉武帝笼天下之利，是时卜式乞烹弘羊以致雨。今市易务裒剥民利，十倍弘羊，而比来官吏失于奉行者多至黜免。今之大旱皆由吕嘉问作法害人，以致和气不召，臣乞烹嘉问以谢天下，宜甘泽之可致也。①

以王韶看来，气候干旱是因为执政者吕嘉问多有乱法害人之事，天降惩罚，故以烹杀招灾者大谢天下，方可得雨。《独醒杂志》卷二载：大观四年（1110）五月，彗星惊现空中，三月不雨，皇帝内心忧虑，吴执中上奏章直言蔡京之恶，遂令蔡京降职致仕。何昌言复上书称还要以章疏付外，使天下皆明蔡京之罪状。此则小说中未提及在明示蔡京罪状后是否降雨，叙事之重在于对蔡京罪过的描述。《搜神记》载：周畅收葬城边客死异乡骸骨百余具之后，大雨倾盆，其年五谷丰稔。此则小说隐隐以骸骨未葬为大旱之源，故以葬人骸骨为大善，与同卷所

① ［宋］魏泰撰，李裕民点校：《东轩笔录》卷六，中华书局1983年版，第65—66页。

载曹操曾置发丘中郎、摸金校尉等专职挖掘冢墓之事形成鲜明对比，其所述骸骨遍地无人收埋的惨况，令百姓心伤，凸显了曹操的凶酷不仁。《四友斋丛说》卷三十八载：魏文靖公在南都时，因大旱而法司恤刑，有恶逆者王刚诉冤求减罪，众人以其年少皆欲缓刑罚，魏公则将恤刑之举称为妇人之仁，认为天道不正便由于此，遂决狱处斩恶逆，第二天即下雨。此则小说言如替天行正道，斩恶逆为害者，天亦降甘霖，实则将干旱之由归于某些人所为的恶逆之事。《春渚纪闻》卷一载：李公素为吉州永丰尉时，夜梦二土地神前来诉状，邻邑土地神侵界，于是判其地土地神胜，侵界土地祠庙火起而尽。后李公素出典泗州，久旱不雨，百姓群僚多请建道场请僧伽祷雨，李公素辄应，却不即行，后于一日命行香待雨且备伞具，果连雨三日。众人问其为何前数日似漫不经心，而甫祷即雨，李公素言：

> 某自两月前，意念天久不雨，必为秋田之害。即于治事厅后，斋居饭素，取僧伽像，严洁致恭，晨夕供祷，非不尽诚。前夕忽梦僧伽见过，具言上帝以此方之民，罪罚至重，敕龙镇水。老僧晨夕享公诚祷，特于帝前，以公罪己忧岁之心，陈于帝。今已得请，来日幸下访，当以随车为报也。某拜谢再三。既觉，知普照王非欺我者，遂决意帅诸公，同诣塔下，焚祷俟之，无他异也。①

其意是将天旱视作上天对下民的罪罚，而贤官祈祷方可得雨。

除将干旱之由直接推究于人事之外，还有将干旱与某地的风气相联系进行解释的。如《独异志》卷中载：晋帝曾问王夷甫寿阳东西旱涝之故，夷甫答道：

> 寿阳以东，吴人亡国哀音，鼎足强邦，一朝失职，叹愤为阴，阴积成水，故常涝。寿阳以西，中国新平，强吴美宝尽入，志盈心满，常欢娱，故旱。②

---

① ［宋］何薳撰，张明华点校：《春渚纪闻》卷一，中华书局1983年版，第10—11页。

② ［唐］李德裕等撰，丁如明等校点：《次柳氏旧闻（外七种）》，上海古籍出版社2012年版，第197页。

此则小说中表面上以阴阳阐释旱涝,实际上却对吴人因亡国而心有郁愤有所揭示,对亡国者与占人国者皆有所批评。

《酉阳杂俎》前集卷十六则是将鹳、鹤的某些行为与旱雨相关联,称人如探鹳巢而取其子,则六十里范围必旱;鹳群飞时,可令雨为之而散;而鹤如旋飞,必有风雨。

(三)干旱的禳解

对于干旱,小说叙事中多以虔诚祈祷的方式来禳解。有记帝王、良吏祈祷得雨者。如《涑水记闻》卷八载:庆历三年(1043)五月旱,宋仁宗自言精心密祷,闻雷而露立于庭,衣皆沾湿而不避,雨霁再拜而谢,方敢升阶。《邵氏闻见后录》卷一亦载此事,叙事略有差异,言宋仁宗本准备在太史奏知降雨的前一日方行出祷,谏官王素认为不诚,天必不雨;又欲至近处醴泉观祷雨,王素仍认为不诚,故至远处西太乙宫而祷。回至琼林苑,雷雨大作。后宋仁宗复言雨中曾焚香,致浑身皆湿,王素又谏其应当谨慎以免由雨而致疾,仁宗慨言如仍不雨欲以自己为牺牲,又何念身体之微恙。此类小说叙事是将帝王作为明君形象来刻画的。《大唐新语》卷十一载:贞观末年天下大旱,唐太宗亲至避位归第的房玄龄家里进行慰问,结果当天大雨,众人将之归结为明君忧贤臣之应。《三水小牍》卷下载:李仲吕咸通末时为鲁山令,境内大旱,遍祷不应,于是李仲吕斋戒沐浴,于鲁山尧祠以所乘乌马与驺人张翰为牺牲进行祭祀。祭毕,天降大雨,而张翰与乌马亦皆暴殒。同卷又载:某人溺亡于黑水河中,上帝见其秉仁义之心,遂以之为黑水将军,托梦令郡守为其建祠立庙,后遇水旱灾沴之类灾害,果然祷之辄应,遇贼党数千人来袭,亦化一樵童而越山破雾,大败贼军。此类小说叙事中将良吏、仁民作为灵应者刻画,干旱之灾作为人物描写的背景而存在。

笔记小说中亦多载有高僧之类有道之士在禳解旱涝灾害时展现灵异之处。如《酉阳杂俎》前集卷三载:因天旱,玄宗先令梵僧不空祈雨,不空称过某日之后方可进行祈雨。玄宗又令金刚三藏设坛请雨,结果暴雨连下数日,造成坊市漂溺,水害严重。玄宗只得复召不空,令其止雨。不空在寺院中捏五六只泥龙,用胡言咒骂,瞬息间天晴雨霁。《次柳氏旧闻》载:唐玄宗巡幸东都时天旱且暑,令圣善寺僧人无畏祈雨。无畏称天旱为天数使然,如强行召龙降雨,会造成风雷之灾。玄宗强行要求祈雨降暑,无畏不得已以咒术行雨,果然瞬间昏晦异常,雨雷齐至，衢中大树竟为之而拔，可见狂风之烈。《尚书故实》载：牛僧孺镇襄州时久旱，祈祷无应，请一传闻中豢养蛟龙的处士祈雨。处士称江汉间一湫泊中有一黑龙，如强行驱逐，恐有大灾。牛僧孺不听其劝，必令其行法。处士无奈，行法后大雨如注，汉水暴涨，万户受漂溺之苦。《玉泉子》亦载相类故事。禳旱灾反致涝灾为害，小说在叙事中对下令者唐玄宗、牛僧孺等不免有所指摘。

《酉阳杂俎》前集卷三还言玄宗曾召罗公远与不空同时祈雨，以作斗法，又令摄取他殿如意，皆为不空取胜。此数则小说与《西游记》中车迟国斗法有相类之处，只是叙事过于简单，远远比不上《西游记》情节丰富。此卷还言有僧人名一行者亦有祈雨之法，开元中大旱，玄宗令祈雨，一行以盘龙古镜持入道场，一夜即雨。《酉阳杂俎》前集卷二载：大旱时有西域僧在昆明池筑坛祈雨，七日之间池中之水缩少数尺。夜间有老者拜谒终南山宣律和尚，称自己为昆明池中之龙，天旱并非因为他的缘故，实是西域僧借祈雨之事欲取龙脑作药，欺妄天子。宣律令老龙去求孙思邈想办法。孙思邈要老龙献出仙方三千种，老龙无奈，只得违背上帝意旨，将仙方交给孙思邈。于是昆明池水不降反涨，西域僧羞愧难当而死，孙思邈日后著《千金方》三千卷，即是以仙方融入。此则小说中祈雨之举中掺加了诸多私心，并非仅为解除旱灾而作。《独异志》卷上亦载此事，只是细节略有差异：武则天时天旱，僧人昙林于天宫寺讲《人王经》，伊、洛二水之龙前来听讲，但言欲下雨但无天符，不敢自专，故对昙林讲需有道之士孙思邈以章疏上达天帝，方得降雨。孙思邈归青城山后，撰写《千金方》三十卷，因道济苍生而白日飞升。

《录异记》卷二载：鄂州大旱，处士胡恬投丹符于江中，瞬间大雨如注，境内皆得告足，然其此次出山纯为偶然，后虽多有征召皆不赴任，其所居处、所为之事深符当时人心目中“有道之士”的形象：

> 白鹤山属岳州湘阴县，接潭、澧二州界，即晋代陶真君拔宅升天之所，有陶仙观在焉。山不甚深，而兵戈寇盗不可得至，居者数百户，晏然无虞。处士胡恬卜居于此，父为晏州刺史，恬独好道，高卧云林，善阴阳纬候、星历推步、炉火黄白之事，彭素、道易、占术、篆隶、词赋，皆曲尽其能；调元炼气，专以神仙为务……时鄂州大旱，相国杜洪与恬相遇，话及祈祷之事，恬为考召，投丹符于江中，俄而大霔，合境告足。厚酬金帛，不顾而去。虽诸侯辟

召，皆不能致屈。至今犹在山中。尝诫处谦曰："吾之所学，为身也，非以为人。以子纯孝恭谨，故以相教，欲丰终身之给。黄白之术，吾欲言之，足以速子之祸。夫子之命矣，非所惜也。勿以知数而夸诞，轻言以取患。夫人资五气而生有升降，阴阳有盛衰，五星有逆顺，年命有吉凶；然积善者贻福，积恶者贻殃，视其所履，灾沴可知耳。苟善之不修，非禳请所及也。"①

此类笔记小说中隐隐透出一种观念：即"有道之士"可呼风唤雨，但秉持善恶有报、不以术数干之的所谓天道，多不轻易为民禳灾，故而帝王将相须以虔诚哀恳之，不得以权势压服之，百姓则须以诚意拜求之，勿得以所受灾害而怨诽之。此种叙事方式未免有过于消极之嫌，但深刻地透露出百姓在天灾难抗情况下的无奈忍受心态。

小说中亦载有各处禳灾的特殊灵异地点，实起到记载某地风俗的作用。如《宣室志》卷七载：唐河东郡东南有"百丈泓"，当地人如逢岁旱，巫师即祈祷于旁，言某日当大雨，雨果沾足。有徐生在旁，曾亲闻水中先有细声，后忽见有雷自波间起。《录异记》卷八载：陈州太昊之墟相传有伏羲女娲庙，岁旱时以金银等物投之，可立致雨。此外遇寇贼攻之，亦因墓灵而不能克。另载房州有女娲墓，虽河水泛涨而终不能淹没，大历年中连日风雷大作，天晴后此墓忽失所在。

（四）旱不为灾的情形

个别小说中叙及虽有干旱发生，而未成灾的事例。如《睽车志》卷六载：绍兴十八年（1148）夏天大旱，人们相率诉于县官以免税，邬守兴认为因旱而投诉即为诉天，独不肯去。第二年夏复大旱，一乡皆成枯槁，惟邬守兴之田竟时时得雨，收获反丰于往年。《幽明录》载：安定人周敬在亢旱之时所种之瓜仍得丰茂，原来是有鬼替其浇水。归问父亲，方知其父曾助此鬼偿官数百斛米，此鬼死后报恩，致亢旱无灾。《宣室志》卷二载：云朔之间大旱，乡民患热病者数以千计而无药可施。村中一乡民陈翁田间独行，忽遇金甲人自称为天使，指出此地民众病热非仅为暑热所致，更有厉鬼作祟，上帝命其驱逐厉鬼。陈翁将此事告知乡里，其后病热者果然皆得痊愈，而旱亦得解。

① ［唐］李德裕等撰，丁如明等校点：《次柳氏旧闻（外七种）》，上海古籍出版社 2012 年版，第 100—101 页。

此类小说中的干旱往往作为故事的背景,旨在言人在此等情况下应默默忍耐,多做善事,“上天”自有解救之时,实有劝人“为善”之意。此类“忍耐”与“为善”的故事,固然对百姓有一定的安慰作用,但往往归诸“命运”,归诸“前世之恶”,消极意味明显,以当下视角来看,小说叙事者的“宿命论”观念过于固化,应该辩证地来分析此类小说。

三、火难

(一)火难之烈

火难与水灾相比,正如《五杂组》卷四所言,可避可扑,但其暴烈程度和突发性质则甚于水灾。如《枫窗小牍》卷下谈及火灾为害之大,仅作者经历者即有绍兴二年(1132)五月京邸大火,被毁者一万三千余家,仅作者携母妻逃避湖上而得免;绍兴六年(1136)复火,这次受灾者有一万余家。针对有人将火灾归之于“建炎”年号所致的谬论,作者举例后周显德五年(958)大火,延烧至内城,且焚镇国仓,被焚者有一万九千余家,指出火灾与年号无直接关系。《南村辍耕录》卷九载:至正辛巳(1341)年杭州发生火灾,烧毁房屋一万五千余间,死七十四人,第二年复灾,伤害更大,数百年繁华之地日益凋敝。同书卷十一载战乱间杭州之人经历的惨状:

> 杭民尚淫奢,男子诚厚者十不二三,妇人则多以口腹为事,不习女工,至如日用饮膳,惟尚新出而价贵者,稍贱便鄙之,纵欲买又恐贻笑邻里。至正己亥冬十二月,金陵游军斩关而入,突至城下,城门闭三月余,各路粮道不通,城中米价涌贵,一斗直二十五缗。越数日,米既尽,糟糠亦与常日米价等,有资力人则得食,贫者不能也。又数日,糟糠亦尽,乃以油车家糠饼捣屑啖之。老幼妇女,三五为群,行乞于市,虽姿色艳丽而衣裳济楚,不暇自惭也。至有合家父子、夫妇、兄弟,结袂把臂,共沉于水,亦可怜已。一城之人,饿死者十六七。军既退,吴淞米航凑集,借以活,而又太半病疫死。①

① [元]陶宗仪撰:《南村辍耕录》卷十一,中华书局1959年版,第141页。

饿死者十之六七,又疫死大半,作者虽将之归于上天警示浮靡暴殄,但战乱是更为直接的原因。战争、疾病、瘟疫、火灾诸害频发,天堂般的苏杭亦只能日渐凋敝。《寓圃杂记》卷九载:天顺庚辰年(1460),春闱考试时监场御史锁闭其门,大火忽起,众人无法出入,死者有数十人。《茶余客话》卷二则称:明景泰年间亦发生贡院失火事件,焚死举子一百一十六人,伤者不可胜计,文运之厄实由人事所致。《癸辛杂识》前集载:至元年间维扬炮库忽然火起,诸炮皆发,声如山崩海啸,守兵百人皆糜碎无遗,平地成坑谷,周围居民二百余家皆遭奇祸,由火而炮,伤害更巨。《癸辛杂识》续集上载:辛卯三月初六时天雨尘土,黄雾四塞,日月无光,后冯家失火,所烧逾万家,尘雾中火光烟气皆不可睹。

《独异志》卷上载:淮南程幹本为富户,其妻茅氏连续八年皆生孪生子,有十六子之多,然而仅仅三年之间,频遇水火灾害,家产竟为之荡尽,只得与十六子一起乞讨于市,可见灾害伤人之重。

(二)火难之由

笔记小说中叙及火难,多将探寻发火之因作为叙事重心。有将火发视为由神或妖所为者,如《异苑》卷三《义熙火灾》言:晋义熙十一年(415)时,京都火灾频发,王宏守吴郡时亲见白昼间自天而降一物于百姓屋上,随之火起,故而将此火视作天为之灾,不处罚始火之家。小说中亦以此寓示晋室衰弱之兆。《朝野佥载》卷一亦载此事,主人公作"王弘"。《异苑》卷九《火灾》亦言:一家频繁发生火灾,请管辂占卜,专邀一驾黑牛而来的角巾诸生为客。诸生以为主人有害己之心,遂手持利刃以作戒备,结果斫死一狐,自此之后此人家里不再复发火灾。此则小说将火灾的发生视作妖狐所为。《癸辛杂识》续集上载:有十余丈长海鳅停于江、浙潮沙之上,有恶少年脔割而食,未几城中大火,后又有更大海鳅死于浙江亭沙上,众人惊惧,而复大火,毁数千家。此则小说将火发视为由鳅死引起,有迷信之嫌,但亦表明了小说竭力想探求火发之因的努力。

亦有小说将发火之由归诸神,却可因人事而得以更改时辰。如《搜神记》卷四《糜竺》载:糜竺返家途中,路遇一美貌妇人请求同车而行,遂邀其乘车,一路始终以礼相待。行走二十余里之后,妇人直言因感其义,将要焚烧其居之事告知,在糜竺的请求下,允诺缓行半日。于是糜竺迅速返家转移出重要财物,日中果然火发。此段故事亦于小说《三国演义》中有所呈现。

除将火灾之由归于神妖外，亦有将火难与人事联系起来的。如《草木子》卷三载：至正十一年（1351）正月二十日夜，因宦官以火熏鼠，致令京师清宁殿发生大火，宝玩器物被焚毁者数以万计，其后天下大乱，淮东贼毛会逼都城而退。火灾被视为大乱之兆，而引发火难的宦官则是祸之始者。《道山清话》载：崇宁三年（1104）因大内发生火灾，宰辅上言请以司马光等三百零九人姓名刻石于文德殿门，号元祐党人，称以此禳火灾，其年罢科举。此举实以禳灾为借口行党争之事。

《睽车志》卷一载：淳熙庚子年（1180）八月十五，平江常熟县发生大火，房屋被焚者大半，烧死者十余人。此前一夕，有戍将得梦，有神令其遇常熟有变，不得纵部下为乱。可见在作者眼中，火灾固然伤害甚重，而军兵趁机掳掠对百姓的伤害更大。同卷又载：蔡助教邻居家有火发，旋即扑灭，蔡某偶然告于郡官，邻人遂被系狱，又在狱中染疫，致令阖家尽死。后数年蔡某如厕时，见邻人之魂，被逐打，得疾而死。此则小说中火发非为有意所为，且又马上扑灭，未曾造成大的伤害，蔡助教告发于官虽为正当之举，但终致邻人染疫而亡，隐隐中有怪罪蔡助教之意。

（三）火难可避亦可灭

在某些笔记小说中，火难亦常避孝子及贤良之人。如《搜神记》卷十一《刘殷》言：孝子刘殷在父亲丧亡之时哀毁过度，梦中得人指示得粟十五钟，堪食七年；母亲身卒，又毁瘠几至亡命，其西邻失火而风势甚大，将及母亲棺柩，刘殷夫妇大声哭号，火竟为之而灭。《衡农》亦言：东平孝子衡农在打雷刮风的夜晚借宿于他人之房舍，忽梦中有虎啃啮其足，于是唤醒妻子一起到庭院中向神叩头，房屋突然倒塌，有三十余人被压死。灾不及孝子贤士，或许正是作者表达之意旨所在，此类叙事在地方志小说中亦多有记载。

《铁围山丛谈》卷五载：开宝寺发生大火，僧殿雄伟，难以援救，众人皆见有一僧上屋救火，虽坠于烈焰中而仍往来施救。火灭之后，众人遍寻僧人不见，发现有一罗汉像汗如雨下，竟是此罗汉像参与救火，故号为“救火罗汉”。此则小说所述之事未免有弄玄虚之嫌，但大火之时人们普遍期盼“救火罗汉”挺身而出，迎难直上，将灾害减至最轻，则是真实心声的表达。

《独醒杂志》卷一载：包孝肃公尹京之时，一日闾巷火作，救焚方急，偏偏有无赖子调侃，询问取水于甜水巷还是苦水巷，包孝肃公置之不理，亟命斩首，由此人皆畏服。此则小说旨在表现包孝肃的临事不乱，而救火之急事，不得随意迁延，亦是小说叙事中所重点表现的。《浪迹丛谈》卷二载：乾隆五十九年（1794），扬州因不戒火，新城多子街常发生火灾，辄烧彻昼夜。余观德创设水仓：

> 其地在人烟稠密距河稍远之区，买屋基一所，前设门楹，中为大院，置水缸百十只，满贮以水，复置水桶百十只，兼设水龙一二具，扬州俗语谓之水炮，设有左近报火者，汲桶可以立集，炮夫可以即行。①

以水仓蓄水，可有效防治火灾，可趁火势尚小时及时将火扑灭。作者称之为良法美意，亦表现了火灾可防可治的观念。

四、雷厄

与水、火、旱等灾害相比，雷击伤人损物的发生概率相对较小，如《草木子》卷三载：冬至时雷电大雪同至，天下大乱，死者大半，虽提及雷电，但死者多非由雷电直接致亡。笔记小说中所载雷厄之事，多不言其伤害之大，重在彰显“上天”的惩戒意味，有击物、击人等诸种叙述。

（一）雷击罚物

民间相传蛟龙之属如对人间有所伤害，往往会遭受雷击之罚。如《宣室志》卷七载：僧人道宣持律甚严，但忽有霹雳绕其室，百般自省，并无过错，细察右手小指上有一小点，将之伸出窗外，遭雷击而失去半指，原来那小点竟是蛟龙藏身之处。僧人智空亦遇大风雷起于禅堂，晦黑如墨，屋宇皆摇，不禁自我反思：

> 吾弃家为僧，迨兹四纪。暴雷如此，岂神龙有怒我者？不然，有罪当雷震死耳……某少学浮屠氏，为沙门迨五十余年，岂所行乖于释氏教耶？不

① ［清］梁章钜撰，陈铁民点校：《浪迹丛谈》卷二，中华书局 1981 年版，第 27 页。

然，岂有騃神龙耶？如是，安敢逃其死？傥不然，则愿亟使开霁，俾举寺僧得自解也！①

祝念甫绝，而霹雳暴作，数息之后云开月现，忽感觉有腥臭之味自室内传来，原来有一数丈之蛟藏于垣下，被雷击而死。《宣室志》卷十载：滨泗水上有馆亭，常有风雷发于亭间。开元年间，有一人名韦子春，恃其勇力欲探究竟，当天止宿于亭间，忽然风雨大作，雷光闪烁，觉有异物绕身，奋臂挣脱后风停雨止，亭中有一巨蛇被雷击毙，自此之后亭中再无有风雷。《五杂组》卷一载：唐时代州西一大槐树中有龙，被雷击之，中裂数丈，雷公反被树所夹，狄仁杰令人锯树，方才救出雷公。此类雷击蛟龙之属的故事一者言物类存活难免受天所嫉，二者言天命之在，难以逃避。

除蛟龙之属外，小说所叙还有鱼、雉、鼠等物被雷所击的事件。如《茅亭客话》卷五载：罗袂长将三条鱼贯于伞中，路行之时，忽急风迅雷，遂将鱼与伞皆弃于田间，结果鱼与伞皆遭雷火所燎，另有寺僧被雷击燔灼者。同卷载：郭嚂偶得一雉，每足有二距，携带之时发现雉身渐火热，忽风雨雷雹齐至，遂弃雉于涧下，奔及至真观躲避，观中范处士认为雉为龙所化，如无风雨之变，亦会给人带来鼎俎之害。《菽园杂记》卷十五载：弘治五年（1492），一位米商所乘船桅被雷击而断，发现震死若干老鼠，大者七斤，小者亦有二斤，已将桅杆啮空作屋。作者认为是上天怕船于扬帆时误伤人命，故而雷击示警。此则小说中，雷击巨鼠起到了警示作用，避免船毁人亡的更大灾害发生。

（二）雷击惩人

除雷击罚物外，雷对人的伤害更易引起人们的关注，而雷击伤人事件在小说叙事中往往作为“惩戒”来表现。如《龙城录》载：台州道士王远知作《易总》十五卷，有泄露天机之嫌，故在曝书之时，阴云密布，雷电绕室，瞬息之间此书被上天收回。又载：惠州一娼女被雷震死于市衢，在其胁下发现有红字书曰“李林甫以毒虐弄正权”。还有《庚巳编》卷九载：玄妙观李道士晚年懈怠，曾乘醉戏书“夫尊”“犬帝”，一日被雷震死，背上红字二行，称“夫尊可恕，犬帝难容”，由此

① ［唐］张读、［唐］裴铏撰，萧逸、田松青校点：《宣室志 裴铏传奇》，上海古籍出版社 2012 年版，第 49—50 页。

视作上天对他的惩戒。《宣室志》卷七载：唐御史杨询美从子数人在风雨之夜妄论雷鬼之有无，且大言要得而杀之。忽雷声震于庭院之间，屋宇晃动，众人惊惶无措，庭中大槐树被拔根雷劈，后诸子感觉两髀间疼痛难忍，竟若杖击之状。此则小说言雷击妄语者。《涌幢小品》卷二十四载：洪武年间吴山三茅观被雷击死一只长尺许的大蜈蚣，其身上有“秦白起”三字；永乐间云南赵州被雷击死一夷人，其背后有“李林甫”字样。另有诗作：

木子唐朝一佞臣，罚他千劫在牛群。
而今逃脱为夷士，霹雳来寻化作尘。①

《坚瓠续集》卷一除载雷击蜈蚣之事外，另有被屠之猪腹有“秦将白起”四红字，以白起坑杀赵降卒为恶业，戒为将者不可嗜杀，更不可杀降。其他小说载李林甫、秦桧等恶人于轮回之际或为兽、或为人，多遭雷击报应，亦有冥间每日受铁鞭、毒刑等报应的相关故事。此等叙事中雷为上天行使职责的手段，或收回“天书”，或惩罚对天不敬者，或惩罚奸恶转世者。

某些世人难以辨明的过错，在小说叙事中亦借雷击彰明其过并进行惩罚。如《稽神录》卷一载数则雷震之异事：有卖油孝子平常孝顺异常，而忽被雷震死，其母不平，祷问上天其由。梦中有神人告以其子因将鱼膏掺杂油中图利，令庙中斋醮用油腥膻所致。番禺一村女送饭到田间时忽降雷雨，就此失踪，后复于雷雨中返家，称被雷师所娶，几日后又于雷雨中逝去。有一雷误震伤老妪，赐药治之，老妪愈后其药便被收回。又有故事载雷误震死一村人，令急取蚯蚓捣烂置于脐中，震死者得以复苏。有一牧牛儿丢失汗衫，怀疑为邻居小儿所窃，小儿之父怒其偷窃，将之投入水中，小儿口呼冤枉，忽雷雨暴至，将牧童之牛击死，汗衫自牛口呕出。《南唐近事》亦载一相类故事：有一豪富之家丢失价值数十千的衣服，疑为邻居所窃，官吏认定其偷，将押赴法司，冤声动人，忽雷雨顿起，震死一牛，衣服尽在腹中，邻民得赦，得其真相的官吏亦得以重用。《睽车志》卷二载：一村夫欲乘醉杀其母，黑云忽至，雷震杀其子；另有詈母后外出放田水者，甫

① ［明］朱国祯撰，王根林校点：《涌幢小品》卷二十四，上海古籍出版社2012年版，第488页。

至田所而被雷震死。《南村辍耕录》卷二十二载:元兵下江南时河南一民妇被掳,嫁于某千户为妻,其前夫百般寻访,找到时此民妇将之视为陌路;当时朝廷有旨,凡被掳妇人准许赎回,不得藏匿,千户遣妇而妇不行。忽无云而雷,妇人被雷震死。《都公谈纂》卷上载:石湖有一农妇因与人私通,谋害丈夫数次未果,骗夫沐浴,欲以沸汤浇灌之,忽雷霆一震,妇人被击死。《两般秋雨庵随笔》卷五载:一家因家贫,弟甘愿为佣以助兄娶嫂。其嫂贤惠,闻知此事后于自家中借金欲赎弟,而金被已嫁出去的小姑窃走,嫂愤而自缢。葬埋之日,小姑亦至哭送,忽雷震棺开,妻活姑死,金掷于地,遂葬姑赎弟。

小说中雷击还可起到提醒和预兆的作用。如《宣室志》卷七载:李师道蓄兵青、齐之间,骄纵异常,欲建拟于天子正殿的宫室,忽风雷齐聚,将之击倒,复加天火,焚烧殆尽,当时人皆指其大祸将至,后旬余间果被诛死。《邵氏闻见录》卷二载:宋仁宗时一日雷震,皇帝遂自焚香而拜,内省静思所以致变者,百思不得,后苑进一七宝枕屏,遽取碎之,以为天雷是为警诫其勿为奢侈。

亦有小说叙及雷击人之时,亦是有所选择的,如《癸辛杂识》续集下载:重庆被围时,数百人齐避难于一洞,忽见大雷雨中有火光穿透洞中而飞走不定,有老者言洞中有人当受雷霆,以各人头巾悬于洞外,雷神取一巾而去,众人遂将此人推出洞外。雷雨停息之后,此人无恙返洞,见山洞崩坍,洞中之人俱被压死。

(三)雷公异事

数则小说中提及雷公及其相伴之物如雷斧、霹雳车等。如《唐阙史》卷下载:乾符年间有乡荐之士避暑于卢尚书庄上,一日阴云密布,风雷齐至,大雨中忽一物堕落于檐下,原来是雷公似因伤受困,所谓膻牂其状,后入水而逝,仅留腥膻之味。此言雷公像羝羊之物。《酉阳杂俎》前集卷八载:百姓王幹素为大胆勇敢,夏日种田时忽逢暴雨,入蚕室躲雨。突然雷电入室,漆黑一片中王幹用锄与雷相斗,终将雷电击败,坠地化为熨斗、折刀、小折脚铛等物。同卷载:介休县百姓夜间宿于祠屋下,听闻介休王要借霹雳车以行风雨。此百姓遍告乡民将有雷雨,而他人皆不信。至其日,果然黑云蔽天,雷雨如倾,损伤麦田千余顷。此两则小说中,皆言风雨与雷电相伴,且提及需用霹雳车以助行雨。《山居新语》言如有人病疟,可借雷斧以禳之,雷公之物竟亦有祛病之功。更有小说言及雷公可食,如《唐国史补》卷下载:雷州春夏间多发雷灾,而雷公在秋冬时则会潜伏地底，此时人可以将雷公掘出，其外貌像猪，亦可食之，只是不能跟黄鱼一块吃，否则的话人就会被雷震而死。在当时也能拾到所谓雷斧、雷墨等物，可以作为禁药。《南部新书》亦载此事，更言有霹雳处于土木中，称作“霹雳楔”，可让小儿佩戴以辟惊邪，研磨后给孕妇服用可作催生药。

雷击的对象多为干木、铁之物，如《幽明录》言郭景纯曾为王敦卜卦，称其有雷震之厄，于是截以一柏树为替身，数日之后，柏木被雷震碎。此则小说言雷震之厄可由物作替。《山居新语》载：韩介石家庖僮被雷震毙，所佩刀鞘如故，刃已销烁过半；另李舜举家遭遇雷击，屋室无恙，而宝刀熔化为汁。此数则小说中言雷公击人、击物有一定选择性，但又多无法解释其选择的原则，故而具有一定的传奇色彩，在灾害叙事中显得较为引人瞩目。

五、地震

地震涉及人数众多，笔记小说记载地震之害者虽不甚多，但其影响较大。如《邵氏闻见后录》卷三十载：熙宁年间，少华山因震而崩，压没七个村子，死者不计其数。《东轩笔录》卷五载：熙宁三年（1070），京辅间狂风暴雪，草木庄稼皆披数寸厚冰，既而华山地震，动荡有数十里，覆压甚众，未数年韩琦死。这里将气候异常和地震视作贤者死亡的征兆。《老学庵笔记》卷七载：熙宁六年（1073），华山阜头峰崩，土石纷下，七社民家被压死者几万人，毁坏田地七八千顷。《投辖录》亦载：华山崩，压二十七村，被害者百余里，后于山下立庙，称“翻山大王”。上述几则小说所载时间虽有差异，但所叙内容比较接近，或许描述的一次或临近的几次地震导致山崩的事件。《草木子》卷三载：至正年间，太原地震四十余日，屋宇倒塌，火自地裂中出，烧死数万人，第二年太原陷落。《庚巳编》卷九载：正德年间，云南腾冲龙卫地震，余震持续半年方止，压死者无数，一山化为平地，一村数十家居民皆陷没于地。《涌幢小品》卷二十七载：嘉靖三十四年（1555），山西、河南等同日地震，河、渭泛涨，华岳、终南山鸣，死亡军民八十三万余，米仲良全家八十五人、陈朝元家一百一十九人无一幸免，为之灭门。上述几则小说言地震危害之大。

《搜神后记》卷七《平阳陨肉》记载了地震发生之时的异状，言刘聪建元元年（315）正月时平阳地震，致崇明观地陷为池，且水为赤红，有赤龙飞去，后又坠地而亡，臭味广闻。此处记载的地震，未言伤害民众。还有的小说将地震的发生视作某种征兆，以警惕当权者。《大唐新语》卷一载：唐高宗时晋州发生地震，声音很大，持续十余天不止。因高宗未登基时即被封为晋王，对此地的地震比较关心，故高宗询问当时的宰相张行成是何原因，张行成回答道：

> 陛下本封于晋，今晋州地震，不有征应，岂使徒然哉！夫地阴也，宜安静，而乃屡动。自古祸生宫掖，衅起宗亲者，非一朝一夕。或恐诸王、公主，谒见频频，承间伺隙。复恐女谒用事，臣下阴谋。陛下宜深思虑，兼修德，以杜未萌。①

警惕诸王、公主，警惕后宫，杜祸事之未萌，或许是此则小说的主旨所在。只是结合后来武则天用事的史实，可知此处的地震叙事，实是作为武则天用事的预兆来记载的。《涑水记闻》卷四载：景祐末年，河东地震，京师正月亦有雷，宋仁宗心忧灾异，深自贬损，林瑀则上言称，灾异有常不足忧，后坐事失官；卷五载：嘉祐元年（1056），大雪至压折宫架，宋仁宗在禁庭跣祷于天，结果因风眩而得病，文彦博建议设醮祈福于大庆殿，后皇帝病愈，百官奏贺。地震令君主心忧，自行惕励，防患于未然，或许是此数则小说的本意所指。

还有的小说叙述地震之后如何赈济百姓的，如《东轩笔录》卷一载：治平年间河北凶荒，复继以地震，百姓无粮为继，只得贱卖耕牛以延残喘。当时刘涣知澶州，以公帑买牛，待第二年牛价上涨时，复以平价卖还州民，民遂得以安业。《双槐岁钞》卷十载：

> 弘治乙卯二月，洮州雨霜，六月黟、歙雨豆，七月大雨雹，八月贵州地震，九月吾广、潮、琼飓风暴雨，十月南京地震，南赣大疫，十一月贵州、陕西地震，十二月靖虏卫天鼓鸣，长河、江西大震电。②

皇帝令群臣上疏直言，胡爟上疏称地震之类为小灾，旱潦饥疫致父子相食、骨

---

① ［唐］刘肃撰，许德楠、李鼎霞点校：《大唐新语》卷一，中华书局1984年版，第6页。

② ［明］黄瑜撰，魏连科点校：《双槐岁钞》卷十，中华书局1999年版，第223页。

肉分离为大变，而当权者被李广、杨鹏等蒙蔽更为大祸。后李广等人以贪赃罪被论处，作者盛赞弘治皇帝英明。《万历野获编》卷二十九亦言弘治年间虽频发地震、水涌、疾疫、霜雪、雷雨、飓风、震雷等，灾异之多为累朝所无，但作者认为灾异虽多终未损太平，皆因弘治皇帝以此为警，上下同心，遇灾而惧所致，终令“灾不为害”。

第二节　气候灾害的禳解

笔记小说中记载气候灾害种类繁多，亦多载有禳治之法，主要有罪归于己式君臣自省、僧道有德之士的祈祷、良政美法赈灾、借特殊物品或地点以禳灾等，多体现了“天人感应”观念的深入人心，终以人世间的努力而改变气候，令“灾不为害”。

一、罪归于己的自省

（一）帝王罪己禳灾

《搜神记》卷八《汤祷雨》载：商汤克伐夏桀之后，天下七年大旱，洛水为之而枯竭。汤亲自祈祷于桑林之中，并剪其爪发以代替自己为牺牲，虔诚向上帝祈雨，大雨终至，而国土得济。此事较早载于《尚书》《论语》《墨子》《吕氏春秋》等多种文献中，其事大略如下：

> 汤曰：“惟予小子履，敢用玄牡，告于上天后曰：‘今天大旱，即当朕身履，未知得罪于上下。有善不敢蔽，有罪不敢赦，简在帝心。万方有罪，即当朕身。朕身有罪，无及万方。’”即此言汤贵为天子，富有天下，然且不惮以身为牺牲，以祠说于上帝鬼神，即此汤兼也。①

① 吴毓江撰，孙启治点校：《墨子校注・兼爱下》，中华书局2006年版，第175—176页。

在墨子看来，商汤贵为天子、富拥天下，却能将万方之罪当于一身，不惜以自身作为牺牲，正是兼爱的重要体现。当时汤将大旱归咎于自己的伐夏之举，在《荀子》中更是将其祈雨之时自己反思认为或许有过的几点列了出来：

政不节与？使民疾与？何以不雨至斯极也！
宫室荣与？妇谒盛与？何以不雨至斯极也！
苞苴行与？谗夫兴与？何以不雨至斯极也！①

因天灾而自思己过，实为"天人感应"思想深入骨髓的一种表现。出土的战国书简《鲁邦大旱》中孔子亦曾言："邦大旱，毋乃失诸刑与德乎？"②汤祈雨的自责为后世历代明君做出了表率，堪为"罪己诏"的楷模。《管子·山权数第七十五》中提及汤时有七年之旱，禹时有五年大水，但因君主贤明，民间并未有鬻子者，可见天灾未必直接会引起人祸。鲁迅小说中有《理水》等相类故事。

《杨文公谈苑》载：开宝九年(976)阴雨逾月，斋宿之旦仍雨下不停，宋太祖遣中使祷于无畏三藏塔，誓言如仍不止雨即毁浮图，又令近臣赍三木至岳神宿，斥言如斋日雨仍不止当施桎梏于神像。于是斋宿时雨霁天晴，而郊祀之后雨又复作。另载：至道二年(996)大旱，宋太宗亲自祈雨，并将自己的名字书于祭词，王禹偁认为逾礼，太宗则以汤作为例证，认为如为百姓请命当无所惜，体现皇帝对民间疾苦的重视。

《西塘集耆旧续闻》卷五载庆历七年(1047)因春旱，宋仁宗自改罪己词：

乃自去冬，时雪不降。今春大旱，赤地千里。天威震怒，以戒朕躬。兹用屈己谢愆，归诚上叩。冀高穹之降临，闵下民之无辜。与其降戾于人，不若移灾于朕。自今避殿减膳，中外实封言事。③

---

① [清]王先谦撰，沈啸寰、王星贤点校：《荀子集解·大略》，中华书局 2013 年版，第 595 页。

② 马承源主编：《上海博物馆藏战国楚竹书(二)》，上海古籍出版社 2002 年版，第 204 页。

③ [宋]李廌、[宋]朱弁、[宋]陈鹄撰，孔凡礼点校：《师友谈记 曲洧旧闻 西塘集耆旧续闻》，中华书局 2002 年版，第 340 页。

天有水旱之灾，帝王以身作则，将罪责归诸己，此种做法在多种小说中有所记载，且多归诸商汤、宋太祖、宋仁宗等所谓“仁君”身上。这一方面展现了天人感应观念的深入人心，另一方面亦寓示了作者对此种反思自省意识的某种首肯。

(二)臣民之虔心祈祷

除帝王的罪己外，臣民的虔心祈祷亦是笔记小说中常见的禳灾之法。如汉刘歆所撰《西京杂记》卷一《止雨如祷雨》：“京师大水，祭山川以止雨。丞相御史二千石祷祠，如求雨法。”①可知无论大雨或是无雨，祷祠之法甚为类似，且因为发生于京师，故由丞相御史二千石者进行祈祷。《博物志》卷八中收录《止雨》《请雨》祝词：

> 《止雨祝》曰：天生五谷，以养人民，今天雨不止，用伤五谷，如何如何！灵而不幸，杀牲以赛神灵，雨则不止，鸣鼓攻之，朱丝绳萦而胁之。……《请雨》曰：皇皇上天，照临下土。集地之灵，神降甘雨。庶物群生，咸得其所。②

在《止雨祝》中，祷祝者站在上天养民的角度，先言五谷用于养民，现霖雨不止，则损谷伤民，天雨如有灵，先祭祀以三牲以示敬意；如雨仍不止，则会鸣鼓攻之，并用红色的丝绳来捆绑雨神。先礼后兵于此体现得淋漓尽致。《清异录》卷上载李煜曾作祈雨文：“尚乖龙润之祥。”③将雨与龙置于一处。

《曲洧旧闻》卷一载：盛文肃在翰苑时，昭陵曾面谕，因亢旱祷而不应，下诏救民间疾苦，痛自咎责，令文肃为草诏。卷三载：张文懿为官射洪时，祷雨白厓山陆使君之庙，称：

---

① [汉]刘歆撰，[晋]葛洪集，王根林校点：《西京杂记》卷一，《汉魏六朝笔记小说大观》，上海古籍出版社，1999年版，第78页。

② [晋]张华等撰，王根林等校点：《博物志(外七种)》，上海古籍出版社2012年版，第34页。

③ [宋]陶穀、[宋]吴淑撰，孔一校点：《清异录 江淮异人录》，上海古籍出版社2012年版，第9页。

神有灵，即赐甘泽。不然，咎在令，当曝死。[1]

张文懿作为一地之官，自曝于烈日之下，仿效帝王罪己之举，方曝烈日，大雨果至。此种祷雨之法古代多有，如《搜神记》卷十一《谅辅》载：后汉时佐吏谅辅，时逢夏旱，一郡太守亦自曝中庭，结果并未降雨，身为辅吏的谅辅再行祈祷：

辅以五官掾出祷山川，自誓曰："辅为郡股肱，不能进谏纳忠，荐贤退恶，和调百姓，至令天地否隔，万物枯焦。百姓喁喁，无所控诉，咎尽在辅。今郡太守内省责己，自曝中庭，使辅谢罪，为民祈福。精诚恳到，未有感彻。辅今敢自誓，若至日中无雨，请以身塞无状。"乃积薪柴，将自焚焉。至日中时，山气转黑起，雷雨大作，一郡沾润。世以此称其至诚。[2]

身为佐吏的谅辅将罪责尽归于己之不能进谏纳忠、荐贤退恶、和调百姓，在太守祈雨未获之后行此事，未免有越权之嫌。只是出于至诚，所谓当仁不让，谅辅敢于对众自誓，如日中仍无雨则以身塞责，自焚于薪柴之中。此等举动比汤祈雨时以爪发自代更显壮烈，幸而雷雨大作，成就一番精诚之名。只是在褒扬谅辅之时，作者在小说叙事中对祈雨未就的太守恐怕是有微词的。《五杂组》卷一亦载：遇大旱祷雨时，谅辅、戴封等积薪自焚，火起时雨及时而至得获身免，亦有临武平舆令张熹及主簿小吏等人身死焚讫雨方至。作者将之归因为上天或示以听卑之意，或示以绝矫诬之端，隐言"上天"意旨的游移不定。同卷载王元稹、奚康生、江铎等因祷雨不应而黩神受恶报而死之事：

南安王元稹为相州刺史，祷雨不效，鞭石虎像一百，未几，疽发背死。奚康生在相，亦以祷雨取西门豹舌，三儿暴丧，身亦遇疾。万历己丑，吾郡大旱，仁和江公铎为守，与城隍约，十日不雨则暴之，既而暴又不雨，则枷

① ［宋］李廌、［宋］朱弁、［宋］陈鹄撰，孔凡礼点校：《师友谈记 曲洧旧闻 西塘集耆旧续闻》，中华书局2002年版，第118页。

② ［晋］干宝、［晋］陶潜撰，曹光甫、王根林校点：《搜神记 搜神后记》，上海古籍出版社2012年版，第92页。

之，良久始解。无何，江至芋江，登舟，堕而伤足，病累月，几殆。人亦以为黩神之报也。①

神或有应，或有不应，无甚规律，已隐含了小说作者对“天意”的某种反思与怀疑。

在帝王、官吏等祈祷不应的情况下，亦会寻取“善民”尝试此事，如《北窗炙輠录》卷上载秀州府大旱，遍祷于山川、佛祠、土龙、蜥蜴，亦行纵狱、徙市等事，皆试而不雨。于是以忠厚人司户张道望至海盐县神山龙池乞水，行至中途而大雨突至，后州境内凡有水旱，辄请张道望祈之，亦多有应，众人遂呼其为“感应司户”。

二、僧道的祈祷

与帝王、臣吏、善民祈祷多得上天回应相比，笔记小说中亦有记载僧道祈祷禳灾者，如《搜神记》中数言祈雨之事，像孙策令于吉天旱祈雨，而在降雨之后毁诺而杀之，最终自己也遭受报应而亡；葛玄书符，瞬息间大雨天降，并应吴主之询而立令水中生鱼数百头，将“有道之士”的神迹展现无遗。

但在小说叙事中，亦多有从批判角度述说僧道谋利害民并因此而遭谴者。如《朝野佥载》卷三载：浮休子张鷟为德州平昌令时属地大旱，师婆、师僧多方祈祷，二十余日无有任何效应，浮休子怒而推倒土龙，当夜大雨，由此显露出师婆、师僧祈雨之无能。后又言一师婆卜卦，不识官品高低之异，先是称“今年得一品，明年得二品，后年得三品，更后年得四品”，在听闻品少为官高之后，又转口说“今年减一品，明年减二品，后年减三品，更后年减四品，更得五六年总没品”②，徒惹人笑。此数则故事表露了作者对装神弄鬼、愚弄百姓的师婆之类的讥刺。《朝野佥载》卷五所载贺玄景、薛怀义等以“妖法”谋占人财、愚弄百姓等事，更是以“非理之事，岂如来本意哉”③作结，指出假托神圣者的虚妄。还有像

① ［明］谢肇淛撰：《五杂组》卷一，上海书店出版社 2009 年版，第 14 页。
② ［唐］张鷟撰，赵守俨点校：《朝野佥载》卷三，中华书局 1979 年版，第 63 页。
③ ［唐］张鷟撰，赵守俨点校：《朝野佥载》卷五，中华书局 1979 年版，第 116 页。

洪州胡超僧，在武则天的安排下，花费巨万，用三年时间炼制长生之药，武则天大加赏赐，以为可以跟彭祖般长寿，结果服药后三年即崩。《朝野佥载》卷五载：景云中西京连续降雨六十余日，胡僧宝严自称有术法可止雨，大肆准备之下，枉顾当时禁屠宰之令，用羊二十只、马两匹作为牺牲进行祭祀，结果祈祷了五十余日，雨反而更盛。最后在将此胡僧斩逐之后，雨马上停止。此种叙事，无形中将淫雨不止归咎于胡僧之妄为。《唐国史补》卷上亦载：唐肃宗时以王屿为相，以鬼神之事分遣女巫遍祷各处山川，结果不少巫者少年盛服华车，强求金帛，横行于各州县之间。时任黄州刺史左震大怒，将巫者与恶少皆斩，封存其所积金宝等物，向上直承其事，结果朝廷大加慰奖，拜左震为商州刺史。

《剧谈录》卷上载：晋阳县令狄惟谦因属境亢旱，百般祈祷无用，只得专门请女巫作法求雨。女巫先是说三日必雨，继而竟又将责任推到县令无能上，说七日方雨。七日后仍不得雨，女巫怒言县令不知天时，难以降雨。狄惟谦怒而鞭打女巫，又将其投于潭水之中，众人惊惶之间，忽有异变发生：

> 是时炎旱累月，烁石流金，晴空万里，略无纤翳。祠上忽有片云如车盖，俄顷渐高，先覆惟谦立所，四郊云物随之而合。雷震数声，甘泽大澍，焦原赤野无不滋润。于是士庶数千，自山顶拥惟谦而下。州将以杖杀巫者，初亦怒之，既而精诚有感，深加叹异，与监军发表上闻。俄有诏书褒奖，赐钱五十万，宠赐章服，为绛隰二州刺史，所理咸有政声。①

因雨终下，县令杖杀女巫之事亦由大化小，最后此县令竟被颂赞为精诚有感，并得朝廷诏书褒奖。此则小说虽言狄惟谦作为狄仁杰子孙的神异之处，但求雨过程的曲折亦显示了为一方父母官之难。旱涝之灾本为自然现象，与人事管理往往掺杂到一块，在女巫怒斥县令无能时，因欲其相助祈雨，狄惟谦亦只得低头认错；而一旦祈雨成功后，无故杖杀女巫之事亦成个人政绩，得到褒扬。

《燕翼诒谋录》卷二载：江东有僧诣阙，请修天台国清寺，称寺成时必当焚身以报。寺成，僧欲面谢皇帝以求不死，专责此事的绍钦大怒，令人以叉将僧叉入烈焰焚死。此则小说还指出苟非此僧就焚，唐太宗亦必以欺罔之罪戮之于市，

---

① ［唐］康骈撰：《剧谈录》卷上，古典文学出版社1958年版，第21页。

对于僧徒的奸狡是有所讥刺的。《涌幢小品》卷一亦载：宣德年间，大旱，一僧言于官，欲积薪自焚以祷雨，甫举火而走，擒获后发配龙门充军。后又以一铜印自称为紫金印欲图献上，法司欲以妖言惑众罪斩之，正统皇帝称其只是妄男子而释之，后正统帝在房中颇得其力。此则小说中对僧人则有所回护。

笔记小说中叙及僧道祈祷之时，与虔诚祈祷的帝王臣民相比，往往多了一些审视和谴责的意味。或许以百姓看来，与常人相比，僧道应是与上天沟通更多之人，且平日多方供奉，灾害发生之时祈祷得应是其应尽之职，祈祷不应则归咎于僧道的不诚。

三、良政赈灾

灾害发生后，除祈祷之外，亦多有赈灾之举，二者是并行不悖的，在小说叙事中多言及赈灾良政。

《大唐新语》卷四载：肥乡令韦景骏因县界毗邻漳水，连年发生泛滥之灾，细察地势，增筑堤坝进行防护，多年水灾不再复发。另在饥馑之年，韦景骏亲自巡察抚慰贫弱之家，得百姓爱戴，遇母子相告者，辄以自己少孤无法养亲之憾感动之，政声颇佳，足显百姓眼中良吏形象。《大唐传载》载：颜真卿为监察御史而充河西陇右军试覆屯交兵使时，恰逢五原干旱，真卿勘查得冤狱，平反之后天即降雨，百姓称之为“御史雨”。《南部新书》等亦载此事。

《涑水记闻》卷一载：宋太祖时宫人不满三百，还以此为多，后来久雨不止，又放出数十人。此则记载凸显宋太祖的仁厚和自律，放出宫人之举虽非直接的赈灾，但对百姓的宽仁得以体现，这正是赈灾的首要方面。卷七载王钦若为仓储判官时，因天久雨，百姓纳租时谷皆湿，仓司以此为由不予收纳，百姓进退两难，困苦更甚。王钦若则下令将湿谷皆收之，又奏请皇帝用粮时先支取湿谷。宋太宗听闻此举利民，大喜，手诏答许之，后真宗时用钦若为相，可见对此惠民之举的首肯。卷十载：通、泰、海等州皆因濒海，潮水常至城下，而致土田斥卤，不可稼穑，百姓生计艰难。范仲淹为兴化令时，专修海堤于三州之境，长数百里，民享其利，兴化之民后多以范为姓，彰显了民间的好口碑。卷八载：京师连雨两月余不止，漂没军营民居甚众，河北等地亦皆大水，宰相以下亲自护役救水。《渑水燕谈录》卷二载：庆历末年，因河决商胡，北方发生大水，流民大量涌入京东，富文忠公劝所抚八州之民出粟以助赈给，又以寺庙、村坊、山窟等助流民居住，供给简单的日用品，并收葬不幸死者于丛冢，作文而祭。待到第二年夏粮得收，按流民距离出资遣返还家就业，此番举动令活者五十余万，且又募兵万余人。宋仁宗大为赞赏，嘉令其为礼部侍郎，富弼认为这些举措皆是臣职应当，辞不受赏。

《邵氏闻见录》卷十三载：元丰七年(1084)，洛中大雨，水波竞与上阳宫墙相齐，至夜间伊、洛合而为一，公卿士庶民宅多坏，形势危急。韩康公尹洛，马上采取各种措施：

> 抚循赈贷，无盗贼之警，人稍安。后两日，有恶少数辈声言水再至，人皆号哭，公命擒至决配之，乃定。闻于朝。筑水南新城新堤，增筑南罗城。明年夏，洛水复涨，至新城堤下，不能入，洛人德之，康公尹洛之异政也。①

抚赈安民，止息谣言，筑南罗城，数种作为未见新异举措，而民众赖以得安，正在于执政者全心为民所致。《邵氏闻见后录》卷三十载：政和年间，京师大雨十日，汴流涨溢，宫庙危甚，宰执亲自作茅庐昼夜居于天汉桥上，此灾虽被小说视为后来的兵灾之兆，但宰执之臣亲自赈灾，以身作则，亦可见治灾之决心。

《侯鲭录》卷四载：元祐六年(1091)时汝阴久雪，苏东坡甚忧，与妻商量欲出钱做饼以救百姓之饥，后与作者讨论赈饥之事，作者言：

> 已备之矣。今细民之困，不过食与火耳。义仓之积谷数千硕，可以支散，以救下民。作院有炭数万称，酒务有余柴数十万称，依原价卖之，可济下民。②

百姓备雪灾，无外食与火，而指向的正是饥与寒。饥者得其食，寒者得其衣，又何来灾害呢？该书卷六记作者与苏东坡言及当官三乐与居家三乐：

---

① [宋]邵伯温撰，李剑雄、刘德权点校：《邵氏闻见录》卷十三，中华书局1983年版，第148—149页。

② [宋]赵令畤撰，孔凡礼点校：《侯鲭录》卷四，中华书局2002年版，第119页。

凶岁检灾，每自请行，放数得实，一乐也；听讼为人得真情，二乐也；公家有粟，可赈济民，三乐也。居家亦有三乐：闺门一心，上下和平，内外一情，一乐也；室有余财，可济贫乏，二乐也；客至即饮，略其丰俭，终日欣然，三乐也。①

此三乐多与民间疾苦有关，苏东坡亦首肯。《避暑录话》卷二载：文彦博知成都时，适逢大雪天，邀客欢饮。帐下有小卒因违言被责者，愤而拆井亭焚烧以御寒，文潞公令拆他亭付余卒以御寒，宾客皆得欢饮。第二日，文潞公查明先拆亭者，杖脊发配。此则小说或欲显文潞公善于处事，但大雪严寒中官员饮酒而守卒只得烧亭以御寒，本身即隐含了一种不平等，事后处罚先拆亭者，还是以拆亭为乱，进行惩戒，并未追溯其为何而拆亭，为何而违言，与苏东坡之关心民间饥寒相差较远。以今人观点来看，文彦博未免有忽视雪寒时守卒之寒的过失。

《独醒杂志》卷三载：章贡东西濒江，春夏间江水经常入城，民遭浸没之苦，水退后又多病死，久无解决之法。刘彝至后，令城门各造水窗十三间，水至则闭，水退则启，水患遂息。《啸亭杂录》卷一载：辛酉年夏连雨数旬，永定河漫口，田庐漂没数百里，庄稼无收，皇帝减膳去乐，步行祷于社稷坛祈晴，又亲乘木筏施散饼饵，活民数百万人，还派大臣查赈，截漕粮数十万石以备缓急，巡视筑永定西堤。另在《啸亭续录》亦盛赞康熙、乾隆等皇帝忧民勤政，重视民生，遇有雨旱灾情，辄虔敬以祷，上天多应。

四、借地或物之灵异

（一）借物以禳灾

《明皇杂录》卷上载：唐玄宗曾得一玉龙子，遇愆雨、干旱，祈祷辄应。后三辅大旱时，旬日无雨，玄宗遂将玉龙子投于南内龙池，风雨随作。后玉龙子失而复得，又被李辅国窃去而亡失。卷下载：关辅大旱时，玄宗令冯绍正于龙池殿上四壁各画一龙，风雨随笔而生，雷电继起，霖雨遍于畿内。《青琐高议》前集卷六

① ［宋］赵令畤撰，孔凡礼点校：《侯鲭录》卷六，中华书局2002年版，第164页。

载:天宝十一载(752),秋雨连绵不绝,玄宗登楼远望,见淫潦日甚,欲传位太子以解心忧,高力士劝待丰稔之年再行传位之事,杨贵妃则提出与皇帝一起舍衣而捐,并建道场进行禳灾,其中贵妃一双袜子辗转流落民间,留下诸般故事。《泊宅编》卷四载:政和六年(1116),杭州汤村海溢,即发生海啸,损坏居民田庐有数十里,朝廷降铁符十道以镇之,每一片重百斤,正面铸有神符及御书咒,贮存在青木匣中,设醮投于海中。同卷载:宣和癸卯年(1123),通州盐官县蜀山、雷山一带沙涨,亦采取投符的措施。另经制司差武经郎路升等人措置水利,曾欲筑长堤以抵御潮势,其论被认为迂诞不可行。此类小说叙事中,往往将禳灾的关键放在某具体物品上,以今人视角来看未免有迂诞之嫌,但与前述虔诚祈祷结合起来看,实是"天人感应"观念的另类表达。

《南村辍耕录》卷四载:蒙古人祷雨时,不像汉人方士般准备印、旗、符、箓、香等物,而唯取净水一盆,浸石子所谓鲊答者数枚,默持秘咒,将石子淘漉良久遂得雨。此石子为兽类腹中所产,或为牛黄狗宝之类。还有小说记载以蜥蜴或蛇进行祈雨者,如《杨文公谈苑》载以蜥蜴祈雨,辄应验,或将蜥蜴视为龙属之类。《类苑》《类说》《岁时广记》《倦游杂录》等多引此类。《酉阳杂俎》前集卷十一载:夏旱,王彦威以求雨之法问之季玘,季醉后言道:

> 欲雨甚易耳,可求蛇医四头,十石瓮二枚,每瓮实以水,浮二蛇医,以木盖密泥之,分置于闹处,瓮前后设席烧香,选小儿十岁以下十余,令执小青竹,昼夜更击其瓮,不得少辍。①

王彦威遵其法而行,一日两夜后果然大雨如注。此种方法,诸多小说多有记载,并将龙与蛇视为亲家,认为蛇亦有通雨之能。《南部新书》亦载此事。

(二)某地特殊的禳治方法

如遇旱涝之害,很多地方有自己特有祈祷之地或祈祷之神,在笔记小说中亦有记载。如《搜神记》卷十三《樊山火》言樊口如遇天旱,可以火烧樊山,则大雨立下;《湘穴》则言湘东新平县如大旱,则壅水塞龙穴,雨亦大降。《大唐传

① [唐]段成式撰,曹中孚校点:《酉阳杂俎》前集卷十一,上海古籍出版社2012年版,第64页。

载》载：咸阳湫池一夜忽飞至终南山中峰，沿途皆狂风暴雨，深者有四五尺。后终南山如遇干旱，在池旁祈祷皆有应验。而此书所载昭应庆山于夜间飞坠新丰西一村，令百余人家因山成坟，与此相类，只是对百姓的灾害更为直接，后于“坟”上建持国寺，雨旱祈祷亦有灵应。《录异记》卷四载：五代时蜀朝庚午夏天降大雨，岷江水涨，将毁坏京江灌口。夜间堰上忽然人声沸腾，火把映天，第二日人们发现大堰自移数百丈，上涨之水入新津江，堰坏之危解除。后发现李冰祠中旗帜皆湿，隐言夜间移堰者为李冰率众鬼神所为。当时其他地方皆有水害发生，而京江始终未溢。《茅亭客话》卷一所载故事与此相类，更有大蛇横亘堰上以阻堰破之异，蜀无大水，皆归功于李冰。《酉阳杂俎》前集卷十四还载有火烧崖山以求雨、荆州永丰县举卧石以求雨等法，《刘宾客嘉话录》《尚书故实》等载有杀犬投舒州九眼泉大雨必降、长绳系虎头骨投于有龙处雨即降等事，多与当地风俗传说有关。

《录异记》卷四载：遂州东岸唐村曾有一人于梦中向村人自称为钟离大王，其旧有神庙在千里之外的下游，因被水坏庙，故神像上溯至此地，可立庙以为守护。村人果于江中得数尺木像，为其立庙，号为唐村神，如遇水旱，祈祷皆应。《茅亭客话》载：罗璝洞为真人罗璝修道飞升之所，凡有水旱疾疠，祷之辄应，且屡有香风、音乐等仙迹。慈母池水有五色，为龙居之处，每以木石投之，雷电雨雹立至，如岁旱，祭祷亦有应。益州城西北有龙女祠，如遇旱潦，祈祷辄应，燕国公高骈欲筑罗城，施工至祠骤有风雨，高骈将祠隔于城外，风雨立止。《录异记》卷六载：某年大雨导致青城鬼城山崖石崩裂，暴水突至，青城神殿面临坍塌之危。水涨之际，忽有坠石落下，将堰水导向他处，殿阁得免漂没，且自此后暴水出处，有流泉可直注厨内，冬夏不绝。《江邻幾杂志》载：作者江休复曾奉敕令至五龙庙谢晴，所用物品有：

> 司天监择日供神位板，太仆供羊，司农供猪、粟、黄白盐、馔油、豗脂、韭、菁葱、明油，太府供币帛温香，少府供蜡烛，将作供神位水火，光禄供礼料、莲子、鸡头、胡桃、干枣、馔盐、笋俎、干鱼、玉鲅、鹿脯、姜椒、橘豉、鱼、兔、鹿、羊、醓饧、醋、酒、柴、炭，将作所供罍沉水香饼尔。①

① ［宋］欧阳修等撰，韩谷等校点：《归田录（外五种）》，上海古籍出版社2012年版，第177页。

久雨不止，经祭祀祈祷而天晴，需再行祭祀，即为“谢晴”。由上述祭品之丰，可以想见人们对祈晴许愿的重视。

笔记小说中亦载所谓“神灵”降世禳除灾害的故事。如《东轩笔录》卷一载：熙宁十年(1077)夏天，京辅大旱，皇帝因祈雨未应而忧心如焚，忽梦有僧人吐云雾致雨，第二日大雨遂下，以佛像求之，原来为第十尊罗汉。《铁围山丛谈》卷五载：宣和己亥年(1119)夏，都邑大水高至五七丈，时泗州僧伽大士现于大内明堂顶云龙之上，诫谕白衣疑为龙神者，水害得止。

各种禳灾之法虽多不相同，但大多展现了由某些明君、良臣、贤士、高僧大德等秉持虔诚之心，正视灾害，从而令灾不为害的诸种举措。

第三节　畜物之害的描写

除水、旱等气候为灾外，各种虫、鸟、兽、畜在特殊情况下亦会对人类的生活造成一定困扰，甚至为灾为难，在诸多笔记小说中亦有所记载。

一、蝗灾

(一)蝗之为害

笔记小说中叙及蝗灾时，多有对其为何而来的探讨或者解释，如段成式撰《酉阳杂俎》前集卷十七中言蝗之为物：

> 蝗，荆州有帛师，号法通，本安西人。少于东天竺出家，言蝗虫腹下有梵字，或自天下来者，乃忉利天。梵天来者，西域验其字，作本天坛法禳之。今蝗虫首有王字，固自不可晓。或言鱼子变，近之矣。旧言虫食谷者，部吏

所致，侵渔百姓则虫食谷。虫身黑头赤，武吏也；头黑身赤，儒吏也。①

此则小说中记载蝗虫有腹有梵字者、首有王字者、身黑头赤者、头黑身赤者等多种，而蝗之害或言无良部吏所致，即认为贪吏侵渔百姓便会发生蝗虫食谷的现象。以武吏、儒吏指称蝗虫，实有讥刺深意。《酉阳杂俎》续集卷八称：江中小鱼可化为蝗而以五谷为食，达到百年更可以变幻为鼠。此种叙事，或因小鱼与蝗数量皆多有关。《鹤林玉露》丙编卷三亦谈及蝗虫来历，称《诗》注言螽斯产八十一子即指蝗虫，入地后来年方出，若遇雪深一尺，则蝗入地一丈。又言蝗灾每每见于大的战乱之后，或有人称之为战死之兵士冤魂所化，故而捕蝗者群呼聚喊时蝗不动，鸣金击鼓时则若成行列。人们认为蝗灾与战乱互为因果，实是当时人们对人事与自然之间相互呼应观念的展现。

《柳南随笔》卷二载：南宋刘宰漫塘，俗传死后为神，掌管蝗蝻，呼为"猛将"，江南春秋祷祠，蝗遂不为灾。而赵蔡作《漫塘集序》，称其学术本于伊洛，作者认为其为"蝗神"必是后人附会。同卷又载：秦始皇时蝗灾遍蔽天下，诏令百姓纳粟千石可拜爵一级，鬻爵之事自此而始，人间之事因蝗灾而变。《涌幢小品》卷一载：明世宗曾梦见有黄衣者数人告辞往南而行，杨一清认为"黄"即为蝗，当年秋天果有蝗灾爆发，而数日之间蝗虫皆被大风雨裹挟至海中而死。作者认为是当时皇帝励精图治，故而灾祸未发之前先以梦兆作警，后又令灾不为害，由上天助其灭蝗。《睽车志》卷三载：淳熙年间，平江连年大旱，有农夫过某，种田六十亩而得丰熟，亦伪称受旱而上报官府灾情，得免田赋，第二年飞蝗骤至，专食其田，邻家无恙；另有二农家，一者淳朴本分，一者狡狯暴横，蝗至后专食暴横者之田，而不食淳朴者之田，后暴横者偷偷以布囊贮蝗置他人之田，蝗仍飞回食其田。此类小说将蝗灾视为有神灵掌管者，蝗之为灾似有惩戒之意。

治蝗之时，往往亦涉及对蝗灾来历的看法问题，如《开天传信记》载：开元初年，山东发生蝗灾，姚元崇请命分派各路使者前往捕蝗，而皇帝则言蝗虫为天灾，是由于世间之人不虔诚所导致，如果以人力捕蝗的话，恐怕会违背上天的意旨。姚元崇据理力争：

---

① ［唐］段成式撰，曹中孚校点：《酉阳杂俎》前集卷十七《虫篇》，上海古籍出版社 2012 年版，第 105 页。

臣闻《大田》诗曰“秉畀炎火”者，捕蝗之术也。古人行之于前，陛下用之于后，古人行之，所以安农；陛下行之，所以除害。臣闻安农，非伤义也，农安则物丰，除害则人丰乐，兴农去害，有国之大事也，幸陛下熟思之。①

姚元崇此劝谏由史而谈及当下，倡言安农、除害为国之大事，玄宗皇帝首肯，遂不顾其他人的极力反对，强行下令捕蝗。当年捕杀蝗虫竟有百余万石，而天下赖之无饥馑。《渑水燕谈录》卷二载：祥符年间天下大蝗，有近臣得死蝗，宰臣欲称贺，王魏公旦坚执不可，后数日，飞蝗蔽天，宋真宗称赏王魏公。如果当时大贺时逢群蝗飞至，必为天下人所笑。

关于蝗灾之害的记载除言其令庄稼凋敝、民生艰难者外，还有记蝗虫食人者，如《癸辛杂识》别集下载：武城忽有蝗虫自北遮天蔽日而来，有农人崔四正在耕田，为蝗所埋，聚如丘阜，其子及时赶到救下父亲，须发已被啮尽，衣服碎如筛网；另记晋天福年间，有蝗食猪之事，平原一小儿更是被蝗吮血而食，仅余空皮裹骨。

(二)蝗灾之禳

笔记小说中蝗灾禳除之法多有与人事关联起来的，如《搜神记》卷十一《何敞》载：里中大旱，何敞不忍继续隐居，跋涉至县中，在蝗蝝灭死之后，又复遁去，虽未言其如何灭蝗，但据其“少好道艺”来说，甚有可能在作者看来有道之士足令蝗消。《小黄令》更是言在徐栩任小黄令时，属县之蝗过界即飞逝不集；一旦徐栩弃官之后，众蝗应声而至，复官后，蝗又应声飞去。蝗虫因人而集，因人而散，自有神性。“蝗不过境”是良吏故事中常见的情节，如《春渚纪闻》卷二载：米元章为雍邱令之时，恰逢旱蝗大起，邻尉司焚瘗致蝗灾滋蔓，有人称蝗虫为雍邱驱逐而来，其尉为人轻脱，于是行文雍邱，请各尽力捕除收埋，不要以邻县为壑。米元章见文大笑，回诗称：

蝗虫元是空飞物，天遣来为百姓灾。

---

① [唐]郑綮撰，丁如明校点：《开天传信记》，《唐五代笔记小说大观》，上海古籍出版社2000年版，第1223页。

本县若还驱得去，贵司却请打回来。①

《避暑录话》卷三亦载相类故事：泰兴令初言所辖县无蝗，后见蝗蔽日而来，称为邻县如皋处飞来，于是檄令如皋无使蝗侵界。如皋令钱穆甫作诗调侃：

蝗虫本是天灾，即非县令不才。
既自敝邑飞去，却请贵县押来。②

此二诗虽为调侃，但将蝗虫视作天谴百姓之灾，体现了“灾由天作”的观念。蝗虫不入贤官所在之地，亦隐有此意。如《渑水燕谈录》卷四载：明道末年天下蝗旱，贤官吴遵路多方谋划，令民不知灾，其政绩远播。卷九载：熙宁年间，淮西连岁蝗旱，田中生菌，山中及平地生“土面”，可食解饥。补遗卷载：遇旱蝗之年，范仲淹安抚江淮，以太平州贫民所食乌昧草进呈，乞宣示以抑奢侈。《都公谈纂》卷上载：南昌况伯律为人刚介有为，出守吴郡时昭雪民冤，复一千七百家，奏请朝廷减粮一百多万石，蝗生嘉定而祷于上天，风雨大作，蝗虫遂死，被百姓称为“况青天”，绘像祀于范文正公祠。《涌幢小品》卷十五载：赵纶为内江令时有善政，蜀原来无雪，当年雪盈寸，蝗不入境，粟一茎五穗，被称为“三异”，后官至南京刑部主事。

除靠清官良吏之外，亦有小说言有他物灭蝗者。如《山居新语》载：大德三年（1299），扬州淮安蝗虫为害，忽有秃鹙五千余以翅击打蝗虫，争而食之，食饱之后复吐而再食，直至蝗虫消弭，中书省遂奏准禁捕秃鹙。

二、虎患

老虎食人虽不常见，但在人心目中虎为凶猛之兽王，笔记小说中叙及虎患时，多展现凡人凭个人勇力和智慧与虎的对抗。如《西京杂记》卷三《箓术制蛇

① ［宋］何薳撰，张明华点校：《春渚纪闻》卷二，中华书局 1983 年版，第 30 页。
② ［宋］叶梦得撰，田松青、徐时仪校点：《石林燕语 避暑录话》，上海古籍出版社 2012 年版，第 176 页。

御虎》等称黄公少时可制龙御虎，年老力衰反为虎所伤，被他人演作戏剧，当作笑话为角抵之戏。《广陵死力》则言广陵王凭个人勇力能空手搏熊，终为兽所伤而死。此类小说多借人与兽之间的对抗，展现人体力方面的某些缺憾，虽有惹人发笑之意，但亦隐含对凶猛野兽的惧怕。《唐国史补》卷上载：北平多虎，龙华军使裴旻守北平时曾一日射虎三十一只，后有老者指其所杀为“彪”而非“虎”。裴旻后果遇凶猛异常的“真虎”，射之不得，被吓得弓矢坠地，自此深感惭愧而不复射虎。此则小说虽对斐旻有讥讽之意，而“彪”本为虎所生相对弱小的后代，对百姓亦常有伤害，一日间可射三十余只，足显数量之多。《茅亭客话》卷八载：一虎误入市中，千余人围观而虎不惧，唯李吹口至而虎方惧，匿身屋下，李以戟刺之，饮虎血而杀之。

除叙述人与虎之间的对抗外，亦有小说言人与虎之间的互相变化。如《唐国史补》卷中载：洪崖治有一役者将变成虎，周围百姓见到，迅速用水浇之，才不得变化。《独异志》卷中载：伪蜀李势宫人张氏化为蛇被杀，郑美人化为虎而吃人，兆示李势为桓温所杀的后果。另汉和忆为畿令时，境内有一虎害人，擒得二虎，令曾害人者自行低头认罪，而虎有灵性，竟真的低头，遂杀罪虎而释另一虎复归山林。《茅亭客话》卷八载：开宝初年猛兽群行，村民多于路上设槛阱以捕之，一夜有一老僧被困陷阱中，村民刚一救出，化为虎而去。《括异志》卷六载：山中多有虎暴害人，有道士李芝入山中月余，称已戒之令不复伤人，后虎患果息。此数则小说中虎亦听取人之劝诫，具有了某种人性。

亦有小说将虎视作公正的代言者或者天意的代行者。如《异苑》卷三《畜虎理讼》言：扶南王范寻为辨曲直以判狱，豢养五六只虎和十头鳄鱼，将争讼之人置于虎、鳄身前，如果不被吃掉，就是有理，否则便是无理。此种辨狱方法未免过于儿戏，客观效果会令争讼之人减少，与清代戏曲《虎囊弹》所写故事有相类之处。《南村辍耕录》卷二十二载：大德年间有九人同行走山间，遇雨而避于土洞中，忽有一虎至洞口怒吼，其中八人将一“愚者”推出洞外。洞忽塌，自诩智者的八人皆死，而洞外之“愚者”得活。此则小说中借虎的威吓方令所谓“愚者”得出洞外而活，老虎起到了某种事件推动者的叙事功能。《湘山野录》卷中载：郑毅夫知荆南时，有虎入市啮咬数人，举郡骇然，竞相修浮图法以禳之。郑公谕修城隍庙，一富豪陈务成独力出资修葺，见梁上早有“遇陈则修”的字样，虎之食人成为天意实现的推动者。

笔记小说多以搜奇记怪为旨，对于虎不食人的叙述明显多于虎食人。如《渑水燕谈录》卷九载：虎不食醉人与小儿，虎反畏惧不怕虎的人。《涌幢小品》卷九载：许谷曾因醉酒卧于岭北，有虎先食犬而口吐沫如同醉人，枕其颈而酣眠。许谷醒后因虎无伤人之意，故不乘醉而杀之，后因酒暴卒，被祀为神。

三、龙蛇之属

现实中是否存在过真实的“龙”暂且不论，中国古代典籍尤其是小说中龙、蛟形象是大量存在的，它们和蛇往往甚为相近，小说中既有龙蛇害人之举的描述，又在探询其害人的原因所在，更大的叙事效果是为人们提供某种禁忌来源的阐释。

（一）龙蛇之害

《搜神记》卷十九《李寄》言：闽中庸岭有大蛇为害，当地官属欲不得祸，祭以牛羊，后此蛇又托梦于人，欲食年龄十二三的童女。官吏求买家生婢子或有罪家女子，连用九女，只图不惹祸患，而不思真正解决此问题，直至李寄作为献祭对象。李寄以智杀蛇，见洞穴中九女骷髅，有所哀愍，亦因其怯弱而有所讥刺。小说的最后是李寄被越王礼聘为后，其父亦得官职。此小说虽言李寄之勇智，而隐讥官吏之无能，世人以不关己事之冷漠而纵恶。《青琐高议》亦载此事。《幽明录》言：一国与罗刹邻界，二国相约，每日由其国出一人，送给罗刹食用，而罗刹不复滥杀。后轮至一奉佛之家，其父母哀号诵佛，罗刹不敢近前，其子得生，而罗刹亦从此而绝。《西游记》中观音身畔的金鱼精化身灵感大王下凡食童男童女之事与此相类。《异苑》卷三言：荆州深潭中有蛟作恶，每年均有为其所食者。邓遐为襄阳太守时，欲恃勇力而除蛟，其母认为蛟是神物，劝其以咒劝阻，故有两说，一说以咒令蛟勿复为患，一说仗剑入水而斩蛟，小说最终结果是蛟不再为患害民。卷八《赵晃劾蛇妖》言：后汉时有蛇化为白衣男子扰民，术士赵晃以符咒将其斩之，死后重现三丈蛇身。《世说新语·自新》载：周处年少时与山中之虎、水中之蛟同为义兴三害，在他人劝说下周处杀虎斩蛟，因知乡人以三害共亡而大举庆贺，幡然悔悟，求教于二陆，自行改过，终成忠臣孝子。虎、蛟之害尚不如人害，或许是此则故事除自新之外的另一重隐意所在。《酉阳杂俎》

前集卷二载:晋代江东多有蛇害,吴猛携弟子多人同去除妖。结果各弟子多为蛇所化女子诱惑,只有许旌阳坚持本心,最终斩杀巨蛇。《龙城录》载:嘉州犍为潭中有老蛟经常截没舟船,有一次竟沉没七百艘,溺死人无数。时任太守赵昱大怒,持刀入水,经连番搏斗,终斩蛟而出。后被太宗赐封神勇大将军,庙食于灌江口,以保一方之安,百姓疾病,祈祷亦应。《菽园杂记》卷十五载:江西山水频作,多为蛟所引起,蛟出时山裂水涌,居民或投香纸、红绡等,若为之相贺,蛟状如龙但害及人畜,百姓此举或有"恭送"之意。《涌幢小品》卷十五载:黄哲为东阿县知县,因浪溪有怪物食人,撰文祈祷于天,须臾间风雷大作,一青蛟被震死于水上,时人称为精诚所感。

《朝野佥载》卷五载:开元年间,郴州马岭山有黑、白二巨蛇相斗,二蛇皆死,后十余日山水暴涨,五百余家漂没,失踪三百余人;岭南有报冤蛇,如若打杀一蛇往往会有百蛇相集报复,书中提及可用蜈蚣预防报冤蛇之害;山南五溪黔中有毒蛇,螫人立毙,咬手则斩手,咬足则断足,否则全身肿烂而死。书中另记专门的驱蛇之法,是烧羖羊角及头发。

《泊宅编》卷九载:成都府园西楼传闻有大蟒居住,平时人不敢近。虞经臣宴客时,蟒遗溺恰中人肩,瞬息间皮肉溃烂成疮,得妙药治之方愈。虞经臣遣吏祭之,毁楼而蟒不见。《邵氏闻见后录》卷三十载:兴元府发生火灾,飞烬落在天庆观殿下古柏树上,柏树中空尽焚,臭闻远近,第二天发现大蛇骨数百,认为是天火焚蛇妖招来的灾祸。《癸辛杂识》续集下载:宜兴近湖之地有二龙缠斗,自天俱坠于湖中,顷刻间丈余高湖水借风势而至,有十余如十间屋般大小的火块自天坠下,二龙随即升天;又德清桃园传闻有大龙自天而坠,为地火所烧复飞去,所过稻田焦黑。作者认为龙畏火,天降火而逐之,以免百里之内皆成巨壑。《癸辛杂识》续集下载:湖州土山有富人与数仆乘舟,忽舟不进,发现舟搁置于龙脊上,急弃舟游水赴岸,片刻间龙跃而起,数百亩田畴皆为巨浸,众人皆病,一人身死。

《清异录》卷上载:湖湘有人将大蛇毙之,用厚茅草覆盖,几旬之间生菌蕈,晒干后捣末,置于食物酒汤中,遇者皆死,世人称为"休休散"。此则小说中的蛇之害,是借由人来实现的,与其说是蛇害人,毋宁说是人借蛇而害人。

数则小说言蛟龙之属害人之巨,隐寓人们对此类神异之物的畏惧心态。

（二）龙蛇之害原因的阐释

1.非有意为之

除《李寄》等小说中言蛇为食人而产生伤害外，亦有诸多小说站在龙蛇的角度，叙说龙蛇之害产生的原因。如《搜神记》卷二十《病龙雨》：农人祈雨，而龙恰背上生疽，所降之雨亦为病雨。此则小说中言龙并非有意为害，而是因带病行雨所致，且在病好之后又报恩于人。《癸辛杂识》续集下载：吴子明居杭之横塘，闲步水滨时见泥中一卵蠕动，取回放置于圣堂净水盂中，忽然涨大发声，穿屋而飞，众人以为是龙卵，吴子明因受惊吓而患病身亡。此则小说言野外不应随意捡拾异物归家，否则易惹灾祸，而祸患的起源实由人的不谨所致。

《括异志》卷十载：李敏为兖州奉符县主簿时修葺岳庙炳灵公殿，忽黑云风雹，仰视神座帐上有黄龙数丈，穿屋而去，损毁庄稼百余里。此则小说中黄龙为修葺庙殿时受惊而走，因其身巨大，且有异能，无意间造成屋毁稼损的伤害。

《南村辍耕录》卷二十八载：杭州杨镇有一凶徒，素常凌虐妻子，不孝母亲。一日其妻抱儿失手，致其头破，惧被丈夫打死，婆婆自承其错，躲到女儿家中。凶徒藏刀途中石下，诱母归家，欲以刀杀母，刀寻不见而见大蛇当道，双足深陷地中，七窍流血，其妻掘地欲救，随掘随陷，三日乃死，围观者莫不称快。此则小说之中大蛇的出现，及时地阻止了逆子伤母事件的发生，是行使了惩罚者的功能。

2.宣示警兆

《宣室志》卷十载：建于隋朝的长安兴福寺十光佛院壮丽异常，贞观年间寺僧欲重新修缮，忽然发现有上万条蛇聚于院内，寺僧惊惧，将之归因为上天不欲花费奢侈、劳动人民，故以此警示，此工程遂止。同卷载：天宝年间，洛阳有丈余巨蛇出入山下，僧人无畏讲说佛经，并训责此蛇应安居深山，不应肆毒人间。蛇闻责而若有愧色，须臾竟死。其后安禄山占据洛阳，焚毁宫庙，果应无畏所言决洛水潴城之灾，隐指安禄山为巨蛇转世，仍作恶人间。同卷载：陇西李生见庭院中集聚数百条蛇，令人弃之野外，后蛇又聚其院中，且连续数日皆如此。数日后李生以贪赃罪发，与妻自缢于树，家童亦有数人投井而亡。此则小说中蛇为灾祸之兆。

《茅亭客话》卷八载：青城山民入赵公山采薪，掘一薯苗至三尺，见一大蛇，以锄碰之而化一雉，仅余一石簪，第二年石簪亡去，继而发生李顺作乱之事。另载一牧童于秋天见大小蛇首尾相接入一泥穴，惊骇至不能语，第二年春天方可语。此数则小说中蛇的现身，往往兆示了某种灾祸的发生。

3.蛇行报复

《录异记》卷五载：鸡冠蛇、爆身蛇、黄颔蛇等多种毒蛇，形虽有异，而共同的特点便是中人皆死，可见毒蛇之害多处皆有。数则小说将蛇外形特点和出没地点言明，有警惕读者不要到特定地方招惹蛇害之意。此卷还载郫县有一村民，于渠边得一尺余小蛇，将其刳剔五脏，并以竹串之，烤于火上数日。此村民其数岁孩儿忽然遍身赤肿，痛楚难当，自言："汝家无状杀我，刳剔肠胃，置于火上，且令汝儿知此痛苦。"①施于蛇身之害反加于亲人身上，村民迅速将蛇放下，继而以水洒之，焚香道歉。不久之后，蛇竟得复活自去，而乡民孩子之病亦得痊愈。《稽神录》卷二载：毛生善食毒蛇，并以弄蛇乞丐为生，有一卖薪老者梦中被人嘱托以一蛇寄送毛生。二人相见后，卖薪者以蛇付之，毛生遂被蛇啮手指，猝死，不久身体即腐坏不堪，此蛇不知所踪。《稽神录》补遗载：谢盛入湖采菱，以叉杀一蛟，后数年当地亢旱。谢盛复至湖中，见叉仍在地，拾之而感心痛，还家遂卒。《太平广记》卷一三一亦载此事，注明出自《幽明录》，亦见于《类说》。《铁围山丛谈》卷六载：崇宁中淮水暴涨，有小龙被无识舵工所击，霹雳大作，座船七百只俱自行撞碎，数百人身死，朝廷命官员赈恤，漕官焚香祝祷，小龙入香奁见皇帝，不久复亡其踪。同卷载：宣和元年（1119）夏五月，有若犬一物被军器作坊军士所食，其物龙鳞驴首，两颊如鱼，顶有角两歧，声如牛，实为龙。后十余日，大水淹至都邑，众人皆认为是龙复仇所致。

《菽园杂记》卷十二载：景泰年间温州乐清县随潮而至一大鱼，时时喷水满空如下雨状，居民欲磔其肉而食，此鱼忽一转动，溺死者百余人。日暮时雷雨，大鱼飞跃而去，众人皆疑其为龙。此数则小说中龙蛇之类害人的发生，往往源于人类起先对它们的伤害，可视作复仇之举。

（三）免于灾难的故事

《酉阳杂俎》前集卷八称越人多习水，必定要在身体上镂刻纹饰，才能逃避

① [唐]李德裕等撰，丁如明等校点：《次柳氏旧闻（外七种）》，上海古籍出版社 2012 年版，第 115 页。

蛟龙的侵害。此则小说解释了越人文身习俗的由来，寓示人通过文身的方式可与蛟龙产生某种联系，或许易被蛟龙视为同类而不遭伤害。

《杨文公谈苑》载：张洎出使高丽泛舟海上时，听闻海上有真龙，甚欲见之，故而冠带焚香，虔诚祈祷，果然龙见于水际，洎甚震骇，良久之后龙没。《括异志》卷九载有人赴官途中，经湖湘时舟忽不进，其人焚香奠酒，恳诚以祷，舟方得行。他船见其舟后有枯木楂丫复沉于水，疑为蛟龙之变。此数则小说中言虽见龙蛇，如心怀虔诚，不怀恶意的话，亦可免于灾难。

四、伤牛之报

我国古代长期处于农耕社会，牛作为重要畜力，与百姓朝夕相处，相对而言感情较深。在小说中，除“牛郎织女”等类耕牛报恩故事外，还有大量表现因伤牛而遭恶报的故事，隐寓对牛不应太过残酷。牧牛时被牛所舐，本为司空见惯之事，《独异志》卷上载：韶阳一人被牛舐后遍身发白，数日间竟然暴毙，如以科学的角度进行分析，甚有可能是此牛患有某种疾病，又传染了人。而其家人大怒，将牛杀掉后又召同村社中的乡民同食牛肉，结果凡是吃牛肉的，当晚都暴卒而亡。《稽神录》补遗载：广陵朱氏子性好食牛，一日大醉，其母劝勿复伤牛命，此人称牛如跪拜即赦其死，牛闻声流泪而拜，此人却又以牛能懂人言为怪而立杀之。后此人生病，作牛声而死。《太平广记》卷四百三十四亦载此事。

不但对牛残忍会遇灾难，因食牛而遇灾之事在笔记小说中亦多有记载。《春渚纪闻》卷三载：张觐家人曾梦中被人追赶，至牛王之宫，见其已过世的姨母因生前嗜牛而被每日逼食铁蒺藜，称为“铓饭”，锋芒利致痛彻肠胃，食后又身体发痒，必以手爪乃至铁杷搔至体骨俱现，蒺藜尽出方可。此灾受完，复形体如故。张觐家人因亦曾食牛肉四两，被判食铓二合，甫入口痛楚不堪而醒，颊舌俱肿，第二日方得言语。《睽车志》卷二载：王亨正嗜好牛炙，忽然病疟，半年间无药可治，梦中有人告之如勿食牛则生，食则死，醒后誓不复食牛肉，病亦随愈。《齐东野语》卷十四载：曾朝阳曾患伤寒之症，梦中为牛所吞，发誓复见天日后终身不食牛。数年后偶于饮宴中破戒食牛，归家即得疾，痛悔复誓，病旋解。作者周密自言其家亦三世不食牛，虽禀赋体弱，自小多病，但与家人从不得瘟疫，认为这是不食牛之德报。《墨庄漫录》卷九载：政和丁酉年(1117)，真州有一户人家屠牛而卖，买肉归家者发现牛肉及血脉中皆有舍利，光洁异常，认为是神灵相劝，一村之民之后不复食牛。亦有小说谈及如食死牛肉，或可无害，如《幽明录》言：桓玄时发生牛疫，有人因食死牛肉而死，后竟复生，称冥间有一贵人曾言牛为转输之物，不应再因死牛而害人命，自此之后人食牛肉而不再患病。

除食牛获恶报外，还有的小说讲述人死之后化牛偿债的事。如《庚巳编》卷三载：陆氏子平日与他人交易，欠钱不还，曾赌咒发誓称如有欠钱则为畜生以偿，死后托生为牛以报。王全梦其亡父曾欠某人钱，死后托生为牛以偿，一旦偿债满时，则可由亲人赎回。卷六载：阳山农民养一牛二年，善耕，一日牛变黑衣人称曾负其钱，耕作二年已满偿，可牵至西山霍清家，如得钱五千则可卖之，言后复化为牛。后牵至霍清家，果以五千钱卖之。亦有将化牛偿债之事以现实角度进行解释的，如《湘山野录》卷中载：鲍当知睦州时，有一人生性刻薄，为众人咒其死后必做牛。其死，邻村一家产一白牛，腹旁有字题明其名姓里贯，其子听闻，以重金赎回。不多久有一人自首于郡，称牛腹之字为己所刺，因与邻村产牛之户分赃不均，故而告发，鲍当甚怒，将涉事二人皆黥窜于荒远之岛。此种诈骗方法轻易得逞，跟众人乃至刻薄人之子心中普遍认同的“恶人来生化牛”观念有极大联系。

五、他种物类致害

笔记小说中除蝗、虎、龙蛇、牛等常见物类招致灾祸的记载之外，尚有其他物类所致灾害的记叙，只是数量相对较少，略述如下。

（一）鳄害之类

鳄、鼋之类多见于我国南方，虽远离百姓聚居之处，但亦偶有伤人之事发生。如《宣室志》卷四载：韩愈被贬潮阳为守，因郡西大湫有鳄鱼为害乡里，经常噬食乡民牛马，令人不敢近水，遂致诚撰文祭祀于湫旁，称：

> 吾闻至诚感神，昔鲁恭宰中牟，雉驯而蝗避；黄霸治九江，虎皆遁去。是知政之所感，故能化鸟兽矣……汝，水族也，无为生人患，将以酒沃之！①

---

① ［唐］张读、［唐］裴铏撰，萧逸、田松青校点：《宣室志 裴铏传奇》，上海古籍出版社 2012 年版，第 28 页。

以小说视角来看，万物有灵，害物者因行政者为贤人而去。故韩愈祝令鳄鱼不要为害百姓后，当日夜间即暴风狂雷，第二日乡民发现巨鳄皆迁徙而去。此事亦记于《唐书》之中。《青琐高议》后集卷九中作者对《唐书·韩文公传》所言“三十里”表示疑惑：

> 夫古之善政所感，虎去他州，蝗不入境者有之矣。以公之文学政事，宜乎驱鳄鱼而去；其言三十里而止，卒不能入三十里内，余惑焉。①

其意指驱鳄三十里无济于事，韩愈政声远播，当远多于此距离。后亲见鳄鱼之形，又听渔者言，得知其“三十里”仅指当时苍云蔽溪而言，而非鳄鱼驱走之远。

《渑水燕谈录》卷八载：潮州民为鳄鱼所食，陈文惠鸣鼓宣告其罪，称韩愈曾宣教，而鳄鱼仍复食人，故将鳄鱼戮于市。《菽园杂记》卷三载：明初时江岸常自崩坍，当地人称“猪婆龙”为害，即为鼍。朝廷访查原因，因猪与皇帝朱姓同音，遂嫁祸于鼋，朱元璋又因“鼋”与“元”音相近，甚为厌恶，大举灭鼋。此则小说最后指出以朱元璋之神智，尚祸及无辜，则朋党狱兴更不可胜言，实有隐隐的讽喻之意。《宣室志》卷五载：泉州之南潭中有蛟鳄常祸害附近百姓，民不聊生，纷纷背井离乡而去。一天夜间，忽然巨雷暴震，数百里皆闻。第二天众人前往附近查看，发现山崩土埋，潭水四溢，蛟鳄之血遍地皆是，石壁上有蝌蚪文字，后经韩愈辨识，为上帝斥责蛟鳄妄杀耕牛与人命之言。自此之后此地无复蛟鳄之患，民众得其安乐。

除驱鳄外，还有小说记载了“圣人”“贤人”驱逐他物之事。如《泊宅编》卷六载：乌青墩镇乌将军庙前池中有鼋繁衍日众，靖康初周离亨谪监镇税，虑其为患，效韩愈为文投之，徙众鼋于吴淞江中，结果众渔人争相擒捉，鬻以充庖，数日而尽。《青琐高议》前集卷一言：宋真宗东巡之时，泰山耕农发现熊虎之类俱逃窜入于徂徕山，后来方知原来为东岳之神敕令五百里之内兽虎蛇虺之类皆得远避“圣人”。同卷载：张侍郎知郓州时，有虎据路害人，侍郎怒叱令去，一虎死后化为石，他虎皆避入远山。小说将此事与韩愈驱鳄共称善政者能除兽害。

---

① ［宋］刘斧撰，施林良校点：《青琐高议》后集卷九，上海古籍出版社 2012 年版，第 123 页。

（二）食用物类而遭祸

饮食为人之大欲，在满足温饱的基础上，人们往往有追求美味、异味的需求，笔记小说中亦载有若干因食用物类而遭难之事。

1.明知物有毒而食之

《倦游杂录》《孔氏谈苑》等言人们明知河豚、五脔等鱼有剧毒，但多有人嗜之以为奇味，不惧生死之灾。《五杂组》卷九载三吴之人更是将河豚称为“西施乳”，可见对此味的喜爱之情。同卷记有吴人邀请一客食用河豚，其妻欲行劝阻，称如果中毒怎么办？此人认为主人盛情不宜推托，且早闻其味美，如中毒可服用粪汁及溺催吐便可。因当天有风，未能捕得河豚，此人饮酒大醉而归，问话不答，妻子以为其夫已中河豚之毒，遂以粪汁灌之，酒醒后方知原委。此则小说叙事中充满调侃味道，对冒险食用河豚之举是持保留态度的。《菽园杂记》卷七亦言鲍鱼味美而鱼子有毒，旱鳖亦不宜食，食之者多中毒而亡，但人嗜其味，仍有食用者。

《茅亭客话》卷五载：鲜于熙偶得一小白虾蟆，因传闻中万年肉芝可化为白虾蟆，有刘姓者借看不得，竟强夺而吞之，结果昏闷旬余，多方医治方愈；更有荷担者因食虾蟆致无疾大叫而卒者。同卷言有人食虾蟆脐下憋疼，竟至于死；有寺僧食野菌，皆吐泻，亦有死者，虽有急救之方，但鳖、蟮、虾蟆、野菌之类实是有毒者多。《四朝闻见录》卷三载：杭人嗜食田鸡，因其食害稼者、酷似人形，朝廷多有禁止，但仍为人易其名而食，有将青蛙置于冬瓜中送食者之门者，称为“送冬瓜”；有将田鸡易名“坐鱼”者，令庖人买之而食。此等举动只是贪食者自欺欺人的把戏罢了。《墨庄漫录》卷三载：崇宁年间，白云寺数僧行走于山林之间，偶得野蕈一丛，遂煮食之。至夜，众人忽吐，有三人急取鸳鸯草生食而愈，另二人未食草呕吐至死。《癸辛杂识》前集载多则因食菌蕈类而中毒者：一家食蕈殒命六人，唯一人痛饮酒而免；又诸僧食菌，死者十余人，一僧亟尝粪获免，日本僧人定心宁死不污，肤理坼裂而死；一民家夜突有声，夫妇及一女皆呕血倚壁抱柱而死，案间余一杯羹待其子，其子未还而免于一难。亦有小说记载了误食毒菌的治疗方法，如《避暑录话》卷二载：四明温台间山谷多菌，食之者往往有中毒乃至于死者。有僧人教以处治之法，先掘地以冷水搅之令浊，少顷取饮，可解所中之菌毒。

除食用物类中毒发急症外，还有患轻症者，小说亦载有治疗之法，如《北梦琐言》卷十载：一少年眼中常见一小镜子，烦恼不堪，后被人以酱醋供少年食用，眼花得愈，称其食脍过多，而鱼鳞不得消化，故以酱醋消之。

亦有人非自愿而食有毒之物者，如《录异记》卷五载：吴生醉后误伤妻子致死，被捉下狱，其妻族人欲害其性命以偿命，遂买通狱卒，令生食鯸鮧鱼。鯸鮧鱼，当地人皆知如煮之不熟，食之必死。而吴生生食此鱼数次，皆得无恙，其妻族人亦只得徒叹奈何。后吴生遇赦而免罪，寿达八十，得以善终。此则小说旨在表现死生有命的观念，因吴生为误杀妻子，非必死之罪，故虽食毒鱼亦得不死。

2.饮酒与服用丹砂

《清异录》卷下载酒之为害，为祸之泉，为病之因：

> 置之瓶中，酒也。酌于杯，注于肠，善恶喜怒交矣，祸福得失岐矣。倘夫性昏志乱，胆胀身狂，平日不敢为者为之，平日不容为者为之，言腾烟焰，事堕阱机，是岂圣人贤人乎？一言蔽之曰："祸泉而已。"
>
> 嗜饮者，无早晚，无寒暑。乐固醉，愁亦如之。闲固醉，忙亦如之。肴核有无，醪醴善否，一不问。典当抽那，借贷赊荷，一不恤。日必饮，饮必醉，醉不厌，贫不悔。俗号瓶盏病。遍揭《本草》，细检《素问》，只无此一种药。①

《南部新书》载：开元皇帝刚刚即位之时，曾醉酒后误杀一人，自此即覆杯不饮，四十年不尝酒味。虽是褒扬其善能补过，然被杀之人是否无辜则被漠视，在当时人们看来，人命虽重毕竟有贵贱之别。当然，小说中亦有记载酒之有益者，如《博物志》卷十称：王肃、张衡、马均三人均在浓雾中行走，结果饮酒者无恙，光吃饭未饮酒者患病，空腹者则身死。由此可见酒有抵御浓雾之毒的功效。

《避暑录话》卷二载：士大夫服用丹砂往往致病，作者叙其亲见林彦振、谢任伯二人因食丹砂，数年后疽发，终至痛苦而死，实有寓戒之意。《独醒杂志》卷四

---

① [宋]陶穀、[宋]吴淑撰，孔一校点：《清异录 江淮异人录》，上海古籍出版社 2012 年版，第 97—98 页。

载:虞都巡食石燕二年,肤发甚泽,五十余岁如三十许人,自以为服食此石之功,忽一日热气贯目,双睛突出,痛苦难忍而死。《老学庵笔记》卷三载:晁之道见丹辄食,因体质特殊久不为害,晚年间以盛冬伏石上书丹,为石冷所逼,终得阴毒伤寒而死。同卷载:一人食菟丝子数年,气血充盛,以为大有益处,忽背生大疽,适四、五月间,饮金银藤花数日,背肿消尽。小说以此提醒人们不仅金石不宜多服,菟丝子多食亦易致病。

3.偶食他物而中毒者

《癸辛杂识》续集下称:凡食自毙之驴马者不但得丁疮,且皆遭死难,即便仅剥驴马者,被其气味所熏亦能致病,而市上所售鹿脯之类多由死马肉相代,亦有危害。《菽园杂记》卷八载:成化十三年(1477)福建长乐县忽起一山,旁有一池,里面遍生大蚬,味道甚美,居民争取食之,不数日皆患痢,千余人身死。

《庚巳编》卷一载:太仓州有百姓见道旁有卖三足鳖者,食后身化为水,仅余一缕头发和衣服冠履等物,其妻未食得免于难。里中以为其妇谋害丈夫,官府令另行捕三足鳖,令重囚食之亦化,证明其事为真,乃无罪释放此妇。此则小说言三足鳖食之害人,或与民间传说有关。

(三)他物致害

1.植物饮食禁忌

除食用动物而中毒外,还有不少笔记小说言及食用植物亦多有禁忌。如《酉阳杂俎》前集卷十一《广知》记载了诸种伤身禁忌与疗疾之秘方:

> 《隐诀》言太清外术:生人发挂果树,乌鸟不敢食其实。瓜两鼻两蒂,食之杀人。檐下滴菜,有毒堇、黄花及赤芥杀人。瓠牛践苗则子苦。大醉不可卧黍穰上,汗出眉发落。妇人有娠,食干姜,令胎肉消。十月食霜菜,令人面无光。三月不可食陈菹。莎衣结治蠼螋疮。井口边草,止小儿夜啼,着母卧荐下,勿令知之。船底苔,疗天行。寡妇藁荐草节,去小儿霍乱。自缢死绳主颠狂。孝子衿灰傅面皯。东家门鸡栖木作灰,治失音。砧垢能蚀人履底。古榇板作琴底,合阴阳、通神。鱼有睫,及目合,腹中自连珠,二目不同,连鳞、白鬐,腹下丹字,并杀人。鳖目白,腹下五字、卜字者不可食。蟹腹下有毛,杀人。蛇以桑柴烧之,则见足出。兽歧尾,鹿斑如豹,羊心有

窍，悉害人。马夜眼，五月以后食之杀人。犬悬蹄肉有毒。白马鞍下肉食之，伤人五脏。乌自死，目不闭，鸭目白，乌四距，卵有八字，并杀人。凡飞鸟投人家井中，必有物，当拔而放之。水脉不可断，井水沸不可饮，酒浆无影者，不可饮。蝮与青蛙，蛇中最毒，蛇怒时毒在头尾。凡冢井间气，秋夏中之杀人。先以鸡毛投之，毛直下，无毒；回旋而下，不可犯，当以醋数斗浇之，方可入矣。颇梨，千岁冰所化也。琉璃玛瑙，先以自然灰煮之令软，可以雕刻。自然灰，生南海。玛瑙，鬼血所化也。《玄中记》言：枫脂入地为琥珀。《世说》曰：桃沉入地所化也。《淮南子》云：兔丝，琥珀苗也。①

上述记载有些有科学道理，有些则为当时的某些民间禁忌或传说，作者博采多家，整合在一起，对阅读者而言亦能起一定的警示作用。另在《酉阳杂俎》前集卷十九中言瓜恶麝香，而郑注赴职时，姬妾百余骑，阵阵香气令途经瓜田之瓜苗尽死。故事表面虽在言瓜会因麝香而死，但隐言郑注妻妾之多，赴职之时过于张扬，实为官吏害民，有一定讥刺之意。

还有笔记小说中记载小麦食用之法。如《泊宅编》卷八亦言：小麦本来自于寒湿之地，中原人食之易患风壅，达摩见食面者而大惊，复见莱菔可解面毒，亦言煮面时需设有二锅，在汤煮至半时易锅而煮，过熟方可去毒。《唐国史补》卷中则言：有窦家数年恣食由奴仆所购置白麦面，一直未曾患病，一旦由另一奴告知所食实际上只是常麦，则诸宅中人一时间皆发暴热之病。当时人认为寻常的麦面有热毒，而白麦面性平无毒，但此则故事中窦家人在不知真相时，亦未患病，隐言为心理原因所致。

2.小动物致灾

《搜神记》卷十二《犬蛊》《蛇蛊》言蛊毒之害人，竟有廖姓家娶新妇因误杀蛇蛊而令举家疫病皆死的故事发生。所谓蛊，商代甲骨文即有此字，其形像虫处于器皿之中，传说是将许多有毒的虫类聚敛一处，令彼此吞噬、残杀，最后产生“蛊”。可见蛊之害人，与其说是毒虫害人，毋宁说是人害人，此则小说中言养蛊者受蛊之害，隐隐表露了作者对害人者的批评与不满。

① ［唐］段成式撰，曹中孚校点：《酉阳杂俎》前集卷十一《广知》，上海古籍出版社 2012 年版，第 61 页。

《宣室志》卷一载：有贫民一天耕田时被蚯蚓螫伤小臂，痛不可当，旬月之后竟因此而殒命。同卷载：御史韦君因以手指杀两白蜘蛛，扫破蛛网，后被蜘蛛所螫伤，由指而臂皆溃为血，终血尽人亡。其母身居他地，梦中得白衣人警示，知因为其子曾经杀害二蜘蛛，上帝从而为蜘蛛雪冤复仇。蚯蚓、蜘蛛为司空见惯之物，随意损伤，竟亦至冤报而亡，此二则小说以传奇笔触，寓戒杀生灵之意。《南部新书》载蜘蛛丝网之用途，言裴旻山行时，见大蜘蛛垂丝如布，射杀蜘蛛后将数尺断丝收好，后每逢部下有金疮者，以蛛丝贴之，血立止，言毒物亦有用处。《江邻幾杂志》言毒物为害，像蝎尾有五毒、三毒者，屡有螫死人者；毒虺断首，犹能飞以噬人。《邵氏闻见后录》载：广西人喜食巨蟒，每见呼以"红娘子"三字，蟒即不动。另隐者刘易见蜘蛛为大蜂所螫，于草间啮芋梗磨之即愈，遂以此方治愈被蜂螫者。凌霄花有毒，有人凌晨仰视，致花中露水入眼，遂致失明，金钱花亦有如此之毒。《在园杂志》载：凡被疯狗毒蛇咬伤者，可以人粪涂抹患处；如患发背，亦可用干人粪，研细后以醋敷，肿处即消。

《北梦琐言》卷十载：一妇人因误食一虫，心中时常忧疑不安，竟成疾患，久治不愈。后有人以吐出小虾蟆诳骗妇人，其疾得愈。卷十一载：唐咸通乱离时，民众多讹言有鬼兵入城，致多有患寒热者，亦认为是心疑邪亦至，易于患病。《酉阳杂俎》前集卷五载厌鼠之法，卷十载含洭县翁水口下东岸有所谓圣鼓杖，横亘河中，众鸟亦无落足于上者，而船夫如误发篙碰触，便会身患疟疾。此或为某种船夫不得触碰河中某禁忌物的阐释。《三水小牍》卷上载蛇鼠当街斗于南门之外，众人皆观，后蛇死而鼠亡去，兆应日后当地遇灾、郑厉入境等祸事。

《宣室志》卷八载：晋阳以北其地多苇林，而某地经常丢失食物和财帛，后数夜间均听闻有若婴儿号哭之声。众人惊怪，遂芟除苇林，寻得一洞穴，发现里面有野狸十余只，皆若有愁苦之状，另丢失的食品等物亦于洞中发现。于是众人将野狸尽皆杀死，自此不复丢失物品。

数则小说多言动物虽小，但亦可致灾。

3.动物死后伤人

《三水小牍》卷上载：咸通年间，洛师大饥，米谷之价腾贵，饿殍遍布荒野沟壑。一养蚕者名王公直，因贪图桑叶价高，遂将所养蚕皆活埋于土内，鬻桑叶而得钱三千文，市彘肩及饼等物回家。途中被人发现囊中有血，彘肩竟化为人臂，王公直百般解释，又将捕役领至埋蚕之所，挖掘后竟发现是人的尸体。府尹虽识破蚕变人尸而复仇的事实，但亦认为伤蚕与伤人命相类，遂判其有罪：

王公直虽无杀人之辜，且有坑蚕之咎。法或可恕，情在难容。蚕者，天地灵虫，绵帛之本。故加劓绝，与杀人不殊。当置严刑，以绝凶丑。①

于是府尹将王公直当场杖毙，而腐尸复变回为蚕。《茅亭客话》卷八亦载类似故事，言新繁县李氏将蚕活埋而鬻桑叶获利，买肉面归家做成馒头，每个馒头里面皆有一蚕，且自此其家灾疠俱发，人口沦丧。除蚕因被杀而报复外，亦有载乘马冒死报复主人之事者，如《三水小牍》卷上载：韦玭曾以铁鞭驭马，在醉困之时被马报复追赶，仓促间爬上高树，而马又啮咬树干。韦玭只得从树上跳下，投入井中想暂避伤害，马竟亦随之跳跃入井，与主人同死。

《稽神录》卷二载：一鬻醯者所爱之猫死后，虽不忍舍弃，但腐臭后不得已弃于秦淮河。入水后猫忽复活，此人见状而下水救之，反自己溺亡。此猫被捕吏擒捉以作证物，夜间复啮壁断索而去。此则小说中主人爱猫心切，竟因猫而溺亡，未免有劝诫读者爱物需适度的意味。

① ［唐］刘肃等撰，恒鹤等校点：《大唐新语（外五种）》，上海古籍出版社 2012 年版，第 200 页。

第二章　笔记小说中的人祸叙事

作为社会性的生物，人类在相处之时难免会产生一定的矛盾与冲突，此类矛盾往往与社会等级、战争等相结合，给他人造成一定伤害，可称之为“人祸”。本章即以人之相害、战乱之害、疾病之害等为例，探讨笔记小说在人祸叙事中涉及的内容及其叙事特征。另专门以我国杰出的笔记小说作品《聊斋志异》为个案，分析蒲松龄是如何在作品集中进行灾害叙事的。

第一节　人之相害

一、非人的虐害

（一）人命不如犬

《尚书故实》载：李抱真镇守潞州时因军资匮乏，诱骗一老僧当众焚身，以谋取善男信女们的财帛之物。老僧果设七日道场，得钱帛无数，李抱真事先将老僧退身的地道掩埋，老僧被烧死，财物尽归李抱真。僧人以为焚身为假而士女敬奉财帛为真，却真被焚而死，此则小说后又提及李抱真以僧人之骨殖号“所谓舍利者”造塔存贮，李抱真可算是善用民间信仰而谋利者，实际是借人性命而谋利。同书载：一僧以数粒舍利为宝，贮于琉璃器皿中以获取众信士的施舍，一贫困士子以观瞻为由强行吞下舍利,讹诈僧人以财帛相赎。得钱财后士子服药泻下舍利,僧人濯而收之。此二则小说中对于僧人谋利之事亦有所讥刺,而"所谓舍利者"的表述方式,以及舍利自腹内泻出后仍濯而收之的叙事,隐含着对某些僧众及佛门宝物的调侃。《玉泉子》亦载此则故事。《都公谈纂》卷上载:蓟州一佛寺每年七月十三日有僧坐化,故而围观布施者无数。御史刘清查明真相,原来寺中将乞丐预先豢养,每年于此日杀死以谋财物,众僧终于服罪。豢养乞丐代僧而谋利,僧众中竟有此等之人,且成惯例,细思之下,不禁令人毛骨悚然。

《鸡肋编》卷中谈及因貌被杀者。冉闵诛死者二十余万,多有高鼻多须被滥杀者,袁绍捕宦者,无少长皆杀之,无须而误死者仅发露得免者二千多人。而此等被误杀者,有的是明知其无辜而仍杀之的"滥杀",行刑者多只为了冒功,亦为谋升官发财,而受害者是否得免则只能归诸幸与不幸了。

(二)酷刑虐人

《朝野佥载》卷二载:北齐南阳王以视蝎螫人为乐事,令人脱衣入蝎丛之中,活生生被螫而死,那种宛转号哭、难言苦痛,竟然成为南阳王等当权者取乐之事。同卷中另载:瀛州刺史独孤庄、推事使索元礼、张易之、张昌宗、张仁亶、王旭、李嵩、李全交、杨务廉等人以酷刑虐人、虐物,残害百姓,有"三豹""人妖""人头罗刹""鬼面夜叉"等号,可见残虐之一斑。如"三豹":

> 监察御史李嵩、李全交,殿中王旭,京师号为"三豹"。嵩为赤黧豹,交为白额豹,旭为黑豹。皆狼戾不轨,鸩毒无仪,体性狂疏,精神惨刻。每讯囚,必铺棘卧体,削竹签指,方梁压髁,碎瓦搘膝,遣仙人献果、玉女登梯、犊子悬驹、驴儿拔橛、凤凰晒翅、猕猴钻火、上麦索、下阑单,人不聊生,囚皆乞死。肆情锻炼,证是为非,任意指麾,傅空为实。周公、孔子,请伏杀人;伯夷、叔齐,求其劫罪。讯劾干堑,水必有期;推鞫湿泥,尘非不久。来俊臣乞为弟子,索元礼求作门生。被追者皆相谓曰:"牵牛付虎,未有出期;缚鼠与猫,终无脱日。妻子永别,友朋长辞。"京中人相要,作咒曰:"若违心负教,横遭三豹。"其毒害也如此。①

① [唐]张鷟撰,赵守俨校点:《朝野佥载》卷二,中华书局1979年版,第34—35页。

处于此种境地，欲求一死而不可得，以害人为乐的残忍酷虐展露无遗。《大唐新语》卷十二亦载周兴、来俊臣等以酷刑对待天下衣冠士人，特地制造了十个大枷：

> 一曰定百脉，二曰喘不得，三曰突地吼，四曰着即承，五曰失魂魄，六曰实同反，七曰反是实，八曰死猪愁，九曰求即死，十曰求破家。遭其枷者，宛转于地，斯须闷绝。又有枷名勘尾狳，棒名见即承。复有铁圈笼头，名号数十，大略如此。①

除此之外，还专门招集告事之人数百，共同编造《告密罗织经》，百般威吓、诱骗，一代名臣狄仁杰等都差点被诬谋反遭诛，直接由此而破家者有数千人，而遑论间接害死者。

《独异志》卷中载：苍梧王以杀人为乐，若一日不曾杀人，便会惨然无乐，还经常自持刀槊，见无辜行人而辄行刺杀。另载晋索綝为报兄仇而手刃四十人，此报仇之举，或许当时人能够谅解，但至于手杀四十人，则未免有过度之嫌。卷下载：北齐高洋凶虐异常，因小过而将一嫔妾肢解，其后又抱其股骨而作琵琶弹，复叹佳人不再。赫连勃勃杀人后将人头聚积为京观，还以严刑待工匠，曾以锥刺城，锥入则斩筑城者，锥不入则斩锻锥者；以箭射铠，如入甲则斩铠匠，如不入则杀弓匠。矛盾相击，必有一死者，赫连勃勃最终的目标好像只是为杀人找理由而已。另有公孙瓒见有胜己者即杀之；曹操轻人重艺，一旦命人将技巧学会，即杀原负技艺者。此数则小说皆言掌权者众人之残酷不仁。

《南唐近事》载：何敬洙为鄂帅李简家僮时，因毁坏一砚，李怒而欲杀之，被夫人救下隐匿；又李简因一鸟聒噪，急欲寻人驱鸟，何敬洙挟弹毙鸟而得释罪。后何敬洙位至中书令，授太师致仕，全靠一鸟之救。此则小说旨在叙述何敬洙之传奇经历，亦展现了鄂帅之凶暴，竟重物轻人至此，全凭个人一时喜好，置他人生死于一念之间。《南部新书》载：冀王朱友谦镇河中之时，经常以一铁球杖随身携带，据己之喜怒以此杀人。有爱姬因献衣其夫人不纳，心有不满，遂将衣焚烧掉。友谦得闻，即以铁球杖破其脑，因小事而杀人，可见其残忍。

① ［唐］刘肃撰，许德楠、李鼎霞点校：《大唐新语》卷十二，中华书局 1984 年版，第 182 页。

某些刑罚过于残酷，虽客观上起到了一定的惩罚、震慑等功能，但多属过度残虐。如《涑水记闻》卷七载：陈尧咨任长安知府时，敢于杖责权贵之子，复又杖责博戏者后桎梏于死马旁示众，结果博戏者得疮皆死，又将后来犯者系于先死者之足。此举虽有震慑众人之意，但刑罚有些过度，作者亦称之为“残忍如此”①，可见是有所不满的。

除酷虐害人外，还有小说提及某些酷刑有辅助医学研究的作用。如《宾退录》卷四载：庆历年间，广西戮欧希范及其党羽，皆以剖腹之刑处之，两天之间剖腹五十六人，宜州推官吴简详细纪录，作图传世；又谈及王莽时诛杀翟义之党羽，令太医与巧屠共行刳剥之刑，借机测量五脏，并以竹筳导引其脉，称为治病而行此刑。刑罚本身与科学结合起来，或可称为较早的解剖实验，只是施用于活人身上，残忍酷虐还是令人发指。

（三）过度复仇

《杨文公谈苑》载：相州部民因为姻亲被诟辱而杀一家六人，仅余一人，值得注意的是此部民虽自承罪状，亦被诛斩，但侃侃而言之时的镇定则令人心生寒意：

> 某家之姻贫困，常取息少有所负，被其诟辱，我熟见而心不平，思为姻家报仇，幸毕其志。然所恨七口而遗其一，使有噍类。私仇已报，愿就公法……我若灭口，谁当辨吾姻之不与谋？又孰与暴其事于天下？等死，死义可乎？……杀人一家而苟活，且先王以杀止杀，若杀人不诛，是杀人终无已，岂愿以一身乱天下法哉？速死为幸。②

自己亲人为他人所辱，而报复杀人一家，明显有报复过度嫌疑。而此人又明明懂法，后又以守法不乱法自指，作者记载此事时的态度耐人寻味。

《青琐高议》前集卷四载：进士王实与狗屠孙立结交，以真情待之，后将其父被人欺凌而死的实情倾诉，孙立为其复仇后投案自首，终至被斩。对此结局，孙

---

① ［宋］司马光撰，邓广铭、张希清点校：《涑水记闻》卷七，中华书局1989年版，第134页。

② ［宋］杨亿口述，［宋］黄鉴笔录，［宋］宋庠整理，李裕民辑校：《杨文公谈苑》，上海古籍出版社1993年版，第126—127页。

立早有觉悟：

> 遇吾薄者答之鲜，待吾厚者报之重。彼酒食相慕，心强语笑，第相取容，此市里之交也。实之待我，意隆而情至。吾乃一屠者，而实如此，彼以国士遇我，吾当以国士报之，则吾亦不知死所也。①

为友人之仇而杀人，不但当时人多为其流涕，连审判此案的太守亦慨然泣下，满足其临死前见儿子的愿望。此举与《聊斋志异》中的《田七郎》有相似之处。《涑水记闻》卷二载：张藏英幼时其父被人所杀，长大后擒仇人生生脔割以祭父，又食其心肝，故而被称“报仇张孝子”，为燕人信重，归宋后屡立战功。记载中是将其作为“英雄”形象来刻画的，其杀仇人后复食心肝，则为残忍不当。

除为亲人、友人复仇而杀人外，亦有小说叙及官员为复百姓之冤而虐杀凶犯者。如《续湘山野录》载：一巨盗不单劫夺民财，复又乱其女，张密学恰秉知冀州，听闻此事甚感愤怒，钉盗于门三日，后醢之，百姓皆快。不久张密学被冥使引至一处，与盗对质，称其不当非法用刑，张密学许诺日召一僧诵经一部，方生还阳间，至死不废诵经之事。以作者之意来看，盗虽恶至不赦，而应以法治之，非法之刑亦会受到冥冥之间的报复。

二、贪婪奢侈之害

（一）贪图享受而漠视百姓

《汉武帝内传》中汉武帝遇神得见西王母，欲求长生之方，却也自承无视百姓之无状：

> 政事多阙，兆民不和，风雨失节，五谷无实。德泽不建，寇盗四海。黔首劳毙，户口减半。当非其主，积罪邱山。然少好道，仰慕灵仙，未能弃禄

① ［宋］刘斧撰，施林良校点：《青琐高议》前集卷四，上海古籍出版社 2012 年版，第 27 页。

委荣，栖迹山林，思绝尘饵，罔知攸向。①

西王母对此提出富有针对性的建议，归根结底是劝其止奢欲，行善政。只是小说中的武帝虽见过王母及各位仙人，仍以奢侈为念：

> 亦有欲去世计数矣，而淫色恣性，杀伐不休。兆人怨于劳役，死者怨于无辜。其年作甘泉宫、通天台，长安蜚廉馆。朝鲜王攻辽东，都尉乃募天下死罪击朝鲜……帝自受书已来，出入六年，意旨自畅，高韵自许，以为神真见降，必当度世，强悍气力，不修至诚。兴起台馆，劳弊百姓，坑杀降卒，远征夷狄，路盈怨叹，流血皋城。每事不从王母之深言，上元夫人之妙诫，二真遂不复来也。②

个人恣性而为，又劳役天下百姓建造宫殿，攻伐他朝，如此作为，不但难得长生，更是劳民伤财。小说中以神不复来作结，以神之嫌弃隐含编创者对统治者此类贪侈之举的深深不满。《殷芸小说》卷一亦载：汉武帝曾经私行民间，因见主家婢女美貌而留宿，丝毫不考虑婢女及其家人的感受。婢女之夫夜间屡欲执刃报复，被一寄宿书生看到星变而大声喝破，婢女之夫遂被汉武帝斩杀。此小说表面上是在谈汉武帝作为帝星下凡，如遇危险会有所反应，实际上却彰明了汉武帝的淫恶，客观上表现了被压迫者、被侵害者所受的灾难。此类为一己私欲强抢他人妻女者在笔记小说中亦多有记载。如《本事诗》情感篇载：武延嗣得知左司郎中乔知之有婢女窈娘甚美且有才华，强行谋求一见，继而留之府内而不放归。乔知之忧愤作诗，窈娘得诗后心中伤痛，投井而亡。武延嗣大怒，买通酷吏诬陷乔知之，令其家破人亡。同卷载：宁王虽有宠妓数十人，仍强买宅旁卖饼者之妻，又复令二人相见，当时宁王的随从，皆心有凄凉之感，王维作诗直言其事：

---

① ［汉］佚名撰，王根林校点：《汉武帝内传》，见《汉魏六朝笔记小说大观》，上海古籍出版社1999年版，第143页。

② ［汉］佚名撰，王根林校点：《汉武帝内传》，见《汉魏六朝笔记小说大观》，上海古籍出版社1999年版，第158—159页。

莫以今时宠，宁忘昔日恩。看花满眼泪，不共楚王言。①

诗中隐含地表达了对强抢人妻恶劣行径的不满。《北梦琐言》卷十二亦载：沈询宠爱之婢女，因被妒忌的夫人将其配与家人，沈强仍与婢女私通，婢女之夫怀恨于心，后伺隙杀询；刘建封淫其属官之妇，被属官以蒺藜击杀。此数则小说以戒淫为劝，亦隐寓对任意欺辱他人者的讥刺与谴责。

《世说新语·汰侈》载：石崇宴客时令美人侑酒，若酒不尽则斩美人。丞相王导虽不善饮，但考虑到人命关天，亦不得不强饮至沉醉；大将军王敦则固执不饮，连斩三人，尚然脸色不变。此故事中体现了石崇与王敦的残酷不仁，不以人命为事。《桂苑丛谈》载：北齐文帝之弟高延宗为齐牧时，曾于楼上溺，令人于楼下张口承之，又以猪肉和粪以饲左右，侮辱至甚；又载崔弘度食鳖，问侍者味，侍者答"美"，以其未食而言为诳而杖打。

（二）奢侈耗费致民不聊生

《大唐新语》卷二载：唐时安乐公主、韦温等权势人物侵占百姓田业，令民不聊生，雍州司田陆大同秉公而断，欲将田产全部断还百姓。其他长吏惧怕权贵，转相奏报，迁陆大同为河东令、雍州司仓等，并劝他跟权贵和解以谋好的官职。陆大同始终不屈，坚守公直，作为刚正的代表为作者所钦赏。《明皇杂录》补遗载：天宝年间诸公主饮食奢侈，仅一盘即可当中人十家之产。上食之时，更是场面宏大，中书舍人窦华退朝之时路遇公主上食，眼见宫苑数百人仗梃而进，差点因此而身死。《三水小牍》逸文被收入《太平广记》中，有载温璋为京兆尹时，横行街衢，连化身黄冠老者的真君亦行笞背二十，后知其身份后又百般请罪，虽得允诺饶其家族，而温璋日后终获罪而亡。面对权贵的豪侈霸道，不但小民无力反抗，即使高官，亦往往难有所作为，甚而为其拉拢腐化。如《幽闲鼓吹》载：相国张延赏知一大狱或有冤情，欲重新审理，一日见帖子言钱三万贯，欲行贿赂，怒而置之不顾；又一日见帖子言五万贯，益怒，更加快复审进度；再一日见帖子言十万贯，不由慨然长叹，称钱至十万可通神，惧祸及身，此冤狱终不可解。钱

---

① [唐]孟棨等撰，李学颖标点：《本事诗 续本事诗 本事词》，上海古籍出版社 1991 年版，第 8 页。

可通神，权势可干扰相国的办案，如此世道，只能徒叹奈何。此则小说背后的讥讽与无奈多有体现。

《金华子杂编》卷下载：黄巢之乱令京洛陷落，战火数年方灭，其间死伤无数，撰者将其原因归结为官吏刻剥、水旱不恤：

> 民犹水也，水能载舟，亦能覆舟。民于君也，善则归服，恶则离贰。始盗贼聚于曹、濮，皆承平之蒸民也。官吏刻剥于赋敛，水旱不恤其病馁，父母妻子，求养无计。初则窥夺谷粟，以救死命。党与既成，则连衡同恶，跨山压海，东逾梁宋，南穷高广。列岳无城壁之险，重关无百二之固。蟒喙嘘天，翠华狼狈而西幸；豺牙烁日，齐民肝脑以涂地。酆镐凌夷，往而不返矣。世之清平也，搢绅之士，率多矜持儒雅，高心世禄，靡念文武之本，群尚轻薄之风。莅官行法，何尝及治？由是大纲不维，小漏忘补，失民有素，上下相蒙。百六之运既遭，翻飞之变是作。愚家自京洛沦陷，遂河海播迁，此流寓江南之所自也。①

乱之源在君臣之不恤百姓，此是五代时人对唐亡原因的概括与总结，可惜的是此种灾害代代相续，治乱之本的问题一直存在。如《独醒杂志》卷十载：朱勔借御前供奉之名多强占官船、民船，随意陷害与己有素怨者，致人破家、掘人坟墓之事甚多，东南之人皆欲食其肉，无疑是东南方腊之乱的源头。《四友斋丛说》卷六载：明武宗巡幸至淮安时，太守薛赟令沿河民房皆行拆去，索民间绢帛扯船以谀之；扬州太守蒋瑶则拒不拆房，不报大户与绣女，称大户唯四家为官府，绣女唯三人在知府府内。两淮百姓大扰，扬州百姓得安。后武宗驾崩，薛赟治罪，蒋瑶官至工部尚书。此则小说虽旨在褒扬蒋瑶的强项反抗，对武宗、薛赟的不满亦溢于纸上。

《独醒杂志》卷九载：蔡京食蟹黄馒头，一味值钱一千三百余缗；宴客时拿出江西官员所送黄雀肫食十瓶，食后问之，仍有八十余瓶在库，可见奢侈之费。《清波杂志》卷五称：蔡京库中蜂儿有三十七秤，黄雀鲊自地积至栋者满三楹，他

---

① ［唐］李德裕等撰，丁如明等校点：《次柳氏旧闻（外七种）》，上海古籍出版社 2012 年版，第 151 页。

物皆是如此。《五杂组》卷十一载数人嗜食害物：

> 孙承佑一宴杀物千余，李德裕一羹费至二万。蔡京嗜鹌子，日以千计；齐王好鸡跖，日进七十。江无畏日用鲫鱼三百，王黼库积雀鲊三楹。口腹之欲，残忍暴殄，至此极矣。今时王侯阉宦尚有此风。先大夫初至吉藩，遇宴一监司，主客三席耳，询庖人，用鹅一十八、鸡七十二、猪肉百五十斤，它物称是，良可笑也。①

与此相对应的则是百姓日用之不足，像《五杂组》卷十一所载：燕、齐之地至饥荒时，木实树皮无不啖者，草根亦行腌藏以备寒月无食之用。《两般秋雨庵随笔》卷三载：数纨绔昏聩之贵者不食人间烟火，如晋帝听闻民间无食而饥，谓左右"何不食肉糜"，辽主谓左右"何不食干腊"；蔡京问诸孙子米从何处而来，则谓米从臼子中出，由席子中出。这些荒唐可笑的事情在惹人发笑之时，亦令人难免有"朱门酒肉臭、路有冻死骨"之感。

《南村辍耕录》卷九载：至元丁丑年间，民间谣传朝廷将采择童男女授鞑靼为奴婢，举国适龄男女皆仓促婚嫁：

> 故自中原至于江之南，府县村落，凡品官庶人家，但有男女年十二三以上，便为婚嫁，六礼既无，片言即合。至于巨室，有不待车舆亲迎，辄徒步以往者。盖惴惴焉惟恐使命戾止，不可逃也。虽守土官吏，与夫鞑靼色目之人，亦如之，竟莫能晓。经十余日才息。自后有贵贱、贫富、长幼、妍丑匹配之不齐者，各生悔怨，或夫弃其妻，或妻憎其夫，或讼于官，或死于夭，此亦天下之大变，从古未之闻也。吴中僧祖柏号子庭者，素称滑稽，口占绝句曰："一封丹诏未为真，三杯淡酒便成亲。夜来明月楼头望，惟有姮娥不嫁人。"又有人集古句云："翡翠屏风烛影深，良宵一刻值千金。共君今夜不须睡，明日池塘是绿阴。"可谓深于命意者矣。②

---

① ［明］谢肇淛撰：《五杂组》卷十一，上海书店出版社 2009 年版，第 218 页。

② ［元］陶宗仪撰：《南村辍耕录》卷九，中华书局 1959 年版，第 112—113 页。

婚姻为人生大事，但因惧朝廷之征召，仓促成婚，虽其后多有悔者，但百姓之所以容易相信此类谣言，正因为心有所惧，是以此方式进行的无奈反抗。

三、恶俗之害

（一）不良风俗

1.生子不养

《博物志》卷二述诸般异俗：越之东有骇沐之国，国中长子出生之后即被吃掉，称为“宜弟”；父亲死后，将背负其母至偏僻地方弃之，称鬼妻不可共同居住；荆州极西南界至蜀的地方，妇人临水生儿，之后便将婴儿置之水中，如果浮起来，便带回养育，如果沉下去，便舍弃，长大之后，还要拔去上齿牙作为装饰；曾经有人因捕鱼东至一岛，发现此岛居民于七夕之时取童女沉海。此类恶俗，令无辜孩儿死于非命，或者可称之为迷信，但未免残忍，是为恶俗。

《麈史》卷上载闽地人生子多者，至第四子则率皆不举，若女，则不待三，才产即溺之，于是俞伟作《戒杀子文》，劝谕乡人不得杀子，得活者数以千计。当俞伟被调往他郡时，数百小儿沿路相迎送。此处言生子女不举，极大的原因是资产不足以抚养，此等恶俗之代代相因亦令读者震惊。

《本事诗·征异篇》载：一衙将妻子去世，留有五子，而继妻凶悍，虐待五子。五子苦不堪言，至其生母坟前哭诉。其母忽于墓中走出，以白布题诗于丈夫：

> 不忿成故人，掩涕每盈巾。死生今有隔，相见永无因。
> 匣里残妆粉，留将与后人。黄泉无用处，恨作冢中尘。
> 有意怀男女，无情亦任君。欲知肠断处，明月照孤坟。①

此诗情真意切，表现了慈母对子女的不舍。衙将得诗后，将此事上报于主将。由主将下令杖后妻一百，流放岭南，衙将亦被罢免官职。《稽神录》卷二载：一军人继妻虐子过甚，其亡妻还阳十日训诫后妻，夫妻忐忑不安，言听计从。十

① ［唐］孟棨等撰，李学颖标点：《本事诗 续本事诗 本事词》，上海古籍出版社 1991 年版，第 20—21 页。

日后亡妻复还坟墓。

2.妓者相害

《北里志》载数则为妓者受荼毒伤害之事。诸妓自幼因各种原因被他人豢养,初时被教以歌舞,责之甚急,稍有懈怠便会遭受鞭打。一妓者楚儿为捕贼官郭锻所纳,因招呼旧友,被当街鞭打羞辱,只得将之认作前生宿冤而默默忍受。郑光业及第,设宴欢饮时,广邀友人,还请有歌女数人助兴,席间一歌女患心痛而死,只是将筵中器物尽付其母以偿其命,仍另置新酒器尽欢而散,隐含对妓者性命的漠视,《唐摭言》亦载此事。当然,也有妓者加害他人者,如令狐滈密见曲中一对母女共杀一醉人并埋于室后,质问之时,女吃惊而扼其喉欲图灭口,女子之母劝其止手,令狐滈天明状告京尹,而母女已逃走无踪。

3.民众相侵

《渑水燕谈录》卷八载:牡丹种植园户相互妒忌,以乌贼鱼骨刺花树枝皮中,牡丹花因之而死。

《鸡肋编》卷上载:河朔、山东等地以养蚕为利,冬月盗伐桑枝为柴薪者为害甚大,聂忞以严法制之,人多受益。亦有相仇者,于桑树干中去皮尺许,谓之“系裹肚”,树则枯死,有一夕伤百株者,起因多是大姓富户刻薄小民所引起的报复行为。

4.风俗流变

《萍洲可谈》卷一言:京师买妾价动辄至于五千缗,而亦有富户于榜下捉婿,亦有以千余缗为饵等,此类风俗害人匪浅。求美、求才本为常事,但以钱财为诱,以权势相欺,甚至于成为风俗,对人的伤害甚大,作者于此则小说中主要表现的也是对此类风俗的批评与反思。《萍洲可谈》卷二言:河东之俗寒食禁火,老幼者多有因此患病者。江浙间端午竞渡,多有斗殴致讼者。小说中明确指出此二习俗本意为尚贤所作,行至末流仅余空虚的仪式,则害民不浅。《菽园杂记》卷六载:当时人传言北方老妪八九十岁以上齿落更生者,能于暮夜时外出食人婴儿,名“秋姑”,作者熟识之人邹继芳亦言历城百姓张家一妪曾经有如此表现,被家人闭在屋内。此则小说或有记奇之意,然而此等传言无疑对老年人是不甚公平的。

《都公谈纂》卷上载:湖广岳州有俗,常于每年闰月五六成群,在路途上杀人,谓为“采生”。甚至在此期间如途间遇到,即便是熟人亦难免受害,妇人、僧道遭害者更为多见。有一僧人被六人钩住，骗其暂为放松，挥禅杖击倒六人缚之于地，六人出银三百两以买命。小说中借过路僧人反击成功，对行凶者进行惩戒之事，对此风俗表达了极度的不满。

（二）迷信致灾之俗

《萍洲可谈》卷二载：大观年间有人议开直河，以省迂回洞庭湖之远。承担此事的卢供奉过洞庭湖时被溺死，有人传言见到有鬼物出没波间，并称血食于此，不令修直河。作者则认为血食于此者为屈原，其人正直为民，必不因私利而溺人，应当是因为此举徒费民力而难成，故而溺毙之，以警世人。卷三载江南常祠神弄戏，多有因此而致讼系者：

> 江南俗事神，疾病官事专求神，其巫不一，有号“香神”者，祠星辰，不用荤；有号“司徒神”者、“仙帝神”者，用牲，皆以酒为酌，名称甚多。尝于神堂中见仙帝神名位，有柴帝、郭帝、石帝、刘帝之号，盖五代周、晋、汉也，不知何故祀之，祀词并无义理。又以傀儡戏乐神，用禳官事，呼为弄戏。遇有系者，则许戏几棚。至赛时，张乐弄傀儡，初用楮钱，爇香启祷，犹如祠神。至弄戏，则秽谈群笑，无所不至。乡人聚观，饮酒醉，又殴击，往往因此又致讼系，许赛无已时。①

事神弄戏，不但无功，且引发其他伤害，小说作者在叙事中对迷信致灾表达了不满。另《独醒杂志》卷二载：夏英公帅江西时，恰逢豫章大疫，亟命制药分给居民以止疫情。医官则言当地民俗尚信鬼巫，虽付药亦可能不用，故下令捕巫者杖之，一年之内治巫者一千九百余家，江西淫巫之俗遂息。此则小说旨在表现治巫之事，疫情只是引子。卷三载：广南人亦好巫鬼，疾病发作时不进药饵，多死于瘴疠等病。邵晔为西帅，请朝廷赐《太平圣惠方》及药材，真宗岁给钱五百缗，其俗渐变。《五杂组》卷六载：巫觋之俗，江南为盛，而闽、广更甚，遇瘟疫之灾多请邪神，不用医药，奉香火祈祷时，紧闭中门，香火缭绕，病者十死八九。作者指出瘟疫多因郁热所致，处理方法应以开门开窗通风为宜，可见巫觋的作

---

① ［宋］陈师道、［宋］朱彧撰，李伟国点校：《后山谈丛 萍洲可谈》，中华书局 2007 年版，第 161—162 页。

为无用且有害。像《朝野佥载》卷五载：岭南风俗，如果家中有人生病，先是以鸡鸭祭祀，作为修福；如不愈，继而以猪狗祭祀；如仍不愈，则杀太牢即牛、羊、猪以祭祀，以示郑重；还不愈，便只能认命，不再进行祈祷。以当地风俗而论，先以家禽祭祀，继而祭以三牲，如病仍不愈，则认为病不可治，不再祈祷亦不谋医治，仍是以祭祀为治病的主要方式。此种风俗在笔记小说中屡有记载，大多数情况下不同作者表达了某种类似的批评态度。

《四友斋丛说》卷十四载：东乡之民勤劳，若经旱灾，女则日夜纺织，男则采稆而食，犹可存命；西乡之民骄惰成性，甫遇大水，只会束手待毙。作者将此归咎于官员无能驱之以勤，跟当地习俗亦有一定关系。

四、报应之事

笔记小说中多见轮回报应之事，甚至有笔记小说中将报应故事专门汇于一处，如清钱泳著《履园丛话》卷十七载有各种报应故事，有德报、冤报、孽报、忤逆报、刻薄、残忍、折福等诸种，凡有前因，必有报应，体现了民众“善有善报、恶有恶报”的朴素观念。

（一）受灾得恶报

1.受因果之报

有些事情虽未为大恶，但在笔记小说叙事中亦以报应的形式得以呈现。《独异志》卷上载：唐元和初年天水赵云在饮宴期间，偶然劝县寮加打囚杖二十，后被擒捉进行报复，身受挫辱、非刑虐待，面容身形皆改，幸得其弟巡察灵州狱，方询得真情，覆灭奸徒。而以作者笔意视之，赵云之所以遭此灾祸，与其宴间劝打囚徒亦有关系。还有《南唐近事》载：章齐一为人滑稽无度，以善于嘲毁著称于世，忽一日得暴疾，齐一齰舌而终。

此类笔记小说中，害人者即便不为人知，亦会遭冥间恶报。如《独异志》卷上载：贞观初年丹阳令王琼被黜，心中不平，求道士叶灵中卜问缘由，原来为其曾受金百两、枉杀二人，不仅受折禄之灾，更有身死之殃，一年之后，王琼果然无疾而终。《三水小牍》卷下载：女道士鱼玄机因怀疑婢女与客狎戏，而将其笞责致死，复将尸体埋于后庭之中。被人发现后，逮之京兆府，虽身为女才子，有多人求情，但仍被斩于市。《南部新书》《本事诗》等多载此事。《开元天宝遗事》卷上载：长安城中富户杨崇义虽广有财产，仍被其妻刘氏与邻居李弇害死，埋尸枯井中。其妻刘氏贼喊捉贼，四处托人寻找丈夫，县官无处查勘，忽杨崇义平时豢养的鹦鹉开口说话，将凶手名字指认出来，最终刘氏、李弇被捕处死。此事后被写成《绿衣使者传》，广为传播。《青琐高议》前集卷八载：李正臣妻子曾经杀害一怀孕婢女，得病后腹中有物，痛不可耐。后寻何仙姑以询此事，仙姑言其妻腹中为冤孽不可救，后李正臣妻腹裂而死。《括异志》卷十载：韩元卿忽持刀自刭，喉断而未死，友人来见，方自书其因私德有亏，罪应处斩，翌日遂卒。原来韩元卿曾于京师停妻而娶富室之女，得良厚资送，后还家时富室之女得知真相抑郁而亡。《倦游杂录》亦有一类似故事：杨孜在京师时自称无妻，骗娼女资财使用，言将娶其为妻。后归襄阳家中时，言明家中有妻，诡称要与娼女同饮毒而死，结果娼死，杨将娼尸燔瘗而归。杨孜后为祠曹员外郎、集贤校理。小说中杨孜虽未得恶果，但作者在叙事过程中，贬抑态度已经表露无遗。

笔记小说叙事中为恶者多遇异事，虽未有明显的鬼神加以谴责，但仍遭恶报。如《后山谈丛》卷六载：某赃吏死后，家人请僧众对灵追福，众人皆见有驴伸首出于帷幕，意指赃吏死后为驴。《孔氏谈苑》卷一载：许敏一甲及第，为大理评事、知县，曾用刑捶杀一人，后冤魂屡见，许敏坐卧不宁，二十年后终死于青阳驿中。《萍洲可谈》卷三载：沈括继妻张氏悍虐异常，时常捶骂捽须，且逐前妻儿，诉诟夫子，恶迹昭彰。后张氏忽患病而死，众人为贺，而沈括恍惚不安，竟欲投扬子江，未几不禄，作者将之归结为妒暴之妻虽死魂魄仍为强势，以致影响沈括。《双槐岁钞》卷八载：梁景熙为萧山县令时，遇狱囚辄行捶杀之，其子夜见其身披枷锁而又忽不见，第二日在街上人家找到，后无疾而见有数囚扼其喉，大叫暴卒；另有永乐中刑部侍郎墨麟好折囚徒臂指，后患疮致臂指断落，遂死。《茅亭客话》卷六载：王盛领百余人于战乱时掳掠妇人，剽劫财帛，杀人无数，掘得一古藏，财宝无数，谁知财宝化烟而去，王盛亦被依法处斩；另有附贼害民者，虽遇宽大而未杀，但不十数年间，迭遇灾疠疾疫，公私争讼，仍一贫如初，展现为贼者不得善终的结局。《侯鲭录》卷七载：林棣县有一虞候张坦为人暴酷嗜利，死后瘗于城外，经月余而化巨蛇，唯余人头尚存。家人将其置于家中，张坦仍每日饮酒食肉，费尽家产后方入山林，后头亦变蛇，不能人言。《癸辛杂识》续集上载：一叶姓医生梦至城隍，有人诫之如有赵某请医者时勿去，因其在福州时杀人至多，且天怒南人借北人之势而害南人，其罪无可赦，而隔几日有叶氏相邀则可往。后赵某相邀治病遂不去，赵某遂亡；赴叶氏邀时，得酬谢甚多。

有的人明知自己作恶，欲图诵佛以解因果，但多不得遂意。如《萍洲可谈》卷二载：庄稼歉收，既有行善者董助教不顾自己身体带伤，仍做饭以食饥者，坚持百余日而不辍。亦有黄冈村氓间丘十五则积谷腾价，百姓苦之。借灾谋利者年老后得病不复饮食，但以羊屎为餐，家人以米饵作羊屎状则弃去，数月方死，生前自知有过，多有媚佛之举，但毫无用处。卷三载：王韶在熙河曾多有杀伐，晚年间欲学佛以消罪障，问长老祖心自己闻道是否罪障得灭，祖心称虽闻道，有债必偿，债主不放亦无法消怨，未几王韶疽发而亡。《东轩笔录》卷十五亦载此事。

2.得鬼神之报

笔记小说中有些惩罚是借鬼神来实现的。如《朝野佥载》卷六载：天宝年中一人被杖决之后，复患天行病而卒，涉事主簿韩朝宗被冥司追至一处，虽非负主要责任，但亦受杖二十而还，此则故事言报应之速。《青琐高议》补遗载：有戍卒詈本辖将官，黄靖国出言其罪当死。后戍卒于冥间相告，冥使招黄靖国入冥间，历见唐武后、酷吏、奸臣等受无穷之苦。后冥司以黄无罪而放回。《三水小牍·逸文》被收入《太平广记》中，载裴光远曾冒暑击鞠，令一白马不胜其役而毙于广场；又曾欲夺他人家小儿，派人暗害王表。后裴光远患病，见白马与王表皆来寻仇诉冤，虽百般哀求不得谅解，数日而亡。《稽神录》卷二载：秦进忠年少时曾因发怒而杀一小奴，以刃贯心，死状较惨。日后秦进忠常见小奴徘徊左右，后终被乱兵伤胸而卒，死状与小奴相似。

《括异志》卷二载：张景晟因手上生疡，求医于御医仇鼎。而仇为谋利，以药效不强之药治之欲取厚谢，而张终痛不可忍而卒，后魂托阴府而报复，仇鼎遭报应而死。正如此则小说中所言：

> 庸医之视疾，多以药返其病，使困而后治，欲取厚谢，因而致毙者众矣。①

① ［宋］张师正撰，傅成、李裕民校点：《括异志 倦游杂录》，上海古籍出版社2012年版，第20页。

因医而返病者虽并非都是因医者贪利所致,但此种现象、此种“庸医”亦不少。《括异志》卷七载:李氏为人性悍妒,因其夫外嬖一官妓,乘夫醉欲以刃杀夫,其夫被救。李氏之父闻之,令其弟以药毙己女,此女死后化为厉鬼,祸害夫家,被道士牛用之训诫:

汝谋杀夫,死实其分,得不弃市乃大幸也,安得更为祟厉,以扰其家?①

此等言辞实为当时夫权的代言:不论其夫外嬖官妓在先,亦不论其杀夫未遂,而只言其欲谋杀丈夫,即为死罪;更强调李氏之死尚且算是轻的,没有被弃市,得以全尸,便是大幸了。夫权的压迫可见一斑。而另一方面,李氏是死于其父、弟之手,是父权和族权的体现,而小说中未言其父、弟受到任何惩处,而李氏亦未将置己于死地的父、弟以仇人看待,可见女鬼深受父权、族权的压迫,同时亦认可道士的观点,以后不复至而结束。整篇小说中,最大的受害者是李氏,而受惩戒或者说是受“教诲”者亦是李氏,未免有荒诞之感。这正是时代的局限,即便是作者亦未认识到这一点。《括异志》卷八载数则报应之故事:王庆性刚暴而刻薄少恩,一日忽头昏,痛不可忍,竟头生两角,数日后大叫而死。有一人家其弟虽贫,佣以养母,其兄家富而不养母,一夕雷电交加,兄家新室瓦皆碎,所植树数百株皆被髡。张氏夫妇四十余岁仍无子嗣,屡祷于城隍庙,梦神告将以庙中判官为其子,后生一子,有才而为官,但嗜酒不修饰,垢貌如土偶判官。邻家为祀五通神岁畜一豕,屡坏罗绍家藩篱,罗父擒豕割一耳,邻人怒而诉神,罗绍与其弟,生时各无一耳。

《青琐高议》后集卷四亦载数则报应故事:解普先骗娼妓李云娘钱财,又趁其醉而推入汴水淹死。李云娘为鬼报复,解普捕盗时亦被拉入水中,解普死后,尸体上脸面与身体皆有伤痕。陈叔文屡骗娼妓崔兰英财物,又趁醉将其与女奴推入水中淹死。一日忽复见崔兰英邀请做客,陈叔文不敢不去,后死于空屋之内,原来为崔兰英死后报复。龚球因其父任职岭外时染瘴而死,生计艰难,漂泊南中时偶遇一女子救助,龚球背恩负义,骗其钱物而走,女子因之死后报复,龚

① [宋]张师正撰,傅成、李裕民校点:《括异志 倦游杂录》,上海古籍出版社 2012 年版,第 48 页。

球身染恶疾，手足堕落而死。吴德家小儿牧羊时为人所杀，斋七之日忽有小童坐于灵席上食用祭物，言为死去小儿邀来做客，因小儿怕害其身死之人又复离去，害死小儿者竟为其姨婿，为小儿指出，终伏罪。此数则皆言人死之后化鬼而行报复之事，虽迷信荒诞，亦有一定诫勉意味。另有一则为子报父仇者：卜德成因贪慕从兄卜起之妻，遂在途中将卜起推入江中淹死，强逼白氏为室，卜起之子长大，其母告知身世，遂告官诛德成，其母因不先告而连坐，其子复诉讼获免。后集卷六载：桑维翰年少未达时曾与羌岵有隙，后为官设计陷害其至死。后复与羌岵魂灵相见，心中大惧，欲以饭僧千人、诵佛书千卷求赎其罪，终不免遭冤报而死。后集卷七载：张宿为将，率军力战，兵士皆亡，其自身得脱回营。上司胡宾认为其罪当死，将之杀害。张宿诉于冥间，胡宾屡见张宿在旁，亦陷敌阵而亡。

对鬼神不敬者虽不为大过，但笔记小说中亦载有数则因渎神而遭灾者，有一定诫勉之意。如《三水小牍》卷下载：夏侯祯祭祀女灵观之后，索酒酹之言欲与神女为配偶，当夜遂惝恍不寐，若有神物相附，目瞪口噤不复能言。夏侯祯自知为女灵所附，遂虔诚致祷：

> 夫人岳镇爱女，疆埸明祇，致禾黍丰登，戢虎狼暴殄，斯神之任也。今日之祭，乃郡县常祀，某职其事，敢不严恭，岂谓友生不胜饯斝之余。至有慢言黩于神听，岂降之罚耶？亦果其请耶？若降之罚，是以一言而毙一国士，是违好生之德，当专戮之辜，帝岂不降鉴，而使神祇虐于下乎？若果其请，是以一言舍贞静之道，播淫佚之风，缘张硕而动云軿，顾交甫而解明佩。若九阍一叫，必贻帏箔不修之素，况天下多美丈夫，何必是也。神其听之。①

此段祷词有理有据，站在神女角度为其分析此事，如若是惩罚则不当，如若是真因其言而欲婚配亦不当，故祭奠结束，而夏侯祯亦康健如故。《括异志》卷十载：潭州李氏之弟溺死不得尸，以为被鼍所食，李氏刺掌血作书焚之祈祷，梦中得判，鼍被决一百铁杖处死，李氏因以掌血腥秽上渎高真，将被王硕决脊杖十

① ［唐］刘肃等撰，恒鹤等校点：《大唐新语（外五种）》，上海古籍出版社 2012 年版，第 208 页。

五。李氏因惧此判，杜门不预外事十余年，后王硕知潭州，李氏因坐遗火延烧一坊，仍遭脊杖之刑。

除“此生”遭报外，亦有笔记小说言“轮回”之后遭受报应者。如《酉阳杂俎》续集卷四载：沙门怀渡为梁武帝所召，因帝下棋称“杀”而被误斩，怀渡称前生为沙弥时曾误锄杀一蚯蚓，为帝前身，故受此报。下棋杀子误致沙门被杀，本为世间等级制度之残害，而归结为前生冤孽，以轮回观念淡化了灾害的悲剧性，以偶然性消解了必然性。《宣室志》卷三载：唐贞元中王武俊统帅成德军，威震一方，派其子士真巡查属郡。太守出于好意，特邀一精干之人李生作陪，谁知二人一见，如有宿仇，士真遽令将之下狱，后又命取其头颅。李生临终之际，称自己曾在途中劫害一少年，士真为其转世复仇。《宣室志》卷十载：李林甫自知害人众多，恐遭恶报，招致鬼灾，特邀术士作法禳除，结果只能推迟十年灾祸的降临，终究难免恶报。

3.盗墓而遭报应

以古人观念来看，坟墓为亡者之阴宅，不应随意侵扰，在笔记小说中多有述盗墓而遭报应者。如《西京杂记》卷六《广川王发古冢》历叙广川王盗发冢墓之异，其中栾书冢中见一白狐，广川王梦中被一丈夫以杖击伤左脚，遂肿痛生疮，持续至死而不愈，体现报复之意。《搜神记》卷十五《栾书冢》亦载此事。《搜神记》卷十五《汉宫人冢》言：汉末时关中大乱，有人掘墓，有冢中宫人尚活，出冢后屡言汉宫中事。此事虽奇，宫人甚有可能为活时殉葬入冢中，小说对以人殉葬之恶有所展露。

《录异记》卷八载数则掘墓之事，多言有恶报。如言秦宗权命人开掘传说中董仲舒母亲之墓，忽然连雨六旬不止，不但施工不得，且致此年淮西妨农，发生大饥馑。李宪为洪州太守时，砍伐府厅中大皂荚树，发现树下有墓，遂掘之，里有石言为郭璞之墓，且预知五百年后有李宪掘墓，虽未言灾祸，或只因李宪令人马上复修其墓，迁守厅于他处。成都延秋门外有许静之墓，凡是耕牧之人、畜犯之，皆有祸殃，故当时他墓多不存，唯此墓因人莫敢犯而岿然独存。群贼掘大墓得财物众多，有人梦中求太守助修坟墓，而不用擒捕盗墓者，原来盗墓者三十余人一齐发狂，相继而卒。唐宝掘墓建屋，居市井数千家，多见厉鬼横行，数年后，廨署荒毁，有邻郡千百家避难于此，死亡殆尽，隐指古丘墓中难得居住。另载咸通末年凤翔府曹李道曾擒获盗墓贼，询其掘墓之险，盗墓者言道：

尝入一冢，自埏道直下三十余尺，得一石门，以物开之，门内箭出不已，如是百余发，不复有箭矣。遂以物撞开之。一盗先入，俄为轮剑所中，倒死于地。门内十余木人周转运剑，其疾如风，势不可近。盗以木横拒之，机关遂定，尽拔去其刃，亦不复能转，因至其中。但见帐幄俨然，繝褥舒展，遍于座上。有漆灯甚明，木偶人与姬妾皆偶。去地丈余，有皮裹棺柩，铁索悬挂焉。即以木撞之，才动其棺，即有砂流下如水，逡巡不可止，流溢四面，奔驰出门，砂已深二尺余。良久视之，砂满冢内，不可复入，竟不知何人之墓矣。又一墓在咸阳原上，既入，得镜两面，可照人。鼻在侧畔。背面莹洁如新，磨毕以面照之如常无异；以背照之，形状备足，衣冠俨然而倒立也。①

此则小说，可称为当时的“盗墓笔记”，言及箭矢、轮剑、木人、木偶、棺柩、砂流、奇镜，足显其灾祸之难免，故盗墓者多死于非命。

4.禳灾而遭灾

笔记小说中亦载非因恶而遭报者，是追求禳灾结果导致灾害的发生。如《因话录》卷六载：有人怕伐大树招致神怒而有祸，遂以斧砍他人之树，被他人诉讼而入狱，赔钱被打，卖田贿赂狱吏，所谓避祸反速祸。更有乡民惑于巫者，为禳灾而违禁杀牛酿酒，又击鼓祭祀，连犯三罪，所谓禳灾而致灾。

此类遭灾者，多有巫道之人的参与，甚至灾害本身即由巫道之人惹起。《云溪友议》卷上载：太仆韦觐欲求夏州节度使之官职，有巫者自言可祷祝成之。韦觐准备香烛酒果等物，令巫者祭天祈祷，巫者反大声呼叫，以擅自祭天相威胁，乘机索要钱财，韦家只得付其财帛以掩其口。后事发，宣宗皇帝令将巫者处死，贬韦觐为潘州司马。《唐阙史》卷下载：薛氏子贪图厚报，听信左道术士之言，不但将全部财物拿出，且不惜借贷，结果一文不剩，皆被左道诳骗而去，从此家产荡尽，又失信于人。《桂苑丛谈》亦载：一左道自称有炼金之术，护军将军李全皋被骗，道人将财物席卷一空之后踪迹杳然。数则小说足显左道之害人。

上述几则小说中左道谋财尚未直接侵害人的生命，《金华子杂编》卷上载：

① [唐]李德裕等撰，丁如明等校点：《次柳氏旧闻（外七种）》，上海古籍出版社 2012 年版，第 128 页。

一左道枉顾药效，劝人服生附子以补益身体，结果此人方食时似觉有力，连服数日后忽七窍与全身毛穴中同时流血，一命呜呼，尸体亦仅余皮骨稍存。此则小说中体现出对道流所谓补益之药的怀疑。

亦有小说言僧道为人不谨，触犯戒律而遭灾者。如《北梦琐言》卷十一载：有僧不守戒律，与尼有染，另有近八十岁老僧还俗归家，欲与丫鬟为偶。道士罗昭然寿一百一十三岁，赴斋席时脚坠镫中，被驴拖曳而死。赵驾仙、上官道士修法事，被天罚鞭背二十而亡。何景冲行法事时口有蒜气，渡江时船覆而溺亡。梁威仪行法事，俯伏奏章时因醉睡去。多则故事言道士行法事时有所不敬，梁因而受罚。《清异录》卷上将奉事仙道而不求寡欲，多搜求黄白财物者称为"饕餮仙"。

笔记小说中借小说叙述神灵祐护亦有原则，非随意更改者。如《稽神录》卷六载：某日山神至一老者家中求食，老者吃惊，纳闷山神日有祭祀，为何还要至其家求食？山神则坦言：

> 凡人之祀我，皆从我求福。我有力不能致者，或非其人不当受福者，我皆不敢享之。以君长者，故从君求食尔。①

此则小说指出一种悖论，凡是祭祀者大都有所求，而"所祭之神"有力不能致者，即言有祭祀者不应当受福。只有某些长厚之人，家本富裕，又肯勤勉劳作，当受福且所求亦不会过分，故神亦来求食，以得心安。此卷另载某人将要带兵征战，新铸一剑，至梨山庙祈祷，祝愿以此剑杀千人。梦中有神告其不应发此等恶愿，仅承诺其不死于他人之手，结果此人战败，追兵即将赶上时，以此剑自刎而死，虽不死于他人之手，但结局不妙。

5.伤害动物而受灾

小说中多有人与动物的互化，如《录异记》卷五载：一女子因偷化中之物而身化为虎，虽欲见其母，而母畏之不敢往，虎终隐去。《青琐高议》后集卷三载：桂阳县百姓曹尚之父前世曾杀一猿，后化为猿，与其孙见面不识，后与儿孙说明

---

① [宋]徐铉、[宋]郭象撰，傅成、李梦生校点：《稽神录 睽车志》，上海古籍出版社 2012 年版，第 62 页。

原委，入山不复再见。

伤害动物者，小说叙事中多与伤害人类相似，多受恶报。《搜神记》卷二十《古巢老姥》言：江水暴涨之时有万斤巨鱼身死，举郡之人皆食其肉，唯独一老妪未食，一老叟对其称此鱼为其子，如东门石龟目赤之时，全城当陷于湖中。小儿听闻此事，开玩笑将石龟双目染红，果然城陷为湖，合城百姓除老妪外均亡于水中。《青琐高议》后集卷一《大姆记》亦载此事，并有《大姆续记》称此湖不容鼠窃狗盗之人安然度过，《陷池》载郴人曹恩因食龙所化之鱼而遭恶报，全家皆陷为池。后集卷三《巨鱼记》载：嘉祐年间巨鱼随雨而卧堰下，肉数万斤，不可食，可作油照夜，次年此地大疫，十没四五。巨鱼之死，实为凶兆。《搜神记》卷二十《邛都大蛇》言：一老姥豢养一蛇，因食县令所养骏马，县令捉蛇不得，遂杀老姥。蛇为老姥复仇，接连四十余夜雷风交加，全城俱陷为湖，唯余老者之宅尚存。《独异志》卷上载一故事与此相类，言历阳县一老媪乐善好施，曾款待一少年。少年临去时警告她如见门阃有血，就要登山避难。门吏听闻此事，开玩笑地将鸡血涂在门阃上，结果夜间整县陷没于湖，仅有老媪携鸡笼登山而免此难。《因话录》卷六载：乡民数家共杀一白蛇，后突然风雨大作，雷电交加，洪水随之而发，数家皆陷溺无遗。

《青琐高议》后集卷三载：庆历年间马吉以杀鸡为业，而常以拳击打令鸡反首向背痛苦而死。后来马吉患风疾，头亦如当时所杀之鸡一般反向于背，举动间如鸡之将死，此疾无法可治，乞食道途，受尽苦楚后岁余方死。同卷另载：咸平朱沛因有猫食其鸽而断猫四足，令猫痛苦数日方死，前后杀十数猫，后来其妻连产二子，俱无手足，弃之于途，而朱沛毫不悔悟自己的不善之举。后集卷四载：陈贵以屠牛为业，所杀牛不计其数，忽病后发狂，惟食刍草，经月而死，死后又转生邻家为牛，腹有“陈贵”之名，其妻欲以财赎，梦中被神人警告，其事遂止。同卷另载：俞元喜好放鹰逐兔，猎得兔后又只取其腹以饲鹰，一日忽头下有疮血污痛，头颈脱落，出气如鹰隼鸣，每日只能以匙置粥于喉，数月方死。《稽神录·补遗》载：合肥富人刘某性喜食鸡，每杀鸡时先断其双足，置于木柜中沥尽鲜血，方行烹食。刘某后生疮于鬓间，疮中复生小鸡足，每巾栉时皆破，流血满面，痛楚整日，后以此病亡。《太平广记》卷四百六十一亦载此事，《类说》亦载此事。《南部新书》载：有人以灰水饮驴，围之以火，令驴渴，复用酒调和五味饮之，入味而食，后食驴者与膳夫皆暴卒。同书还载：开元末年有人好食羊头，忽一日有羊头人身之怪来访，警其辍食则已，否则将死，其人大惧，不复食羊，亦终得无恙。

《稽神录》卷四载：广陵一男子为人饲马时，欲偷懒晚上不喂，曾取乌梅饼喂马，令马齿酸楚，不能食而亡。后此男子患病，乞讨为生，见马屎即食，认为与乌梅味道相同。吕师造为池州刺史时聚敛无度，嫁女时以舟相送，资奁甚厚，途中遇一道士穿舟而过，载送之物皆化为灰烬，而人与船皆无伤，道士亦不复见。浙西重建慈和寺，地基处辄有蚯蚓为害，有一僧人教以石灰覆地，致杀害蚯蚓无数。此僧人后来患病，浑身俱痒生疮，疮中辄得死蚯蚓，竟至数百千条，僧人最终肉尽至骨而死。

《括异志》卷一载：因河水经常有泛溢之患，熙宁年间大名府元城县一临埽使臣奉命守堤，屡见一大鼋啮啃岸上之薪刍，欲作穴坏堤，遂射杀之。后鼋于冥间告状，此使臣被引至冥间对质，据理力争，冥官认为鼋无益于世而有害于人，故杀之不应偿命，使臣终被平安送回人间。《青琐高议》前集卷一故事与此相类，略有细节差异，言右侍禁孙勉为元城史，因射杀大鼋，被紫府真人韩魏公派人于昼眠时招去问询，得知真情后又复放还。《清波杂志》卷七亦载此事，虽略有出入，但主体情节大致相同。此数则小说表明如有正当理由，虽杀生亦无害。

《春渚纪闻》卷三载：雀、鳅、蛇、蟹等类生物多有灵异，杀之往往得狂疾怪病而亡。赵二以网捕雀鸟为业，五十余岁卧病求死不得，忽头痒难耐，以手抓搔至流血，又呼其妇用力捽发，竟致脑皮脱落，见脑间有雀嘴丛咂，邻里助其诵佛忏悔，二日方得气绝。吕五以盐醯鳅炙为业，忽得疾觉烦渴难耐，饮水不解，以杯盛盐醯饮之，又令家人日夜不停翻转身体至于数十百次，终肉溃肠流而卒。脍匠严进得狂疾，日曝于城壁之下，自啮十指皆尽，血流遍体，号叫而死。薛氏十三岁小儿探鹊雏于树丛间，见有大蛇，惊而口张，蛇遂入于其口，吞食其心，小儿与蛇俱亡。另记有糟腌巨蟹螯，已浸渍至透黄，仍往来不可执，后纵之水泺之中，隐寓万物有灵，当以戒杀生为念。《睽车志》卷二载：焦仲生性嗜杀，每天以弹射臂鹰走狗为乐，杀伤动物无数。后其长子得心疾，将父母视作加害父母的仇人，终至死亡，另二子与妻亦随即而亡，唯余一身虽享高寿，而孤单凄凉。

（二）免灾得善报

1.动物报恩得善报

小说中除载伤害动物而遭报应者外，亦有记因动物报恩而免灾者，如《宣室志》卷三载:李氏亲友相聚于堂上,忽有数百老鼠在门外齐集,人立而前,若有所为,众人皆出屋观看。正当此时,忽然堂屋倾圮,鼠亦散去,众人方醒悟群鼠是示警而来。小说中将之归因于李氏一家向来不畜养狸猫,不好杀生,故得善报。《唐阙史》卷上亦载一巨鼠报警之事:

> 许下郗尚书士美,元和末为鄂州观察使,仁以抚下,忠以奉上,政化之美,载在册书。一日夙兴,将出视事,束带已毕,左手引鞾,未及陷足。忽有巨鼠过庭,北向拱立而舞。入座大怒,惊叱之,略无惮意。因掷靴以击,鼠则奔逸。有毒虺堕于鞾中,珠目锦身,长策细螯,勃勃起于舌端。向无鼠妖,则必致膔指溃足之患矣。①

巨鼠过庭,只为警示贤士,为免灾之举。《玉泉子》载:李昭嘏家三世不养猫,其应举时有一大鼠数次将其考卷衔于主司枕前,结果李昭嘏终于及第成为进士,鼠为报恩而来。

《稽神录》卷三载:宋氏曾买渔人所获大鼋,放归江中,后被邀至鼋府,称宋氏之儿命当溺死,而为救鼋命之故将以另同名者作替,以救免其子。数日后某处果有大风涛,溺死者甚众,宋氏子得幸免于难。《青琐高议》后集卷九载:李元于牧童手中救下一小朱蛇,后得美女云姐以钱财相赠,并因此女盗得考题,荣登科第,云姐报恩后远遁,李元复娶人间女子。

2.为善事得善报

《剧谈录》卷上载:王鲔少时曾埋葬粪壤中二无主枯骨,得善报,遂可灵物相通。崔相国府内歌妓猝死,王鲔见之,终以奇法救活歌妓。《北梦琐言》卷十二载:崔从事一众路逢寇贼,他人皆被杀戮,崔从事若有人引路而得免死。又复得痁疾,困顿于路,梦中为庙神赐药三丸而愈。此则小说称为人正直者自得神助。

《括异志》卷六载:麦道录见大雪中有一乞丐,败席短杖,冻死于汴河岸边,感其可怜,遂置买衣衫等物,将其埋葬。后麦道录于他处竟遇此丐前来致谢,大感惊异,归返后发掘其坟,仅见席杖,尸骨皆无,由此悟道。麦道录遂弃官为道

---

① [唐]刘肃等撰,恒鹤等校点:《大唐新语(外五种)》,上海古籍出版社2012年版,第237页。

士，寿有九十余岁。《泊宅编》卷六载：曾楙生子辄不育，后遇异人劝其勿食鸡鸭子、鱬子等“子物”，后娶李氏，梦中有神人言将赐三子，果然应验。

《双槐岁钞》卷八载：成化初年一张姓百户舟行遇风，舟覆而免难，遂陆行，至半途见水波中有一覆舟之人求救，烟雾中不能分辨，张出金求渔人相救，原来竟是其子，可谓善心得善报。

3.虔信佛道得善报

《南部新书》载：白仁哲运米奔赴辽东，航海途中遇风，念《金刚经》三百遍，恍惚中有梵僧称因其念真经，所以前来相救。须臾风定，同船八十余人俱得活命。张齐丘每日念《金刚经》十五遍，习以为常，后有叛兵数十欲逐杀齐丘，将及宅时，忽见有两甲士守门，叛兵束手被擒，如有神助，张齐丘因之断绝酒肉，事佛更为虔诚。

《春渚纪闻》卷一载：内宫两位刘娘子同日而亡，日常为善、饭素诵经的刘娘子尸身香馥袭人，平日间多方挑唆害人的刘娘子尸身头断且群蛆丛拥，被视为善恶之报。

《春渚纪闻》卷二载：沈二公遭金兵掳掠，梦僧告之为前世冤孽以报怨者，因见其诵《金刚经》，反护其周全，终得不死且冤仇化解。另，方腊作乱时，一任都税院者暗诵《金刚经》二十余年，贼将七佛子令人以箭射之，数百矢而无一中者，惊问其故，得知常年诵经，遂释之。此数则小说，主人公身经战乱而得生全，皆归因于虔诚事佛，与当时佛教的传播大有关系。

《睽车志》卷一载：湖州有一妙喜村民向来狡狯，为一乡之害，五十岁时忽然痛悔，日诵佛号不辍，忽一日遍诣识者，言焚身忏悔己恶，遂丐薪数百束，积二丈高，以口衔炬，合掌端坐而焚。《睽车志》卷五载：某屠户张某晚年自悔杀伤过多，日诵佛号数百声，瞻礼佛像，祈求死时不值暑热。十数年后死于暑热，而天降大雨遍湿其体，皆化为冰，故得停尸三日而不化，邻里助其营葬。《双槐岁钞》卷六载：正统末年，邑中多有白昼见形、抛砖弄瓦鬼物作乱，邑人祷于城隍，梦中神言，时值大乱，可诵《妙法莲华经》，景泰改元寇果至，邑人多人诵经得免于难。

亦有言人死后为神者，如《云溪友议》卷上载：关羽梦中被猪啮脚，终为吕蒙麾下所殛，随后因忠义显灵，以鬼兴土木之功而成祠庙，撰者就此大发议论：

允敬者，则仿佛似睹之。缁俗居者，外户不闭，财帛纵横，莫敢盗者。

厨中或先尝食者，顷刻大掌痕出其面，历旬愈明。侮慢者，则长蛇毒兽随其后。所以惧神之灵，如履冰谷，非斋戒护净，莫得居之。①

此则故事称，对于祠庙，必须持虔敬之心，斋戒护净，方可进行祭祀。而关羽死后得为神，亦算善报之一种。

《北梦琐言》卷三载：段文昌少年时贫困无食，每每听到钟声便至寺院食斋，为寺僧所厌，寺中遂不敲钟而吃斋，段文昌怀惭而退。后段文昌为相，富贵后以金莲花盆濯足。夏侯孜未达时多遇龌龊事，称“不利市秀才”。此则小说旨在表现人有遇有不遇，有塞有通，虽未明言，但对势利之寺僧与世人有讥刺之意，而段文昌以金莲盆濯足未受恶报的叙事，或许亦隐言鬼神对僧人的嫌贫爱富是不满的。

第二节　战乱之害

如元代张养浩在《山坡羊·潼关怀古》中所言：“兴，百姓苦；亡，百姓苦。”战乱之灾往往涉及范围广、持续时间长，争斗者无论胜负成败，对百姓而言皆会造成巨大的伤害。其中有发生于征战之中的直接伤害，亦有伴随战乱而遭受的间接伤害，下面结合笔记小说中的灾害叙事作一简要分析。

一、征战杀人

（一）乱世百姓丧亡

1.对乱世之由的探询

《搜神记》卷六《赤厄三七》称汉灵帝以后宫采女为客舍主人，自己则扮为

① ［唐］张鷟、［唐］范摅撰，恒鹤、阳羡生校点：《朝野佥载 云溪友议》，上海古籍出版社2012年版，第93页。

估客，以此作为戏乐，实寓天子将失位之兆，自汉光武帝中兴，有所谓的三七之运，经赤眉之变、黄巾作乱，天下百姓流离失所，汉祚断绝，皆有“天意”。《夫妇相食》更是称东汉灵帝时，河内之地发生妇食夫、夫食妇的人间惨剧。对此，作者大发议论：

> 夫妇阴阳二仪，有情之深者也。今反相食，阴阳相侵，岂特日月之眚哉！灵帝既没，天下大乱。君有妄诛之暴，臣有劫弑之逆，兵革相残，骨肉为仇，生民之祸极矣，故人妖为之先作。恨而不遭辛有、屠乘之论，以测其情也。①

此则故事《独异志》卷上亦载，只是未有议论。《孟子》中有言：“庖有肥肉，厩有肥马，民有饥色，野有饿殍，此率兽而食人也。兽相食，且人恶之；为民父母，行政，不免于率兽而食人，恶在其为民父母也？”②小说中叙此等惨剧，未免对执政者有所讥刺。《搜神记》卷七《吕县流血》《牛能言》《败屩聚道》《狗作人言》《无颜帢》《牛生子二首》《地震涌水》《太兴初女子》《武昌火》《武昌大蛇》等多篇，或借牛言，或借狗语，或兽生异状，或人生异形，或有流血，或有火发，或有大蛇，皆兆世乱凶咎之事。《搜神后记》卷五《木像弯弓》言孙恩作乱之时，一男子入蒋侯庙而被木像射死，此等乱世中无辜而死的事甚为普遍。《幽明录》亦载此故事。

2.百姓身不由己的惨状

《大唐传载》中记载：李希烈攻汴州时，城陷后用百姓妇女和辎重填充壕堑，还给取名叫“湿稍”。李希烈初为唐朝藩镇将领，建中三年（782），李希烈联合王武俊、李纳、田悦等人分别称王，并拘禁唐朝名臣颜真卿，继而将其杀害，后以楚为国号自称皇帝，最终被平复。此则故事中以百姓填充壕堑，足显战争之中某些将领的酷虐，为达个人目的无所不用其极，受难的只能是无辜的百姓。《独异志》卷上载：唐代李祐之妻怀孕五月，竟被乱军剖开肚腹，可见战争之中无辜

① ［晋］干宝、［晋］陶潜撰，曹光甫、王根林校点：《搜神记 搜神后记》，上海古籍出版社2012年版，第63页。

② 杨伯峻译注：《孟子译注·梁惠王章句上》，中华书局2012年版，第9页。

百姓所受之难。只是故事中李祐及时赶到，为之裹腹上药，救下妻子，后产一男孩，得为南海节度使。传奇故事之外，是普通百姓叫天天不应、呼地地不灵的深深无奈与悲哀。《云溪友议》卷上载：唐明皇因安史之乱而至岷山时，百官流离，尸满中原，权贵随车驾行者亦潦倒不堪，与前之繁盛形成强烈对比，正如杜甫之诗所言：

岐王宅里寻常见，崔九堂前几度闻。
正是江南好风景，落花时节又逢君。

战乱之苦在皇帝、权贵之人身上尚有此等表现，更遑论普通百姓了。

《唐阙史》卷下载黄巢之乱时，泾阳令伊璠为贼所掳，屡次经刀刃之险而得脱，后与亲人离散，衣村民之服装而逃归。甫及蓝关之时，又为猛兽所食。乱世之中，逃得兵灾，又入虎口，可谓乱世中百姓不幸遭遇的凝结。《北梦琐言》卷九言：黄巢之乱时，有将军之女因骨肉分散，无计谋生，隐名托庇于董司马。后访知亲眷所在，辞别而寻亲，董生惊愕，放其归亲，当时识者盛称女子之智。卷十二言：一裴姓朝士逃难，其女路次暴亡，心中虽悲痛万分，不暇埋藏而逃。此二则小说虽意旨有所不同，但皆言及乱世离乱之苦。此书另载李茂贞焚烧京城，被称为“火龙子”；朱令公与茂贞军大战，横尸不绝，臭气数十里之外仍闻，诛宦官七百余人等，乱世之中，杀人如麻。

《南唐近事》载贾崇镇江都时，周师未及境，即先焚井邑，弃垒而渡，后以忤旨得罪，长流抚州。将帅被流放，而当地百姓在井邑被焚之后又将以何为生呢？《南部新书》载程元振经略河北时，袭郕而俘获男女上千人，行经八十余里，复将妇人有乳汁者九十余放归，此举令郕人为之感念，作为敌对方还为其设斋，由此故事愈可见其他帅兵者之残暴不仁。《括异志》卷三载羌人入寇，劫掠百姓与财帛，张殿直家人被掳走。后其家所豢养一犬为其妻领路，经旬日跋涉而终逃归，与丈夫相聚，而大多数离乱之人竟不如此犬得以生归故土。《青琐高议》后集卷二载：军中大将因运米失舟而家资尽没，卖妻以偿，王安石之妻吴夫人为其买妾。王安石听闻缘由，释妾而返，夫妻方得重聚。

《挥麈录》卷八载建炎初年，虏骑忽至，百官争渡江，舟子借机涨价，必需一两金方得登船。叶宗谔无钱，一妇人出钱伏于叶之背登船，后妇人坠水而没，叶宗谔渡江后于家中影堂设妇人神位以祭之。此则小说旨在表现叶宗谔之得性命多赖鬼神之助，而由官员战乱之时渡江之难的叙述，百姓流离失所可想而知。卷十所载平江一城先受金寇之侵，又遭官军之毒，略引几段，可见一斑：

> 建炎四年庚戌春二月，金人首领四太子者，自明、越还师，由临安府袭秀州，二十五日犯平江府，午漏未尽四刻，兵自盘门入，劫践官府民居，廥廪积聚，虏掠子女、金帛，乃纵火延烧，烟焰见二百里，凡五昼夜。三月初一日，出阊西，寇常、润，于是平江府烧之既尽。士民前后迁避得脱者，十之二三；迁避不及或杀者十之六七……初，金人烧劫之余，金帛钱谷尚多，仲威即据城纵兵掠取，昼夜搜抉不已。遗民间访旧居，即执之，笞责苦楚，穷问瘗藏之物，民益冤愤。故自金人南渡硎砂，破金陵、广德、杭、秀、常、润、明、越，惟平江被害最深。盖以兵多将庸，民始倚之而不去，既堕虏计，则又再遭官军之毒。是夏疾疫大作，米斗钱五百。有自贼中逃归者，多困饿僵仆，或骤得食而死，横尸枕藉，道路泾港为实，哭声振天地，自古丧乱之邦，未有如是之酷也。①

战乱中百姓面对掳掠、纵火、屠杀、笞责、疾疫、困饿数种灾害，生计艰难，如处人间地狱。《投辖录》载：建炎初年，史亮攻陷宿州，李成杀虹县人以应，横尸数里，有良家子免于死难，遇有衣锦者数人，疑为鬼吏，在按名查簿，见其尚生，查簿得知其前世曾为安禄山贼军，不杀无辜，得免兵死，但曾为贼军，故经历被杀风险。《鸡肋编》卷上载：建炎元年（1127）秋，作者由许昌而趋宋城，沿途所见：

> 几千里无复鸡犬，井皆积尸，莫可饮；佛寺俱空，塑像尽破胸背以取心腹中物；殡无完柩，大逵已蔽于蓬蒿；菽粟梨枣，亦无人采刈。至咸平僧舍，有《金刚经》一藏，带帙皆为人取去，散弃墙壁间。②

---

① ［宋］王明清撰，田松青点校：《挥麈录》卷十，上海古籍出版社 2012 年版，第 131—134 页。

② ［宋］庄绰撰，萧鲁阳点校：《鸡肋编》卷上，中华书局 1983 年版，第 21 页。

此则小说主要谈的是战乱之中,有士子因诵《金刚经》而免难,然鸡犬无闻、积尸于井,战乱惨景,实不堪入目。《贵耳集》卷上载:因殿司军籍有缺,诸军掠人于市,强逼百姓入军。在此过程中有军人擅入人家毁击器具。此则小说中乱军虽被惩处,但乱世之中军队强行征夫入军者甚为多见。《贵耳集》卷上以地势论天下流变,提及金亡北宋之后的惨景:

> 金亡都汴,燕、赵、青、齐之野,皆成草莽,上蔡天地之中气,三十年来地气不乘,兵革日寻,民无生意。蜀自晋未尝经残破,嘉熙戊戌,鞑虏四至,如入无人之境。成都一夕焚尽,死者何止百万人,至今不容经理。鞑贼往来未已,地之气今为不毛,江之源今为污浊。不幸江左当地势之南,江流之东,建瓴之势,为夷虏得之。①

天下因战乱多成荒废之地,仅蜀地死者有百万之巨,身处乱世,百姓丧亡之惨状可见一斑。

(二)战阵杀人盈野

《朝野佥载》卷一载武则天当政时契丹李尽忠、孙万荣等囚禁汉人俘虏数百人,欺骗他们说自己欲行归降,又令老年兵士投归官军,却事先埋伏,生擒麻仁节,而军士被杀死者填满山谷,甚少逃脱者。战争以人命为手段,而致力于杀人,其残酷性展露无遗。同卷载武则天如意年号以降,契丹反叛,前后有百万军士战败于黄獐谷中,各军皆没于战阵,此前有《黄獐歌》流行,原来为此伤残之兆。神龙年号以后又有民谣:"山南乌鹊窠,山北金骆驼。镰柯不凿孔,斧子不施柯。"②竟是突厥强盛,致中原百姓无法植桑养蚕、种禾刈谷之兆。《大唐新语》卷七载唐太宗在安市城东南大破高丽军,以斩首二万余、纳降二万余、俘获牛马十万余为幸,将山改名为"驻跸山"。如《孟子·离娄上》所言:"争地以战,杀人盈野;争城以战,杀人盈城,此所谓率土地而食人肉,罪不容于死。"③此则

---

① [宋]庄绰、[宋]张端义撰,李保民校点:《鸡肋篇 贵耳集》,上海古籍出版社2012年版,第94—95页。

② [唐]张鷟撰,赵守俨点校:《朝野佥载》卷一,中华书局1979年版,第10页。

③ 杨伯峻译注:《孟子·离娄章句上》,中华书局2012年版,第187页。

故事中许敬宗为文刻石纪功，中书舍人敬播以山名解释天意不欲再东，皆从细微之处入手，劝止征战，城拔之后即行班师。

《玄怪录》卷一《来君绰》所叙故事说的是君绰等人路途之上偶遇大蟥及蜗、螺等怪所幻化文士酒酣之际谑谈的言语对话，其中或有深意，只是在叙此故事之前，用战乱与族诛的人间灾祸作为引子：

> 隋炀帝征辽，十二军尽没，总管来护坐法受戮。炀帝尽欲诛其诸子，君绰忧惧连诛，因与秀才罗巡、罗逖、李万进结为奔走之友，共亡命至海州。①

《酉阳杂俎》前集卷十四载：天宝年间王天运率四万将士征伐勃律城，不接受投降，屠城后掳三千余人及珠宝回师，方行数百里，暴风雪突至，四万人皆被冻毙而亡，唯余蕃、汉各一人得生还报信。《开元天宝遗事》卷下载：玄宗时武库中刀枪自鸣，后遂有安禄山叛乱、明皇西迁等祸事发生。此数则小说，言不义之举招致天谴，对妄挑战事争端者实为一种警告。

《涑水记闻》卷十一载保州兵士因口粮缩减，怨怒作乱，杀官闭城拒命，后虽平叛，但多有损伤，官员多因此被革者。卷十四载：永乐被围，城中乏水，至绞马粪取水，而城终被破。《画墁录》载：永洛之役，一日丧马七千匹，城下沙烬中大小团茶可拾。同书另载：自唐末五代，每至传禅之时，军中部下皆扰民剽劫，谓之“靖市”，即使王公大臣亦难免此难，直至宋太祖陈桥之变，与众誓约不得惊动都人，方得天下太平。《避暑录话》卷一云：“天下之祸，莫甚于杀人；为阴德者，亦莫大于活人。”②其语虽有特定的语境，但对动辄谈兵而导致战争中杀人盈野、盈城的惨烈而言，亦有一定道理。《随隐漫录》卷二载：襄樊之围时，城中军民无衣无食，难得生路，而权奸则恃势妒贤，沉溺酒色，粉饰太平，形成强烈对比。

《独醒杂志》卷一载：南唐时彭玕叛乱，攻县杀民，时任吉州牙将刘景宏自度势有不敌，遂伪降，吉州得以保全，活民万人，彭玕败后，刘景宏复率兵回归南

---

① ［唐］牛僧孺、［唐］李复言撰，姜云、宋平校注：《玄怪录 续玄怪录》，上海古籍出版社1985年版，第26页。

② ［宋］叶梦得撰，田松青、徐时仪校点：《石林燕语 避暑录话》，上海古籍出版社2012年版，第110页。

唐,后代得世禄不绝。《投辖录》载:王子宣出帅秦州,发现古穴宝剑,转赠王靴,后王靴父子与胡人争斗,死于剑下。由此二则小说对刘景宏和王靴父子的不同描写,可见作者的褒贬态度。

《贵耳集》卷中载:杨青隐于南华山中,出入于虎狼蛇虺横行之地,以茅为莩笼,饮食其间,不以为苦,自称从军时曾遇异人而致于此。此则小说虽多称隐者、修道者之异,但亦隐言从军之苦之难甚于独居于荒山恶兽之间。

二、匪盗之害

(一)盗之害民

1.强霸一方之盗

牛僧孺撰《玄怪录》卷一《郭代公》虽言妖怪之事,但所谓妖怪与人间强霸一方的匪盗、贪吏实无两样。此则小说中叙郭元振夜行借宿,突闻女子哀泣,细询之下原来是为神怪逼迫而嫁,此女泣告:

> 妾此乡之祠有乌将军者,能祸福人。每岁求偶于乡人,乡人必择处女之美者而嫁焉。妾虽陋拙,父利乡人之五百缗,潜以应选。今夕,乡人之女并为游宴者,到是,醉妾此室,共锁而去,以适于将军者也。今父母弃之就死,而令惴惴哀惧。①

此与《水浒传》中小霸王周通欲强抢女子上山、《西游记》中金鱼精欲行食人有相似之处,除女子之父贪图钱财之外,更大的原因是所谓的乌将军能够“祸福人”。据天亮时乡中耆老及女子家人持棺大哭而至来看,前之所献女子皆遭惨死,当郭公拿出斫断的猪蹄时,大家心里应该已经明了所谓的“将军”不过是猪精罢了,但还是愤怒于郭公的多事,言:

> 乌将军此乡镇神,乡人奉之久矣,岁配以女,才无他虞。此礼少迟,即

① [唐]牛僧孺、[唐]李复言撰,姜云、宋平校注:《玄怪录 续玄怪录》,上海古籍出版社1985年版,第23页。

风雨雷雹为虐。奈何失路之客，而伤我明神？致暴于人，此乡何负！当杀公以祭乌将军，不尔，亦缚送本县。①

郭元振欲除此害人之怪，亦只能从上天立意的角度来说服众人：

使诸侯渔色于国中，天子不怒乎？残虐于人，天子不伐乎？诚使尔呼将军者，真神明也，神固无猪蹄，天岂使淫妖之兽乎？且淫妖之兽，天地之罪畜也，吾执正以诛之，岂不可乎？尔曹无正人，使尔少女年年横死于妖畜，积罪动天。安知天不使吾雪焉？从吾言，当为尔除之，永无聘礼之患，如何？②

郭元振先指出此“将军”并非神，而是祸害一方的“淫妖之兽”；继而指出真正的神明对此肯定是不满的，而诛杀此怪或许正是上天的意旨，只是借郭公之手来实现；再次指出众乡老默视此事的发生，实亦有得罪上天神灵之处，如协助郭公除掉此怪，则既不再有聘礼之患，亦可得真正神明的福报。此种叙事一则衬托出女子家人及乡老的昏聩，二则亦隐含着表达了当时人的神怪观念，即神灵有所需求，只要满足神怪的要求，便可以得福报；如不满足神灵的需求，甚或伤害了神灵，则会得祸报。百姓对所谓的神怪更多的是“畏”其降灾，而甚少“敬”意。

《茅亭客话》卷五载：道士黎海阳偶得冢中雄黄，修炼之后，得以二十余年不食却筋骨轻健。然而在外寇入城之时，他只是端坐床上，竟亦为贼所杀。《投辖录》亦载：一道士善卜，得卦不祥，有“焚、死、弃”之状，后果有盗过其居，掠其所有，杀人投尸江中，火焚其屋而去。此二则小说言及修道者居家亦难逃乱世兵祸。《茅亭客话》卷六言：贼至蜀而烧掠杀伤至甚，天兵至亦戮无遗类，张咏作悼蜀诗四十韵，以记其惨，中有诗句：

---

① ［唐］牛僧孺、［唐］李复言撰，姜云、宋平校注：《玄怪录 续玄怪录》，上海古籍出版社1985年版，第24页。

② ［唐］牛僧孺、［唐］李复言撰，姜云、宋平校注：《玄怪录 续玄怪录》，上海古籍出版社1985年版，第24页。

朝廷命元戎，帅师荡元恶。虎旅一以至，枭巢一何弱。

燎毛焰晶荧，破竹锋熠爚。兵骄不可戢，杀人如戏谑。

悼耄皆罹诛，玉石何所度。未能戮强暴，争先谋剽掠。

良民生计空，赊死心殒获。四野构豺狼，五亩孰耕凿。①

此诗将“民心上畏王师之剽掠，下畏草孽之强暴”展露无遗。同卷中载数则战乱中百姓生计艰辛的遭遇：如成都漆匠艾延祚为贼所驱在郡署造漆器，见天兵至搜捕杀戮，只得躲避于树上。表面上将所谓“天兵之诛”视为奉天行诛，死者皆为命中注定，实则隐含着对“天兵”杀人不分贼民的谴责；另载有征讨之兵掠获一夷人妇，欲行非礼，而妇宁死不从，主帅闻而悯之，使送还本家，“兵”与“贼”的表现又有何不同？卷七载：益郡被叛贼占据时，百姓被迫守城，后“天兵”入城，百姓亦多丧性命，兵贼皆害民；像郝逢于盗据城池时，被贼驱使守城而不从，得免于难，隐匿于家，后天兵至，亦不以其事上报。鬻屦妪于城陷之时亲人皆亡，自己虽幸免于死，却老病加身，冻饿切骨，以织草履自给，以贫而寿为不幸。城陷时一盲女父母哥嫂皆亡，不食他人之物，悲号七日而卒。作者自言：

城陷日似此者多矣，独书盲女者，言虽鄙，意有激焉。夫家富财饶，则礼义兴矣，财苟不足，则礼义俱废，盖人之常情也。当是时也，民家财物罄空，窘迫尤甚，岂谓邻妇独能拾余烬之材，焚烧盲女，复于女衣中获金，不为己用，与盲女供僧画像，奇哉邻妇！能于困穷窘迫之际，存诚如是，故特书之，且今之见利忘义者，不为斯邻妇之罪人乎？②

城陷之时那么多悲惨而死者，作者特写一盲女，正是意有所激。表面上极力称赏邻妇拾盲女之金而不自贪，反为其殓葬画像，实则言乱世人生存之难。

《青琐高议》前集卷十载：依智高作乱时，入康州烧杀抢掠，军吏等因无准备多奔逃，百姓多有受害者，太守曹觐忠于职守骂贼而死。贼人入曹府时，其妻无

① ［宋］钱易、［宋］黄休复撰，尚成、李梦生校点：《南部新书 茅亭客话》，上海古籍出版社2012年版，第127页。

② ［宋］钱易、［宋］黄休复撰，尚成、李梦生校点：《南部新书 茅亭客话》，上海古籍出版社2012年版，第133页。

奈舍弃甫生数月的孩子而逃，三日后复还，其子尚活。在叙事者看来，这固然是曹觐忠义所致，然而母子之情尚遽然舍弃，可见在当时人看来，落入贼人之手的灾害程度远甚母子亲情的抛舍，《渑水燕谈录》卷二亦载此事。方勺撰《泊宅编》卷五载宣和年间方腊作反，百姓遭难者数以百万计：

聚恶少千余，焚民居，掠金帛子女，胁虏良民为兵，旬日有众数万……二十九日，进逼杭州，郡守弃城走，州即陷，节制直龙图阁陈建、廉访使者赵约被害，贼纵火六日，官吏居民死者十二三……明年正月二十四日，贼将方七佛引众六万攻秀州，统军王子武聚兵与州民登城固守，属大兵至，开门表里合击，斩首九千，筑京观五，贼退据杭州。二月七日，前锋至青河堰，贼列阵以待，王师水陆并进，战六日，斩馘二万。十八日，再火官舍、学官、府库与僧民之居，经夕不绝……于梓桐石穴中，杀贼七万，招徕老幼四十余万，复使归业……是役也，用兵十五万，斩贼百余万，自出至凯旋，凡四百五十日，收杭、睦、歙、处、衢、婺六州与五十二县。贼所杀平民，不下二百万……渠魁未授首间，所掠妇人自洞中逃出，倮而雉经于林中者，由汤岩榴树岭一带，凡八十五里，九村山谷相望，不知几人。①

数万、二百万、八十五里等一系列数字，皆是活生生的性命因此事而亡，可谓惨烈。《春渚纪闻》卷四载：建安黄正之奉天师道，建黄箓道场追荐死于方腊之乱的亡灵，其兄梦中相告因以骂贼不屈而死，得上帝嘉赏得补仙职，并称：

凡世人至忠至孝及贞廉之士，与夫有一善可录者，死有所补授。如花木之神，井泉之监，不可不知也。②

虽受战乱之苦，死后尚可得好报，或可算一种民间颇为流行的补偿观念体现。

2.旅途遇盗

《幽明录》言：一人在载米途中被劫杀，死后尸体还被他人当作治病之药而

---

① ［宋］方勺撰，许沛藻、杨立扬点校：《泊宅编》卷五，中华书局1983年版，第28—30页。
② ［宋］何薳撰，张明华点校：《春渚纪闻》卷四，中华书局1983年版，第62—63页。

遭受荼毒，后虽复仇，但生命不再，体现了行旅之人对劫盗的内心恐惧。

《宣室志》卷二载：元载未为相时，曾与张谓同游于陈蔡，一日天晚而遇大风雷，遂至一神庙暂避。庙中恰有仗剑佩刀盗贼数人，二人正当惊惧之时，庙中忽有声斥令群盗速避相国、侍郎，于是众盗惶怖而去，后二人果为相国、侍郎。此则小说旨在神化元载二人，而平常的路行之人遇盗，恐难获免。

3.节烈女子之无奈

《三水小牍》卷下载李庭妻为贼所掠，大骂贼众，不为其所辱，被贼人杀害。渤海封夫人亦被贼掠，大骂狂贼无礼而被害，其后三婢女亦因目睹主父主母之亡，携手投井而死。小说结尾，撰者不禁慨然而叹：

> 噫！二主二天，实士女之丑行。至于临危抗节，乃丈夫难事，岂谓今见于女德哉！渤海之媛，汝阴之嫔，贞烈规仪，永光于彤管矣。辛丑岁，遐构兄出自雍，话兹事，以余有《春秋》学，命笔削以备史官之阙。①

《梁溪漫志》卷八载数女子节烈而死：洪氏遇盗于江中，义不受辱，投江而死，二侍女随之；丁氏为贼所掳，数次自马上投地，怒骂不止，绝于梃下；晏氏陷于北虏，自经、投井皆被救，为虏所重；陈氏舟行遇贼，投江死后尸浮数里不没，贼以矛击乃沉。十余岁少女，如非遇到盗匪之事，又怎会自绝性命？烈女之行，实出于无奈。《幽明录》叙永嘉之乱时，各郡县强弱相凌，兵贼轮替，无有定主，百姓如刀俎上之鱼肉。

《草木子》卷四载：至元十三年（1276），有千户在天台掠得一王氏妇，尽杀其舅、姑与夫，女子终跳崖而死。同卷载至正壬辰年（1352），吉安敖城旷家妇为盗所掠，此妇人先刃其子，题诗于壁后自尽。《玉泉子》载郑路昆仲乘舟遇盗，强抢其娘子。此女为救家人而假装应允，复令婢女离去，自己从容赴江而死，其家人与婢女得无恙。《青琐高议》亦载此事。

节妇烈女固然可感可佩，只是被贼所逼而不得不为，小说中处处透露着对战乱的批判态度。

---

① ［唐］刘肃等撰，恒鹤等校点：《大唐新语（外五种）》，上海古籍出版社 2012 年版，第 209 页。

（二）官不如盗的描写

1.盗亦有道

不少笔记小说中载有盗不伤孝子、贤士的故事，如《搜神后记》卷二《吴舍人》言：孝子吴猛在父母墓旁行服，当时“蜀贼纵暴，焚烧邑屋，发掘坟垅，民人迸窜”①，吴猛不忍舍弃父母坟茔，大声号恸而不逃去，贼亦为之感动，不犯秋毫而去。《世说新语·德行》载：荀巨伯在探望病中友人时适逢胡贼攻郡，友人劝其速去，而巨伯不忍离开，且欲以身代友死，贼人自言无义之人不当入有义之国，于是班师而退，全郡赖以保全。此故事中盗贼亦为有义之人。《殷芸小说》亦载此事。《大唐新语》卷五《孝行》载：布衣孝子张志宽母亲一旦患疾，自己则心痛而感应之，隋末寇贼听闻其孝名，秋毫不犯其所在之乡，后唐高祖听闻此事，不但旌表其门，更拜其为散骑常侍。《涑水记闻》卷七载：张齐贤为布衣时孤贫落魄，曾路遇群盗十余人，他人皆惊惧不堪，唯独张齐贤向群盗索酒索肉，慷慨激昂，群盗大为叹赏，称其为宰相器，复以金帛付之。张齐贤毫不推辞，负金而还，后真成宰相。

亦有言盗者行事有其底线，如《稽神录》卷三载：广陵有贾人造柏木床欲行售卖，船泊瓜步时遇一巨舟疑为盗贼，贾人自行避去，床被掠走。待贾人返家后，已有人于泊舟之日送钱三十万作为购床之资送至其家，显示盗亦有信义。另《菽园杂记》卷六载：黄巢作乱时多有杀伤，然对黄姓之家及黄州、黄冈、黄梅等处独相厚待，作者借此指出大盗如黄巢亦有此善，天理民彝自在人心而不泯灭。《虞初新志》卷八《孝贼传》故事很简单，如皋有一孝子因贫不能养母遂为贼，被捕受笞，人多感到遗憾并可怜他。母死后，盗寺中棺木葬母，叩头求免，葬母后不复为贼。小说回后评中张山来评价为：

> 有孝子如此，而听其贫，至于作贼，是谁之过欤？②

不贪他人之财、不杀同姓之族、母亡而不为贼，诸则小说虽以异事记载，但

---

① ［晋］干宝、［晋］陶潜撰，曹光甫、王根林校点：《搜神记 搜神后记》，上海古籍出版社2012年版，第173页。

② ［清］张潮辑，王根林校点：《虞初新志》卷八，上海古籍出版社2012年版，第98页。

隐隐透露出对逼令百姓为盗缘由的反思，指向“官吏”的恶行。《梁溪漫志》卷九载：尉九为盗，颇有小智。一道人邀其同至一富家行窃，尉九先期到达，故意惹事被拘押，又密托巡守者而夜出行盗，道人欲行加害，反被擒捉，又行攀附尉九，巡守者为其做证，尉九得以无恙，道人反被诛。又一次尉九与一士人称将欲盗染肆，士人频繁观之，等回家之后见自家被盗，方知被骗。此则小说叙盗贼尉九善黠欺人，令人防不胜防，但所害之人多有招尤之过。

更有小说载以“盗”为“官”之事，如《虞初新志》卷五《雷州盗记》载：崇祯初年，雷州太守赴任途中在江中遇盗被杀，盗假装为太守赴任，竟得廉明干练之名，雷州之人皆颂其贤。后来真太守之子至雷州，发现其为假冒，其终被械送金陵而杀之。对于此事，小说中记东陵生的慨叹：

> 异哉！盗乃能守若此乎？今之守非盗也，而其行鲜不盗也，则无宁以盗守矣。其贼守，盗也，其守而贤，即犹愈他守也。①

假太守虽为真盗，但可行贤太守之事，而真太守却多行强盗之事，小说中隐寓讥刺之意甚为明显。

2.盗归正途

《世说新语·自新》载：戴渊少时劫掠于江淮之间，因见陆机辎重颇盛，心有不轨，却被陆机劝服，终归正途，后得为征西将军。《假谲》亦载曹操与袁绍年少时为游侠，曾劫人新妇，在此过程中体现了曹操的聪慧、诡谲之处。《殷芸小说》亦载此事。《隋唐嘉话》卷上曾记英公李勣谈个人经历：

> 我年十二三为无赖贼，逢人则杀；十四五为难当贼，有所不快者，无不杀之；十七八为好贼，上阵乃杀人；年二十，便为天下大将，用兵以救人死。②

《大唐传载》等亦载此事。李勣由无赖贼而难当贼、好贼、天下大将的过渡，凸显杀人之理由的变化，凡是不以救人为主旨的杀人皆称为“贼”。《大唐新

---

① ［清］张潮辑，王根林校点：《虞初新志》卷五，上海古籍出版社2012年版，第67页。

② ［唐］刘悚撰，程毅中点校：《隋唐嘉话》，中华书局1979年版，第10页。

语》卷七亦载：李勣年少时与同乡翟让一起，奉李密为主，聚众为盗。因认识到天下大乱源于百姓饥苦，献计袭取黎阳仓，得聚数十万人，并礼敬魏徵、高季辅、杜正伦、郭孝恪等人，逐步实现了由贼而大将军的过渡。

《云溪友议》卷下载：李涉乘船忽逢数十盗寇，闻听其名，只求诗歌一篇而不索钱帛。李涉作诗后，盗首还赠金相送。后举子李汇征借宿于韦氏之庄，谈到此诗，方知韦氏老者即昔日盗首。老者再闻《赠豪客诗》则愀然变色：

老身弱龄不肖，游浪江湖，交结奸徒，为不平之事。后遇李涉博士，蒙简此诗，因而跱迹。李公待愚，拟陆士衡之荐戴若思，共主晋室，中心藏焉。远隐罗浮山，经于一纪。李即云亡，不复再游秦楚。

盗首浪子回头，弃恶从善，竟只是缘于一诗，可见为盗并非出于本心。追惋今昔，不由慨然而歌李涉所作之诗：

春雨萧萧江上村，五陵豪客夜知闻。
他时不用相回避，世上如今半是君。①

《挥麈余话》卷二载一垂死老人自述为盗经过：

平日善为盗。某年日某处火烧若干家，即某为之。假此为奸，至于杀人。或有获者，皆冤也。前后皆百余所，未尝败露。后来所积既多，因而成家，遂不复出。所扶之人，即其孙也。今年逾八十，自陈于垂死之际，欲得后人知之而已。②

官员听闻，甫欲缚之，而老人已殂。人之将死，其言亦善，老者自述生平所做恶事，一者有自我忏悔的意味，二者有解脱某些因冤获罪者的意味。放火、杀

① ［唐］张鷟、［唐］范摅撰，恒鹤、阳羡生校点：《朝野佥载 云溪友议》，上海古籍出版社 2012 年版，第 120 页。

② ［宋］王明清撰，田松青点校：《挥麈录》，上海古籍出版社 2012 年版，第 211 页。

人、盗物,被伤害者有之,被诬指者有之,盗匪之害至少有这两方面。《坚瓠集》乙集卷三罗列几首写盗之诗,称李涉之诗婉而切,刘伯温《咏梁山泊分赃台》则寓劫盗不复操戈矛之意:

突兀高台累土成,人言暴客此分赢。
饮泉清节今寥落,何但梁山独擅名。

另有郑广作诗讽刺官与贼并无二致:

郑广有诗上众官,文武看来总一般。
众官做官却做贼,郑广做贼却做官。

更有以"打劫湾中打劫"与"接官厅上接官"①作对联者,皆隐言官不如贼。《菽园杂记》卷八载:广陵有五子庙,传为五代时群盗结义为兄弟,劫掠江淮间,常以未能奉养父母为憾,遂求一贫妪为母,以孝事之,终由盗而化为善。作者亦不禁发出慨叹:

人莫不善于为盗,而亦有风木之思,天理之在人心,固未尝泯也。况非其真母,而皆能循其教,卒化为善,不亦尤可取乎?世有亲在而不遵其教,亲殁富贵而不思者,视五子能无愧乎!②

乡人义之,后为立庙,足显对回头孝子的肯定及对无奈为盗者的某种谅解。

3.官行盗事不如盗

笔记小说中有数则叙行盗事者,有记载官吏密行盗劫之事者,亦有记载官所行之事有盗劫之实者。如《朝野佥载》卷二载:陈承亲作为恩州刺史,私下里亦行劫夺之事,劫杀同为官员的县令,夺其妻婢,抢其财物,明为官,实为盗。

---

① [清]褚人获辑撰,李梦生校点:《坚瓠集》乙集卷三,上海古籍出版社 2012 年版,第 138 页。

② [明]陆容撰:《菽园杂记》卷八,中华书局 1985 年版,第 94 页。

《北梦琐言》卷十三载：王铎罢镇还家，仍奢侈放纵，终因行李过侈、侍姬众多得咎，被乐彦祯之子从训率人劫掠，铎与宾客皆被杀害，妻姬被夺，后乐彦祯父子亦为乱军所杀。乱世中官与盗更为接近。《南部新书》载：开元末年功臣王逸客数为劫盗，朝廷多次追捕不到。后事发，王逸客以铁券免死，流放岭表。《竹叶亭杂记》卷二载：州县中差役扰民，如有民家被盗而报官，逼勒其邻家富户，谓其为窝赃者，称为“贼开花”；欲壑既平后，方行释之，称为“洗贼名”。被盗之家难以寻回财物，乡邻反因之遭受吏害。另吏治严酷，州县造多种酷刑，如绷杆、钩杆、站笼、鹦哥架、美人妆等，民不聊生。吏害远甚于盗贼之害。

另有借故事探讨盗之源头，多推究至官吏所逼迫者。如《茅亭客话》卷一言虎兽、盗贼与时政息息相关：

> 圣朝未克蜀前，剑、利之间，虎暴尤甚，白卫岭石筒溪虎名披鬃子，地号税人场，绵、汉间白杨林虎名裂蹄子，商旅聚徒而行，屡有遭搏噬者。嘉州牛颈山有子母虎，陵州铁炉山有青豹子，彭蜀近山镇县，暴兽成群，农家不敢放牧及出门采樵，行旅共苦之。又有群盗，诸州县结聚，各有百人至二百人，官军掩捕则与格斗，胜则御敌官军，败则奔入林薮，虽有捕盗之吏，莫能擒获。仅四十余年，民无安业。圣朝克复后，岁贡纲运，使命商旅，昼夜相继，庐舍骈接，犬豕纵横，虎豹群盗，悉皆屏迹。得非系国朝之盛衰，时政之能否乎？①

《涑水记闻》卷七载：龙猛军本为招募各处盗贼所建，后复溃为群盗，剽悍敢斗，劫掠数州而去。张咏逼令钤辖剿捕，否则将斩其头，钤辖与龙猛军作战初败，因惧被斩，不得不与士众商议复战，贼终平，体现官员之逼比盗贼之猛的危害更大。《独醒杂志》卷五载：宣和六年（1124），朝廷征收免夫钱，天下赋敛遽起，民间嗟怨，百姓惶惧不安，多有被迫而为盗者。卷七载：方腊因苏杭造作局征漆，屡遭困辱，不胜其愤遂聚众作乱，后方腊父子虽皆槛送京师，戮死于市，但民众因随之作反而亡者甚多。童贯征讨方腊时，复纵军士以斩首论赏，军士多

① ［宋］钱易、［宋］黄休复撰，尚成、李梦生校点：《南部新书 茅亭客话》，上海古籍出版社2012年版，第100页。

有杀平民冒功者:

> 既累月无功,朝廷颇加督责,贯惧,无以为计,乃出令:"与贼战而不能生获者,许斩首以献,亦议推赏。辄欺者,抵罪。"诸军自后每出战或夜劫贼寨,凡力所能加者,皆杀之,以其首来,贯即授赏,不问其是贼与否也。军士因大为欺罔,偶出遇往来人,亦皆杀之,因告其主将曰:"道逢贼众,因与斗敌,遂斩其首。"主将纵知其非,亦不敢言。陈公亨伯尝见贯,谓曰:"闻诸军每战多杀平民,要须禁止。且治盗与治夷狄不同,彼夷狄状貌与中国大异,故可以级论功。今平民与盗初无别,军士利于得赏,何惮而不杀平民乎?"贯不听。既而腊招降,余党溃散,军士追奔或入民居,全家杀之,以其首献。贯欲张大其功,亦不问也。①

《挥麈录》卷二谈及宋朝开国之初,西北因兵事甫毕,税赋尚少,百姓多得安居;政和年间,专设西城所,内侍李彦主之,王宓、刘寄等推行更急,税赋渐增,百姓不堪其命,多有为盗者,后巨寇张遇、曹成、钟相、李成等人,之所以为盗多有所由。

《鸡肋编》卷中所载建炎后期民间俚语,称"仕途捷径无过贼,上将奇谋只是招",又云:"欲得官,杀人放火受招安;欲得富,赶着行在卖酒醋。"②将两宋之交官匪互变的现实情况有所揭示。《四朝闻见录》卷三载童谣"满潮都是贼",虽表面上指的是随潮而至的乌贼,谐音"满朝都是贼",则是将官与贼相提并论。

(三)盗受惩戒

1.神异之物惩盗

《搜神后记》卷三《蜜蜂螫贼》言:元嘉元年(424),有山贼百余人各处劫掠百姓财产子女,甫入佛图,数万只蜜蜂从衣簏中涌出,噬螫贼徒,令众贼身首肿痛,眼皆盲无所视,只得将所掠夺之人和财物舍弃而逃走。此故事中蜜蜂出面惩治贼众,而官兵则付之阙如。

《玄怪录》卷二《尼妙寂》载:妙寂梦其父与夫在湖中遇盗而亡,故托梦以述

① [宋]曾敏行著,朱杰人标校:《独醒杂志》卷七,上海古籍出版社1986年版第65—66页。
② [宋]庄绰撰,萧鲁阳点校:《鸡肋编》卷中,中华书局出版社1983年版,第67页。

其冤,称凶手一为“車中猴,門東草”,一为“禾中走,一日夫”,李公佐后解此隐语,原来凶手名为“申蘭”和“申春”。故事或许离奇,然旅途之中遭遇盗匪的灾害则为常见,只是在此故事中,妙寂其父、夫的身死亦只当作叙事的引子而已。

《青琐高议》后集卷三《神助记》载:庆历年间蛮獠为恶,侵掠百姓,杀害官军,刘相忱、杨畋躬祷南岳,得神鬼相助大破贼军。《广利王记》则载:熙宁八年(1075)五溪有盗贼勾结交趾连陷数州,百姓被害者众,忽一日海边有战舰数十称为“广利王”之兵,助官兵大破贼营,所谓“广利王”即南海海神祝融的封号,亦是神助破贼。《涌幢小品》卷十五载:一女子彭娥汲水之时,被贼徒逼勒,面对大山无处可逃,不由仰天而呼神,山立开数丈。彭娥入山而走,群贼紧追,山复合并,众贼皆被压死山中,而彭娥亦不复出,后山名“石鸡山”,水名“娥潭”。

此等借神异之物之事惩盗小说,固然是记奇传异之作,实隐隐将百姓希求盗贼得到惩罚的希望表露出来。民欲避盗害,亦有以“咒语”屏盗者,如《归田琐记》卷一载:有屏贼盗咒,称山东李鼎和所传,如身处羁旅或路宿时,清晨日出时不可令鸡犬或妇女看到,面向东方默念咒语四十九遍,可预防盗贼:

> 七七四十九,盗贼满处走。伽篮把住门,处处不着手。童七童七奈若何。①

此咒类于童谣,虽似不经之谈,却亦展现了人们屏除盗贼的愿望。

2.贤良官吏治盗

《朝野佥载》卷五载:裴子云、董行成、张鷟、张松寿等人虽官职不高,但精察能判,最大的功绩即是能分辨盗贼,及时破案,给百姓营造安居乐业的环境。《酉阳杂俎》前集卷八载:上都街肆多有恶少为害乡里,薛元赏以重典治之,杖杀三十余人,弃尸于市,又将文身点青以炙毁之,至于像张幹左右胳膊绘“生不怕京兆尹”“死不畏阎罗王”者,亦行杖杀。行法严苛,有过重之嫌,但据作者笔意而言,此种举动是大快人心的。《世说新语·正事》言:陈仲弓为太丘长之时,有贼劫杀财主,同时有民不起子即欲加害自己初生之子者,主簿认为应当先行治贼,而陈仲弓则认为骨肉相残更急于劫盗之事,将人情之坏视为严重程度远超

① [清]梁章钜撰,阳羡生校点:《归田琐记》卷一,上海古籍出版社2012年版,第13页。

盗贼者，当然更大的可能是贼劫杀财主已成事实，而民不起子尚未付诸行动。

《宣室志》卷五载：郑生颇富勇力，善骑射，曾独行郊野，遇大风雨而避神庙，与一盗相遇。盗先骗其弓弦以示无加害之意，幸亏郑生素有二弓弦，未得加害。后郑生知此盗行踪，遂告河南尹郑叔则，捕役将盗擒获。此则小说中言盗有害人之心，而遇有智勇之人，亦难相害。同卷又载：密州群盗纵横，入殷氏家劫财害人，捕役因没线索无法追捕，被害三人梦中将盗魁之名及居处告知刺史樊宗谅，终得将盗众擒获，并收缴所盗财帛等物。

《杨文公谈苑》载：宋太宗末年，关中群盗有怨于富平人，至必屠之，亦逼令农户手持畚锸随盗行劫。侯舍人率众埋伏，用计大败群盗，盗被他州巡检擒获。群盗被擒获后认为非巡检之功，而是败于侯舍人之手。《涑水记闻》亦载此事。《江邻幾杂志》载：己亥年秋，颍、寿之地有歉收情况发生，发生群盗劫禾之事，当地县令捕盗后囚遣之，结果盗劫之事更炽，后漕司劾令且严其禁。据此叙事而言，作者认为盗应严治，方可速止。《后山谈丛》卷五载：叶表为句容令时，因县中有盗，而改置社稷；下邳故先多盗，亦迁社稷于南山之上，盗得止息。

《挥麈录》卷六载：女子乘驴独行田间，被逃卒杀害，夺其衣财而去，田旁家收系其驴，被误当作凶手入狱，严讯拷打，狱吏欲判其有罪，王平发现另有隐情，遂执意辨明真相，四旬未定案。其后逃卒被捉，方知真凶所在，田旁家得活，王平有阴德，子孙多为士绅。

《燕翼诒谋录》卷二认为赌博为盗贼之源，或无赖恶少肆行恶事，或屠牛马而行不忌，或为穿窬纵火，宜行严禁之法，官府如不防微杜渐，实为开盗贼之门。

三、穷困饥馑

饥者歌其食、劳者歌其事，为文学表现的重要内容。诸多笔记小说中，战乱之害往往与穷困饥馑相联。

（一）穷困之难

晋干宝《搜神记》卷一《汉阴生》载：一长安小儿在行乞过程中，曾遭人以粪洒之，官吏收系桎梏并欲杀之等灾难，但因其有仙术，衣不见污，洒粪之家屋室自坏，并有十数人身亡，故有谣言，称："见乞儿，与美酒，以免破屋之咎。"①《五杂组》卷五载：京师乞丐号"花子"，不啻万人之众，严寒之夜有取暖于地窖干粪土中者，有吞砒一铢者，至春天则毒发，一年冻死或受砒、粪之毒死者不下数千。花子者多为游手赌博之人，不乐生产，得钱即赌，如遇荒饥之年则自北而南，至于景州，更是数百里连臂相枕，作者将之归为无恒产所致，实为穷困之害。

《世说新语·德行》载：郗公在永嘉丧乱之时穷困难安，一乡之人因慕其德名而邀其共食，郗公经常携带兄长之子和外甥周翼前往，为人诟病，遂独往，而含食两颊边，归家后吐与二小儿。饥困之际，更显人间真情，而如此名士尚且生计艰难，其他百姓更是可想而知。

牛僧孺撰《玄怪录》卷一《杜子春》载：杜子春少时因不惯生产，肆于放纵，落魄无着，亲友皆弃之，其寒败之状栩栩如生："方冬，衣破腹空，徒行长安中，日晚未食，彷徨不知所往，于东市西门，饥寒之色可掬，仰天长吁。"②偶得陌路之老者赠以三百万，仍迅速荡尽，老人又赠以一千万、三千万，终得置田安家。世俗事了，于华山云台峰历经恶人、雷电水火、地府刑罚、托生病女、嫁人生子等喜、怒、哀、惧、恶、欲多种考验，均牢记老人不得张口的叮嘱，只是在最后面临其子被当面摔死的惨况时而发声，自己不得成仙，老人亦炼药未成。贫寒、纵欲及幻境中所遭遇诸苦，皆为灾害，此种"无声"的应对方式，与诸多成仙学道之士所谓的"看开""放下"相似，未免有些消极。

（二）饥馑之害

1.饥馑的叙事描写

《异苑》将虹霓呼为"美人"，传说一对夫妻在饥荒之年中因"菜食而死"，后化为青绛。所谓"菜食而死"，并非指因吃菜而死，而是指没有食物饿死。饿死之人化为美丽的彩虹悬挂于天宇，还得佳名"美人虹"，体现了百姓美好的祝愿。宋敏求所撰《春明退朝录》亦载有白虹为凶兆之事。《朝野佥载》卷一载：开元二年（714）至四年（716）期间，流星夜降，竹子开花，以致出现人相食之惨状：

---

① ［晋］干宝、［晋］陶潜撰，曹光甫、王根林校点：《搜神记 搜神后记》，上海古籍出版社 2012 年版，第 21 页。

② ［唐］牛僧孺、［唐］李复言撰，姜云、宋平校注：《玄怪录 续玄怪录》，上海古籍出版社 1985 年版，第 3 页。

开元二年五月二十九日夜，大流星如瓮，或如盆大者贯北斗，并西北小者随之。无数天星尽摇，至晓乃止。七月，襄王崩，谥殇帝。十月，土番入陇右，掠羊马，杀伤无数。其年六月，大风拔树发屋，长安街中树连根出者十七八。长安城初建，隋将作大匠高颎所植槐树殆三百余年，至是拔出。终南山竹开花结子，绵亘山谷，大小如麦。其岁大饥，其竹并枯死。岭南亦然，人取而食之。醴泉雨面如米颗，人可食之。后汉襄楷云："国中竹柏枯者，不出三年主当之。"人家竹结实枯死者，家长当之。终南竹花枯死者，开元四年而太上皇崩。①

竹子开花结实，与饥馑相连。《大唐新语》卷十二载：咸亨初年，关中大饥，兵士只能以榆皮、蓬实充腹，其他百姓生计难堪更可想象。《清异录》卷下载：唐末时天下饥困，僖宗幸蜀时宫女以酒溲面作饼而进，称为"消灾饼"；汝城粒食价逾金璧，一碗饭卖三千，号为"剥皮丹"。饥馑惨状于此可见一斑。《南部新书》载：建中末年，旱蝗灾作，太子中舍人姚况因俸薄不自给，竟以馁终。《杨文公谈苑》载：更始年间，掖庭中有数百名宫女被幽困殿门之中，只得靠挖掘庭中芦菔根即萝卜充饥。天子身边之人尚且如此，其他百姓因饥馑而死者更是可想而知。

《括异志》卷四载：熙宁六年(1073)，不少人夜间听闻有哭声数十处者，至熙宁七年、八年天下大旱，饿殍遍野，又继之以疾疫，死者十之六七，秋麦亦无人收刈，绫罗等财物多被鬻卖。作者在叙事中将前之哭声视作后来灾害之警兆。《东轩笔录》卷五亦载：熙宁六、七年，河东、河北、陕西大饥，数万百姓流离失所，郑侠画《流民图》，因此获罪遭流窜之刑。《泊宅编》卷七载：政和六年(1116)，江浙大水，秋籴骤贵致饿殍遍路，张大忠见群乌衔土成冢，掘之见有僵尸，衣带间有《金刚经》一卷。《涌幢小品》卷二十载：成化年间，芮城发生饥荒，李父因乏食而亡，余二女虽箱中犹有妆具，惭不肯出鬻，终伏于箱而饿死。同卷载：正德五年(1510)，一男女与母、妻行乞崇德石门东桥，围观者众，其妻以此为丑，跃水而亡。《客座赘语》卷一载：嘉靖二年(1523)，南都发生旱疫，连续三年麦子

① [唐]张鷟撰，赵守俨点校：《朝野佥载》卷一，中华书局1979年版，第20—21页。

无收，插秧后复旱，米价涨至一两三四钱，死亡枕藉。万历十六年(1588)，又发生荒疫，仅以豆粒记录所用棺材数量，每日达一升，可见死者之多，粳米价至二两。相比而言，侯景围城时米价七八万钱，更是达至极点。灾荒之时粮食紧缺，米价飞涨，百姓因饿而死者甚众。《独异志》卷中载：隋大业末天下饥荒，刘君良妻子劝令分家，并密将树中的鸟雏置于他窠中，以禽鸟尚不相容为辞，君良将其妻称为“破家贼”而弃，与兄弟仍共一厨。此则小说旨在褒扬饥馑之时兄弟友爱相处，天下饥馑作为叙事背景而存在。

《履园丛话》卷一载清初时米价随旱涝而变，米价高时饿死者众：

> 康熙四十六年，苏、松、常、镇四府大旱，是时米价每升七文，竟长至二十四文。次年大水，四十八年复大水，米价虽较前稍落，而每升亦不过十六七文。雍正、乾隆初，米价每升十余文。二十年虫荒，四府相同，长至三十五六文，饿死者无算。后连岁丰稔，价渐复旧，然每升亦只十四五文为常价也。至五十年大旱，则每升至五十六七文。自此以后，不论荒熟，总在廿七八至三十四五文之间为常价矣。①

诸多笔记小说中的饥馑描写，多涉及米贵、无食、流亡、途死等惨状，虽多作为小说情节的背景而写，但深入人心，令读者如睹其状，如感其饥，起到了推动情节发展的叙事功能。

2.天赐食物

面对饥馑，百姓最渴望的便是食物，诸多笔记小说中记载了各种天赐食物，令人暂时免除饥饿之苦。据传汉郭宪所撰《汉武帝别国洞冥记》卷一中提及一物名“都夷香”，如枣核之状，仅食一片便可数月不饥，而以如粟米般一粒投水中，可致满盂。此处所叙虽是奇物怪谈，实寓对饥饿的反抗与应对。《异苑》卷八《汉末小黄门》言：汉末大乱之时，有宫中小黄门躲避在坟墓间的树上，以松柏籽为食，结果遍体长毛。乱离渐平后，被曹操收养，仍旧以谷物为食，结果齿落而发白。此与歌剧《白毛女》相似。《稽神录》卷六载：士人唐遇虐待其婢女，婢女不耐欺辱而逃入山中，饥甚，以黄精为食，得以不饥且轻健，飞跃林间如履平

---

① ［清］钱泳撰，孟裴校点：《履园丛话》卷一，上海古籍出版社2012年版，第18页。

地。其他人见其异，欲捕而不得，遂以美食置路，婢女食后被擒，道明原委，复寻黄精而不得。《剧谈录》卷下载：建州刺史严士则访道终南山，饥困之时遇到隐者，赐其如扁豆状食物，仅吃一半，肚中不感饥饿，隐者更是言其可三十年不饥。后年寿颇长，有当权者邀请宴饮，席间仅饮酒数杯，无复他食。《南部新书》载：安史之乱时河东大饥，十五里荒地忽生豆谷，一夕之间扫而复生，得五六千石，当时人赖此以生。《曲洧旧闻》卷九载：熙宁末年，浙西荒歉不收，杭州境内忽产物如珠可炊可饭，水产蔬如菌可为菹，百姓赖以充饥。《铁围山丛谈》卷四载：绍兴年间广右大歉，濒海尤甚，斗米千钱，民多饿死，峤南李花谢而成桃，桃实复成李，梨变为桃，熟皆可食，有茄累累，枝间或结瓜大如拳，百姓得以充饥。《贵耳集》卷中载：华山陈抟有灵豆，服用一粒可四十九日不饥，且可筋力如故，颜色如婴儿，只是可惜世人罕得服用。《癸辛杂识》续集下载：至元丙申年间，永嘉雨黑米，泉京雨红豆，皆可为食；另乙未年江西歉收，天亦雨米，贫者得济，富家则雨雪，天降米以解灾厄。《南村辍耕录》卷二十三载：至正丙申（1356）、丁酉兵燹时，扬州城中屋址皆生白菜，大者十五斤，小者也有八九斤，想来可解百姓一时饥馑之苦。《草木子》卷三载：庚寅年冬霹雳暴雨时行，衢、饶、处等州天雨黑黍，草木皆萌芽吐花，黑黍大如小麦，内白如粉。《涌幢小品》卷二十九载：滋阳县大饥，居民欲携老幼而流亡乞讨，忽一羽士经过，手指一处，称地下有土饭可食，众人掘地见绿色土有谷气，食如稠面，数千人皆得饱食，地成二丈深坑数亩，不蓄水。第二年麦熟，羽士又至，俯地若有所拾，坑满，再掘仍为沙土，不再可食。由仙人点土为食，实为百姓面临饥荒时心中所想。《酉阳杂俎》前集卷十四载：贾耽在滑州时境内大旱，粮食绝产，百姓困顿无食。贾耽令人循皂衣者至一大冢，后率军健数百人发掘大冢，获得数十万斛陈粟，足解一时之需。

《幽明录》言：乐安县经荒乱后，饿死枯骨遍地皆是，阴雨之际，喧哗呼号之声不绝。汉末时颍川有人全家避乱他乡，因小女刚七八岁，无法远行，只得将之置于途中古冢。一年之后，家人返乡，至冢欲寻女儿骸骨，却发现其女仍活，称是学一大龟吐纳之法，遂不感饥渴而得活命。另有山行坠落涧下者，找不到出路，又饥饿难耐，只得学涧中龟蛇引颈四方之状，竟亦得不饥，且身轻体健，数年后得以出涧归家，复食谷物后身体渐归原状。太原王仲德少时遭世乱，为躲避兵火倒卧草中，绝食三日，濒临死境，忽见一四尺小儿赠一囊干枣，食后力气再生，得以站起行走。

饥饿之时得馈食物固然甚好,然无人馈时,只能希求不食而不饥。如《睽车志》卷二载:沧州有一妇人,家无父兄,幼年时母亲患病卧床,因岁歉艰食,遂仰天祈祷,希望能够仅饮水而不饥以供养母亲。后果然仅靠饮水便不饥饿,母卒时已三十年不食而无恙。《录异记》卷七载:天台僧于台山之东见一洞穴,与数僧共探究竟。众僧经洞穴而至一市肆,除天台僧曾习咽气法而不饥渴外,他僧皆乞食,出洞之时,凡求食者皆化为石。天台僧出山,已至牟平海滨。

3.防饥治饥良法

饥馑之时,多是小儿先被弃置,故有多则小说记载处置之法,令小儿得活。如《避暑录话》卷一载:作者在许昌为任时逢大水灾,流民饿殍遍野,虽赈济得法,几十余万人得活,但遗弃小儿因日后甚有可能仍被认回,乐意收养者不多,故多有死者。作者故而颁券,令收养灾中被遗弃小儿者,给以财粟相助,且日后亲生父母不得相认,此举全活小儿有三千八百人之众。《东轩笔录》卷九载:江西饥歉,路途上多有被弃之子,刘彝当时知处州,下令召人收养,日给二升仓米,百姓乐于养弃子得粮,此举令境内无弃子夭亡者。《避暑录话》卷三载:兵兴以来,为逃盗贼、乱军,百姓多有流离失所者,因携带婴儿啼声易招来寇匪,多有无奈弃之于途者。有人教以绵球置小儿口中,令其得活而不能出声,婴儿因此法而活者甚众,但亦言民之无奈。

治饥之良法往往亦与贤君良吏相联。如《独异志》卷上载:东汉时名士陆续在饥馑之年赈济贫困百姓时,都要询问姓名,一共赈食六百人,再言众人姓名,无一差错。此则故事旨在展现陆续的聪慧、细心和仁人之举。饥馑是一时的,而尊严则是一世的,陆续此举,或有尊重受赈者之意,当然亦有令食者不得重复领取赈济之物的效果。《渑水燕谈录》卷九载:熙宁八年(1075)淮、浙大饥,人相食,近臣安抚建议以炒豆开饥民胃口,造纸袄衣贫民,榜谕富民施钱以种福田,赈济无法,空招笑谈。与此形成鲜明对比的则是祥符初岁大饥,王旭出库钱贷民,约蚕熟一千输一缣,民以为便。《杨文公谈苑》载:江翱为鲁山令时其属邑多荒旷之地,连岁枯旱,百姓难以饱腹,于是翱自建安引入一种旱稻种植推广,此后岁岁足食,百姓多年心念其恩。《后山谈丛》卷六载:宋仁宗劝诫臣下勿为奢侈,有献蛤蜊者,问得每枚千钱,仁宗不乐而不食。《湘山野录》卷下载:宋真宗以稼穑为念,求得占城耐旱稻种、西天大粒绿豆,植于后苑做实验,秋天成熟之日宣近臣尝之,作御诗以记,其对民生的关注受到作者的称赏。《玉壶清话》

亦载宋真宗每每因雨雪不时而忧。《后山谈丛》卷五载:张咏为崇阳令时,令民拔茶而植桑,民以为苦。后朝廷榷茶,他乡皆失业,唯崇阳富足不变。《侯鲭录》卷八载:富郑公为青州守官时,遭逢荒岁,百姓生计艰难。富弼从朝廷乞斛济民,以利百姓,后与执政、欧公等多人称此为人生好事、实事,能够全活数万人,远胜于朝廷考评定在中书之乐。《避暑录话》卷三亦载富郑公赈饥事:

会河北大饥,流民转徙东下者六七十万人,公皆招纳之。劝民出粟,自为区画,散处境内。屋庐、饮食、医药,纤悉无不备,从者如归市。有劝公非所以处疑弭谤,祸且不测。公傲然弗顾,曰:"吾岂以一身,易此六七十万人之命哉!"卒行之愈力。明年,河北二麦大熟,始皆襁负而归,则公所全活也。①

《鹤林玉露》甲编卷三载:皇祐年间,吴中大饥,范文正公管领浙西之时纵民竞渡,并晓谕诸寺可趁荒歉工价低时大兴土木,又新修仓廒吏舍,每天用工数千人。有人弹劾范仲淹劳财伤民,不赈灾民,范仲淹则称正欲以有余之财惠及贫困者,令有力与技者得食于公私之役,不至于流离失所,死于流亡途间。此举令杭州之人虽面临饥馑而无受大害。

《万历野获编》卷十二载:嘉靖八年(1529)时,因连岁饥荒,多有官员献义仓、社仓等法,广东佥事林希元上《救荒丛言》,备言救荒应注意事项:

言救荒有二难,曰得人难,审户难;有三便,曰极贫之民便赈米,次贫之民便赈钱,稍贫之民便赈贷;有六急,曰垂死贫民急饘粥,疾病贫民急医药,病起贫民急汤米,已死贫民急葬瘗,遗弃小儿急收养,轻重系囚急宽恤;有三权,曰借官钱以粜籴,兴工作以助赈,贷牛种以通变;有六禁,曰禁侵渔,禁攘盗,禁遏籴,禁抑损,禁宰牛,禁度僧;有三戒,曰戒迟缓,戒拘文,戒遣使;其纲有六,其目有二十三,皆参酌古法,体悉民情。上嘉其言,然竟不

① [宋]叶梦得撰,田松青、徐时仪校点:《石林燕语 避暑录话》,上海古籍出版社 2012 年版,第 138 页。

行。大抵救荒无他法，惟上官悉心经画。①

有良法而不行，作者明确指出正是上官未曾悉心经画的原因。

亦有小说言及预备防饥之物。《后山谈丛》卷二载：唐末时，各路诸侯争长，有人预先准备，以菽粟与泥为土墼，增屋设木，亦有预先为夹壁将可食之物藏于内者。乱作时，食尽樵绝，百姓所藏食物、柴草皆为兵匪所夺，大多饿死。事先做准备者，则沃墼为糜，毁木为薪，得免于饿死。《贵耳集》卷下载：王黼宅旁有一寺僧，每日将黼宅沟中流出的饭颗漉出，洗净晒干，数年间竟积聚成为一囤。北宋末年汴梁城破，黼宅中绝粮，此僧将日常所积之饭，复用水淘洗蒸熟，送入黼宅，合宅老幼赖此得无饿死。此则小说劝诫世人不应暴殄天物，浪费粮食，但亦隐言富豪之家日常间的奢侈。

第三节　疾病之害

人食五谷杂粮，难免患病，而一旦患病，尤其是传染之疾或疑难杂症，往往会给日常生活造成极大的困扰乃至危及生命。笔记小说中记载的病症颇多，而对其起源、治疗等过程的描述，以及对无病无灾理想国度的描述，均可视为灾害叙事的重要内容。

一、传染之疫

（一）疫病之源

关于瘟疫的发生，晋嵇含撰《南方草木状》卷上称芒茅在枯萎时便会瘴疫大作，交广各地皆是如此，故当地人称之为“黄茅瘴”或“黄芒瘴”。

---

① ［明］沈德符撰：《万历野获编》卷十二，中华书局1959年版，第318—319页。

《搜神记》卷十六《疫鬼》称:疫鬼为颛顼氏三个儿子死后所变,一为居江水之疟鬼,一为居若水之魍魉鬼,一为居人宫室之小鬼,方相氏帅肆傩可驱疫鬼。此小说中对疫鬼之来源、驱赶之法均有所介绍。《周礼·夏官·方相氏》:"方相氏掌蒙熊皮,黄金四目,玄衣朱裳,执戈扬盾,帅百隶而时难[傩],以索室驱疫。"郑玄注曰:"蒙,冒也。冒熊皮者,以惊驱疫疠之鬼,如今魌头也。时难,四时作方相氏以难却凶恶也。"①此等故事实是先民为解释瘟疫由来所编设。

《睽车志》卷一载:孙俊民除夕之夜梦见有高大之人拟钉牛角于其门,与之辩解,遂钉于对门姚家。第二年春天,姚家满门病疫,死数人。此则小说言瘟疫之发有神操控。《庚巳编》卷三载:正德辛未(1511)夏疫疠盛行,一百姓顾镇家老幼皆病,于神前祈祷,发誓阖家食素以禳灾,适逢巡抚开仓赈济,偶于肆中买鱼三尾、酒一壶而食,当日感疾,不食而亡。《涌幢小品》卷十九载:苻坚死在新平佛寺,梦中对寺主言如改作其宫则已,如不行,将尽杀居者,寺中人相继得疫而死,遂改寺为庙,无复疾疫,号苻家神。

对于疫病来源的探询,因无相关科学知识,多归于"瘟神"或仙佛,而在小说叙事之中,对此类"神灵",往往是畏多于敬的。

(二)疫病之害

与其他疾病相比,疫病多具较强的传染性,且难以控制,故伤亡较大。如《清异录》卷下言:其他疾病皆是一脏受损,而劳瘵则次第传染,致五脏百脉俱伤,人死后又有虫出,感染者症状与前者相似,以致传布无穷。此病号为"义疾",言其传染之众。

《唐国史补》卷上载:大历初年,关东发生瘟疫,死者遍地。荥阳贤者郑损率众作大墓,收葬荒野弃尸,得仁义之名,瘟疫虽终得解除,但亡者甚多。《鸡肋编》卷下载:绍兴九年(1139)秋冬之间,湖北牛马皆疫,其中仅牛死者就有十之八九,鄂州之境更是连獐、鹿、野猪、虎、狼皆死,乃至于蛇虺,亦僵于路旁。此等瘟疫波及动物的记载虽不多见,但亦应不少。《都公谈纂》卷上载:弘治六年(1493)时吴中大疫,尤其以常熟更为严重,百姓多有阖门皆死者,因无棺装敛,多有直接推堕水中者。有李氏一门,死者十二人,唯余妇人、小儿尚病卧床榻,

① [清]阮元等编:《十三经注疏》,上海古籍出版社1997年影印版,第851页上。

无人买棺入殓,李翁虽死而不得不托魂前往买棺。此则小说虽有奇幻色彩,但对疫情严重的刻画甚为直观,死后不得葬,只得以魂灵的形式为自己去买棺材,惨状惊人。

《玄怪录》卷三《萧志忠》载:一采薪者因患暴疟栖止于岩穴中呻吟难堪,荒野之中突遇疾病,未免为一灾。而夜中闻山中众兽亦面临被萧志忠打猎致死的灾祸,玄冥使者代天而宣,又受众兽哀祈而献计,令众兽寻找被谪落凡间的严含质,寻得方法,辗转之间令风雪暴至,从而令萧使君不再行畋猎。荒郊野外突患疟疾,确实亦是致命之事,只是此则小说未将采薪者突患疟疾当作叙事重点,故而简单略过其害,将疟疾之症当作了过渡情节。古代亦有将犯人流放某多瘴之地当作惩罚的,如《癸辛杂识》前集载:春州瘴毒可畏,凡黥配者必死,朱厓、李符等皆受此难,王安石居相位,改春州为阳春县,获罪者不至县,作者将此称为仁人之用心。在不同小说中,叙事重心多有不同,往往将灾害的描述作为背景,体现出了小说叙事重故事情节、重人物刻画的特点。

(三)治疫之方

1.秘方治疫

相传为汉东方朔所撰《海内十洲记》中言及汉武帝时得西胡月支国所献异香四两,名为“惊精香”,或“震灵丸”,或“反生香”,或“震檀香”,或“人鸟精”,或“却死香”等名,其功效为死者闻香而不复亡。叙及“后元元年,长安城内病者数百,亡者太半”,未明言是何因所致灾害,而只言其结果:“帝试取月支神香烧之于城内,其死未三月者,皆活。”①晋张华撰《博物志》卷二亦载此故事,细节稍异,称为弱水西国所献香,如鸾卵三枚,与枣相似,在长安城中大疫,宫中皆病之时,西使请焚此香以辟疫气,九十余日内百里远近皆闻此香气,宫中病者果然痊愈。《清异录》卷下载:番禺大疫时,有徐审曾以鹰觜香焚之,阖门得免于难,因此香为某船主何吉罗所赠,故将之称为“吉罗香”。此数则小说虽有传奇志怪之意,但亦有一定实事基础,甚有可能是某类药物,可阻断瘟疫一类的传染疾病。

《幽明录》言:张甲行旅之中忽遇暴雨,身患干霍乱,心腹胀满,不得吐痢而死。其后梦中告知亲戚,此病可吞蜘蛛脚医治,众人试后果验。《荆楚岁时记》

---

① [汉]东方朔撰,王根林校点:《海内十洲记》,《汉魏六朝笔记小说大观》,上海古籍出版社 1999 年版,第 68 页。

记载一年中不同时间的禁忌，多有类似民间秘方之类的驱疫、除疫之事。如五月五日：

五月五日，四民并蹋百草，又有斗百草之戏。采艾以为人，悬门户上，以禳毒气。按：宗测字文度，尝以五月五日鸡未鸣时采艾，见似人处，揽而取之，用灸有验。《师旷占》曰："岁多病则艾先生。"是日，竞渡，采杂药。按：五月五日竞渡，俗为屈原投汨罗日，伤其死，故并命舟楫以拯之。舸舟取其轻利，谓之飞凫，一自以为水军，一自以为水马。州将及士人悉临水而观之。邯郸淳《曹娥碑》云："五月五日，时迎伍君逆涛而上，为水所淹。"斯又东吴之俗，事在子胥，不关屈平也。《越地传》云起于越王勾践，不可详矣。是日竞采杂药。《夏小正》："此月蓄药，以蠲除毒气。"以五彩丝系臂，名曰辟兵，令人不病瘟。又有条达等织组杂物以相赠遗。取鸲鹆教之语。按：仲夏茧始出，妇人染练，咸有作务。日月星辰鸟兽之状。文绣金缕，贡献所尊。一名长命缕，一名续命缕，一名辟兵缯，一名五色丝，一名朱索，名拟甚多。青、赤、白、黑以为四方，黄为中央，襞方缀于胸前，以示妇人蚕功也。此月鸲鹆子毛羽新成，俗好登巢取养之，以教其语也。①

此种风俗及采艾等俗，亦有一定秘方之意。《酉阳杂俎》前集卷十七载有一虫状似蛇医（蜥蜴），名为"避役"，且认为见此虫多有免除瘟疫的称意之事。

还有以勾藤、大黄、薷汤等为治疫之方者，只是在小说叙事中，多与其他情节紧密联系，记载治疗之方只是为了增加小说本身的可信性。如《萍洲可谈》卷二载：王士良元祐元年（1086）忽然死去，三日后复苏，称被误勾至冥间，查明事实后又复放回。王士良于冥间得治疫之方，第二年疾疫大作时，以勾藤治之，病疫者辄愈。《南村辍耕录》卷二载：丙戌年十一月，耶律文正跟随太祖攻下灵武，其余诸将皆是争抢子女玉帛之类，唯独耶律文正独取书籍数部、大黄两驼。既而军中病疫，唯得大黄可愈，此次活人几万人，作者盛赞其有先见之明。《菽园杂记》卷十五提及病霍乱者可浓煎薷汤冷饮之，或者掘地为坎，汲井水其中而饮

① ［梁］宗懔撰，［隋］杜公赡注，黄益元校点：《荆楚岁时记》，《汉魏六朝笔记小说大观》，上海古籍出版社 1999 年版，第 1057—1058 页。

之，若饮用热汤、热米汤则必死。

亦有小说将疫病之治愈与所为善事相结合。如《括异志》卷四载：宋传庆之父性嗜鳖，多令婢女辈杀鳖以食。一婢见一大鳖，感觉其生存不易，不忍杀而放之，后此婢病疫，身体烦热，无医可治，宋家人将其置于外舍，任其自生自灭。夜间大鳖由河泥中爬上岸，以身体之凉冰婢女身体，令其烦热稍解，最终疾病得愈。此则小说旨在展现"善有善报"的报应观念，而亦间接记载了面对疫情时普遍的做法，即将患病之人置于无人之处，任其生灭，虽亦符合隔离的科学规律，但显得过于生硬而无情。《北窗炙輠录》卷下载一相似故事，言杭州江涨桥有一富人黄氏，性嗜鳖，每天以数鳖做羹。一日庖人因怜一仰伏釜盖之鳖，私纵诸河，主人察觉鳖少，而痛鞭之，双股流血。庖人痛甚卧于灶下，所放之鳖自河负泥而封其疮，主人得知真情，遂不复食鳖，舍庐为黄家寺。

亦有小说将特定物件与疫病联系起来，如《庚巳编》卷十载：吴县三都陈氏祖传一古镜，患疟者自照必见一物附于背，举镜此物奄忽而去，疟病得愈。弘治年间，兄弟分家剖开镜子，则无法起到治疟之功了。

2.隔离避疫

《搜神记》卷十一《庾衮》载：大疫之时，庾衮家中二兄已亡，又次兄庾毗病危，父母诸弟均出外避疫，并欲挟庾衮同去。庾衮极力坚持，照顾次兄与亡去亲人的棺柩，直至十余旬瘟疫形势缓和，家人回归，衮与次兄终得无恙。此故事以不染疫病褒扬庾衮对兄长的不离不弃，但亦透露出疫情来临之时众人的普遍应对方式是避疫而去，即隔离之法。此种躲避之法以当下科学角度而言，或许可令人群不甚集中，暂缓疫情加重，但亦无形中增加人口流动，令疫情传播更广。

《稽神录》卷三言：人如得劳瘦疾，便会转相传染，辄死无救，唯一办法是将病者生钉棺木之中而弃于江中。有一女子得病，被生置于江中，一渔人将此女救上岸，复取鳗鲡鱼以食之，其病得愈，遂结为夫妻。《宾退录》卷七载：疟疾将作之时，自唐时高力士即有避于他方的记载，杜甫亦有诗作《寄彭州高三十五使君适、虢州岑二十七长史参三十韵》曾言其事：

> 三年犹疟疾，一鬼不销亡。隔日搜脂髓，增寒抱雪霜。徒然潜隙地，有

勔屡鲜妆。①

由诗中所言,如患疟疾,不但要避于他方,且需涂抹其面。《茶余客话》卷十五载:淮人患疟,当及时移住他处,则疟不至,并举高力士事为证,称唐时已有此俗。

3.借助仙佛

《唐阙史》卷下载:一百姓因患时疫而身体衰弱,遍访医巫而无法治其病症。后宿于青龙寺西廊壁画之下,梦中得人食其病症,醒后病愈且力气大增,竟可开禁军所悬六石之弧矢,遂得服厚禄以终身。时疫之病难医,只得寄希望于沙门佛像。《菽园杂记》卷九载:某乡民之子患疮疹,备好牲酒,因自己口拙不能致词于神,遂请其岳丈前来相助祷之,而其岳丈只为自己之孙而祷未及其外孙,结果乡民之子亡,岳丈之孙愈,乡民怀怨转告他人此事,众人皆以为笑谈。《都公谈纂》卷上载:长洲陆姓农民患风疾,须眉皆脱,累药无效,辞别家人乘一小舟携一孙丐食于江湖间,遇白衣老人以针刺两股,以河水沃之,复食一丸红药,风疾得愈,后知因曾救一投水妇人得有阴德,钟离仙特来疗治。《涌幢小品》卷十九载:辰州旱且疾疫大作,太守徐楚亦昏沉,梦中至城隍庙威灵殿,怒而不欲为土偶而醒。第二天百姓请其署名祈祷,徐楚应祷,大雨如注,疫疠亦得缓解。

亦有小说称恶人可拒疫鬼,竟亦能起到避疫之效果。如《癸辛杂识》前集载刘胡、杨大眼等可止儿啼,檀道济被图以禳鬼,桓康其名怖小儿,病疟者写其形贴床壁,病得愈,恶形恶名者竟可避疫。此种叙事带有明显的讥刺意味。

二、奇症的医治

多种小说叙及麻风病的症状,只是其名不一,叙述重心或在其所致伤害,或在其医治方法。《朝野佥载》卷一载:泉州卢元钦染患大疯②,五官只剩鼻根尚存,在五月五日的时候取一截蚺蛇肉吃了,三五天就有好转,而百日后病状平复。另有一商州人亦患大疯,家人嫌弃,置之于山中茅屋中,有乌蛇无意中坠入

---

① 周振甫主编:《唐诗宋词元曲全集》(4),黄山书社 1999 年版,第 1628 页。

② 即今麻风病之类,有“大疯”“风疾”等称。

酒罂之内，此人不知而饮，病症渐消，直待将酒喝完，方知究竟。此二则故事皆言蛇肉可治麻风。此卷还载遭蛇虺所螫，可以艾炷灸之；野葛食之立死，而其旁白藤花则可解葛毒。《唐国史补》卷上却载李丹之弟患风疾，听闻乌蛇酒可愈其病，将黑蛇生置曲蘖瓮中，数日之后香气四溢，饮之，人化为水，仅存毛发之物。《癸辛杂识》后集载：闽中女子多患“过癞”之症，面色如桃花，即所谓大风疾，可传染男子。嵇供甲赴莆田途中遇有一女子，同至邸中被其家人声言捕奸而逐，归后患病，坠耳、塌鼻、断手足而殂。《渑水燕谈录》卷八载：僧人普明得风疾，眉发俱堕，百骸腐溃，哀号苦楚，人不忍闻，有异人教以服长松，发复生，颜貌如故。

亦有小说言人身体上长有异状之赘物，有志怪之意。如《玄怪录》卷三《刁俊朝》载：刁俊朝妻巴妪项上生瘿，由鸡卵大小渐至三四升瓶盎模样，五年之间更是大如数斛之囊，其重致无法行走，欲雨之时，更有多般异状。其家中老小甚感恐惧，欲将其送到岩穴之中自居。巴妪亦甚感无奈：

> 吾此疾诚可憎恶，送之亦死，拆之亦死；君当为我决拆之，看有何物。①

在其妻的允许和鼓励下，刁俊朝持利刃将此瘿挑开，瘿中出现一大猱并腾踏而去，日后又持药复归，令巴妪疮口平复。此故事充满传奇性质，但因怪病遭受磨难，甚而家人欲弃的描写不免令人心伤。《宣室志》卷十载：天宝年间有一高生，病热而瘠，臆痛难以忍受，医生称有鬼在臆中。遂取药而饮，吐出一物，以刃剖开，有一小人自内而出，自小而大，遽然不见，自此之后病得痊愈。《南村辍耕录》卷九载：蒙古驸马刚哈剌咱庆王因坠马而得怪疾，双眼无黑睛，舌出至胸，众医束手无措。广惠司聂只儿将其多出之舌剪去，复生一舌，又剪去，并在真舌两侧各去一指许，涂药而愈。

怪疾难医，笔记小说中亦载有仙道之人相助得医者。《录异记》卷三载嘉州工部尚书朱播居官时曾得怪疾：

> 四支不能运用，举体沉重，每转侧皆须数人扶舁，以为风废，药饵攻之

① ［唐］牛僧孺、［唐］李复言撰，姜云、宋平校注：《玄怪录 续玄怪录》，上海古籍出版社1985年版，第88页。

未效。忽眼痛且瘇,昼夜烦楚。又数日,俄而渴作,嗜水及汤饮,不知石斗之量。又数日,心狂愦愦,若有所睹。赖其沉顿不能转动,若不然,亦将披发裸走无所畏惮矣。旬日之中,四疾相属,风露之危,期在旦夕矣。①

朱播忽而身不能动,忽而眼痛烦楚,忽而饥渴索饮,忽而心狂愦愦,四种症状无医可解。一日恍惚之间,忽有七仙人围坐其周围,为其拍打按摩,数日怪病得愈。于是朱播画北斗七星真人以作供养。此则小说叙述人们在面对未知疾患时心中的苦恼,医巫皆不可用,只得寄希望于鬼神了。《庚巳编》卷四载:百姓黄长子患膈气不能饮食,亦不知饥,寻医途中遇一道人以一丸红药赠之,觉舒服异常,遂以所携数饼赠道人为谢,道人又以手抚其背将药丸吐出纳葫芦中而去,黄长子赶至医家时感觉腹中饥饿,视所携饼仍在,宿疾得愈。神道之士不求名利而施以妙手,或许是患有疾病者内心期望的投射。

与仙佛治病相反,亦有小说着力描写患病之人不信鬼神者。如《涑水记闻》卷六载:王嗣宗不信鬼神,身患疾病之后,家人为其焚纸钱祈祷。嗣宗听闻此事,笑称无鬼神敢收取他的财物以枉法。《萍洲可谈》卷三亦载:李端愿不事鬼神,失明后仍戒励子孙,其子因有小儿患病,家人偷往二郎庙请圣水以治,李端愿闻知此事,杖打其子,称如小儿当死,二郎神怎肯受赃枉法?不肯枉法而活,求神又有何用?二则小说未将病之愈否当作叙事重心,疾病只是为了衬托王嗣宗、李端愿等人的达观与开明而作。

另有《杨文公谈苑》言:杨文公往年在江表为职时,因地气卑湿而得痔漏下血之疾,绵延二十余年不得愈。后离职至秦晋之地后,痼疾不药而已。此则小说将疾病与某地环境关联起来,亦有一定科学道理。

三、无灾无害之理想国

作为文学,笔记小说为了应对人世间的多灾多难,有数则提及了无灾无害的"理想国"。如晋张华撰《博物志》卷一"物产"中叙及一山:

① [唐]李德裕等撰,丁如明等校点:《次柳氏旧闻(外七种)》,上海古籍出版社 2012 年版,第 104 页。

员丘山上有不死树，食之乃寿。有赤泉，饮之不老。多大蛇，为人害，不得居也。①

此山上有不死树、赤泉，饮食之可以寿且不老，但亦有大蛇为害，乐地难居，或为人生常态。人们最为熟悉的“理想国”为署名陶潜所撰《搜神后记》卷一《桃花源》所描写的怡然自乐之地，实寓作者同时代人避乱世而隐居的美好理想：

复行数十步，豁然开朗，土地旷空，屋舍俨然。有良田、美池、桑、竹之属。阡陌交通，鸡犬相闻。男女衣着，悉如外人。黄发垂髫，并怡然自乐。见渔人，大惊，问所从来，具答之。便要还家，为设酒杀鸡作食。村中人闻有此人，咸来问讯。自云先世避秦难，率妻子邑人至此绝境，不复出焉。遂与外隔。问今是何世，乃不知有汉，无论魏、晋。②

其中田园牧歌式的平静生活与山谷之外“汉、魏、晋”的朝代更迭形成鲜明对比。桃花源中之人为避秦难，谁知外间世人又经历了汉末、三国等乱世的侵扰，却又无处可避。

《玄怪录》卷三《古元之》叙古元之昏醉之时如梦如幻，曾至和神国：

其国无大山，高者不过数十丈，皆积碧珉。石际生青彩篠筱，异花珍果；软草香媚，好禽嘲哳。山顶皆平正如砥，清泉迸下者三二百道。原野无凡树，悉生百果及相思石榴之辈。每果树花卉俱发，实色鲜红，映翠叶于香丛之下，纷错满树，四时不改。唯一岁一度暗换花实，更生新嫩，人不知觉。田畴尽长大瓠，瓠中实以五谷，甘香珍美，非中国稻粱可比，人得足食，不假耕种。原隰滋茂，荞秽不生。一年一度，树木枝干间悉生五色丝纩。人得

① ［晋］张华等撰，王根林等校点：《博物志（外七种）》，上海古籍出版社2012年版，第11页。
② ［晋］干宝、［晋］陶潜撰，曹光甫、王根林校点：《搜神记 搜神后记》，上海古籍出版社2012年版，第170页。

随色收取，任意纴织，异锦纤罗，不假蚕杼。四时之气，常熙熙和淑，如中国二三月。无蚊、虻、蟆、蚁、虱、蜂、蝎、蛇、虺、守宫、蜈蚣、蛛蠓之虫，又无枭、鸱、鸦、鹞、鸲鹆、蝙蝠之属；及无虎、狼、豺、豹、狐狸、蓦驳之兽，又无猫、鼠、猪、犬扰害之类。其人长短妍蚩皆等，无有嗜欲爱憎之者。人生二男二女，为邻则世世为婚姻。笄年而嫁，二十而娶，人寿一百二十，中无夭折、疾病、喑聋、跛躄之患。百岁已下，皆自记忆；百岁已外，不知其寿几何。寿尽则欻然失其所在，虽亲族子孙，皆忘其人，故常无忧戚。每日午时一餐。中间唯食酒浆果实耳。餐亦不知所化，不置溷所。人无私积囷仓，余粮栖亩，要者取之。无灌园鬻蔬，野菜皆足人食。十亩有一酒泉，味甘而香。国人日相携游览歌咏，陶陶然，暮夜而散，未尝昏醉。人人有婢仆，皆自然谨慎，知人所要，不烦促使。随意屋室，靡不壮丽。其国六畜唯有马，驯极而骏，不用刍秣。自食野草，不近积聚。人要乘则乘，乘讫而却放，亦无主守。其国千官皆足，而仕官不自知身之在仕，杂于下人，以无职事操断也。虽有君主，而君不自知为君，杂于千官，以无职事升贬故也。又无迅雷风雨，其风常微轻如煦，袭万物不至于摇落；其雨十日一降，降必以夜，津润条畅，不至地有淹流。一国之人，皆自相亲，有如戚属，各各明惠，无市易商贩之事，以不求利故也。①

其国之描述，无灾无害，百姓足衣足食，堪为理想国度之描摹。《墨庄漫录》卷三载：明州陈生家贫，乘舟海上，忽遇暴风，巨浪滔天，同行十余舟多有覆溺者，多人葬于鱼腹，其所乘舟东行迷路，数日至一处：

左右皆佳木荟蔚，珍禽鸣弄。行十里许，见一精舍，金碧明焕，榜曰“天宫之院”，遂瞻礼而入。长廊幽阒，寂无喧哗。堂上一老人据床而坐，庞眉鹤发，神观清臞，方若讲说。环侍左右，皆白袍乌巾，约三百余人。见客皆惊。问其行止，告以飘风之事，恻然悯之。授馆于一室，悬锦帐，乃馔客焉。器皿皆金玉，饮食精洁，蔬茹皆药苗，极甘美，而不识名。老人自言：“我辈

① ［唐］牛僧孺、［唐］李复言撰，姜云、宋平校注：《玄怪录 续玄怪录》，上海古籍出版社1985年版，第89—90页。

皆中原人，自唐末巢寇之乱，避地至此，不知今几甲子也，中原天子今谁氏，尚都长安否？”陈生为言：“自李唐之后，更五代，凡五十余年，天下太定。今皇帝赵氏，国号宋，都于汴，海内承平，兵革不用，如唐虞之世也。”①

后知此老人为原唐丞相裴休，因避黄巢之乱而至此地，不涉战乱之苦，笑傲秦始皇之遣徐福求取长生神药，虽非神仙，而有神仙之乐。陈生居久，有思家之念，遂在老人帮助下登舟而返。归家后发现妻子已死，惶惶无所依，心中颇为后悔，然欲复回“仙岛”而不可得。

与“理想国”相对应的，《酉阳杂俎》前集卷四中提及两个不适合生存的国度，一为仍建国，国内没有河涧，掘井则如同海水，咸而难用，所有作物种植，只能靠上天降雨。一为婆弥烂国，山险多猿，经常侵害庄稼，其国每年起春之后均屯集甲兵与猿为战，虽年杀数万，不能荡尽猿巢穴，此害无法停息。此则小说提及的国度，一为气候环境不适宜人生存，一为征战连年不宜人生存，从反面表露了众人对无灾无害、丰衣足食、无有征战生活的深切期盼。

第四节 《聊斋志异》中的灾害叙事

鲁迅先生称蒲松龄是“以传奇法而志怪”，指的是唐传奇叙事细腻宛转，情节千折百回，魏晋志怪小说则意在记怪异之事，重事而轻叙，文字多简洁不繁。鲁迅意指蒲松龄细致地刻画人物形象，以“唐传奇”的笔法来承续“志怪”体的题材或内容，突出“志怪”的叙事性。其意虽显，但表述不免有易引人困惑之处。就蒲松龄创作出发点而言，虽有传说其为记奇事、异事而多方采摘，但创作《聊斋志异》只是以“志异”为名，蒲松龄亦自谦“才非干宝、雅爱搜神”，实则为人事而作，寓褒贬于异怪之中。《聊斋志异》的实际情况更像是在“以志怪而传奇”，不是叙事之怪，而是在描绘人之奇。与史传、地方志中的灾异记载相比，同样写

① ［宋］张邦基撰，孔凡礼点校：《墨庄漫录》卷三，中华书局2002年版，第83—84页。

灾害,蒲氏却偏重写灾害发生前、发生中、发生后诸人的各种样态。换言之,《聊斋志异》虽名为“志异”,延续了志怪的风格,但叙事的“传奇”性更强,有时即便写怪异之事,实际上亦是重在对人情的观照。

一、天灾原因的探询

对人世间的灾难叙写,无外乎天灾与人祸。《聊斋志异》中涉及天灾的有气候灾异如冰雹、雷击、暴雨、地震、旱涝等,还有瘟疫和蝗灾,涉及篇目有《雹神》《雷曹》《雷公》《龙戏珠》《水灾》《夏雪》《化男》《张不量》《纫针》《锦瑟》《博兴女》等。

(一)气候灾异

1.冰雹

像《雹神》一则中龙虎山天师身旁服役者不类常人,其中之一即雹神李左车。王筠苍做客天师府,听闻将于家乡雨雹,即“离席乞免”,天师回答:“此上帝玉敕,雹有额数,何能相徇?”因客苦苦哀求,又嘱李左车:“其多降山谷,勿伤禾稼可也。”筠苍后回家乡,“是日果大雨雹,沟渠皆满,而田中仅数枚焉。”可见天数亦有人情,冰雹为玉帝所下旨意,时间、数量皆有定数,而下雹地点则由天师、雹神可改。只是下雹与否虽决定于“神”,文中主要写的却是人与神之间的沟通与交流,主人公王筠苍最终感动了雹神,从而达到“勿伤禾稼”的效果。然而天命论在其中起到重要作用,即使是雹神作为主管神,也只能以间接的方式减少对百姓的伤害,显示了一种无奈之中的人性选择。如果结合《西游记》中为打赌而擅自更改下雨点数的泾河龙王最终受到斩头惩罚的故事,可见天灾决定于“神”之观点的表露。

另一《雹神》言唐太史济武路经雹神李左车祠,因以小石击投祠前小池中游鱼,被人劝止,言道池中鱼为龙族,恐怕招致风雹,前路中果有大如棉子之雹随之而行。后李左车又托身于某人身上,令百姓大为惧怕:

> 村去祠四十余里,敬修楮帛祭具,诣祠哀祷,但求怜悯,不敢枉驾。太史怪其敬信之深,问诸主人。主人曰:“雹神灵迹最著,常托生人以为言,应

验无虚语。若不虔祝以尼其行,则明日风雹立至矣。"①

异史氏称及李左车之行事:"广武君在当年,亦老谋壮事者流也。即司雹于东,或亦其不磨之气,受职于天。"②然既受职于天,又何能自行决定是否降雹呢?这正是百姓祭祷恐惧的缘由。李左车为秦末汉初名将,曾协助韩信攻齐,立下颇多功劳,在齐地有不少传说留传,在《聊斋志异》中作为雹神出现体现了一定的地域特点。

2.雷震之灾

《雷曹》叙雷曹因误行雨,被罚谪三载。天限满时,可重归神位,虽为述异,但行雷布雨皆由天意,如有违犯,连"神"亦遭罚,此种叙事与冰雹之降等一脉相承。《龙戏蛛》言蛇变龙,"巨霆大作,合家震毙。移时,公苏,夫人及婢仆击死者七人。公病月余,寻卒"。只是此则故事中徐公并非有过,且"公为人廉政爱民,柩发之日,民敛钱以送,哭声满野"③,只能归之于命数。

《地震》记康熙七年(1668)六月十七日戌时地震,作者称自己恰巧做客稷下,详述震中人之惶急情状:

> 相顾失色。久之,方知地震,各疾趋出。见楼阁房舍,仆而复起;墙倾屋塌之声,与儿啼女号,喧如鼎沸。人眩晕不能立,坐地上,随地转侧。河水倾泼丈余,鸭鸣犬吠满城中。逾一时许,始稍定。视街上,则男女裸聚,竞相告语,并忘其未衣也。后闻某处井倾侧,不可汲;某家楼台南北易向;栖霞山裂;沂水陷穴,广数亩。此真非常之奇变也。④

叙事中妇从狼口中夺儿后忘记自己未着寸缕并叙,关注点在:"此当与地震

① [清]蒲松龄著,朱其铠主编:《全本新注聊斋志异·雹神》,人民文学出版社1989年版,第1628页。

② [清]蒲松龄著,朱其铠主编:《全本新注聊斋志异·雹神》,人民文学出版社1989年版,第1628页。

③ [清]蒲松龄著,朱其铠主编:《全本新注聊斋志异·龙戏蛛》,人民文学出版社1989年版,第1051页。

④ [清]蒲松龄著,朱其铠主编:《全本新注聊斋志异·地震》,人民文学出版社1989年版,第177页。

时男女两忘者,同一情状也。人之惶急无谋,一何可笑”。述灾害中的“可笑”,未免减弱了灾害本身的伤害性,而突出了“怪异性”。

3.水旱之灾

《钱卜巫》虽称命数,而生计之难,亦有所展现:

> 时方东作,病痁不能耕。既痊,天大旱,早禾尽枯。近秋方雨,家无别种,田数亩悉以种谷。既而又旱,荞菽半死,惟谷无恙;后得雨勃发,其丰倍焉。来春大饥,得以无馁。①

《水灾》一则描述了百姓弃子奔逃的惨状:

> 康熙二十一年,山东旱,自春徂夏,赤地千里。六月十三日小雨,始种粟。十八日大雨后,乃种豆。一日,石门庄有老叟,暮见二羊斗山上,告村人曰:“大水至矣!”遂携家播迁。村人共笑之。无何,雨暴注,平地水深数尺,居庐尽没。一农人弃其两儿,与妻扶老母奔避高阜。下视村中,汇为泽国,并不复念及两儿。水落归家。一村尽成墟墓,入己门,则一屋独存,见两儿尚并坐床头,嬉笑无恙。咸叹谓夫妇孝感所致。此六月二十二日事也。康熙二十四年,平阳地震,人民死者十有七八。城郭尽墟;仅存一舍,则孝子某家也。茫茫大劫中,惟孝嗣无恙,谁谓天公无皂白耶?

大水之中,不得已而弃子救母,最终虽家人无恙,但田产、房屋俱没于水,可见民生之多艰。面对水灾与地震,只能被动忍受,依靠福荫以求免,所谓“孝嗣无恙”,亦只能算作民间百姓的自我安慰罢了。《孙必振》叙孙必振乘船渡江时,整船大荡,欲行翻覆,云中金甲神者示众人金字牌,上有“孙必振”三字。众人认为其有罪,致有天谴,不待其有所举动,即将孙必振强行安置另一小舟之上,所谓同舟共济只是虚妄。结果却是大舟倾覆,而孙必振小舟得免。结局的反转,产生极大的讽刺效果。

---

① [清]蒲松龄著,朱其铠主编:《全本新注聊斋志异·钱卜巫》,人民文学出版社1989年版,第1163页。

《夏雪》叙灾异发作，百姓只得依靠祷祝，讽刺神亦喜谄谀：

丁亥年七月初六日，苏州大雪。百姓皇骇，共祷诸大王之庙。大王忽附人而言曰："如今称老爷者，皆增一大字；其以我神为小，消不得一大字耶？"众悚然，齐呼"大老爷"，雪立止。由此观之，神亦喜谄，宜乎治下部者之得车多矣。

丁亥年六月初三日，河南归德府大雪尺余，禾皆冻死，惜乎其未知媚大王之术也。悲夫！①

同年大雪，一者因谄神而止，一者禾皆冻死。异史氏据此讽刺康熙四十余年中称谓之不古，言："举人称爷，二十年始；进士称老爷，三十年始；司、院称大老爷，二十五年始。"《夏雪》中蒲松龄更是将雪神描绘成卑躬屈膝的官员形象，批判意味强烈，对官吏的不正风气进行了深入的揭露。

（二）瘟疫

兵灾往往伴随瘟疫，《韩方》起首言及明末之时，济郡以北数州县间邪疫盛行，各家各户皆受其害。韩方的父母皆染时疫，无奈之下哭祷于孤石大夫之庙，归途中遇一人告之只需将黄纸放置床上，厉声说："我明日赴都，告诸岳帝！"意思是说如疫病不除，将向岳帝告状，此法看来有些过于简单，故韩方亦不甚信，其人只得实言：

实告子：我非人也。巡环使者以我诚笃，俾为南县土地。感君孝，指授此术。目前，岳帝举杠死之鬼。其有功人民，或正直不作邪祟者，以城隍、土地用。今日殃人者，皆郡城北兵所杀之鬼，急欲赴都自投，故沿途索赂，以谋口食耳。言告岳帝，则彼必惧，故当已。②

---

① ［清］蒲松龄著，朱其铠主编：《全本新注聊斋志异·夏雪》，人民文学出版社 1989 年版，第 1099 页。

② ［清］蒲松龄著，朱其铠主编：《全本新注聊斋志异·韩方》，人民文学出版社 1989 年版，第 1684 页。

瘟疫之作缘于鬼祟殃人，而鬼祟的目的只是谋口食；而鬼祟之所以产生，却是为北兵所杀。天灾仍归诸人祸。面对灾难，解决方法首先是哀求行凶者网开一面；如行凶者不听，则恶言斥之，并转哀求更高层次的神鬼，在此过程中甚少有直接反抗者。

瘟疫的发生往往由人祸而致，同时在瘟疫传播过程中，人性的自私亦有所体现。《牛瘨》载：养牛大户蒙山人陈华封偶遇六畜瘟神，款待之时，无意间释放出“牛瘨”，华封因以养牛为业，急问解救方法，瘟神答道：“余且不免于罪，其何术之能解？惟苦参散最效，其广传此方，勿存私念可也。”[①]瘟神为其提供了抗疫的方法，其意有三层：一者“牛瘨”既已散出，瘟神亦无力挽回，且未奉令而放出，自己亦有罪过要承受；二者牛瘟虽无法避免，但治疗可用苦参散，其效果最好；三者此医治之方须广泛传播，不要存有私心，才可有效。后来牛瘟大作时，“陈欲专利，秘其方，不肯传”，陈华封只想自己得利，不想将此方广泛传播，结果自己家养的二百余头牛几乎死绝，仅靠瘟神留下的“神土”治得几头而已。此种为了一己之利而放任瘟疫蔓延的行为虽最终受到了神灵的惩罚，但人祸在其中起的作用亦有所展现。天灾之作是由天数，而祸端之启由人而作，祸之发展亦由人之私心而发。面对灾害时，事不关己，甚而想从中谋取私利者，恐怕亦非个例，此种叙事，体现了一定的批判与反思意味。

像史书、地方志等多有记载瘟疫者，或记载灾害的危害程度，或以朝廷派大臣赈济一笔带过，对于瘟疫是如何结束的甚少提及。《韩方》中主人公以孝心感动山神土地，得到治疫良方从而救治双亲，《牛瘨》中则是瘟神提供方法，这是以文学方式表现对瘟疫难以消除的忧惧。《封神演义》等小说中亦提及瘟神故事，大多借助于“神”来停息瘟疫的传播，体现了当时人们面对灾害的无力感。

（三）蝗灾

自然灾难中，水、旱、蝗发生的频度最高。明代徐光启在《农政全书》中提道：

> 凶饥之因有三：曰水，曰旱，曰蝗。地有高卑，雨泽有偏被。水旱为灾，

① ［清］蒲松龄著，朱其铠主编：《全本新注聊斋志异・牛瘨》，人民文学出版社 1989 年版，第 972 页。

尚多幸免之处；惟旱极而蝗，数千里间草木皆尽，或牛马毛幡帜皆尽，其害尤惨，过于水旱也。①

据陈永林《中国主要蝗虫及蝗灾的生态学治理》一书中统计："从公元前707年至公元1949年，在这2566年中，总共爆发943次蝗灾。"②蝗灾造成的直接危害是百姓的饥困。如《新唐书·五行志》载："贞元元年(785)夏，蝗，东自海，西尽河、陇，群飞蔽天，旬日不息，所至草木叶及畜毛靡有孑遗，饿殣枕道。"③明崇祯十三年(1640)："春夏不雨，蝗蝻大作，结累渡河，上城垣如平地。麦尽，食秋禾。人饥相啖，瘟疫死者枕藉，就食他乡者亦毙于道。"④

蒲松龄作有专门的《蝗来》诗：

> 蝗来蔽日影纵横，下上扰扰如雷轰。风骤雨急田中落，垂垂压禾禾欲倾。老农顿足何嗟及，唇干舌燥瞠双睛。老妇解破襦，竿头悬结为旗旌；稚子无所计，破釜断作双鸣钲。手挥口叫惊始去，到头回看复已盈。禾头公然相牝牡，或言旬日遗虫生。薨薨飞来犹未尽，我观此状心悲悯。吾里三月困骄阳，禾黍无苗草黄陨；只有高粱才齐腰，叶蕉不堪入唇吻。蝗兮蝗兮勿东飞，诳尔空行吾不忍。⑤

此诗作于康熙二十五年(1686)丙寅，将百姓面对蝗灾的无奈表现得淋漓尽致。古人面对天灾，往往采用祭祀、祈祷的方式，针对蝗灾，大多祭祀蝗神，以卑微的态度恭送出境。如蒲松龄《柳仙》中的沂令以近于谄媚的口吻企求蝗神怜悯，使自己的辖境免受蝗灾，体现"天人感应"一说。这与当时对清官、能吏的评价是相适应的。但此类举动毕竟只是治标而非治本，蝗虫一时不来或去向他处，并不等同于蝗灾的消泯。蒲松龄对之甚为不满，与此相类的《捕蝻歌》，更是

---

① [明]徐光启，石声汉校注：《农政全书校注》，上海古籍出版社1979年版，第1299页。
② 陈永林：《中国主要蝗虫及蝗灾的生态学治理》，科学出版社2007年版，第61页。
③ [宋]欧阳修、[宋]宋祁：《新唐书》卷三十六，中华书局1999年版，第618—619页。
④ [清]赵开元纂修，畅俊搜辑：《新乡县志》卷二十八"祥异"，成文出版社1976年影印乾隆十二年本，第1055页。
⑤ 盛伟：《蒲松龄全集(2)·聊斋诗集》，学林出版社1998年版，第135—136页。

尖锐地指责“蚩哉直愚氓”，认为应该“同井齐捍御，驱逐如群蝇”：

莫惜方丈地，拔禾为巨坑。同井齐捍御，驱逐如群蝇。一坑几万万，数顷讵足平？胡计不出此，蚩哉直愚氓！听巫造讹言：蠕蠕皆神灵；况此悉生命，杀之罪愈增。贱者宣佛号，贵者或斩牲。登垅惟虔祝，冀蛹鉴丹诚。譬犹敌大至，临河读《孝经》。白刃已在头，犹望不我刑。

如果祈祷蝗神不起作用，便要求助于驱蝗神，借助更大的力量来对抗蝗灾。民间传说中驱蝗神有刘猛将军，还有柳仙，元代谷子敬《吕洞宾三渡城南柳》杂剧即为柳仙故事。蒲松龄笔下以柳仙勇于牺牲的精神，从根本上解决了沂水的蝗灾问题。《聊斋志异》卷十四《柳秀才》：

明季，蝗生青兖间，渐集于沂，沂令忧之。退卧署幕，梦一秀才来谒，峨冠绿衣，状貌修伟，自言御蝗有策。询之，答云：“明日西南道上有妇跨硕腹牝驴子，蝗神也。哀之，可免。”令异之。治具出邑南。伺良久，果有妇高髻褐帔，独控老苍卫，缓蹇北度。即爇香，捧卮酒，迎拜道左，捉驴不令去。妇问：“大夫将何为？”令便哀求：“区区小治，幸悯脱蝗口。”妇曰：“可恨柳秀才饶舌，泄我密机！当即以其身受，不损禾稼可耳。”乃尽三卮，瞥不复见。后蝗来飞蔽天日，竟不落禾田，尽集杨柳，过处柳叶都尽。方悟秀才柳神也。或云：“是宰官忧民所感。”诚然哉！

此则小说中最终蝗但集杨柳之上，不落禾田，是柳树精以一己之损而救百姓。另《小二》中则是以小二强大的力量直接战胜了蝗虫，虽是神力，但亦体现了人们对蝗灾进行主动抗争的态度。

二、人祸的讽喻叙事

（一）战乱之惨

1.北兵之恶

《聊斋志异》中不少篇目涉及对人祸的描写，如写清兵的血腥屠杀。如《张诚》开篇即言:“豫人张氏者,其先齐人。明末齐大乱,妻为北兵掠去。”①所谓“北兵”在后文中借张讷之口直言为“清兵”:“明季清兵入境,掠前母去。父遭兵燹,荡无家室。”其后太夫人自述其遭遇:

> 我适汝父三年,流离北去,身属黑固山半年,生汝兄。又半年,固山死,汝兄补秩旗下迁此官。今解任矣。每刻刻念乡井,遂出籍,复故谱。屡遣人至齐,殊无所觅耗,何知汝父西徙哉!②

张诚父亲原配“为北兵掠去”,不得不委身于“黑固山”,继而生下张诚之兄。兄弟亲人不得相认,皆由清兵入境屠杀而起。张诚一家人是乱世中的幸运者,虽一时有“以弟为子”的尴尬,而家人大多免于兵难。《乱离》二则之一写“北兵”入境时,刘芳辉家人离散,其妹为“牛录”掠去;另一则写“大兵”凯旋,“俘获妇口无算,插标市上,如卖牛马”。

《九山王》虽主要是写曹州李姓一家因杀狐而被狐撺掇谋反,终至族灭一事,实际上写的是清初的兵乱。文中言及“时顺治初年,山中群盗窃发,啸聚万余人,官莫能捕。生以家口多,日忧离乱”③。山中群盗无外乎难以为生的乱民,一旦势败,难逃族灭下场。

《林氏》叙林氏“会北兵入境,被俘去。暮宿途中,欲相犯。林伪诺之。适兵佩刀系床头,急抽刀自刭死;兵举而委诸野”④。林氏之坚贞与复生是为特异,而兵乱之际百姓被侮辱、被伤害则是常事。《乱离》二则皆为兵乱之时的生离,一则姻缘终成,一则家人重聚,但背景一是“值北兵入境,父兄恐细弱为累,谋妆送戴家。修饰未竟,乱兵纷入,父子分窜。女为牛录俘去”。一为“值姜瓖之变,

---

① [清]蒲松龄著,朱其铠主编:《全本新注聊斋志异·张诚》,人民文学出版社 1989 年版,第 253 页。

② [清]蒲松龄著,朱其铠主编:《全本新注聊斋志异·张诚》,人民文学出版社 1989 年版,第 255 页。

③ [清]蒲松龄著,朱其铠主编:《全本新注聊斋志异·九山王》,人民文学出版社 1989 年版,第 246 页。

④ [清]蒲松龄著,朱其铠主编:《全本新注聊斋志异·林氏》,人民文学出版社 1989 年版,第 819 页。

故里陷为盗薮，音信隔绝。后乱平，遣人探问，则百里绝烟，无处可询消息”①。《林四娘》中林四娘自称为衡府宫人，遭难而死，文中多谈风月，其事迹未曾展开，只留下一诗：

静镇深宫十七年，谁将故国问青天？闲看殿宇封乔木，泣望君王化杜鹃。海国波涛斜夕照，汉家箫鼓静烽烟。红颜力弱难为厉，惠质心悲只问禅。日诵菩提千百句，闲看贝叶两三篇。高唱梨园歌代哭，请君独听亦潸然。②

诗中难掩故国之悲。

2.白莲教之乱

《小二》起首言小二之父母奉佛，不茹荤血，被乡人称为“善人”，后误入徐鸿儒白莲教，一家陷于“贼”中。小二在事败之前用计离开，“适蝗害稼，女以纸鸢数百翼放田中，蝗远避，不入其陇，以是得无恙”，乡里人因嫉而向官府告发其曾为白莲教徒一事，故离此“蛇蝎之乡”。小二离乡之后，仍多做善事：

值大旱，女令村人设坛于野，乘舆野出，禹步作法，甘霖倾注，五里内悉获沾足。人益神之。女出未尝障面，村人皆见之。或少年群居，私议其美；及觌面逢之，俱肃肃无敢仰视者。每秋日，村中童子不能耕作者，授以钱，使采荼蓟，几二十年，积满楼屋。人窃非笑之。会山左大饥，人相食；女乃出菜，杂粟赡饥者，近村赖以全活，无逃亡焉。③

由异史氏之言“世抱非常之才而误入匪僻以死者，当亦不少”，可见对误入“匪”者之同情。《邢子仪》叙“滕有杨某，从白莲教党，得左道之术。徐鸿儒诛

① [清]蒲松龄著，朱其铠主编：《全本新注聊斋志异·乱离二则》，人民文学出版社 1989 年版，第 843 页。
② [清]蒲松龄著，朱其铠主编：《全本新注聊斋志异·林四娘》，人民文学出版社 1989 年版，第 290 页。
③ [清]蒲松龄著，朱其铠主编：《全本新注聊斋志异·小二》，人民文学出版社 1989 年版，第 393 页。

后，杨幸漏脱，遂挟术以遨。”①因令继室朱氏盗人之女，结果二女皆为邢子仪所得，其房宅、藏金亦为人所得。

《白莲教》言：某人为徐鸿儒之徒，妻、子皆被捉后，途经太行山，遇巨人，一家人先后为巨人所食，巨人扬长而去，与其为“山西人”相应，隐寓是其借此而逃遁。卷六另有一篇《白莲教》叙徐鸿儒之事，言其曾得左道之书，能役使鬼神，且有一镜，能鉴别人的终身。徐鸿儒凭此术数月间聚集党徒数万人，纵横于滕、峄一带。甚至于派人与进剿的彭都司相争，所用兵刃为木刀，所骑怒马为木凳，所谓“假兵马死真将军”，述异的比重虽大，但未见明显对徐鸿儒之人之事的贬义。

3.乱兵为害

除明确点出清兵入关与白莲教之乱对百姓的伤害外，《聊斋志异》中还有数则言及乱兵与盗匪为害乡里，如《张氏妇》言兵灾之害：

> 凡大兵所至，其害甚于盗贼：盖盗贼人犹得而仇之，兵则人所不敢仇也。其少异于盗者，特不敢轻于杀人耳。甲寅岁，三藩作反，南征之士，养马兖郡，鸡犬庐舍一空，妇女皆被淫污。时遭霪雨，田中潴水为湖。民无所匿，遂乘桴入高粱丛中。兵知之，裸体乘马，入水搜淫，鲜有遗脱。②

征讨盗贼之兵为害百姓，更有甚于盗贼。《三生》叙某人生为庶人之子，二十余岁时：

> 值土寇大作，陷入贼中。有兵巡道往平贼，俘掳甚众，某亦在中。心犹自揣非贼，冀可辨释。及见堂上官，亦年二十余，细视，乃兴生也。惊曰：“吾合尽矣！”既而俘者尽释，惟某后至，不容置辨，竟斩之。③

---

① ［清］蒲松龄著，朱其铠主编：《全本新注聊斋志异·邢子仪》，人民文学出版社 1989 年版，第 1183 页。

② ［清］蒲松龄著，朱其铠主编：《全本新注聊斋志异·张氏妇》，人民文学出版社 1989 年版，第 1560 页。

③ ［清］蒲松龄著，朱其铠主编：《全本新注聊斋志异·三生》，人民文学出版社 1989 年版，第 1373 页。

小说中是以遇到前世冤家解释此事,而实际情况则是百姓与捕盗的官员之间的冤家关系于小说中得以显现。

《柳生》叙周生“及至江西,值大寇叛乱,三年不得归。后稍平,选日遵路,中途为土寇所掠,同难人七八位,皆劫其金资,释令去”。可见土寇只掠金银,而不谋人命,甚至为周生谋及婚姻。而“忽大军掩至,全家皆就执缚。有将官三员监视,已将妇翁斩讫”①,因认识周生,才放其一条生路,可见与盗匪相比,兵之杀人更多。

4.盗匪

《仇大娘》中的晋人仇仲逢大乱之时,为寇俘去,一家人生计陷入困境,历经磨难,最终得以生还;《曹友于》言曾翁长子与母亲为强寇掳去,亦可得携妇亡归。而《某甲》虽以报应不爽来解释,但其阖家被杀亦是小说所述之实情:

> 某甲私其仆妇,因杀仆纳妇,生二子一女。阅十九年,巨寇破城,劫掠一空。一少年贼,持刀入甲家。甲视之,酷类死仆。自叹曰:“吾今休矣!”倾囊赎命。迄不顾,亦不一言,但搜人而杀,共杀一家二十七口而去。甲头未断,寇去少苏,犹能言之。三日寻毙。②

《采薇翁》起始述“明鼎革,干戈蜂起,於陵刘芝生,聚众数万,将南渡”,而采薇翁运筹帷幄,欲严纪律,反致被排挤,最终只得杳然而遁:

> 时营中号令虽严,而乌合之群,时出剽掠。翁曰:“兵贵纪律;今统数万之众,而不能镇慑人心,此败亡之道也。”刘喜之,于是纠察卒伍,有掠取妇女财物者,枭以示众。军中稍肃,而终不能绝。翁不时乘马出,遨游部伍间。而军中悍将骄卒,辄首自堕地,不知何因。因共疑翁。前进严饬之策,兵士已畏恶之;至此益相憾怨。诸部领谮于刘曰:“采薇翁,妖术也。自古名将,止闻以智,不闻以术。浮云、白雀之徒,终致灭亡。今无辜将士,往往

① [清]蒲松龄著,朱其铠主编:《全本新注聊斋志异·柳生》,人民文学出版社1989年版,第1005页。

② [清]蒲松龄著,朱其铠主编:《全本新注聊斋志异·某甲》,人民文学出版社1989年版,第1526页。

自失其首，人情汹惧；将军与处，亦危道也，不如图之。”刘从其言，谋俟其寝而诛之。使觇翁，翁坦腹方卧，鼻息如雷。众大喜，以兵绕舍，两人持刀入，断其头，及举刀，头已复合，息如故，大惊。又砍其腹；腹裂无血，其中戈矛森聚，尽露其颖。众益骇，不敢近。遥拨以矟，而铁弩大发，射中数人。众惊散，白刘。刘急诣之，已杳矣。①

《盗户》以狐之自称盗户为奇，实是慨叹世局之异：

顺治间，滕、峄之区，十人而七盗，官不敢捕。后受抚，邑宰别之为“盗户”。凡值与良民争，则曲意左袒之，盖恐其复叛也。后讼者辄冒称盗户，而怨家则力攻其伪；每两造具陈，曲直且置不辨。而先以盗之真伪，反复相苦，烦有司稽籍焉。②

对盗之态度或者过严，或者过松，作者对此做法有所讥刺。《诸城某甲》其人因流寇作乱，被杀，以致头坠胸前。虽得以救活，又因大笑而亡。叙怪异之事，但言及寇乱被杀，足见兵事之惨。

《庚娘》中故事发生的背景即是“以流寇之乱，家人离逖，金携家南窜”。《五羖大夫》叙畅体元因遭流寇之变，全身衣服被剥，关在一处空室之中，因寒只得摸索数羊皮护体而得不死。与前之笔记小说相比，《聊斋志异》对兵匪之乱造成的伤害铺叙更多，体现了蒲松龄对百姓民生的关注与同情。

（二）杀人之惨

1.无辜遭戮

《聊斋志异》中有的篇目极力摹写杀戮之惨烈。如《野狗》开篇即言“于七之乱，杀人如麻”。后叙乡人李化龙“值大兵宵进，恐罹炎昆之祸”，故僵卧于死人丛中装死，既可见当时罹无妄之灾是为常情，又可见死人之多乃至成丛。“内

① ［清］蒲松龄著，朱其铠主编：《全本新注聊斋志异·采薇翁》，人民文学出版社 1989 年版，第 1168 页。

② ［清］蒲松龄著，朱其铠主编：《全本新注聊斋志异·盗户》，人民文学出版社 1989 年版，第 1128 页。

一尸断首犹连肩上，口中作语”，足显死状之惨。而死人之尸无可奈何于食人之野狗子，亦可见亲人不在，更映衬死人之多。

《公孙九娘》起首即叙：

> 于七一案，连坐被诛者，栖霞、莱阳两县最多。一日，俘数百人，尽戮于演武场中。碧血满地，白骨撑天。上官慈悲，捐给棺木，济城工肆，材木一空。以故伏刑东鬼，多葬南郊。①

由于死去的人太多，以致“坟兆万接，迷目榛荒；鬼火狐鸣，骇人心目”，冥冥中竟成村落，可见杀人之多，其中又有多少是被无辜“连坐”的呢？《江中》言及王圣俞南游，泊舟江心，见一“黑人”骤起屹立水上，以手攀舟而行，舟人对之司空见惯，称此地本为古战场，有鬼时常出没。

《鬼哭》开篇言：“谢迁之变，宦第皆为贼窟。王学使七襄之宅，盗聚尤众。城破兵入，扫荡群丑，尸填墀，血至充门而流。”盘踞宦第的多为被逼无奈的百姓，朝廷派兵镇压，一旦兵入，不分首从，一律斩杀，杀人无数，以至于“尸填墀，血至充门而流”。事后王学使入城“扛尸涤血而居”，“往往白昼见鬼，夜则床下磷飞，墙角鬼哭”②。死后为鬼，不惧权势，经由水陆道场而绝。文后异史氏言：“当陷城之时，王公势正烜赫，闻声者皆股栗，而鬼且揶揄之，想鬼物逆知其不令终耶？普告天下大人先生，出人面犹不可以吓鬼，愿无出鬼面以吓人也！”对作威作福的为官者表示不满。

《快刀》叙：“明末，济属多盗。邑各置兵，捕得辄杀之。章丘盗尤多。”明末多盗，原因是无食可饱，大多是难民为之，对之处理方式不是寻求问题的解决，而是以“快刀”辄杀之，未免又是一害。后文叙及：

> 一日，捕盗十余名，押赴市曹。内一盗识兵，逡巡告曰：“闻君刀最快，

---

① [清]蒲松龄著，朱其铠主编：《全本新注聊斋志异 · 公孙九娘》，人民文学出版社 1989 年版，第 503 页。

② [清]蒲松龄著，朱其铠主编：《全本新注聊斋志异 · 鬼哭》，人民文学出版社 1989 年版，第 83 页。

斩首无二割。求杀我!"①

盗与兵相识,或许二人皆为当地人,而盗者所求只是一快刀,对民情的哀怜之意有所阐发。

《李伯言》中称李伯言在路途中见"阙头断足者数百辈,伏地哀鸣",遂停车仔细询问原因,发现竟然都是异乡之鬼,因无路引而关隘相阻,不得返归故土,而胡生则因"兵燹之后,妻孥瓦全"而为幸,乐建道场。可见生全之难之少。

兵乱死者往往平民百姓居多,正如蒲松龄在《野狗》《乱离二则》中所提的"炎昆之祸"一词,最早见于《尚书·胤征》:"火炎昆冈,玉石俱焚。天吏逸德,烈于猛火。歼厥渠魁,胁从罔治。旧染污俗,咸与惟新。"②体现对死于兵灾之中无辜百姓的深切同情与悲悯。

2.为鬼为怪

蒲松龄多以宿命论来看待死于乱中的无辜者。如《鬼隶》中写清兵进驻山东,致济南"扛尸百万",虚构了鬼隶在残杀之前奉命去东岳公干,投递"杀人之名数"公文,意即"百万"之死者皆已命定。《辽阳军》载:某沂人在明末曾充军辽阳,在辽阳城陷之时被乱军所杀,头虽断而不死,"至夜,一人执簿来,按点诸鬼"。以此观点来看,死者虽无辜,但早在生死簿中注定,在劫难逃。后被鬼送回家乡。因确证辽阳之陷,自己不是逃兵,而后得免于刑罚。此事虽为奇异,实言充军之苦,异地戍守之难。将战祸的屠戮视为执行"天罚"的任务,从一定程度上弱化了对清兵残酷的批判锋芒。《灵官》写狐狸化身老翁对时局进行预测:"今来相别,兼以致嘱:君亦宜引身他去,大劫将来,此非福地也。"道士听从劝告别徙他处,从而躲离了甲申之变。

《庙鬼》中鬼诱人投梁替死,有武士怒叱"朴诚者汝何敢扰",意为"不朴诚者可扰"。《缢鬼》篇中亦有死后仍作缢死之状的故事。

《猪婆龙》《张老相公》中叙江河之中有龙、鼋之怪,坏舟吞行人,而张老相公欲行报仇,询问僧人鼋怪的底细,僧人反为惊骇:"吾侪日与习近,惧为祸殃,

---

① [清]蒲松龄著,朱其铠主编:《全本新注聊斋志异·快刀》,人民文学出版社1989年版,第220页。

② [清]阮元等编:《十三经注疏》,上海古籍出版社1997年影印版,第158页中。

惟神明奉之，祈勿怒。时斩牲牢，投以半体，则跃吞而去。谁复能相仇哉！”此种做法实将祸患当作神明，只是与之相谋不害自己，甘于供奉之，缘于力量的不对等和内心的恐惧。张老相公一旦知其底细，则用计复仇：

便招铁工，起炉山半，冶赤铁，重百余斤。审知所常伏处，使二三健男子，以大钳举投之。鼋跃出，疾吞而下。少时，波涌如山。顷之浪息，则鼋死已浮水上矣。①

一旦除害，无论是行旅还是寺僧都从内心里感到高兴，为之建“张老相公祠”，并视之为水神，只为其“祷之辄应”。崇神之心理从鼋怪转至能力更强的张老相公身上，实质其实未变。

三、灾害叙事中褒贬的表达

（一）对官吏的批判

1.玩物祸民

斗蟋蟀作为民间娱乐活动，具有悠久的历史，但在特定的情况下，也会招致百姓的灾祸。像明代宣德皇帝朱瞻基因痴迷斗蟋蟀，给民间造成巨大灾难：

帝酷好促织之戏，遣取之江南，其价腾贵，至数十金。时枫桥一粮长，以郡督遣，觅得其最良者，用所乘骏马易之。妻妾以为骏马易虫，必异，窃视之，乃跃去。妻惧，自经死。夫归，伤其妻，且畏法，亦经焉。②

因为一个小虫的亡去，导致世人的家破人亡。这个故事直接促成了蒲松龄笔下《促织》的产生。《促织》叙宣德年间因宫中尚促织之戏，以致民间每被官

① ［清］蒲松龄著，朱其铠主编：《全本新注聊斋志异 · 张老相公》，人民文学出版社 1989 年版，第 186 页。

② ［明］吕毖辑：《明朝小史》卷六《宣德纪 · 骏马易虫》，转引自朱一玄主编：《聊斋志异资料汇编》，南开大学出版社 2012 年版，第 114 页。

府逼勒科敛，动辄倾家荡产。有一户百姓被严限追比，杖打至两股间脓血流离，唯有自尽一策。好不容易捉到一头，又被小儿无心弄死，家人怒极，小儿投井，救上来后，虽不忍再究小儿之过，但一家生死实属难料。此则故事怪异之处是小儿梦为促织，不但完责，甚而因此而获大利，不数岁间“田百顷，楼阁万椽，牛羊蹄躈各千计，一出门，裘马过世家焉”。因祸得福者毕竟少数，且毕竟为传奇之事，作者实是借此表达对世俗世界的一种极大讽刺。

《王成》中王成因懒惰而事事不成，却因大亲王好角鹑而得富，因一鹑而“置良田三百亩，起屋作器，居然世家”。贵人玩物未给百姓造成伤害，反致富贵，实有反讽之意。与《促织》对看，更显富贵者玩物之害。

2.擅作威福

《续黄粱》中曾孝廉梦中作威作福，恩宠之极下残害百姓，欺君误国，经由数世阴报才得偿付一二，得以梦醒。一旦谋得权势，难免为非作歹，与《黄粱》一致。小说以此表现了对人性缺点的某种审视与反思。

《阎罗薨》叙某公因生前妄调镇师一旅，途逢海寇，以致全军皆亡，死后仍受刑罚。魏某为阎罗审狱，因受人嘱请，欲为宽解，对众鬼称：“汝等命戕于寇，冤自有主，何得妄告官长？”众鬼则据理力争：“例不应调，乃被妄檄前来，遂遭凶害，谁贻之冤？”①也只得将某公置油鼎中一泄众鬼之忿。

《三朝元老》叙某中堂曾为明朝之相，后降流寇，得一匾“三朝元老”，且有一联“一二三四五六七，孝弟忠信礼义廉”，而其意实为“忘八无耻”；同文中叙洪承畴南征凯旋时，有旧门客谒见朗读明末思宗因听闻洪战死于辽阳，而御制的悼念之文。可见当时对贰臣的态度。

（二）对谀神者的微词

蒲氏对遭受灾害只知谀神者多有微词，如在《吴令》中提及：

> 吴俗最重城隍之神，木肖之，衣以锦，藏机如生。值神寿节，则居民敛资为会，辇游通衢；建诸旗幢，杂卤簿，森森部列；鼓吹行且作，阗阗咽咽然，

① ［清］蒲松龄著，朱其铠主编：《全本新注聊斋志异·阎罗薨》，人民文学出版社 1989 年版，第 989 页。

一道相属也。习以为俗，岁无敢懈。①

此等敬神之俗恐怕各地皆有，所费甚多。正如吴令所言：

城隍实主一邑。如冥顽无灵，则淫昏之鬼，无足奉事；其有灵，则物力宜惜，何得以无益之费，耗民脂膏？②

于是吴令将神像推倒，笞之二十，令习俗顿革，只是城隍仍在。吴令死后，百姓听到城隍祠中吴令似与神争的大声喧怒，且持续数日不止，表面上是因为不忘吴令的功德，于是群集祝祷而解劝，并另行为吴令建一祠，亦称之为城隍，春秋祭祀。在吴一地就有了两处城隍，实际上是"敬鬼神而远之"，作者叙述中不免有讽喻之意。

《击魃行》中，作者直斥百姓因旱灾而作出的疯狂举动："旱民忧旱讹言起，造言魃鬼殃群农。坟中死者瘗三载，云此枯骼能为凶。"因讹言而"蚁屯蜂集"，妄想借助掘坟碎尸来抵抗旱灾。天灾与人祸共同交织在一起，对此只得叹息"哀哉滥听真愚蒙"。此种讹言自先秦时期即已出现，如《诗经·大雅·云汉》："旱魃为虐，如惔如焚。"将干旱的形成归咎于恶神"旱魃"。曾衍东《小豆棚》亦曾记载某地驱除旱魃的举动："山左乡愚每逢岁旱，辄以新冢上微湿者即以为魃。乘夜聚众掘墓开棺，磔其尸，碎其首。值天雨，尸主固无辞；不雨，群议息之。此等异传，正不知倡自何人，其流毒一至是！"③

《金世成》中金世成行为不检，竟以啖不洁之物的癫狂行为而自号为佛，更具讽刺意味的是"执弟子礼者以万千计"，而金世成令从者食矢，亦无敢违者。邑令使修圣庙，旬月而成，不免慨叹"其金钱之集，尤捷于酷吏之追呼也"。为何"愚民"乐从此等装神弄鬼之人？除好异盲从外，无外乎这种人假借仙佛为名，利用了百姓对神佛畏惧兼谄谀的心理。

---

① [清]蒲松龄著，朱其铠主编：《全本新注聊斋志异·吴令》，人民文学出版社 1989 年版，第 269 页。

② [清]蒲松龄著，朱其铠主编：《全本新注聊斋志异·吴令》，人民文学出版社 1989 年版，第 269 页。

③ [清]曾衍东著，盛伟校点：《小豆棚》，齐鲁书社 2004 年版，第 288 页。

《五通》二则中言百姓对作威作福的恶怪逆来顺受：

南有五通，犹北之有狐也。然北方狐祟，尚百计驱遣之。至于江浙五通，民家有美妇，辄被淫占，父母兄弟，皆莫敢息。为害尤烈。①

阎氏被五通强迫发生关系，乃至于“鲜血淋漓，昏不知人”，奄卧床榻，欲行自尽而不得死；其丈夫赵弘得知做恶者是五通，虽然心里异常羞恨，但不敢问，亦不敢向外人言。一奇男子万生仗义而为，杀三伤一，只剩一通，妖怪才不敢公然为害。后另附一则小说，言一神女之婢将一通阉割，才最终令吴下不再受妖神之害。《青蛙神》亦为此类：

江汉之间，俗事蛙神最虔。祠中蛙不知几百千万，有大如笼者。或犯神怒，家中辄有异兆：蛙游几榻，甚或攀缘滑壁不得堕；其状不一，此家当凶。人则大恐，斩牲禳祷之，神喜则已。②

小说后更言及“青蛙神”堵门逼捐金修关圣祠一事，针对的虽说是那些有财不施或监守自盗之人，令人心生快意，虽是“慈悲之行”，但毕竟令人心生反感，与其说是“神”，不如称“妖”更为合适。正如书中异史氏所慨叹：“五通、青蛙，惑俗已久，遂至任其淫乱，无人敢私议一语。万生真天下之快人也！”③此论实指出众人面对灾害时，只自恐惧，靠祈祷献谄以禳灾，而不敢奋起抗争的事实。

通过对《聊斋志异》中的灾害叙事的简要分析，可知“志怪”是旧瓶，是引人深思的由头，重在志，即记录；而“传奇”则是就人物而写出新意，重在传，即叙事。“奇”与“怪”非其意，述忧述愤方为其旨。

蒲松龄于康熙己未(1679)所作自序，忧世愤事之言多有，而历数典故，情深

① [清]蒲松龄著，朱其铠主编：《全本新注聊斋志异·五通》，人民文学出版社 1989 年版，第 1457 页。

② [清]蒲松龄著，朱其铠主编：《全本新注聊斋志异·青蛙神》，人民文学出版社 1989 年版，第 1498 页。

③ [清]蒲松龄著，朱其铠主编：《全本新注聊斋志异·五通》，人民文学出版社 1989 年版，第 1458 页。

意切,慨叹世少知音。其自序言“集腋为裘,妄续《幽冥》之录;浮白载笔,仅成《孤愤》之书”。最后一句“知我者,其在青林黑塞间乎?”“其知我者”是知其妄续《幽冥》,还是仅成《孤愤》呢?《幽冥录》为南朝刘义庆所撰,为志怪之书,而《孤愤》则为战国时韩非所著,绝非谈奇论怪之作,实乃为国为民之心血凝结。正如蒲氏自序起首所言“披萝带荔,三闾氏感而为《骚》”,所谓奇装异服,奇思幻想,皆为感而发而作,是为《骚》。“知我者”谓“我”意追干宝,还是谓“我”孺慕屈子呢?“知我者”谓我妄续《幽冥》,还是谓我仅成《孤愤》呢?恐怕《孤愤》之书更为恰当!

第三章　四大名著中的灾害叙事

中国长篇章回小说中多有涉及灾难的情节，灾害叙事作为情节构建与人物刻画的重要背景，起到了一定的衬托功能，像《三国演义》中的战争描写，像《水浒传》中的匪盗情节，像《西游记》中的灾难考验，像《红楼梦》中的疾病之痛等，与各小说的写作特点密切相关。本章即以四大名著为代表，探讨灾害叙事在长篇章回小说中的分布及其具体特征。

第一节　《三国演义》中的灾害叙事

《三国演义》作为“七实三虚”的历史题材小说，主谈天下大势之分合，英雄豪杰之功过，颇多战争与人事的描写，涉及兴亡之时百姓之苦等诸多灾害的叙写，展现了作者的某些民本思想。

一、灾异叙事

史书之类多有灾异的描写，《三国演义》第一回言天下之乱、盗贼蜂起之始，建宁二年温德殿大梁上飞下大青蛇是为恶谶，继而数种不祥皆关涉民生：

忽然大雷大雨，加以冰雹，落到半夜方止，坏却房屋无数。建宁四年二月，洛阳地震，又海水泛溢，沿海居民，尽被大浪卷入海中。光和元年，雌鸡化雄。六月朔，黑气十余丈，飞入温德殿中。秋七月，有虹现于玉堂，五原山岸，尽皆崩裂。种种不祥，非止一端。①

雷雨冰雹毁民房屋，直接影响生计；地震、海溢，更是直接夺民性命。此种叙写虽略，亦为史著常用笔法，继而由天灾而言人祸：蔡邕谏言天变源于妇寺干政，被贬归故里，十常侍专权，乱势已显。

民间疫气流行，死伤必众，张角学得天书《太平要术》，起初遵循"普救世人"的训诲，广施符水，为人治病，得到民心，继而发动了黄巾军大起义。张角所言"至难得者民心"②之论，与整部小说尊刘贬曹的观念是息息相通的，刘、关、张桃园结义初衷亦是为"破贼安民"，誓言中有"同心协力、救困扶危、上报国家、下安黎庶"③之句。

第十二回吕布与曹操正在争夺濮阳，"是年蝗虫忽起，食尽禾稻。关东一境，每谷一斛直钱五十贯，人民相食"④，此种天灾之下，二人之间的争夺只得暂停。李傕与郭汜相争之时，正值大荒，"百姓皆食枣菜，饿殍遍野"⑤，仅靠河内太守、河东太守专门上供的米肉、绢帛，献帝方得饱腹衣暖。次年为建安元年，又是大荒，百官尚立于荆棘之中，百姓生计更难：

洛阳居民，仅有数百家，无可为食，尽出城去剥树皮、掘草根食之。尚书郎以下，皆自出城樵采，多有死于颓墙坏壁之间者。汉末气之衰，无甚于此。⑥

小说以不断重复的叙事形式强调国之气运与民之生计息息相关，灾害成为国运衰败的象征。

---

① [明]罗贯中：《三国演义》，人民文学出版社 2019 年版，第 1—2 页。
② [明]罗贯中：《三国演义》，人民文学出版社 2019 年版，第 3 页。
③ [明]罗贯中：《三国演义》，人民文学出版社 2019 年版，第 5 页。
④ [明]罗贯中：《三国演义》，人民文学出版社 2019 年版，第 98 页。
⑤ [明]罗贯中：《三国演义》，人民文学出版社 2019 年版，第 111 页。
⑥ [明]罗贯中：《三国演义》，人民文学出版社 2019 年版，第 112 页。

二、战争中的水火之灾

(一)火攻的伤害

《三国演义》在描写战争过程中,多将火攻作为常用计谋,每次火攻皆造成大量死伤。

诸葛亮火烧博望、火烧新野,堵河放水,虽为刘氏立功,而军士死者无数。刘氏的仁德体现在对百姓的关照上,如定计火烧新野,先四门张榜晓谕百姓欲从者跟往樊城暂避,并调拨船只接济百姓;欲弃樊城奔襄阳,各处百姓皆欲相随。曹操率兵追赶,众将劝刘备弃百姓先行,刘备发誓不弃百姓,众人感动,但实际上在奔行途中,百姓死伤者甚众,如刘备所言:"十数万生灵,皆因恋我,遭此大难。诸将及老小,皆不知存亡。虽土木之人,宁不悲乎!"①诸葛亮舌战江东群儒之时,亦大力宣扬,称:"当阳之败,豫州见有数十万赴义之民,扶老携幼相随,不忍弃之,日行十里,不思进取江陵,甘与同败,此亦大仁大义也。"②此处虽欲表现刘备的深得人心,但携百姓逃难,与袁尚、袁谭逼百姓操戈前驱,皆造成了生灵的大量损伤。小说中刘备等被刘琦、诸葛亮救至江夏,而百姓的结局无再言者,背井离乡者流离于战场之上,前无进地,后无退路,其命运可想而知。

火烧赤壁之时,曹操数十万军兵被枪刺箭射、火焚水溺而死者无数,此后曹操与孙权南北对峙。陆逊用计火烧蜀军连营,亡者无数,刘备白帝城托孤,三足鼎立之势已成。数次火攻,皆极大地推动了小说情节的进展。

诸葛亮用计火烧藤甲军三万人,虽是战阵之上,其死状未免过惨:

> 只见山上两边乱丢火把,火把到处,地中药线皆着,就地飞起铁炮。满谷中火光乱舞,但逢藤甲,无有不着,将兀突骨并三万藤甲军,烧得互相拥抱,死于盘蛇谷中。孔明在山上往下看时,只见蛮兵被火烧的伸拳舒腿,大半被铁炮打的头脸粉碎,皆死于谷中,臭不可闻。③

---

① [明]罗贯中:《三国演义》,人民文学出版社 2019 年版,第 336 页。
② [明]罗贯中:《三国演义》,人民文学出版社 2019 年版,第 349 页。
③ [明]罗贯中:《三国演义》,人民文学出版社 2019 年版,第 720 页。

面对如此人间炼狱般的惨状，孔明亦不禁黯然垂泪："吾虽有功于社稷，必损寿矣！"①此段描写与后文诸葛亮在五丈原禳命不得形成呼应关系。

司马懿父子被困上方谷，诸葛亮令放火烧之。情势危急，司马懿父子抱头大哭，"忽然狂风大作，黑气漫空，一声霹雳响处，骤雨倾盆。满谷之火，尽皆浇灭，地雷不震，火器无功"②，司马懿父子得以不死。孔明慨叹"谋事在人、成事在天"，最后魂归五丈原，与小说中隐含的天命论观念密切相关，旨在展现司马氏得天命眷顾，呼应后文司马氏终得天下。

姜维兵围长城时，下令用火箭火炮打入城中：

> 城上草屋一派烧着，魏兵自乱。维又令人取干柴堆满城下，一齐放火，烈焰冲天。城已将陷，魏兵在城内嚎啕痛哭，声闻四野。③

邓艾及时出现，魏兵获救。此段描写中，既透露着战争的残酷，亦预示了西蜀难免为天所弃，终归于亡的"命运"。

（二）水难的描写

诸葛亮率军征擒孟获时，马岱领兵于日间过泸水，半渡时军士皆晕倒，口鼻出血而死，后寻当地向导问之，方知：

> 目今炎天，毒聚泸水，日间甚热，毒气正发，有人渡水，必中其毒，或饮此水，其人必死。若要渡时，须待夜静水冷，毒气不起，饱食渡之，方可无事。④

马岱遂乘夜间渡之，以奇兵突袭孟获。孟获原以为当地人不会将此讯息告知蜀军，故未作防备，再次失利。此处灾害描写一方面指出不明地理对行路之人的伤害，一方面亦隐含着当地人对蜀军的接纳态度。

---

① ［明］罗贯中：《三国演义》，人民文学出版社 2019 年版，第 720 页。
② ［明］罗贯中：《三国演义》，人民文学出版社 2019 年版，第 828 页。
③ ［明］罗贯中：《三国演义》，人民文学出版社 2019 年版，第 895 页。
④ ［明］罗贯中：《三国演义》，人民文学出版社 2019 年版，第 699 页。

孟获躲到毒龙洞,蜀兵不识地理,数人饮哑泉之水而生命垂危,诸葛亮赴马援之庙拜祀,得山神告知哑泉、柔泉、黑泉、灭泉及瘴气之害,又告知解毒之安乐泉所在。此处以神谕的方式解决问题,亦是小说常见叙事方法之一。诸葛亮降服孟获回军途中,泸水无数怨魂挡道,土人称旧例须用四十九颗人头为祭方可通行。诸葛亮以面为剂、以牛羊肉为馅,取名“馒头”进行祭祀,大哭致哀,情动军民,数千怨魂随风而散,表现出西蜀的仁义和广得民心。

曹操围困吕布于下邳时,派人决沂、泗二河,水淹城池,待吕布被擒后方退水安民,其间不单兵士遭难,百姓受灾亦为难免。此处描写中隐隐透出对曹操的贬抑。还有曹真、司马懿兵进陈仓,大雨连降三十日,马无草料,死者无数,魏军只得不战而退,此雨虽为天降,但亦隐隐流露出作者崇蜀贬魏的叙事态度。司马懿围攻公孙渊,秋雨连绵一月不止,水深三尺,魏兵行坐不安;公孙渊城中粮尽,宰牛马为食,军士怨恨,毫无守心。此战以司马懿斩公孙渊及其宗族而终,可见战争中无论胜负,军士皆遭受诸种灾害。

小说中另言某年八月初一时,忽起大风,江海涌涛,平地水深八尺,吴主先陵所植松柏尚且被拔飞至建业南门外,孙权由此受惊成病而亡,吴由此而渐衰,百姓所遭灾害虽未明言,亦可想而知。

三、战乱中百姓面对的灾害

(一)战阵杀人

作为主要描写战争的小说,《三国演义》中多有战阵杀人的描写。如曹操首战颍川,即斩首万余级,后言朱儁亦斩首数万级,降者更是不可胜计,所谓尸横遍野为战争之常态,其中大部分为生计无着而被迫从反者。何进被十常侍引入宫中害死后,袁绍、曹操等又率兵入宫诛杀十常侍,“但见阉官,不论大小,尽皆杀之……绍复令军士分头来杀十常侍家属,不分大小,尽皆诛绝,多有无须者误被杀死”①。此等诛杀无辜者的行为,小说中比比皆是,充分体现了“乱世人不如太平犬”的悲哀,亦隐隐流露出对曹操、袁绍等人滥杀的某种谴责。

① [明]罗贯中:《三国演义》,人民文学出版社2019年版,第23页。

董卓兵入洛阳，收伏吕布后，残暴日甚，竟公开滥杀无辜百姓，以良冒功：

> 尝引军出城，行到阳城地方，时当二月，村民社赛，男女皆集。卓命军士围住，尽皆杀之，掠妇女财物，装载车上，悬头千余颗于车下，连轸还都，扬言杀贼大胜而回，于城门外焚烧人头，以妇女财物分散众军。①

此种行为比篡权、杀帝更令人发指，后文中更有董卓于宴席间以断手足、凿眼割舌、人锅煮等方式残杀降卒之事，由此引发众大臣不满董卓之残暴，商量诛杀此贼的情节。王允用连环计，借吕布之手除去董卓，灭其全家，军士们以火置董卓死尸脐中为灯，过往百姓莫不手掷其头、足践其尸，可见百姓对其恨意之深，即便日后其部下一时得势，为其迁葬，“临葬之期，天降大雷雨，平地水深数尺，霹雳震开其棺，尸首提出棺外……三次改葬，皆不能葬，零皮碎骨，悉为雷火消灭”②，董卓之不仁招致天怒人怨之尤。董卓部下杀害王允后，又尽杀其宗族老幼，士民则无不下泪，小说的褒贬意味表现明显。

曹操因杀董卓被发现而逃亡，途经故人吕伯奢庄园，因误解而不问男女，连杀其家人八口，后虽知因多心而误杀，仍杀仅存之吕伯奢。陈宫斥其不仁不义，曹操则言：“宁教我负天下人，休教天下人负我。”此种行为和表述，如书中所论“设心狠毒非良士，操卓原来一路人”③，将曹操置于同董卓相似的奸雄地位。后其父曹嵩被陶谦部将所杀，曹操打着复仇的旗号征讨徐州，“所到之处，杀戮人民，发掘坟墓”④，招致诸多不满。曹操攻袁术时，提及寿春水旱连年，民皆缺食，曹兵亦因诸郡荒旱而缺粮，曹操借管粮官之头平复兵心，方得攻下寿春。董承等人密谋杀操，事发后阖家被戮有七百余人，曹操又逼迫献帝，杀害董妃，可谓不臣。诸般灾害描写，皆体现了作者“贬曹”的倾向。

曹操亦有得民心处，小说中多指向于他的“虚伪”。如曹操统兵攻伐张绣时，恰值麦熟，百姓因兵至而逃避在外，不敢刈麦。曹操传谕兵民及各守境官吏：

---

① ［明］罗贯中：《三国演义》，人民文学出版社 2019 年版，第 31—32 页。
② ［明］罗贯中：《三国演义》，人民文学出版社 2019 年版，第 79 页。
③ ［明］罗贯中：《三国演义》，人民文学出版社 2019 年版，第 36 页。
④ ［明］罗贯中：《三国演义》，人民文学出版社 2019 年版，第 84 页。

吾奉天子明诏，出兵讨逆，与民除害。方今麦熟之时，不得已而起兵，大小将校，凡过麦田，但有践踏者，并皆斩首。军法甚严，尔民勿得惊疑。①

曹操因自己马踏麦田而割发代首，军兵悚然，百姓欢喜称颂，亦算得仁义之举。官渡之战取胜后，有父老数人箪食壶浆以迎，曹操号令三军："如有下乡杀人家鸡犬者，如杀人之罪！"②军民皆为钦服，大得人心。曹操与袁军作战时曾决漳河水以灌冀州城，以致城中水深数尺，军士多有饿死者，战争的残酷性得以揭示。曹军在攻击冀州城后，以金帛粮食赐绍妻刘氏，又尽免河北百姓一年租赋以收取人心，只是曹操毕竟关心的是冀州的户籍，崔琰直指其虚伪：

今天下分崩，九州幅裂，二袁兄弟相争，冀民暴骨原野，丞相不急存问风俗，救其涂炭，而先校计户籍，岂本州士女所望于明公哉？③

曹操追击袁谭时，因天气寒冷而河道冻结，运粮船只无法行进，下令本处百姓敲冰拽船，百姓不堪其苦，纷纷逃离。曹操大怒，下令捕杀，百姓无奈前往自首面恳，曹操又摆出一副悯民姿态，称："若不杀汝等，则吾号令不行；若杀汝等，吾又不忍：汝等快往山中藏避，休被我军士擒获。"④一方面下令追捕百姓，一方面又令百姓远遁，小说如此叙事，形象地揭露了曹操的虚伪。

马超率兵为报父仇而攻曹操时，梁宽等杀马超妻子至亲三十余人，马超亦尽洗城中百姓，杀姜叙、尹奉、赵昂等全家，终马超战败转投张鲁。战无好战，杀人盈野盈城，遭难的只能是普通百姓。

陶谦病笃，再次让徐州于刘备，众官员和百姓亦再三哭拜相劝，刘备方权领徐州事，旨在凸显刘备的仁厚。刘备被吕布所赶，流亡途中绝粮，小说中写到百姓听闻其名，皆争进饮食，猎户刘安更是杀妻以飨之。刘安此举，一者令人反感，一者令人心生悲悯，与小说中"兄弟如手足、妻子如衣裳"之论甚为相似，旨

① ［明］罗贯中：《三国演义》，人民文学出版社 2019 年版，第 149 页。

② ［明］罗贯中：《三国演义》，人民文学出版社 2019 年版，第 256 页。

③ ［明］罗贯中：《三国演义》，人民文学出版社 2019 年版，第 271 页。

④ ［明］罗贯中：《三国演义》，人民文学出版社 2019 年版，第 272 页。

在凸显刘备之广得人心，但也透露了作者所处时代对女性命运的某种漠视。刘备徐州战败，途中土人听闻是刘皇叔，纷纷奉献羊酒以示慰问。虽出自徐庶之口，亦言百姓对刘备仁德的崇仰："新野牧，刘皇叔；自到此，民丰足。"[①]赤壁之战后，刘备一方连续打下多处城池，各地百姓尽皆喜悦，突出"人和"。入成都时，百姓香花灯烛迎门而接，刘备除大赏诸将外，更是杀牛宰马大餉军士，开仓赈济，并接受赵云的谏意："益州人民，屡遭兵火，田宅皆空，今当归还百姓，令安居复业，民心方服。"[②]由此军民皆安，迅速地稳定了西蜀局势。小说中叙述曹丕登帝位时，军民人等伤感不已，且"坛前卷起一阵怪风，飞砂走石，急如骤雨，对面不见，坛上火烛，尽皆吹灭"[③]，曹丕由此而病；刘备登帝位时，则是百官同心，军民欣跃。

袁绍吐血身亡，其子相互争权，其妻刘氏更是将妒忌表现得淋漓尽致：

> 将袁绍所爱宠妾五人，尽行杀害，又恐其阴魂于九泉之下再与绍相见，乃髡其发，刺其面，毁其尸。[④]

其子袁尚恐其父宠妾家属作乱，皆收而杀之，以绝后患，与操对阵之时，其部将李孚提议"城中无粮，可发老弱残兵并妇人出降，彼必不为备，我即以兵继百姓之后出攻之"[⑤]；袁谭拒守南皮时，亦尽驱南皮百姓执刀枪充当替死鬼，致百姓被杀者无数。此类举动，实将袁氏之衰败原因揭示殆尽。马超等率兵围困长安，城内军民缺水无柴，庞德用计趁百姓出城打柴取水之时混入城中，终夺得城池。在战斗过程中，百姓定然有所损伤。

（二）乱世人不如犬

因疫气流行，张角兄弟作反而自姓"天公""地公""人公"将军，朝政败坏，人民嗟怨，长沙贼区星作乱，渔阳张举称天子，张纯称大将军，天下大乱。各地

---

① ［明］罗贯中：《三国演义》，人民文学出版社 2019 年版，第 290 页。
② ［明］罗贯中：《三国演义》，人民文学出版社 2019 年版，第 529 页。
③ ［明］罗贯中：《三国演义》，人民文学出版社 2019 年版，第 640 页。
④ ［明］罗贯中：《三国演义》，人民文学出版社 2019 年版，第 262 页。
⑤ ［明］罗贯中：《三国演义》，人民文学出版社 2019 年版，第 267 页。

割据武装与其说是保护一方，毋宁说是称霸一地，天下由分久而合的过程中，百姓多遇饥荒。如为述管辂神卜之术，言有郭恩兄弟三人皆得躄疾，请管辂卜之，言：

卦中有君家本墓中女鬼，非君伯母即叔母也。昔饥荒之年，谋数升米之利，推之落井，以大石压破其头，孤魂痛苦，自诉于天，故君兄弟有此报。不可禳也。①

此事为曹操特邀管辂占卜做引子，然为食而害家中亲人，实亦人间惨剧，皆言乱世百姓生存之难，亦透露出面对饥荒时某些人性的丑陋。

董卓因袁绍等十八路大军结盟攻击，立意迁都长安，杨彪、黄琬、荀爽皆以百姓骚动不安为由进行谏止。而董卓毫不怜恤，劫夺民财，强迁百姓，洛阳百姓如居人间炼狱：

卓即差铁骑五千，遍行捉拿洛阳富户，共数千家，插旗头上，大书"反臣逆党"，尽斩于城外，取其金赀。李傕、郭汜尽驱洛阳之民数百万口，前赴长安。每百姓一队，间军一队，互相拖押，死于沟壑者，不可胜数。又纵军士淫人妻女，夺人粮食，啼哭之声，震动天地。卓临行，教诸门放火，焚烧居民房屋，并放火烧宗庙官府。南北两宫，火焰相接，长乐宫廷，尽为焦土。又差吕布发掘先皇及后妃陵寝，取其金宝，军士乘势掘官民坟冢殆尽。②

董卓名为平叛，每日率铁甲马军入城横行街市，令百姓惶惶不安，无论生者、死者皆受荼毒，董卓之不仁狠毒更甚于一般的盗匪。李傕、郭汜相斗，数万兵马于长安城下混战，乘势掳掠居民；争斗延至宫廷，乱箭之下死伤宫人不计其数，且宫殿被烧，宫嫔采女等多被抢入军营。二人所至之处，"劫掠百姓，老弱者杀之，强壮者充军；临敌则驱民兵在前，名曰'敢死军'"③，此种敢死，实为"不敢

---

① ［明］罗贯中：《三国演义》，人民文学出版社 2019 年版，第 556 页。

② ［明］罗贯中：《三国演义》，人民文学出版社 2019 年版，第 47—48 页。

③ ［明］罗贯中：《三国演义》，人民文学出版社 2019 年版，第 110 页。

不死”。皇帝身边此种劫掠之事尚有发生,其他官兵相斗之时此种浩劫必不可免。后李傕兵败,阖族老幼二百余口被曹操号令处斩,百姓拍手称快,体现出作者的褒贬态度,只是动辄灭族的描写,亦体现出某种滥杀,其中无辜老幼定然亦有不少。

青州黄巾又起,劫掠良民,曹操以正义之姿收降纳叛,得降兵三十余万、男女百余万口,整编青州军后,剩余者皆令归农,由此声名大振。火烧赤壁之后,曹操一方兵将仓皇而逃,途中又遇大雨,众人饥寒交迫,曹操令军士往村落中劫掠粮食、寻觅火种,兵匪相通,于此体现。

孙坚在小说中初出场,言十七岁时曾见海贼劫取商人财物,岸上分赃,孙坚用计杀贼夺回财物,由此郡县知名。蒋钦、周泰亦曾因世乱而聚众扬子江中以劫掠为生,后归附孙策。廖化、周仓、裴元绍等皆曾流落江湖,占据一方,以劫掠为生,后遇关羽,而最终从正,成为蜀汉一员。张飞亦曾占据古城,招军买马,积草屯粮,聚三五千人。甘宁曾为水匪,横行江上,被称“锦帆贼”,后归孙权为将,立下赫赫之功。数人由匪而官、由官而匪的故事,足显乱世之“乱”,而无论面对匪还是官,百姓皆为被压榨者、被掠夺者。

(三)民心向背的表现

《三国演义》中治乱盛衰,大多体现出民心向背。如刘备军入西川时,严令秋毫无犯,百姓皆扶老携幼,焚香而迎,为后文轻易得到西蜀埋下伏笔。诸葛亮与张飞分兵入川,亦谆谆嘱咐:“于路戒约三军,勿得掳掠百姓,以失民心。所到之处,并宜存恤,勿得恣逞鞭挞士卒。”①张飞攻取巴郡时,虽威吓严颜如不早降将踏平城池、老幼不存,而得城之后,仍出榜安民,秋毫不犯。小说中盛赞诸葛亮治理西蜀之功:

> 两川之民,忻乐太平,夜不闭户,路不拾遗。又幸连年大熟,老幼鼓腹讴歌,凡遇差徭,争先早办。因此军需器械应用之物,无不完备,米满仓廒,财盈府库。②

---

① [明]罗贯中:《三国演义》,人民文学出版社 2019 年版,第 509 页。
② [明]罗贯中:《三国演义》,人民文学出版社 2019 年版,第 690 页。

“崇刘抑曹”以及“得民心者得天下”的观念在小说中多有体现。

小说中对魏、蜀、吴之衰的描写，亦多以民心向背予以体现。魏主曹睿大兴土木，征天下巧匠三万余人，民夫三十余万，民力疲困，怨声不绝，伏魏衰之因。蜀后主贪图享乐，朝政日非，终致丧国。魏兵邓艾入城之时，成都之人皆具香花迎接，旨在展现民心已离蜀而去。吴主孙皓沉溺酒色，大兴土木，奢侈无度，以致公私匮乏，令百姓供给，甚为苦之。晋兵入城，开仓赈济，吴民方得安堵。

四、小说中的灾害叙事列表

灾害内容	出现位置	结果
殿梁飞蛇、雷雨冰雹、地震海溢等	第一回	蔡邕谏言妇寺干政被贬归故里，十常侍专权
民间疫气流行	第一回	张角书符念咒，趁势作反，称天公将军
孙坚十七岁时见海贼劫取商人财物，岸上分赃	第二回	孙坚用计杀贼夺回财物
督邮逼勒县吏欲害刘备，五六十老人痛哭求告	第二回	张飞怒鞭督邮，刘备挂印而去
长沙区星反	第二回	孙坚为长沙太守平之
渔阳张举、张纯反	第二回	刘备助刘虞平之，为平原县令
袁绍、曹操等率兵入宫诛杀十常侍，多有阉官被误杀者	第三回	宫中大乱
董卓引兵至阳城滥杀无辜百姓	第四回	众大臣不满董卓之残暴
曹操逃亡途中误杀吕伯奢家人八口，又杀伯奢	第四回	陈宫以曹操之不仁而离去
董卓因袁绍等结盟攻击，执意迁都长安，令百姓流离	第六回	洛阳百姓身受荼毒
董卓于宴席间残杀降卒数百人	第八回	王允使连环计破董卓

续表

灾害内容	出现位置	结果
董卓伏诛,其家属不分老幼皆遭诛戮	第九回	董卓部下为其复仇,占据长安
青州黄巾又起,劫掠良民	第十回	曹操收降纳叛,整编青州军
曹操父被陶谦部将所杀,曹操复仇,所至之处,杀戮人民,发掘坟墓	第十回	刘备等奔救徐州,陶谦欲让徐州而刘备不受
蝗虫忽起,食尽禾稻,人民相食	第十二回	吕布与曹操暂时停兵
陶谦病笃,再次让徐州于刘备,百姓亦再三相劝	第十二回	刘备权领徐州事
李傕、郭汜相斗,宫人、百姓遭殃	第十三回	杨奉、董承等救驾奔逃
大荒,百姓皆食枣菜,饿殍遍野	第十三回	献帝迁都
建安元年又大荒,百姓无可为食,剥树皮、掘草根	第十四回	下诏令曹操相助
曹操攻袁术,寿春水旱连年,民皆缺食,曹兵亦因诸郡荒旱而缺粮	第十七回	曹操借管粮官之头平复兵心
民因兵至而不敢收已熟之麦	第十七回	曹操下令不得践踏麦田,百姓称颂
刘备逃亡途中民皆争进饮食,刘安杀其妻以食之	第十九回	表现刘备之得民心
曹操决沂、泗之水围困下邳	第十九回	擒得吕布后方退水安民
董承与人密谋杀操,事发被杀七百余人	第二十四回	曹操复杀董妃
廖化流落江湖,聚众五百余人劫掠为生,误劫刘备二夫人	第二十七回	廖化欲投关羽,关羽谢却,分别而去
周仓、裴元绍为黄巾余党,占据一方,劫掠为生	第二十八回	二人拜服关羽,周仓跟随关羽
袁绍死后,其妻刘氏杀其妾五人,髡发刺面,袁尚杀诸妾家属	第三十二回	袁氏内乱
曹操决漳水以灌冀州,致军士多饿死	第三十二回	曹操攻下冀州

续表

灾害内容	出现位置	结果
曹操追击袁谭,天气寒冷,河道冻结,令百姓敲冰拽船;百姓逃离,欲行捕杀,见百姓哀求,又令百姓私逃	第三十三回	百姓垂泪而去
新野、樊城、襄阳等处百姓随刘备而迁徙,途中被曹兵追及,死伤甚众	第四十一回	刘备得救,得仁义之名
周瑜火烧赤壁,曹操数十万大军着枪中箭、火焚水溺者无数	第五十回	曹操战败,与江东对峙
曹操兵败途中又遇大雨,令军士往村落中劫掠粮食、寻觅火种	第五十回	张飞出现,惊走曹操
马超等率兵围困长安,城内军民缺食无柴	第五十八回	庞德用计混入城中,夺得城池
梁宽等杀马超妻子至亲三十余口,马超尽洗城中百姓,杀姜叙、尹奉、赵昂等全家	第六十四回	马超战败投张鲁
曹操鸩伏后,杀伏完、穆顺等宗族二百余口	第六十六回	曹操女为正宫皇后
许褚追杀左慈,因左慈变为羊而尽杀小童所牧之羊	第六十八回	左慈重新救活诸羊,曹操染病
郭恩兄弟三人皆躄疾,管辂卜之,为因饥荒之年,郭家曾为升米之利而加害伯母或叔母,故有此报	第六十九回	曹操特邀管辂占卜
元宵节耿纪等人放火欲杀曹操,事败五家老小及救火诸官数百人被杀	第六十九回	曹操赏罚诸臣
瓦口关大军厮杀,百姓绕路从山道而还家	第七十回	张飞令百姓带头偷袭瓦口关
关羽水淹七军,军兵淹死者不计其数	第七十四回	关羽擒于禁,斩庞德,大败曹军
张飞酒醉动辄鞭打士卒和帐下军官	第八十一回	张飞被部下所杀
陆逊用计火烧蜀军连营,亡者无数	第八十四回	刘备白帝城临死托孤

续表

灾害内容	出现位置	结果
马岱领兵于日间过泸水,半渡皆倒,口鼻出血而死	第八十八回	夜间渡之方无恙
蜀军饮哑泉水而中毒	第八十九回	诸葛亮拜祀马援之庙,得山神指示寻得解药和正确路径
诸葛亮用计火烧藤甲军三万人	第九十回	诸葛亮自叹必损寿命
诸葛亮回军途中,泸水怨魂挡道	第九十一回	诸葛亮令做"馒头"进行祭祀,怨魂皆散
曹真、司马懿兵进陈仓,大雨连降三十日,死者无数	第九十九回	魏军不战而退
司马懿父子被困上方谷,诸葛亮令放火烧之	第一百三回	天降大雨浇灭烈火,司马懿父子得救
魏主曹睿大兴土木,征天下巧匠三万余人,民夫三十余万,民力疲困,怨声不绝	第一百五回	伏魏衰之因
司马懿围攻公孙渊,秋雨连绵一月不止,水深三尺,魏兵行坐不安;公孙渊城中粮尽,宰牛马为食,军士怨恨,毫无守心	第一百六回	司马懿斩公孙渊及其宗族
忽起大风,江海涌涛,平地水深八尺	第一百八回	孙权受惊成病而亡
姜维兵围长城,用火箭火炮打入城中,城内痛哭声闻四野	第一百十二回	邓艾出现,魏兵获救
吴主孙皓沉溺酒色,残暴不仁,公私匮乏,百姓甚苦之	第一百二十回	吴亡,天下一统于晋

第二节 《水浒传》中的灾害叙事

有人将《水浒传》称为“强盗书”①,虽有片面之嫌,但亦指出了小说主体故事为宋江等人被“逼上梁山”并最终归正,后又亡于征讨其他“匪盗”过程之中的主要情节。小说中多有涉及灾难的书写,而所谓灾害,指“自然现象和人类行为对人和动植物以及生存环境造成的一定规模的祸害”②。《水浒传》中的灾害多为人祸,即或由贪官污吏而引发,或由恶霸而引发,或由战争而引发,等等,多对梁山主要人物所遇灾难叙述较多,涉及作为“小人物”百姓民生多艰的怜悯虽不常见,但亦间接地体现出了作者的创作心态和主旨追求。

《水浒传》中灾害叙事涉及多种,每种皆有所重复,叙述侧重点有所不同,但在服务人物描写、情节构建的同时,亦能体现出作者一定的价值观念。

一、天灾书写中的叙事意义

(一)起首瘟疫中寓示的天人感应观念

小说引首处借邵康节一诗,言五代残唐乱世干戈不断,上百年王朝的更迭变迁中,百姓颠沛流离,难见天日。由乱而治,所谓的天下太平是自宋而始。诗中涉及百姓所受乱世之灾难,但只是老生常谈,未充分地展开描述。小说中的灾害叙事始于“嘉祐三年上春间”,所谓“天下瘟疫盛行,自江南直至两京,无一处人民不染此症。天下各州各府,雪片也似申奏将来”③。此处描写瘟疫涉及江南至两京,或者已经预示了后文中江南方腊、京东宋江的作反。

---

① 孙述宇:《水浒传:怎样的强盗书》,上海古籍出版社,2011 年版。

② 中国社会科学院语言研究所词典编辑室:《现代汉语词典》,商务印书馆 2005 年版,第 1693 页。

③ [明]施耐庵、[明]罗贯中:《水浒传》,人民文学出版社 1997 年版,第 3 页。

瘟疫在我国历史上多有发生，无论是正史还是地方志中，皆有所记载。仅《宋史》中就穿插记载有二百多次的疫病传播，种类繁多，包括疟疾、痢疾、伤寒、鼠疫、瘴气、天花等，但大多盛行于某省某地，皆未曾达到“天下瘟疫盛行”的程度。

小说叙事中虚构的瘟疫导致“东京城里城外，军民无其太半”，京师所在，即有伤亡过半的情况发生，更凸显出瘟疫的危害程度。为此，“开封府主包待制亲将惠民和济局方，自出俸资合药，救治万民”①。由民间盛称其德的包拯出钱出力，为民之心体现得淋漓尽致，而仁宗亦以明君的形象，“一面降赦天下罪囚，应有民间税赋悉皆赦免；一面命在京宫观寺院，修设好事禳灾”②。此种叙述，亦采纳的是灾害发生时官方常规的处治方式。

像史书典籍中记载了多起君臣齐心抗击灾害的事迹，与小说叙事对应的仁宗一朝，皇祐三年(1051)五月，因恩、冀州旱，曾颁布过《简要济众方》，“命州县长吏按方剂以救民疾”③；至和元年正月辛未下诏“京师大寒，民多冻馁死者，有司其瘗埋之”，“壬申，碎通天犀和药以疗民疫”，同年二月庚子，又下诏“治河堤民有疫死者，蠲户税一年；无户税者，给其家钱三千”④。通过自碎通天犀作为治疗疫病的灵药，或许无法真正解决疫病的传播，但此举至少表明了仁宗抗疫的决心。还有景祐三年(1036)，“以广南兵民苦瘴毒，为置医药”⑤；皇祐元年(1049)二月戊辰，“以河北疫，遣使颁药。辛未，发禁军十指挥赴京东、西路备盗”，七月己未，“诏诸州岁市药以疗民疾”⑥等。《宋史》称赞仁宗“恭俭仁恕，出于天性，一遇水旱，或密祷禁廷，或跣立殿下”⑦，小说中的描写与此甚为相似。

以小说中所叙情形而言，君臣齐心，抗疫举措又堪称合规合矩，灾难应该减轻。但小说此处毕竟只是将灾害当作引子，故而实施各种常规抗疫措施的结果

① [明]施耐庵、[明]罗贯中:《水浒传》，人民文学出版社1997年版，第3页。
② [明]施耐庵、[明]罗贯中:《水浒传》，人民文学出版社1997年版，第5页。
③ [元]脱脱等撰:《宋史》卷十二，中华书局2000年版，第154页。
④ [元]脱脱等撰:《宋史》卷十二，中华书局2000年版，第157页。
⑤ [元]脱脱等撰:《宋史》卷十，中华书局2000年版，第134页。
⑥ [元]脱脱等撰:《宋史》卷十一，中华书局2000年版，第151页。
⑦ [元]脱脱等撰:《宋史》卷十二，中华书局2000年版，第166页。

是“其年瘟疫转盛”。在范仲淹的建议之下，由翰林学士草诏，天子御笔亲书，派殿前太尉洪信为使，赍诏书与御香前往江西信州龙虎山，专门邀请嗣汉天师张真人赴京修设三千六百罗天大醮，以禳解瘟疫。最终亦借由张天师所做七昼夜好事，瘟疫方得尽消，军民得以暂时的安泰。就瘟疫本身叙事而言，难免有虎头蛇尾之嫌，而作为小说叙事而言，则是详略得当，恰到好处。

此段叙述，对于读者而言，足可明了宋明时期瘟疫的常规处置方式：首先由实干官员制药；再由当地寺观中有德之士祈祷；实在不行，再专邀天下闻名的有道之士建醮禳灾。小说的瘟疫从叙事角度而言只是为了引起洪信的擅开封禁，瘟疫息而罡煞出，天下之乱由此而始，如第二回起首诗所言：

千古幽扃一旦开，天罡地煞出泉台。
自来无事多生事，本为禳灾却惹灾。
社稷从今云扰扰，兵戈到处闹垓垓。
高俅奸佞虽堪恨，洪信从今酿祸胎。①

小说的瘟疫描写更多的是衬托此灾害的严重性，以致需天子下令，太尉颁旨，龙虎山天师出面禳解，实际叙事效果还是为了铺垫“天罡地煞”的出场，即“放出一批灾星，预示一百零八个好汉成为人间或至少是腐败皇朝的祸患，作为某种天诛的匿迹使者”②。此种脉络与中国古代的天人感应观念直接相关，像《宋史》天文志有“妖星”篇言：

妖星，五行之乖戾之气也。五星之精，散而为妖星，形状不同，为殃则一。各以其所见日期、分野、形色，占为兵、饥、水、旱、乱、亡。③

《宋史》礼志中亦有“大火”“风伯雨师”篇，乐志中有专门的“祀大火”“祭风雨雷师”篇，天象与灾害之间息息相关的观念处处可见。天罡地煞由瘟疫而

① ［明］施耐庵、［明］罗贯中：《水浒传》，人民文学出版社 1997 年版，第 16 页。
② ［美］浦安迪：《中国叙事学》，北京大学出版社 1996 年版，第 183 页。
③ ［元］脱脱等撰：《宋史》卷五十二，中华书局 2000 年版，第 726 页。

引起，瘟疫的灾难由天师禳解而得暂息，此后的灾害则由专门邀请天师作法的洪太尉引起，作者的叙事线索，即是基于此种观念。

（二）疾病书写的叙事意义

《水浒传》除起首专言瘟疫之外，正文中亦多次出现类似于瘟疫的疾病，且多作为灾害性较强的病症叙写而出现。如阎婆惜之父在小说中患时疫而死，此疫未明言对其他人造成伤害，只是作为阎父死的由头而已，透露出疫情致死的隐意。小说中对此时疫的叙述，旨在营造阎父死后丧葬无资的窘境，从而阎家欠债，阎婆惜方得嫁为宋江外宅，继而引发杀惜的情节。

客居柴进庄上的武松身患疟疾，此病比较普遍，多由伤寒引发，一般不会致死。故武松被宋江无意中掀翻炭火，因吃惊出汗而疟疾得愈，叙事本身实是为了增添宋、武二人偶然结识的戏剧性。

梁山为晁盖复仇而首次攻打曾头市之时，宋江身患痈疽，小说中吴用虽言用绿豆粉可以护心，以保毒气不侵，但并未起到治愈的功效，只得派张顺前去专门邀请安道全。小说中的治疗方法是安道全先用艾焙引出毒气，然后用药，外使敷贴之饵，内用长托之剂，治得此症。这是小说中对病症及治疗过程描写极其细致之处。此段疾病的叙事，客观上延宕了征讨曾头市的进程，中间又穿插进卢俊义上山等事，令后文中宋江为梁山寨主之位不致显得太过突兀。

征辽攻打蓟州时，安道全言及炎天军士多病，解决方法是提前购买药饵和避暑药，并准备专门喂马的药。可知盛暑炎天，病患多发，此种病症多为传染性疾病，虽由天时而生，但与战争之人事关系密切。

征讨方腊时，多位将领相继生病并最终去世，作为非战争减员，寓示着征讨方腊时梁山面临的某种两难困境。平复方腊之后林冲又染风病瘫痪而死，杨雄生背疮而亡，时迁感搅肠沙而死，李俊、柴进、李应等皆推称风疾或风瘫而辞官，多种病症的叙事表现了梁山众将领对前途的迷惘与困惑。

疾病虽多为突发，与天时、地理关系密切，但在小说中亦具有重要的叙事意义，像“短命二郎”“病关索”“病尉迟”“病大虫”①等人物绰号，凸显了疾病在英雄生平中的影响，而在阮小五人物介绍的韵文中有“何处觅行瘟使者，只此是短

---

① 此“病”亦有学者解读为“并”之意，即指与关索、尉迟薛、大虫等能力相类似。

命二郎”,更是将“瘟”与“病”有机结合在一起,起到了塑造小说人物形象的功用。

(三)自然灾难的铺垫

林冲看守草料场时的一场大雪,将草屋压塌,可见雪量之大。此大雪的直接叙事意义是帮助林冲借此躲过了陆谦等人的火烧之害。小说此处虽未直接描述百姓生计,但想来压倒房屋者亦为不少。林冲在逃难途中,与柴进庄上之人发生冲突,亦是在大雪封路的背景下,间接表现了百姓在大雪之中所遭遇的苦难。

旱涝灾难在历史上多有发生,朝廷对此大多采取祈禳的举动。如《宋史》卷十一仁宗庆历三年(1043),四月丙辰“以春夏不雨,遣使祠祷于岳渎”,五月庚辰,“祈雨于相国寺、会灵观”,戊子时雨,至己丑日,行谢雨仪式①。庆历五年(1045),二月癸卯,“以久旱,诏州县毋得淹系刑狱。辛亥,祈雨于相国天清寺、会灵祥源观”,“乙卯,谢雨”②。

《水浒传》中涉及旱、涝灾难的叙述远远少于人祸,可见小说叙事的关注点多集中在人事方面的特点。

(四)野兽灾害的描写

小说第一回洪信上山,或是出于天师的考验,言其遇到虎、蛇,由此受到惊吓,而未能最终上到山顶。后文中借道士之口提及山上的虎、蛇并不伤人,意为天师所豢养,但整部小说中兽害尤其是虎害多次出现,侧面表现了作者所处时代中野兽灾害的频发。洪太尉遇虎一段描写可与小说后文中的虎害作一对比;

> 那大虫望着洪太尉,左盘右旋,咆哮了一回,托地望后山坡下跳了去。洪太尉倒在树根底下,唬的三十六个牙齿捉对儿厮打,那心头一似十五个吊桶,七上八落的响,浑身却如重风麻木,两腿一似斗败公鸡,口里连声叫苦。③

---

① [元]脱脱等撰:《宋史》卷十一,中华书局2000年版,第144页。
② [元]脱脱等撰:《宋史》卷十一,中华书局2000年版,第147页。
③ [明]施耐庵、[明]罗贯中:《水浒传》,人民文学出版社1997年版,第9页。

此处表现的是洪太尉的用志不坚，而景阳冈虎患，据酒家称伤了二三十条人命，武松迎难而上，遇虎时虽亦受惊吓，但最终靠勇力毙之：

那个大虫又饥又渴，把两只爪在地下略按一按，和身望上一扑，从半空里撺将下来。武松被那一惊，酒都做冷汗出了。说时迟，那时快，武松见大虫扑来，只一闪，闪在大虫背后。那大虫背后看人最难，便把前爪搭在地下，把腰胯一掀，掀将起来。武松只一躲，躲在一边。大虫见掀他不着，吼一声，却似半天里起个霹雳，振得那山冈也动；把这铁棒也似虎尾倒竖起来，只一剪，武松却又闪在一边……武松把那大虫嘴直按下黄泥坑里去，那大虫吃武松奈何得没了些气力。武松把左手紧紧地揪住顶花皮，偷出右手来，提起铁锤般大小拳头，尽平生之力，只顾打。①

此段描写中，表现的是武松的临危不惧，将人物的特点展现得淋漓尽致。李逵母亲在沂岭被虎吃掉，李逵怒杀四虎是一种叙法，登州城外山林豺狼虎豹横行，解珍兄弟以药箭杀虎又是一种叙法。兽害的叙事，是为表现不同人物面对灾害时的态度与反映，对于塑造人物形象起到极大的推动作用。

此外，《水浒传》中的几次兽害，均提及对周围百姓和过往行人的伤害，更皆有官府限时令猎户擒捉的压迫，实为二层灾害。由天灾而及于人害，“苛政猛于虎”的观念隐含在兽害的叙事之中。

二、人祸叙事中的悲悯情怀

（一）劫掠事件的叙写

水浒世界中多有占山为王者，对周边乡村的侵扰和对路人的劫掠，亦是灾难之一种。只是在小说叙事中，梁山方面众人所实施的劫掠，并未直接描写多少真实发生的伤害，多是为铺叙情节而备。

---

① ［明］施耐庵、［明］罗贯中：《水浒传》，人民文学出版社 1997 年版，第 285 页。

如少华山朱武等人占据一方，猎户李吉言称无法到山上捕猎；王伦等占据梁山，阮小七等渔户无法到湖中打鱼，体现了占山为王者对周边百姓生活的影响，但主要是为了引起对朱武、王伦等人的描写。占据一方者其粮草来源无外乎劫掠，而陈达率众侵扰史家庄时，被史进擒获，以致不打不相识，诸人结义，最后共上梁山。此类小说叙事中，打家劫舍并未有真实的伤害发生在百姓身上，实际效果是淡化了读者对占山劫掠的梁山诸人的反感。

周通欲行强占桃花庄刘太公女儿，“撇下二十两金子，一匹红锦为定礼，选着今夜好日，晚间来入赘老汉庄上”，刘太公“又和他争执不得，只得与他，因此烦恼”①。强行下定，强行入赘，正是占据山林者对周边百姓侵扰的典型例证。只是此事被偶然经过的鲁达及时制止，令周通饱受一顿老拳，其后桃花山山寨还被鲁达顺手反向劫掠了一番，对百姓而言灾害未曾真正实施，插科打诨压倒了伤害，没有引起读者对周通等人的真正反感。后文呼延灼连环马阵被破时，亦遇酒保言及桃花山时常打家劫舍，搅扰村坊，且将其宝马夜间盗去，最终连呼延灼亦一同归附梁山，产生的伤害基本可忽略不计。

林冲被逼上梁山之时，王伦令林冲献上投名状，针对的是无辜的行路之人。只是在小说叙事中，林冲未曾真正杀害一个无辜路人，而是与杨志拼斗一场，情节顺转至杨志故事中，其灾难意味十分淡薄，但此投名状一事亦可见占山者对路人性命的漠视。林冲正式落草，以“五个好汉在梁山泊打家劫舍，不在话下”②作一小结。后文阮氏兄弟跟吴用言及王伦等占据水泊，“打家劫舍，抢掳来往客人……如今泊子里把住了，绝了我们的衣饭”③，而“如今那官司，一处处动掸便害百姓。但一声下乡村来，倒先把好百姓家养的猪羊鸡鹅，尽都吃了，又要盘缠打发他。如今也好，教这伙人奈何，那捕盗官司的人，那里敢下乡村来。”④劫掠者造成的伤害反不如捕盗者，正与柳宗元《捕蛇者说》所表现的“苛政猛于虎”意旨相类似。

“智取生辰纲”一节，用“取”字而非“劫”字，将劫掠过程细细叙来，如行云流水异常生动，“智取”针对的是“不义之财”，所谓“取之无碍”，晁盖、吴用等人

① ［明］施耐庵、［明］罗贯中：《水浒传》，人民文学出版社 1997 年版，第 73 页。
② ［明］施耐庵、［明］罗贯中：《水浒传》，人民文学出版社 1997 年版，第 150 页。
③ ［明］施耐庵、［明］罗贯中：《水浒传》，人民文学出版社 1997 年版，第 184 页。
④ ［明］施耐庵、［明］罗贯中：《水浒传》，人民文学出版社 1997 年版，第 185 页。

又是用“智”，兼且未发生流血事件，故就叙事角度而言甚少不和谐因素，可算作“劫掠美学”的代表情节之一。

十字坡孙二娘欲伤鲁智深一事先在第十七回经鲁智深一言带过，是为虚写，因未曾受到伤害，故而是对行脚客人遭遇灾难的无形减弱。戏曲《十字坡》中则有货郎遇害一节，将店铺中人肉的来历及过程叙述详尽，但因言语搞笑，多插科打诨，亦未给读者带来多大冲击。直至武松被发配孟州，途经十字坡时，孙二娘先端上人肉包子，又端上蒙汗药酒，被武松识破，反遭戏弄，惨剧变为闹剧：

> 武松就势抱住那妇人，把两只手一拘，拘将拢来，当胸前搂住，却把两只腿望那妇人下半截只一挟，压在妇人身上。那妇人杀猪也似叫将起来。那两个汉子急待向前，被武松大喝一声，惊的呆了。那妇人被按压在地上，只叫道：“好汉饶我！”那里敢挣扎。①

后来张青出场，提出有所谓的三不杀，意谓除云游僧道、行院妓女、流配犯人外，其他路人则可随意伤害。小说中透露出最大的原因是成本甚小，危险不高，“人肉作坊”里墙壁上绷着的几张人皮，梁上吊着的五七条人腿，则是伤人的明证，虽未言残害路人的过程，但仅看结果便足令人触目惊心。而武松血溅鸳鸯楼逃离途中，又被张青的伙家所捉，差点被剥皮割肉，其在灶边梁上所见两条人腿，至少说明一直有人遇害。宋江发配江州途经揭阳岭，遇李立被药翻，亦差点被剥皮剐肉；在揭阳镇因给薛永银子被穆春、穆弘追赶；在浔阳江被张横捆绑，差点作了板刀面。张顺渡江坐船，被张旺等捆缚推下江心，因水性高而得逃难，后又复仇，是结识王定六的引子，而张旺等人常在江里劫人，害人必然不少。宋江途经清风山被劫持上山，如非燕顺及时出现，差点被杀做醒酒汤。就小喽啰未经寨主吩咐，就熟门熟路地准备醒酒汤来看，此事已司空见惯。王英自行下山劫持刘高夫人，后三人又劫下囚车，救出被黄信押解的宋江、花荣二人。戴宗途经梁山，被朱贵药翻。阳谷知县上任赚得金银欲送回东京家中，亦怕路上被劫，故令武松亲自护送，于此期间方有潘金莲出轨、武大遇害等事的发生。李鬼截径，正遇李逵。宋江主张救时迁比较重要的一个理由即是夺得粮食供山寨

① ［明］施耐庵、［明］罗贯中：《水浒传》，人民文学出版社 1997 年版，第 350 页。

使用等等。多次劫掠事件的描写,伤害大多为虚写,而豪杰相识才是此类事件的直接结果,无形中令小说中劫掠灾害的残酷程度大大降低。

晁盖主掌梁山之后,首次派人下山劫掠行商,着重吩咐“只可善取金帛财物,切不可伤害客商性命”,众人回山时又问“不曾杀人么”,理由是“我等初到山寨,不可伤害于人”①,以此暗示以前的劫掠中难免有杀人举动。梁山聚义排完座次后,劫掠方式基本确定:

> 原来泊子里好汉,但闲便下山,或带人马,或只是数个头领,各自取路去。途次中若是客商车辆人马,任从经过;若是上任官员,箱里搜出金银来时,全家不留。所得之物,解送山寨,纳库公用;其余些小,就便分了。折莫便是百十里、三二百里,若有钱财广积,害民的大户,便引人去,公然搬取上山,谁敢阻当!但打听得有那欺压良善,暴富小人,积攒得些家私,不论远近,令人便去尽数收拾上山。如此之为,大小何止千百余处。为是无人可以当抵,又不怕你叫起撞天屈来,因此不曾显露,所以无有说话。②

劫掠针对的是“不义之财”,此种区分是梁山诸人在小说中被视作“义”的重要原因。然而在柴进入禁院见到“山东宋江”等四人姓名,却自认其为“四大寇”,并心中暗忖:“国家被我们扰害,因此如常记心,写在这里。”③宋江见了,也只是叹息,没有反驳,可见为“寇”而扰害国家之念深入人心。梁山接受招安之后分金买市,广发告示中亦有“昨因啸聚山林,多扰四方百姓”④等语。刘太公女儿被牛头山王江假扮宋江夺走,只敢独自烦恼,引出李逵与宋江赌头情节,后来还是靠李逵等才救出刘太公女儿。

(二)杀人事件的叙写

《水浒传》为英雄侠义书,不免生死对阵,且有数次较大规模战役的描写,死亡人数多用“不计其数”来表述。此种战阵之上的杀人,相对而言虽亦是灾害,

---

① [明]施耐庵、[明]罗贯中:《水浒传》,人民文学出版社 1997 年版,第 247 页。
② [明]施耐庵、[明]罗贯中:《水浒传》,人民文学出版社 1997 年版,第 903 页。
③ [明]施耐庵、[明]罗贯中:《水浒传》,人民文学出版社 1997 年版,第 909 页。
④ [明]施耐庵、[明]罗贯中:《水浒传》,人民文学出版社 1997 年版,第 1030 页。

但对无辜者而言,叙述上危害程度较轻。只是在小说的叙述中,伤害亦难免涉及旁观的百姓。如梁山众人劫江州法场时,打翻土兵和百姓无数,李逵更是不管不顾,排头砍去,只为救下宋江、戴宗,致军兵和百姓血流成河;石秀劫法场时,亦杀人似砍瓜,死者有七八十人,其中多为看客百姓。

宋江为报复黄文炳害其入狱,在得救之后仍杀其一门四五十口,又放火烧屋,且由李逵下手,活割黄文炳,将其心肝做成"醒酒汤",血腥味十足。在此过程中,无辜救火百姓和土兵亦多有损伤。李逵在《水浒传》中为"天杀星",杀人颇多,在沂岭杀虎,因酒醉被捉又遇救后,杀死猎户、里正、土兵等三十余人;只为断绝朱仝后路,李逵还斧劈四岁小衙内,残忍程度令人发指;李逵四柳村乔捉鬼,将庄户家有情二人砍作肉泥,太公、太婆烦恼啼哭,尚且硬要逼其款待致谢。《水浒传》中涉及李逵的描写多有诙谐调侃意味,但当杀戮指向百姓之时,未免显得过于残忍。梁山上其他人物,亦有滥杀之嫌,如武松血溅鸳鸯楼,所杀者除首恶外,尚有丫鬟、仆役等人;张顺为逼安道全上梁山而前后杀害四人,虽有复仇之念,但所杀之人未必皆有取死之道;孔明、孔亮因与本乡财主有争端,即杀其一门良贱而占领白虎山打家劫舍。

攻打城池之时,误伤百姓的事件频频发生。攻打祝家庄时,提及"满村中杀死的人不计其数",而被杀死的很多是普通百姓。入高唐州,宋江先下军令"休得伤害百姓",一来显示梁山军队的仁义,二来说明如不专门下令,侵扰百姓之事难免。入青州城,称宋江急急传令勿教残害百姓,只将慕容知府一家老小尽皆斩首,抄扎家私,把府库财物粮草五六百车尽收归梁山。为给晁盖复仇,宋江等攻入曾头市,卷杀八面残兵,斩首曾家满门,财粮尽运回梁山。攻下东平府,宋江急传将令不许杀害百姓、放火烧人房屋,而程太守、李瑞兰则全家被杀,钱粮全部运回梁山。

像两赢童贯、三败高俅时,水战、火战,官兵损伤数万人,尸横遍野、血溅波心、焦头烂额等描述,足显梁山武力之盛,亦为引起招安情节。在此过程中,官兵过处,战争发生处,百姓民不聊生,像高俅为建大船,四处限期催收物料,至百姓大量死亡,万民嗟怨。征辽之时,多为战阵厮杀,伤亡者为将兵,最后一战虽"杀的辽兵二十余万不留一个",百姓受到的灾害甚少提及,攻下城池时亦未出现运走粮草、屠人满门之事的发生。辽降之后,"将应有被擒之人,释放还国;原夺城池,仍旧给还管领,府库器具,交割辽邦归管"①,皆为堂堂之师的做法。可见小说叙事态度的转变。

梁山敌对方所造成的杀戮更为明显。征讨方腊攻常州时,提及"那时百姓都被方腊残害不过,怨气冲天,听得宋军入城,尽出来助战,城上早竖起宋先锋旗号"②,攻下城池后,宋江等人亦是出榜安民,令百姓复为良民。百二十回中提及田虎、王庆作反时,亦言及掳掠淫杀,百姓日夜惊恐,四散逃窜,梁山众人攻城时,虽数次提及卢俊义下令不杀百姓,而攻下盖州时,则是言称"尸横市井,血满街衢"③;为攻下太原,李俊等趁大雨引水漫灌城池,"当时城中鼎沸,军民将士见水突至,都是水渌渌的爬墙上屋,攀木抱梁,老弱肥胖的,只好上台上桌。转眼间,连桌凳也浮起来,房屋倾圮,都做了水中鱼鳖"④。打下威胜城时,更是杀得血满沟渠,其中百姓受难在所难免。打王庆时,"十余万贼兵,杀死大半。尸横遍野,流血成河。降者三万人,除那逃走脱的,其余都是十死九活,七损八伤,颠翻在地,被人马践踏,骨肉如泥的,不计其数"⑤。

当然,小说大部分地方言百姓开城相迎,梁山军秋毫不犯。王庆之所以势大,很大程度上归因于征讨官员凭借贿赂蔡京、童贯而得官,恣意克剥军粮,杀良冒功,纵兵掳掠,骚扰地方,反将赤子逼迫从贼⑥。解珍等遇到富阳县袁评事解粮船,称被方腊科敛粮草,时迁遇到老僧,亦言百姓被方腊残害,与梁山众人攻下城池之后的散粮抚民形成对照。

(三)人为纵火的叙写

鲁智深征辽后再见智真,长老首句即言:"徒弟一去数年,杀人放火不易。"⑦杀人总是与放火联系在一起。《水浒传》中多次提及"放火"行为,且梁山中有个"轰天雷"凌振,专管放炮,且多伴随火灾的人为制造。从叙事角度而言,放火虽然灾害性较强,但战阵之上,敌对之时尚可理解,且未显示人民生命和财

① [明]施耐庵、[明]罗贯中:《水浒传》,人民文学出版社 1997 年版,第 1112 页。
② [明]施耐庵、[明]罗贯中:《水浒传》,人民文学出版社 1997 年版,第 1153 页。
③ [明]施耐庵、[明]罗贯中:《水浒全传》,岳麓书社 1988 年版,第 727 页。
④ [明]施耐庵、[明]罗贯中:《水浒全传》,岳麓书社 1988 年版,第 769 页。
⑤ [明]施耐庵、[明]罗贯中:《水浒全传》,岳麓书社 1988 年版,第 824 页。
⑥ [明]施耐庵、[明]罗贯中:《水浒全传》,岳麓书社 1988 年版,第 797—798 页。
⑦ [明]施耐庵、[明]罗贯中:《水浒传》,人民文学出版社 1997 年版,第 1118 页。

产的直接损失，作者对此是淡化处理的。像魏定国是以火为武器，称神火将军；公孙胜借风生火，未上梁山之前，即大败官兵，后文多次作战有借风生火之事。

除此之外，人为纵火还有简化情节的效用。如史进中秋与朱武等人欢聚，被官军围住，放火烧屋，导致史进无家可归，流落江湖；晁盖等劫生辰纲事发，亦是烧庄而逃奔梁山。像鲁达、史进火烧瓦罐寺，将尸体和其他痕迹一并烧掉。武松在蜈蚣岭杀死道人与道童，救下妇人后，又放火烧庵。宋江、秦明等人欲奔梁山，将清风山烧作光地。李逵杀死李鬼后，放火烧屋。时迁偷鸡发生争执，石秀等人杀死庄客多人，火烧祝家店。解珍等被救出后杀死毛太公全家，并放火烧庄院。李逵打跑扈成，杀尽扈太公一门老幼，放火烧庄院。穆弘等人上梁山时，亦将自家庄院放火烧平。欧鹏、蒋敬等上梁山之前，将黄门山寨栅烧毁。接取宋太公上山后，放火烧庄院。桃花山、二龙山、少华山、芒砀山等归附梁山时，亦是烧毁寨栅。将李应骗上梁山之后，又将其家私全部抄扎，将庄院烧作平地。放火烧庄，一是寓示着不留后路，二是节省笔墨的叙事策略所致。除此之外，并未言及对其他民户是否有影响。

当然，更多的放火描写，是与情节密切相关的，是故事发展的重要环节。如陆谦、富安、差拨火烧草料场，准备即便不直接烧死林冲，也要将罪名安在林冲身上，令其百口莫辩，结果是草料场被烧，林冲虽杀三人，却被逼上梁山。草料场为军队后勤重要所在，直接影响国家安危，竟被某些人视为儿戏，且大火蔓延，难免祸及无辜百姓，草料被烧之后，肯定会由百姓承担此种损失，人祸之惨更过于天灾。宋江刀杀阎婆惜时，用大量笔墨衬托婆惜被杀之由，恩将仇报，借机要挟，三番五次地触怒宋江，而令读者忽略了宋江报信晁盖之事和杀人之恶。相关的水浒戏曲中宋江之所以被逼流落江湖，不单是杀了阎婆惜，更是放火烧屋所致。小说中未提及放火之事，无形中亦减弱了宋江杀人之事造成的伤害程度。宋江为绝秦明回城之路，派人假扮秦明杀人放火，秦明到青州城外时，发现“原来旧有数百人家，却都被火烧做白地，一片瓦砾场上，横七竖八，杀死的男子妇人，不记[计]其数”，慕容彦达亦称其“昨夜引人马来打城子，把许多好百姓杀了，又把许多房屋烧了”①，百姓遭受无妄之灾。只是此情节皆为间接描写，未作展开。而秦明妻子之死，则令读者心生不快。秦明口吐怨愤之言：“不知是

① [明]施耐庵、[明]罗贯中：《水浒传》，人民文学出版社 1997 年版，第 435 页。

那个天不盖、地不载、该剐的贼，装做我去打了城子，坏了百姓人家房屋，杀害良民，倒结果了我一家老小，闪得我如今有家难奔，有国难投，着我上天无路，入地无门！我若寻见那人时，直打碎这条狼牙棒便罢！”①宋江此计甚毒，而补救方法只是令花荣之妹嫁给秦明。李逵火烧李师师院子，众人大闹东京灯会，城中被伤人数四五百人，推倒跌损者不计其数，直接引出朝廷派兵剿捕梁山的情节。时迁、石秀等蓟州城内放火，以致“城中鼎沸起来，百姓人民，家家老幼慌忙，户户儿啼女哭，大小逃生”②，梁山众人继而攻下蓟州。

小说中亦多次呈现杀人放火对百姓的伤害，而对于梁山众人而言，劫掠金银与粮草往往伴随叙事之间。如梁山众人打下祝家庄，顾大嫂将妇人尽杀，祝家满门及庄兵大量被杀，到处放火，得粮食五千万石，而给百姓各家粮米仅为一石，最后言“乡民百姓自把祝家庄村坊拆作白地”③，此种叙述未免有反讽之意：如无外力的强压，百姓怎肯将自己生活的地方拆作白地呢？为攻打大名府，时迁火烧翠云楼，张青、孙二娘等各处放火：

> 此时北京城内，百姓黎民，一个个鼠窜狼奔，一家家神号鬼哭，四下里十数处火光亘天，四方不辨。④

除杀了梁中书、王太守一家老小外，全城遭难，蔡福向柴进请求救下一城百姓，而“比及柴进寻着吴用，急传下号令去，休教杀害良民时，城中将及伤损一半”⑤。后文言民间死者五千余人，军马折却三万多。李逵与焦挺等打破凌州北门，四处放火，劫掠钱粮。李逵与燕青杀死假扮宋江的王江等人，救下刘太公女儿后，将牛头山草房放火烧毁，携金银三五千两带上梁山。

梁山接受招安并准备征辽时，将财物给散附近居民，而相关城池、忠义堂等屋，只作拆毁，未言放火焚毁。攻入帮源洞时，燕青先抢两担金珠细软，后与柴进放火烧宫，众军杀尽嫔妃彩女、亲军侍御、皇亲国戚等，描述为“尸横遍野，流

---

① [明]施耐庵、[明]罗贯中：《水浒传》，人民文学出版社 1997 年版，第 435 页。
② [明]施耐庵、[明]罗贯中：《水浒传》，人民文学出版社 1997 年版，第 1059 页。
③ [明]施耐庵、[明]罗贯中：《水浒传》，人民文学出版社 1997 年版，第 649 页。
④ [明]施耐庵、[明]罗贯中：《水浒传》，人民文学出版社 1997 年版，第 846—847 页。
⑤ [明]施耐庵、[明]罗贯中：《水浒传》，人民文学出版社 1997 年版，第 848 页。

血成渠”①,据《宋鉴》称斩杀方腊蛮兵二万余。对梁山大寨与帮源洞的不同结局描写,无形中透露出作者对是否接受招安的区别对待。

(四)恶霸为害一方的描写

水浒世界中除占山为王者外,还有诸多强权一方的恶霸形象,对于百姓的伤害往往超过各大山寨。如“镇关西”郑屠采取虚钱实契的方式强行霸占金翠莲,“没毛大虫”牛二欺行霸市,令众百姓敢怒不敢言。小说以恶霸之“恶”的叙事作为铺垫,对金翠莲等普通百姓遭遇的伤害着重描写,后借鲁达、杨志之手给予惩罚,令读者心生快意,而不会考虑处罚方式及处罚施予者的适当与否。像杨志刀杀牛二之后,被押到死囚牢中:

> 众多押牢禁子、节级见说杨志杀死没毛大虫牛二,都可怜他是个好男子,不来问他要钱,又好生看觑他。天汉州桥下众人,为是杨志除了街上害人之物,都敛些盘缠,凑些银两,来与他送饭,上下又替他使用。推司也觑他是个首身的好汉,又与东京街上除了一害,牛二家又没苦主,把款状都改得轻了,三推六问,却招做一时斗殴杀伤,误伤人命。②

可见无论是官吏还是百姓,对于欺压良善者皆怀不满,此种叙事方式,令杨志的杀人之罪反而成为义举。

西门庆在阳谷县亦算强霸一方:

> 从小也是一个奸诈的人,使得些好拳棒;近来暴发迹,专在县里管些公事,与人放刁把滥,说事过钱,排陷官吏,因此满县人都饶让他些个。③

故而西门庆强占人妻,踢伤武大,乃至终朝取乐,无人敢管;用药害死武大时,像众邻居、何九等人明知有冤而不敢言;武松回县寻得证据而告官时,无人秉公处理。《金瓶梅》中西门庆更是靠钱财与官势为害一方,害死多条人命,受

---

① [明]施耐庵、[明]罗贯中:《水浒传》,人民文学出版社 1997 年版,第 1237 页。
② [明]施耐庵、[明]罗贯中:《水浒传》,人民文学出版社 1997 年版,第 155 页。
③ [明]施耐庵、[明]罗贯中:《水浒传》,人民文学出版社 1997 年版,第 303 页。

其欺压者更是比比皆是。如非武松身负武力，其兄之冤屈甚有可能就此泯灭。飞天蜈蚣王道人杀张太公家人，抢其女儿，霸占一方，而太公亲戚皆为庄农之人，无敢与其争论者，被途经此地的武松杀死，明传奇中的武松故事称为《义侠记》，与斗杀西门庆、飞天蜈蚣之类的仗义行为有一定关系。“踢杀羊”张保因见外乡人杨雄得赏赐，即带人围攻，欲行欺侮，而杨雄既有公门职务，又有武艺，尚且敢如此对待，可见对平常百姓的欺压了，小说中石秀挺身而出，突出了路见不平、拔刀相助的侠义情怀。曾头市强霸一方，先是抢去段景住宝马，后郁保四又夺去骏马二百余匹，衬托了梁山攻打曾头市的正义性。

梁山上有不少人物上山之前，实亦为当地恶霸。如揭阳三霸，李立霸住揭阳岭，穆春、穆弘霸住揭阳镇，张横、张顺霸住浔阳江，从山岭、平地到江湖，各霸一方，普通老百姓和过路之人哪里敢惹？只是小说叙事中揭阳三霸所做恶霸之事都是针对的宋江，且未造成实际伤害，是众人结交相识的引子，故令李立等人的恶行展现不多。李俊等征讨方腊时，在榆柳庄被占据一方的费保等人抓住，面临性命之忧，后说出姓名，双方结识，最后共同归隐。对于不同阵营恶霸行为的不同描述，隐含地表现出了作者的叙事态度。

（五）官吏为害一方的描写

1.官吏的恶霸行径

郑屠为映衬鲁达的次要人物，郑屠被杀后，金翠莲重获自由得以成为赵员外的外宅，鲁达逃亡江湖，而郑屠家自备棺木盛殓，邻舍之家则因有失救应被杖断，可见官司本身亦会对周围百姓造成一定伤害。充满反讽意味的是，拳打郑屠的鲁达打小二、夺酒喝、打僧人之类亦是一种恶霸行径。此时的鲁达虽为正面叙写的对象，但作为官吏所呈现出来的强横、霸道，表现得亦是淋漓尽致。

高衙内第一次调戏林冲娘子，虽被林冲制止，但表现出此类行为平时经常发生，其对百姓的伤害甚大，所谓高衙内“在东京倚势豪强，专一爱淫垢人家妻女。京师人惧怕他权势，谁敢与他争口，叫他做花花太岁”①。即便是身为官员且具有勇力的林冲遇到此事尚且难以抗拒，被高衙内等人一而再、再而三地施予侵害，直至身受陷害而被发配沧州，继而被逼上梁山，皆因衙内之类倚势欺人

① ［明］施耐庵、［明］罗贯中：《水浒传》，人民文学出版社 1997 年版，第 98 页。

者所致。其他百姓遭遇此类侵害，最大的概率只能是默默忍受、息事宁人了。

李逵出场时，在赌场、江边施蛮耍横，可知平时作为，而对琵琶亭上卖唱女子，更是蛮横：

> 李逵正待要卖弄胸中许多豪杰的事务，却被他唱起来一搅，三个且都听唱，打断了他话头。李逵怒从心上起，恶向胆边生，跳起身来，把两个指头去那女娘子额上一点，那女子大叫一声，蓦然倒地。①

歌女一家不敢经官，只愿大事化小，由宋江出银子化解，还要千恩万谢。此处展现了百姓在面对官吏和恶霸欺凌时的无助。

2.衙门之人的恶行

被官府借势暗害的事亦多见于《水浒传》中，像林冲被高俅诱骗入白虎节堂，发配途中先遭董超、薛霸欺压而烫伤双脚，在野猪林又险遭杀害。对于猛恶的野猪林，小说中描写为：

> 此是东京去沧州路上第一个险峻去处。宋时，这座林子内，但有些冤仇的，使用些钱与公人，带到这里，不知结果了多少好汉在此处。②

后文董超、薛霸在路上又再次烫伤卢俊义双脚，欲行暗害，终被燕青杀死。武松在押解途中，亦于飞云浦差点遭受侵害，寓示着百姓心理深处对此类公门之人的畏惧与愤恨。

入牢城的杀威棒，亦为受刑人面临的生死大难，如林冲入牢城营时，罪人所言：

> 此间管营、差拨十分害人，只是要诈人钱物。若有人情钱物送与他时，便觑的你好；若是无钱，将你撇在土牢里，求生不生，求死不死。若得了人情，入门便不打你一百杀威棒，只说有病把来寄下；若不得人情时，这一百

---

① ［明］施耐庵、［明］罗贯中：《水浒传》，人民文学出版社 1997 年版，第 490 页。

② ［明］施耐庵、［明］罗贯中：《水浒传》，人民文学出版社 1997 年版，第 114 页。

棒打得七死八活。①

而武松在牢城中，更有提及“盆吊”“土布袋压杀”者：

他到晚把两碗干黄仓米饭，和些臭鲞鱼来与你吃了，趁饱带你去土牢里去，把索子捆翻，着一床干藁荐把你卷了，塞住了你七窍，颠倒竖在壁边，不消半个更次，便结果了你性命。这个唤做盆吊。

再有一样，也是把你来捆了，却把一个布袋，盛一袋黄沙，将来压在你身上，也不消一个更次便是死的。这个唤土布袋压杀。②

小说中的林冲、武松因有“人情”而得免一难，其他无“人情”者的结局可想而知。孟州牢城里施恩手下之所以有那么多犯人乐意跟随，与此等非人刑罚亦有一定关系。施恩霸住快活林实亦是一种强占：

往常时，小弟一者倚仗随身本事，二者捉着营里有八九十个弃命囚徒，去那里开着一个酒肉店，都分与众店家和赌坊、兑坊里。但有过路妓女之人，到那里来时，先要来参见小弟，然后许他去趁食。那许多去处每朝每日都有闲钱，月终也有三二百两银子寻觅，如此赚钱。③

初时施恩靠手下囚徒之力霸住快活林，蒋忠靠武力和势力强占快活林，而施恩亦靠武松出力重新夺回快活林，后蒋忠又借张团练之势再度夺回。来回几次争夺，本质上并未有太大区别。小说中的回目即为“施恩重霸孟州道”，将“霸”字直接点明。张都监陷害武松偷窃财物，买通上下，定要结果武松性命；施恩亦靠用钱买通节级、孔目，刺配恩州牢城。押送公人与蒋门神徒弟在飞云浦欲图加害武松，反被武松所杀。武松又于鸳鸯楼杀害十五人，其中除张都监、张团练、蒋忠外，皆未有必死之罪，而武松只为了“心满意足”，此一情节亦成为《水

① [明]施耐庵、[明]罗贯中：《水浒传》，人民文学出版社1997年版，第125页。
② [明]施耐庵、[明]罗贯中：《水浒传》，人民文学出版社1997年版，第357页。
③ [明]施耐庵、[明]罗贯中：《水浒传》，人民文学出版社1997年版，第362页。

浒传》“血腥”“暴力”的一大证据。而之所以此“血腥”之举令读者多不视作武松之劣迹，跟蒋忠、张团练等的恶人得恶报有关。

宋江在江州牢城营，因有银子相送，杀威棒得免，而在没送银子给戴宗时，戴宗竟会当面索钱，足显吏员之无耻。卢俊义被梁中书暴打，昏晕三四次，不得不认罪屈招。入狱后，李固又使钱，欲使蔡庆、蔡福害死旧主，柴进等亦使钱令二蔡救下其命。《水浒传》一书里衙门中人的贪钱、无义表现得甚为普遍。

3.官员的强权叙写

《水浒传》中的官员除寥寥几人外，多有贪、恶的相关描写。如济州府尹欺压下属何涛，强行规定期限，并事先在何涛脸上刻字，官吏的凶狠于其言行可见一斑。府尹不听下属的陈述，而是斥责：

> 胡说！上不紧则下慢。我自进士出身，历任到这一郡诸侯，非同容易。今日东京太师府差一干办来到这里，领太师台旨，限十日内须要捕获各贼正身完备解京。若还违了限次，我非止罢官，必陷我投沙门岛走一遭。你是个缉捕使臣，倒不用心，以致祸及于我。先把你这厮迭配远恶军州雁飞不到去处！①

何涛作为晁盖等人的对立面，在小说中被割了耳朵，但其职责所在，从一定程度上反而比私放犯人的宋江、朱仝、雷横等更显尽职尽责。景阳冈虎患，知县着落当地里正和猎户捕捉，并以限令杖责猎户，致猎户亦折了七八个，夜深时仍需埋伏捕虎。沂岭虎患，亦是猎户吃限棒。登州城外多野兽，知府即“拘集猎户，当厅委了杖限文书，捉捕登州山上大虫。又仰山前山后里正之家也要捕虎文状，限外不行解官，痛责枷号不恕”②。毛太公与解珍、解宝争虎，固然是出于私占心思，亦是受官府杖限的直接影响。

刘高在其妻被清风山王英掳掠之后，先是毫无理由地怒打兵丁，后捉住宋江，虽不识底细，却强行诬作“郓城虎”张三而下狱。青州知府，书中则描述为“那知府复姓慕容，双名彦达，是今上徽宗天子慕容贵妃之兄，倚托妹子的势要，

---

① [明]施耐庵、[明]罗贯中：《水浒传》，人民文学出版社1997年版，第213页。

② [明]施耐庵、[明]罗贯中：《水浒传》，人民文学出版社1997年版，第628页。

在青州横行，残害良民，欺罔僚友，无所不为”①。后文即写到因怀疑秦明投敌，便轻易将其家小杀害，断绝了秦明回城之路。江州府尹蔡德章在小说中初次出场，即被描述为“为官贪滥，作事骄奢”②。黄文炳作为小吏，出场时被描述为“这人虽读经书，却是阿谀谄佞之徒，心地匾窄，只要嫉贤妒能。胜如己者害之，不如己者弄之，专在乡里害人”③。殷天锡作为官亲，倚势强占他人庄院，并气死柴皇城，柴进凭其丹书铁券无功，李逵只得以勇力杀死殷天锡。高廉后为给妻弟报仇，抄扎柴皇城家私，擒捉柴进下狱。华州贺太守为官贪滥，非理害民，将百姓王义刺配并强占其女儿。雷横听戏时，白玉乔固然话语不中听，但打人一举亦当为常态；而知县因与白秀英有旧，又当厅责打雷横并将其戴枷示众，对下属的欺压甚为明显。

与欺下相对应的，则是官吏对强势者的妥协与惧怕，如燕青等打擂后，官府听闻是梁山众人所为，不敢派兵追赶；李逵寿张县乔坐衙，闹学堂，吓得学生哭叫跑躲，官府亦不敢置问。但在梁山众人接受招安准备征辽时，朝廷官员赏劳三军却敢于暗行克减，徇私舞弊、贪滥无厌，酒扣一半，肉减六两，以致引起军校愤怒而杀贪官。宋江亦感无奈：

他是朝廷命官，我兀自惧他，你如何便把他来杀了？须是要连累我等众人。俺如今方始奉诏去破大辽，未曾见尺寸之功，倒做下这等的勾当，如之奈何？④

宋江等人为防朝廷加害，只得含泪刀斩小卒。全靠宿元景的斡旋，皇帝怒斥奸党，宋江所谓“禁治不严”之罪得以破辽之后量功理会，而贪官克减酒肉一事不了了之。

宋江作为小说的主角，叙其家里事先准备好忤逆文书和藏身的地窨子，由此而谈及为吏之难：

---

① ［明］施耐庵、［明］罗贯中：《水浒传》，人民文学出版社 1997 年版，第 421 页。
② ［明］施耐庵、［明］罗贯中：《水浒传》，人民文学出版社 1997 年版，第 474 页。
③ ［明］施耐庵、［明］罗贯中：《水浒传》，人民文学出版社 1997 年版，第 495 页。
④ ［明］施耐庵、［明］罗贯中：《水浒传》，人民文学出版社 1997 年版，第 1041 页。

原来故宋时为官容易,做吏最难。为甚的为官容易?皆因只是那时朝廷奸臣当道,谗佞专权,非亲不用,非财不取。为甚做吏最难?那时做押司的,但犯罪责,轻则刺配远恶军州,重则抄扎家产,结果了残生性命。以此预先安排下这般去处躲身。又恐连累父母,教爹娘告了忤逆,出了籍册,各户另居,官给执凭公文存照,不相来往,却做家私在屋里。宋时多有这般算的。①

为吏尚且不易,为民更难。《水浒传》中被"逼上梁山"者多为能力超乎常人者,普通百姓面对官员的侵凌,除了逆来顺受,别无他途。

《水浒传》中的灾害叙事相对分散,且人祸的描述远远多于天灾,具体灾害因引发的人不同,灾难的程度表述亦有不同,涉及对普通百姓所受伤害的描述多为草草带过,这与小说的虚构性质息息相关——作为长篇小说,人物已经很多,情节相对繁琐,实不宜再作过多的阐释与发挥。而具体灾害的描写,多与小说的主旨息息相关,体现出作者的取舍。

三、小说中的灾害叙事列表

百回本《水浒传》中的灾害叙事

灾害内容	出现位置	叙事结果
瘟疫	引首、第一回	张天师禳除
洪信遇虎	第一回	受到惊吓
洪信遇蛇	第一回	受到惊吓
放出罡煞	第一回	引起后文梁山众人扰乱天下
少华山陈达侵扰史家庄	第二回	史进与朱武等人结识
史进放火烧家	第三回	史进被官军包围,放火烧屋,无家可归,流落江湖
郑屠虚钱实契欺压金翠莲	第三回	鲁达三拳将其打死

① [明]施耐庵、[明]罗贯中:《水浒传》,人民文学出版社 1997 年版,第 274 页。

续表

灾害内容	出现位置	叙事结果
桃花山周通欲强占桃花庄刘太公女儿	第五回	鲁达暴打周通,其后又劫掠桃花山寨
崔道成、丘小乙强占瓦罐寺,赶走僧人,欺压路人	第六回	鲁达与史进将二人击毙
鲁达、史进火烧瓦罐寺	第六回	将尸体和其他痕迹一并烧掉
高衙内两次调戏林冲娘子	第七回	林冲赶到,及时制止
高俅陷害林冲入白虎堂	第七回、第八回	林冲幸免于难,被发配沧州
董超、薛霸在路上烫伤林冲双脚,在野猪林暗害林冲	第八回、第九回	被鲁智深及时救下
林冲入牢城营须遭杀威棒	第九回	柴进书信和银子,化解此难
大雪压倒草屋	第十回	林冲借此躲过一难
陆谦、富安、差拨火烧草料场以害林冲	第十回	草料场被烧,林冲虽杀三人,却被逼上梁山
王伦令林冲献上投名状	第十一回、第十二回	与杨志相斗一场,林冲落草
大风打翻运送花石纲的船	第十二回	杨志弃官避难
牛二街市欲强抢杨志宝刀	第十二回	杨志怒杀牛二,被发配大名府
西溪村闹鬼,迷人入水	第十四回	过路僧人教用青石凿塔镇西溪,将鬼赶至东溪村,晁盖夺塔放置东溪村
晁盖等智取生辰纲	第十六回	晁盖等取得不义之财,杨志落魄江湖
十字坡黑店欲伤鲁智深	第十七回	鲁智深一言带过,未曾受到伤害
何涛被济州府尹脸上刻字	第十七回	何涛终寻得蛛丝马迹,探知真相
晁盖放火烧庄	第十八回	晁盖等人落草梁山

续表

灾害内容	出现位置	叙事结果
公孙胜借风生火,大败官兵	第十九回	将官兵排头搠死
林冲火并王伦	第十九回	晁盖担任梁山首领
阮氏水战擒捉黄安	第二十回	晁盖等人在梁山暂得安稳,黄安后病死。
阎公患时疫而死	第二十一回	阎婆惜嫁为宋江外宅
宋江刀杀阎婆惜	第二十一回	宋江流落江湖
武松身患疟疾	第二十二回	被宋江无意中掀翻炭火,吃惊出汗而愈
景阳冈虎患,据酒家称伤了二三十条人命	第二十三回	武松打虎
西门庆与潘金莲私通	第二十五回	毒害武大郎
武松为复仇杀死潘金莲、西门庆	第二十六回	武松被发配孟州
孙二娘十字坡欲加害武松等人	第二十七回	被武松识破,反戏耍孙二娘
武松入牢城营须遭杀威棒,犯人言及盆吊、土布袋压杀等害人方法	第二十八回	施恩有求于武松,主动免除
蒋忠强占快活林,而此前施恩霸住快活林实亦是一种强占	第二十九回	靠武松出力重新夺回快活林
张都监用计陷害武松,押入死牢	第三十回	施恩多方斡旋,买通节级,救下武松之命,而得发配
押送公人与蒋门神徒弟于飞云浦欲图加害武松	第三十回	武松反杀公人与蒋忠徒弟
武松血溅鸳鸯楼,杀死十五人	第三十一回	武松逃脱
飞天蜈蚣王道人杀张太公家人,抢其女儿,霸占一方	第三十二回	王道人和道童被武松杀死
蜈蚣岭武松放火烧庵	第三十二回	武松救下妇人
武松抢夺酒肉,孔明、孔亮擒捉武松暴打	第三十二回	宋江及时出现救下武松
宋江途经清风山被劫持上山,差点被杀做醒酒汤	第三十二回	燕顺及时出现救下宋江
王英下山劫持刘高夫人	第三十二回	宋江救下

续表

灾害内容	出现位置	叙事结果
刘高将宋江当成郓城虎张三捉住	第三十三回	被花荣救下,后又被擒捉
黄信押送宋江、花荣,被清风山夺下	第三十四回	宋江、花荣上清风山
宋江派人假扮秦明杀人放火,伤害百姓不计其数	第三十四回	秦明无法归城
慕容知府怀疑秦明,将其家人杀害	第三十四回	秦明归附宋江
宋江等人入清风寨,杀害刘高一家老小,掠去所有家私	第三十五回	以报复刘高之仇
宋江等人准备去梁山,将清风山烧作光地	第三十五回	投奔梁山
宋江被发配江州途经梁山,众人欲杀公人	第三十六回	宋江制止,矢志不留梁山
宋江途经揭阳岭遇李立被药翻	第三十六回	李俊出现救下宋江
宋江因给薛永银子在揭阳镇被穆春兄弟追赶	第三十六回	上了张横的船
宋江在浔阳江被张横差点做成板刀面	第三十七回	被李俊救下
戴宗当面向宋江要钱	第三十八回	宋江亮明身份,二人结识
戴宗在梁山脚下被朱贵药翻	第三十九回	梁山诸人得知宋江被陷江州牢狱之事
梁山众人劫江州法场打翻土兵和百姓无数	第四十回	救下宋江、戴宗
宋江为报复黄文炳,杀其一门四五十口,放火烧屋	第四十一回	活割黄文炳
穆弘等人上梁山时,亦将自家庄院放火烧平	第四十一回	齐上梁山
欧鹏、蒋敬等上梁山之前,将黄门山寨栅烧毁	第四十一回	齐上梁山
宋江返家接父弟,捕役赵能等被李逵所杀	第四十二回	救下宋江
接宋太公上山,放火烧了庄院	第四十二回	宋太公上山
李鬼劫径	第四十三回	被李逵打伤,送银

续表

灾害内容	出现位置	叙事结果
李鬼与妻谋害李逵,被李逵杀死吃肉,且放火烧屋	第四十三回	草屋烧没
李逵母亲在沂岭被虎吃掉	第四十三回	李逵杀四虎
李逵被捉遇救后,杀死猎户、里正、土兵等三十余人	第四十三回	李云无奈上山
戴宗、杨林在饮马川遇邓飞劫掠	第四十四回	众人上梁山
踢杀羊张保欺侮杨雄	第四十四回	石秀仗义救下
裴如海与潘巧云私通被石秀发现,反诬石秀	第四十五回	石秀杀死报信头陀和裴如海
石秀与杨雄在翠屏山杀死潘巧云与丫鬟迎儿	第四十六回	二人准备上梁山
时迁偷鸡发生争执,石秀等火烧祝家店	第四十六回	时迁被祝家庄所擒
登州山上多豺狼虎豹	第四十九回	知府限杖捕捉
毛太公诬陷解珍、解宝入牢,又买通孔目王正欲行加害	第四十九回	被乐和得知,报信于顾大嫂
解珍等被救出后杀死毛太公全家,并放火烧庄院	第四十九回	众人齐上梁山
李逵打跑扈成,杀尽扈太公一门老幼,放火烧庄院	第五十回	扈三娘只得嫁与王矮虎
梁山众人打下祝家庄,顾大嫂将妇人尽杀,祝家满门及庄兵大量被杀,到处放火	第五十回	洗荡祝家庄
李应被骗上梁山,李家庄烧做白地	第五十回	李应上梁山
李逵斧劈小衙内	第五十一回	逼迫朱仝上梁山
殷天锡倚势强占庄院,并气死柴皇城	第五十二回	李逵杀殷天锡
高廉为妻弟报仇,抄掠柴皇城家私,擒捉柴进下狱	第五十二回	梁山众人救柴进
攻下高唐,将高廉一门老小三四十口处斩于市,家私并府库财帛粮米尽数装载上山	第五十四回	柴进、汤隆归梁山

续表

灾害内容	出现位置	叙事结果
华州贺太守为官贪滥，非理害民，将百姓王义刺配而强占其女儿	第五十八回	史进、鲁智深欲刺杀贺太守而被擒
梁山众人杀死贺太守，劫夺府库钱粮，杀死军校一百余人，西岳庙中又杀了许多人性命	第五十九回	少华山史进等归附梁山
段景住言称宝马被曾头市所劫	第六十回	晁盖等攻打曾头市
卢俊义被梁中书暴打认罪	第六十二回	卢俊义入狱
入狱后，李固又使钱，欲使蔡庆、蔡福害死旧主，柴进等亦使钱令二蔡救下其命	第六十二回	卢俊义得以不死
董超、薛霸在路上烫伤卢俊义双脚，欲行暗害	第六十二回	燕青救下卢俊义
石秀劫法场时，杀人似砍瓜，死者有七八十个	第六十二回	卢俊义暂得不死
宋江患痈疽	第六十五回	暂停攻打大名府
张顺渡江坐船，被张旺等捆缚推下江心	第六十五回	结识王定六
张顺杀四人，一为复仇，一为逼安道全上梁山	第六十五回	安道全不得不上梁山
时迁火烧翠云楼，张青、孙二娘等各处放火	第六十六回	攻下大名府
应有金银运往梁山，城中伤损将及一半。后文言民间死者五千余人，军马折却三万多	第六十六回	救出卢俊义
卢俊义将李固二人割腹剜心，凌迟处死	第六十七回	卢俊义复仇
曾头市郁保四劫夺骏马二百余匹	第六十八回	宋江再攻曾头市
攻下东平府，宋江急传将令不许杀害百姓、放火烧人房屋。而程太守、李瑞兰全家则被杀，钱粮运回梁山	第六十九回	宋江当上寨主
柴进见四人姓名，而自认为“四大寇”	第七十二回	用暗器刻下“山东宋江”四字

续表

灾害内容	出现位置	叙事结果
李逵火烧李师师院子，众人大闹东京灯会，城中被伤人数四五百人，推倒跌损者不计其数	第七十二、三回	引出朝廷派兵剿捕梁山
李逵四柳村乔捉鬼，将庄户家有情二人砍作肉泥，太公、太婆烦恼啼哭，尚且要其款待致谢	第七十三回	引出双献头情节
刘太公女儿被牛头山王江假扮宋江夺走，只敢独自烦恼	第七十三回	李逵与宋江赌头
李逵与燕青救下刘太公女儿后，将牛头山草房放火烧毁，金银三五千两带上梁山	第七十三回	救出刘太公女儿，杀死假扮宋江的王江等人
燕青与任原打擂，李逵等大闹擂台	第七十四回	官兵知是梁山众人，不敢追赶
两赢童贯，官兵损兵折将数万人	第七十七回	引起后文高俅的征讨
三败高俅，水战、火战损伤无数	第七十八至八十回	表现梁山武力之盛，引起招安情节
高俅为建大船，催收百姓物料，百姓亡者甚多，万民嗟怨	第八十回	修造建船厂
时迁等人于船厂放火，官兵与民夫工匠死亡无数	第八十回	扰乱船厂秩序
张顺、李俊等凿沉大船，淹死官兵无数	第八十回	大败官军，擒捉高俅上山
朝廷官员克减酒肉，小卒怒而杀贪官	第八十三回	宋江等无奈而斩小卒
攻打蓟州时，安道全言及炎天军士多病	第八十四回	购买药饵和支暑药，并准备专门喂马的药
时迁、石秀等蓟州城内放火，百姓鼎沸，四处逃生	第八十四回	梁山众人攻下蓟州
战阵之上水、火、雾齐发	第八十七回	兀颜小将军被擒
梁山众人将陈将士一家老幼尽皆杀害	第九十一回	梁山众人假扮过江
穆弘等在润州城里放火	第九十一回	打下润州

续表

灾害内容	出现位置	叙事结果
常州百姓助战,早竖宋先锋旗号	第九十二回	攻下常州
榆柳庄费保等人占据一方,抓住李俊等人	第九十三回	与李俊结识,后同归隐
解珍等遇到富阳县袁评事解粮船,称被方腊科敛粮草	第九十五回	吴用借此夺城
攻入帮源洞时,燕青先抢两担金珠细软,后与柴进放火烧宫,众军杀尽嫔妃彩女、亲军侍御、皇亲国戚等,言斩杀方腊蛮兵二万余	第九十九回	剿灭方腊

百二十回本征田虎、王庆故事中的灾害叙事

灾害内容	出现位置	叙事结果
借送信兵之口言田虎侵州夺县,百姓日夜惊恐,四散逃窜	第九十一回	引起宋江等人征田虎
攻城之后李逵只顾砍杀,卢俊义叫其不要杀害百姓,方肯住手	第九十一回	攻下城池
将高平军士杀死大半,张礼老小尽行诛戮,百姓号哭,出榜安民	第九十一回	卢俊义攻下两城
攻盖州时,时迁等放火,秦明等入城,尸横市井,血满街衢	第九十二回	攻下盖州
李逵梦中见人抢亲,执斧砍得尸横满地	第九十三回	梦中救下百姓家女儿
乔道清以冰雹、三昧神水等法术与宋军大战	第九十五回	公孙胜出场破其法术
田虎作乱,四处剽掠。琼英父母被杀,叶清及琼英等被掳,后琼英被邬梨收养	第九十八回	述出琼英生平
李俊等乘大雨引水灌太原,城中军民大多做了鱼鳖	第一百回	攻下太原
攻下威胜城,王宫内嫔妃、姬妾、内侍等杀死无数,血满沟渠	第一百回	打败田虎
罗戬言称王庆掳掠淫杀,惨毒异常	第一百一回	引出宋江等平王庆

续表

灾害内容	出现位置	叙事结果
凭借贿赂蔡京、童贯而得官征王庆者,恣意克剥军粮,杀良冒功,纵兵掳掠,骚扰地方,反将赤子迫逼从贼	第一百五回	王庆势大
寇威惯用妖火烧人	第一百八回	铺垫

第三节 《西游记》中的灾害叙事

《西游记》起首诗有“欲知造化会元功,须看《西游释厄传》”之句,相应的《李卓吾先生批评西游记》评点为:“释厄二字,着眼。不能释厄,不如不读《西游》。”①《西游证道书》的回前评更是有大段议论:

> 开口说个《西游释厄传》,厄者何?即后之种种魔难是。释厄者何?即后之脱壳成真是。明明自诠自解,无烦注脚,但人知为《释厄传》,而不知为《证道书》。证道而不能释厄,所证何道?释厄而不能证道,又何贵乎释厄也?要知释厄即是证道,证道即是释厄,原是一部《西游》,莫作两部看。②

由此可知,《西游记》原有“释厄传”之名,小说中所言“厄”,虽有多种佛家、道家的不同阐释,但释厄至少含有消除灾难、灾害而走出困境之意。小说中唐僧师徒历经所谓的八十一难,终至西天取回真经,其中大部分“难”虽针对取经四众,但亦多有涉及百姓所受灾害的叙写,下文即通过对小说相应灾害起因、影

① [明]吴承恩著,[明]李卓吾、[明]黄周星等评:《西游记》,山东文艺出版社 2007 年版,第 2 页。

② [明]吴承恩著,[明]李卓吾、[明]黄周星等评:《西游记》,山东文艺出版社 2007 年版,第 2 页。

响的梳理，能够令我们更好地理解小说“释厄”之意。

一、天命之降灾沴祸

《西游记》第二回孙悟空学艺时，菩提祖师谈及“三灾利害”，即天降雷、火、风，描述得异常厉害。此三灾由天而降，旨在阻碍或者说考验修道者的长生，孙悟空听闻之后亦感悚然，生出反抗之心，故矢志学习七十二变以抗天灾。在小说叙事中，孙悟空之所以能够大闹龙宫、地府、天宫及协助唐僧取经成功，实由学会七十二般地煞变化而始，学艺的初心又是由对抗引起寿夭、降下三灾的“天命”而发。如太白金星下界“招安”孙悟空时，称“若受天命，后再升赏；若违天命，就此擒拿”①，是否顺乎“天命”，将直接影响灾厄的降临与否。此种“天命降灾”的说法在小说中多次出现，可以说是小说情节发展的重要源动力。尤为明显的是唐僧众人已经取经成功，观音计算他们所遭灾难的数量时，硬要人为添加一难，以凑“八十一难”，令经书不全，此举未免有画蛇添足之嫌，但对于所谓“天命”的人为性而言，则是一种特殊的反讽形式。

（一）寿夭的天命所定

民间传说中，人的寿夭祸福皆由上天注定，像龙王决定旱涝，阎王决定生死，并记录在生死簿上难以改易，死后又会入地府受阎王、判官的管辖，人们难免对龙王、地府等充满敬畏，平时多以祈祷、祭祀等方式寻求庇护。小说第三回中孙悟空强取龙宫金箍棒和盔甲，又大闹冥府，勾销生死簿，令天庭闻知，引起后文大闹天宫之事。

《西游记》借孙悟空一笔勾销生死簿而众阎罗王无有敢言者的描述，隐讳地表达了百姓对地府、对天命的反抗之意，尤其是孙悟空那句：“了帐！了帐！今番不伏你管了！”②还有那一路舞棒打出幽冥界的举动，更是令读者心生快意。“自此，山猴多有不老者，以阴司无名故也”③，这恐怕也是不少读者内心深处的向往之事。

---

① ［明］吴承恩：《西游记》，人民文学出版社 2020 年版，第 38 页。
② ［明］吴承恩：《西游记》，人民文学出版社 2020 年版，第 36 页。
③ ［明］吴承恩：《西游记》，人民文学出版社 2020 年版，第 36 页。

第十回唐太宗入地府，因携带魏徵书信私托崔判官，得以擅改生死簿，将寿命延长二十年，此段情节旨在引起太宗复生后做水陆大会继而唐僧取经之事，但十八层地狱之酷烈、生命之无常、仇怨之难解，还有所谓的“六道轮回：行善的，升化仙道；尽忠的，超生贵道；行孝的，再生福道；公平的，还生人道；积德的，转生富道；恶毒的，沉沦鬼道”①，地府多般描写穿插在叙事之中，透露出作者所处时代天命观的巨大影响。

小说中还有陈光蕊尸身不坏、魂灵复还，刘全与金翠莲死而复生等情节，地府在小说中是魂灵的归附，亡者还有返回阳间的可能。乌鸡国王被困井中三年，得悟空求得太上老君九转还魂丹，亦得复生。“天命”可由人情而改，生死可由福报而变，无形中亦投射了百姓的某种心理寄托。

除寿夭外，小说中谈及病患，亦为“天命”所定。如朱紫国国王因王后被观音座下金毛犼所掳，国王受惊吓而患病三年，起因由观音说明：

> 当时朱紫国先王在位之时，这个王还做东宫太子，未曾登基。他年幼间，极好射猎。他率领人马，纵放鹰犬，正来到落凤坡前，有西方佛母孔雀大明王菩萨所生二子，乃雌雄两个雀雏，停翅在山坡之下，被此王弓开处，射伤了雄孔雀，那雌孔雀也带箭归西。佛母忏悔以后，分付教他拆凤三年，身耽啾疾。那时节，我跨着这犼，同听此言。不期这孽畜留心，故来骗了皇后，与王消灾。至今三年，冤愆满足，幸你来救治王患。我特来收妖邪也。②

本欲消灾，反致“降灾”，金毛犼虽未染指王后，但害死宫女数人之罪在小说中亦未见任何惩罚。唐僧西行途中生病，原因只是前世时“不曾听佛讲法，打了一个盹，往下一失，左脚下躧了一粒米”③，便有三日之病，虽有悯农与惜食之意，但天降惩罚意味较浓。小说中涉及寿夭病患虽多由“天命”而定，但最终结果又往往反“天命”而行，《西游记》的反抗精神亦由此而得以体现。

---

① ［明］吴承恩：《西游记》，人民文学出版社 2020 年版，第 129 页。

② ［明］吴承恩：《西游记》，人民文学出版社 2020 年版，第 864 页。

③ ［明］吴承恩：《西游记》，人民文学出版社 2020 年版，第 979 页。

(二)奉祀之祛灾泯祸

金平府三只犀牛精假托佛祖,护佑一方风调雨顺,是要百姓每年元宵上贡香油,价值颇大:

> 这油每一两值价银二两,每一斤值三十二两银子。三盏灯,每缸有五百斤,三缸共一千五百斤,共该银四万八千两。还有杂项缴缠使用,将有五万余两,只点得三夜。①

对此,百姓心中虽不满,但供献不敢断绝,只因"人俱说是佛祖收了灯,自然五谷丰登,若有一年不干,却就年成荒旱,风雨不调"。三只犀牛精被诛杀之后,四只角进贡玉帝,一只角留在府堂镇库,一只角献灵山佛祖,如此分配,可见对仙佛的重视和妖的漠视,亦可见玉帝、仙佛也需供奉方可得其护佑的观念,对于同样需要供奉的仙佛有一定反讽之意。

小西天驼罗庄妖精作祟,将牛马、鸡鸭、男女夹活而吞,时常作怪,百姓毫无办法。悟空提出可以降妖,又不要金银财物,百姓则言:

> 既如此说,都是受戒的高僧。既不要钱,岂有空劳之理!我等各家俱以鱼田为活。若果降了妖孽,净了地方,我等每家送你两亩良田,共凑一千亩,坐落一处,你师徒们在上起盖寺院,打坐参禅,强似方上云游。②

虽是百姓朴素的报恩心理,但亦透露出俗世中僧道多索谢仪的常态。

有趣的是小说中将仙佛索要供奉直接以科诨的形式表现了出来。阿傩、迦叶跟唐僧等索要人事不得,给付无字之经,后如来进行解释:

> 他两个问你要人事之情,我已知矣。但只是经不可轻传,亦不可以空取。向时众比丘圣僧下山,曾将此经在舍卫国赵长者家与他诵了一遍,保他家生者安全,亡者超脱,只讨得他三斗三升麦粒黄金回来,我还说他们忒

---

① [明]吴承恩:《西游记》,人民文学出版社2020年版,第1097页。

② [明]吴承恩:《西游记》,人民文学出版社2020年版,第812页。

卖贱了,教后代儿孙没钱使用。你如今空手来取,是以传了白本。白本者,乃无字真经,倒也是好的。因你那东土众生,愚迷不悟,只可以此传之耳。①

此段解释,可有几层意思:一是索要人事是如来默许的,并非阿傩等私要;二是经不可轻传,即便诵读一遍价值亦远高于黄金三斗三升;三是无字真经亦是好的,但东土之人不识其佳,只得给予有字之经。只是在后文,唐僧将唐王所赐紫金钵盂奉为人事,阿傩接了之后,则是:

被那些管珍楼的力士,管香积的庖丁,看阁的尊者,你抹他脸,我扑他背,弹指的,扭唇的,一个个笑道:"不羞!不羞!须索取经的人事!"须臾,把脸皮都羞皱了,只是拿着钵盂不放。②

此种插诨打科,与如来正儿八经的解释形成强烈对比,不禁令人发笑,但亦体现出了某种对"天命"的调侃和反抗。

二、灾害叙事中对妖和人的不同态度

(一)不同出身之妖的不同结局

《西游记》中营造的仙佛世界中妖的地位异常尴尬,不但地位低下,甚至多成为仙佛某种目的的牺牲品。像孙悟空出世时被视作"妖猴",即便学得一身本领,在天宫之上仅可充当为玉帝养马的弼马温。后孙悟空大闹天宫,引得天兵下界,虽多次获胜,但先被擒去花果山上的虎、豹、狮、象之属,又被擒去妖猴二三千,自身又受雷击、火烧等刑,继而被压在五行山下,可谓灾祸不断。孙悟空被唐僧救出,因三打白骨精重被逐回花果山,只见"那山上花草俱无,烟霞尽绝,峰岩倒塌,林树焦枯"③,复叙此山是被二郎神率梅山七弟兄放火所焚,四万七千妖猴只剩千余,可谓凄惨,此等遭遇与"妖"的身份息息相关。只是孙悟空几

① [明]吴承恩:《西游记》,人民文学出版社 2020 年版,第 1182 页。
② [明]吴承恩:《西游记》,人民文学出版社 2020 年版,第 1182 页。
③ [明]吴承恩:《西游记》,人民文学出版社 2020 年版,第 337 页。

人在西行途中，擒妖捉怪，亦难免有杀小妖、烧洞穴之举。亲自下手降服悟空的如来所发慈悲心，是令土地和五方揭谛在旁监押，“但他饥时，与他铁丸子吃；渴时，与他溶化的铜汁饮”，口能言而身不能动，度日如年，此等慈悲，与古希腊神话中因盗火帮助人间的普罗米修斯不断接受烈日焚晒、冰霜欺凌、鹰啄心肝的惩罚有何异处？都展露了所谓“天罚”的残酷罢了。像沙僧，只因失手打碎了琉璃盏，即被打八百，且由卷帘大将贬至下界，每七日还要承受一次飞剑穿胸百余下之苦；猪八戒因带酒戏弄嫦娥，被打二千锤，由天蓬元帅贬下凡世，投胎为猪；小白龙因纵火烧了明珠，被父告忤逆，玉帝将之吊打三百，不日遭诛。师兄弟数人，皆受“上天”之罚，可谓难兄难弟。只是他们大多曾有伤生吃人之举，甚至沙僧所食之人中还有九个是取经人，小说叙事旨在体现皈依佛门前后诸人的差异，但无形中亦显露出所谓的“仙人”对妖乃至普通人生命的漠视。

盘丝洞蜘蛛精强占了天上七仙姑洗浴用的濯垢泉，擒捉唐僧，不单诸多干儿子被打杀，自身亦终难保性命。连环洞中豹子精用计擒捉唐僧，结果不但自己身死，洞中小妖八戒欲行打杀，悟空则言：“打又费工夫了，不若寻些柴，教他断根罢！”①全洞妖怪皆被活活烧死。

玉华州豹头山黄狮精盗去孙悟空几人兵器，欲开钉钯会，尚用银子购买牛羊，可见对百姓伤害较少，而悟空等将其洞中小妖尽皆打死，后九头狮子被太乙天尊收伏，其他狮怪亦被剿灭，甚至将肉散发给军民压惊，百姓的反应则是“无不瞻仰”②。

与出身下层“妖”的悲惨遭遇相比，某些仙佛或天宫之神临凡为妖时，虽有过错，却多被轻易谅解。如通天河畔的灵感大王，本为观音莲花池里养大的金鱼，每日听经修炼成精，虽身为妖却是神仙豢养的妖，走到凡间每年要吃童男童女和各类猪羊牲醴供献，方才保百姓风调雨顺，否则就要降祸生灾。因擒捉唐僧被观音收伏，未言对其有何惩罚，仅仅是带回去而已。孙悟空等人在找寻师父时，发现水府中水怪鱼精尽皆死烂，或者由观音所念咒语“死的去、活的住”所致。

独角兕将唐僧众人擒去，依仗宝物金刚琢肆意妄为，孙悟空多方求助，发现

---

① ［明］吴承恩：《西游记》，人民文学出版社 2020 年版，第 1047 页。

② ［明］吴承恩：《西游记》，人民文学出版社 2020 年版，第 1091 页。

此怪原来是太上老君座下青牛。太上老君收伏青牛而去，洞中的小妖则沦为炮灰，被剿灭一净。

金角、银角大王本为太上老君的看炉童子，为观音所借，下界为妖，用来试探唐僧等人是否真心西行。在《西游记》文本中二者虽未有杀戮，但众小妖及狐妖等皆被悟空等杀死，起因即是二者贪图吃唐僧肉以获长生，但二者最终未受任何惩罚，只是重回天庭罢了。

陷空洞鼠精起初因偷食如来的香花宝烛而被追捕，托塔天王当时饶其性命，后拜为义父女并供设牌位祭祀托塔天王。鼠精强逼唐僧成就婚姻，其间小说中叙及曾杀六位僧人，结局亦只是被擒回天宫，听候发落，小说叙事就此而止，并未交代有何种"发落"。

弥勒佛座下黄眉童子假扮如来戏弄悟空，擒去唐僧等人，又打败、擒捉多方仙道，亦只是被弥勒收伏，重回极乐世界，未见惩罚。只是聚拢起来的小妖们则下场悲惨：

> 那些小妖，已知得老妖被擒，各自收拾囊底，都要逃生四散。被行者见一个，打一个；见两个，打两个；把五七百个小妖，尽皆打死。各现原身，都是些山精树怪，兽孽禽魔。①

山洞亦被放火烧成灰烬。

大鹏、狮、象与如来、文殊、普贤关系密切，或有姻亲，或为坐骑，之所以狮驼城中皆为小妖占据，毫无人气，正像如来所言："山中方七日，世上已千年。不知在那厢伤了多少生灵！"而三者只因擒捉唐僧师徒，方被收伏，但未受任何惩罚，大鹏更是皈依如来，得到"无数众生瞻仰，凡做好事，我教他先祭汝口"②的承诺。

《西游记》中接受仙佛驯化的妖，是可以向仙佛转化的。像如来赐观音三箍，令其用于本领高强的妖魔，给取经人做徒弟，称"他若不伏使唤，可将此箍儿与他戴在头上，自然见肉生根。各依所用的咒语念一念，眼胀头痛，脑门皆裂，

---

① ［明］吴承恩：《西游记》，人民文学出版社 2020 年版，第 807 页。

② ［明］吴承恩：《西游记》，人民文学出版社 2020 年版，第 942 页。

管教他人我门来”①。只是后文中三箍用于悟空、黑熊精、红孩儿身上，除悟空为取经人徒弟，另二人皆成了观音的门人，三者皆得成为仙佛一流。《西游记》中被仙佛豢养或者本身即为仙佛身边之人下凡为妖者，在小说中与出身底层之妖所受待遇明显不同，无形中体现出了一定的等级观念。

（二）对人的态度

西游路上，面对孙悟空杀妖，唐僧往往没有太多悲悯情怀的表达，而针对杀人，唐僧则多以念紧箍咒甚至逐走悟空进行惩罚。如唐僧众人遇到三十多强盗劫路，悟空打死二人，八戒冷嘲热讽，唐僧怀嗔，令悟空祷告，悟空则言：

> 尽你到那里去告，我老孙实是不怕：玉帝认得我，天王随得我；二十八宿惧我，九曜星官怕我；府县城隍跪我，东岳天齐怖我；十代阎君曾与我为仆从，五路猖神曾与我当后生；不论三界五司，十方诸宰，都与我情深面熟，随你那里去告！②

悟空的不睦、不忿之情显露得淋漓尽致，正因在悟空看来，杀妖与杀人没有本质区别，而唐僧眼中则是人命贵于妖命。师徒四人由此而面是背非，继而因强盗再次追杀众人，悟空打死多人，唐僧频念紧箍咒，且逐走悟空。悟空去观音处寻求支持，观音则直言：

> 唐三藏奉旨投西，一心要秉善为僧，决不轻伤性命。似你有无量神通，何苦打死许多草寇！草寇虽是不良，到底是个人身，不该打死。比那妖禽怪兽、鬼魅精魔不同。那个打死，是你的功绩；这人身打死，还是你的不仁。但祛退散，自然救了你师父。据我公论，还是你的不善。③

以观音看来，杀妖是功绩，杀人则是不仁，体现出仙佛对人与妖态度是不同的。小说中唐僧前后数次驱逐悟空，皆由打杀人命而引起：首次因打杀六贼；继

① [明]吴承恩：《西游记》，人民文学出版社2020年版，第87页。
② [明]吴承恩：《西游记》，人民文学出版社2020年版，第688页。
③ [明]吴承恩：《西游记》，人民文学出版社2020年版，第695页。

而因打杀白骨精所变路人;再者因打杀强盗多人,心生龃龉。几次逐出,从叙事角度而言难免有重复之嫌,但第一次逐出引出紧箍咒,第二次逐出引出黄袍怪,第三次逐出引出真假猴王,亦体现了小说结构的灵活性。

仙佛包括唐僧等对普通妖怪性命的漠视,主要原因或许是小说中的妖怪多以食人为生。像琵琶洞里蝎子精端出两盘点心,其中一盘即是人肉馅的荤馍馍;盘丝洞蜘蛛精端出斋物,是"人油炒炼,人肉煎熬,熬得黑糊充作面筋样子,剜的人脑煎作豆腐块片"①。

小说中对待人则相对宽松。如琵琶洞里蝎子精被昴日星官处死之后,猪八戒又将其尸体捣作烂酱,洞中的大小丫鬟、仆人因是西梁国之人而被救出,洞穴则一把火烧尽。

再者小说中亦透露出一种人身高于妖身的理念。像通天河老鼋,修炼一千三百余年,尚不得修成人身,对此念念不忘,专门拜托唐僧等人向如来询问此事。后因唐僧见如来时遗忘此事,取经返程中仍重遭一难,无形中亦体现出小说作者对人与妖态度的不同。这也是佛家"六道轮回"观念的一种外显,即以人身为贵,以妖(畜生)为贱,以人身为善,以妖(畜生)为恶。

三、旱灾的引发与救治

《西游记》中多有旱灾,像乌鸡国、车迟国、凤仙郡等,而解除灾害的常用方法便是"求雨",即以各种方式求玉帝派龙王降雨。但求雨往往由专门人士借助于专门方法才可实现。如在车迟国,提到必须是五雷法真传才能将求雨的愿望传达到玉帝耳中,再由玉帝下旨到九天应元府,再到龙王那里,点齐风雨雷电,才可以下雨。焚香、五雷法也不是能够直接上达帝听的,是先传到披香殿,像凤仙郡的米山面山就是设在披香殿,算是一个降雨的专门管理部门。

小说中各处旱情的引发大多是人为因素占主导。像乌鸡国王之所以被全真推到井中,起因即是国内大旱,寸草不生,"国中仓廪空虚,钱粮尽绝。文武两班停俸禄,寡人膳食亦无荤。仿效禹王治水,与万民同受甘苦,沐浴斋戒,昼夜

① [明]吴承恩:《西游记》,人民文学出版社2020年版,第871页。

焚香祈祷。如此三年,只干得河枯井涸”①。国王减膳,大臣停禄,亦行祈祷,但未起任何效果,只得凭借能呼风唤雨的全真相助,方得降雨。小说后文中述明此道人本为文殊菩萨座下青毛狮子,并非为了降雨而好意临凡,而是替主人降罚国王,借菩萨之口述明其因:

> 当初这乌鸡国王,好善斋僧,佛差我来度他归西,早证金身罗汉。因是不可原身相见,变做一种凡僧,问他化些斋供。被吾几句言语相难,他不识我是个好人,把我一条绳捆了,送在那御水河中,浸了我三天三夜。多亏六甲金身救我归西,奏与如来,如来将此怪令到此处推他下井,浸他三年,以报吾三日水灾之恨。一饮一啄,莫非前定。②

以菩萨三日受难而令凡人受三年之苦,不免令人怀疑所谓“天意”的公正与否了。与此相对应的还有凤仙郡旱灾一事。小说中凤仙郡旱情异常严重,直接表现于榜文之中:

> 郡土宽弘,军民殷实,连年亢旱,累岁干荒。民田菑而军地薄,河道浅而沟浍空。井中无水,泉底无津。富民聊以全生,穷军难以活命。斗粟百金之价,束薪五两之资。十岁女易米三升,五岁男随人带去。城中惧法,典衣当物以存身;乡下欺公,打劫吃人而顾命。③

百姓们不得不典衣当物,卖儿鬻女,皆由旱情而发。此等旱情的引发,后由玉帝讲明缘由:

> 那厮三年前十二月二十五日,朕出师监观万天,浮游三界,驾至他方,见那上官正不仁,将斋天素供,推倒喂狗,口出秽言,造有冒犯之罪。朕即

① [明]吴承恩:《西游记》,人民文学出版社2020年版,第449页。
② [明]吴承恩:《西游记》,人民文学出版社2020年版,第485页。
③ [明]吴承恩:《西游记》,人民文学出版社2020年版,第1051页。

立以三事，在于披香殿内。①

以拳大之鸡食十丈高米山，以哈巴狗食二十丈高面山，以灯焰灼一尺三四寸长金锁，米、面尽而金锁断，方可下雨。郡侯诚心皈依，引罪自责，善念达天，一时之间就得甘霖。此种叙述彰显了“天命”观的巨大影响，只是由仙佛一时受辱而令百姓数年受灾，作品中隐含的反讽态度亦得以凸显，表现了对仙佛的某种不满。

另车迟国之所以崇道贬佛，亦是由于二十年前发生的旱情：

> 民遭亢旱，天无点雨，地绝谷苗。不论君臣黎庶，大小人家，家家沐浴焚香，户户拜天求雨。正都在倒悬捱命之处，忽然天降下三个仙长来，俯救生灵……因当年求雨之时，僧人在一边拜佛，道士在一边告斗，都请朝廷的粮偿；谁知那和尚不中用，空念空经，不能济事。后来我师父一到，唤雨呼风，拔济了万民涂炭。却才恼了朝廷，说那和尚无用，拆了他的山门，毁了他的佛像，追了他的度牒，不放他回乡，御赐与我们家做活，就当小厮一般。②

求雨是否成功固然会影响佛道在百姓心中的地位，但达到“灭佛”的效果，则是因“他会炼砂干汞，打坐存神，点水为油，点石成金。如今兴盖三清观宇，对天地昼夜看经忏悔，祈君王万年不老”③，由此而打动君心，导致一国之内的崇道贬佛，二千多和尚只剩五百。后文中亦言车迟国国王异常昏乱，东说向东，西说向西，没有主见，容易受他人的蛊惑和影响。祈雨之时，南天门邓天君称之所以会按虎力大仙的旨意而降雨，是因为：“那道士五雷法是个真的。他发了文书，烧了文檄，惊动玉帝，玉帝掷下旨意，径至‘九天应元雷声普化天尊’府下。我等奉旨前来，助雷电下雨。”④只是孙悟空一露面，风婆、云童、雾子、雷公、电

① ［明］吴承恩：《西游记》，人民文学出版社 2020 年版，第 1054 页。
② ［明］吴承恩：《西游记》，人民文学出版社 2020 年版，第 540—541 页。
③ ［明］吴承恩：《西游记》，人民文学出版社 2020 年版，第 543 页。
④ ［明］吴承恩：《西游记》，人民文学出版社 2020 年版，第 558 页。

母诸神及四海龙王又均暂停了职事，等孙悟空下令再重启降雨，且所谓的时辰、点数、地点都很随机。

至凤仙郡时，孙悟空念动咒语招得东海龙王前来，令其下雨纾解旱情，龙王则言：

> 我虽能行雨，乃上天遣用之辈。上天不差，岂敢擅自来此行雨……一则未奉上天御旨，二则未曾带得行雨神将，怎么动得雨部？大圣既有拔济之心，容小龙回海点兵，烦大圣到天宫奏准，请一道降雨的圣旨，请水官放出龙来，我却好照旨意数目下雨。①

《西游记》小说中多次写到降雨，而其叙事中亦存在着一定的悖论，如果降雨由天意而行，虎力大仙符合流程要求，那众神应该全力配合才是，为何要以孙悟空的赌斗为念呢？如果降雨流程可改，小说前文中泾河龙王被斩就没有立得住的理由了。作为行雨的实施者，泾河龙王因与袁守诚赌气，故意在行雨时差误了一个时辰，克扣了三寸八点雨水，可算是小过，但意气之争导致的是遭受天诛之祸。此段故事虽是为了引起太宗入地府继而派唐僧取经一事，但间接表现了不遵天命而私改降雨流程的后果，即须接受严苛的"天罚"。泾河龙王第九子鼍龙因父母双亡而作乱，强占黑水河，擒去唐僧，又遭囚禁的灾祸。

至朱紫国国王吃药欲用"无根水"作引子时，孙悟空念声咒语而龙王即至，乖乖听其号令以喷嚏、津液而下，将近一个时辰，合计三盏之水，亦算是无旨而降雨了，却未受任何"天罚"，据此而言，孙悟空是位居于"天意"之上了！此一现象，更好地说明了小说叙事是为了情节和人物塑造服务的，而非宣扬宗教理念而作。

虎力三妖与孙悟空赌斗砍头、剖腹、油炸而亡，车迟国国王整天痛哭，只待孙悟空指出：

> 他本是成精的山兽，同心到此害你。因见气数还旺，不敢下手。若再过二年，你气数衰败，他就害了你性命，把你江山一股儿尽属他了。幸我等

① ［明］吴承恩：《西游记》，人民文学出版社2020年版，第1053页。

早来，除妖邪救了你命。[1]

至此涉及个人生命的地步，国王方才醒悟，而小说中的建议是“也敬僧，也敬道，也养育人才”，即儒、释、道同重，才得“江山永固”[2]。

四、自然环境

唐僧师徒西游途中历经千难万阻，其中除了“妖”的因素之外，亦记载了数处自然环境所造成的灾害。对于自然环境灾害的产生和消除，小说多与人为因素联系起来。

《西游记》中由于自然环境造成灾害比较明显的首先是火焰山。火焰山终年大火，有八百里火焰，不但阻碍交通，百姓亦难以存活。小说中述及在火焰山地面虽生活艰难，但百姓亦可勉强为生，只是需要借用牛魔王妻子罗刹女的芭蕉扇。百姓为谋生计，只得敬尊罗刹女为铁扇仙，每隔十年，以“四猪四羊，花红表里，异香时果，鸡鹅美酒，沐浴虔诚，拜到那仙山”[3]，恭请用扇暂息火焰，方得布种收割，才得五谷养生。而据小说所示，罗刹女明明知道只要连扇四十九扇便可火焰永不复发，却从来未曾如此作为，可见其凭物而自贵的心态。此山恶劣环境的来历，小说中称是孙悟空大闹天宫时踢倒太上老君炼丹炉所致，其后又借孙悟空之手扇灭火焰，“天意”更为明显。

人若饮西梁女国子母河水便会怀胎，此种河水或许对女国之人而言算不上灾害，但对过路无知之人而言，恐怕不会有生子之喜，反而有性命之忧。如《西游记》中唐僧和猪八戒误饮河水而怀胎，急需落胎泉水以解危难。只是此泉水被牛魔王兄弟如意真仙霸占，凡欲求泉水的，必须要准备好花红表礼、羊酒果盘等物，恭恭敬敬拜求，方可得到。此种描写与凭芭蕉扇而索要百姓礼供甚为相似，体现了对自然灾害背后人为因素的关注。

其他像流沙河、黑水河、通天河等，皆为自然环境所致，其河甚宽难渡，且多

---

① ［明］吴承恩：《西游记》，人民文学出版社 2020 年版，第 575 页。
② ［明］吴承恩：《西游记》，人民文学出版社 2020 年版，第 576 页。
③ ［明］吴承恩：《西游记》，人民文学出版社 2020 年版，第 717 页。

有鹅毛飘不起、芦花定沉底的异状。只是唐僧四人西行途中为河所阻,多有相应妖怪的阻挠,像沙和尚、鼍龙妖、金鱼精等。对于周边百姓和过路行人来说,与其说是自然环境恶劣难熬,毋宁说是霸据一方妖怪的伤害更加难以忍受。故而像通天河在唐僧师徒过河之后,并未言自然环境有变,而只是言及妖怪被除,百姓便感康乐。

还有像荆棘岭八百里遍地荆棘,路程难通,人迹罕至;小西天稀柿衕一路污秽,皆由熟烂柿子霉变而成,气味难闻。自然环境的恶劣无法阻挡有志之人前进的步伐,此二处自然灾害皆靠猪八戒不惧恶臭,一力开路而得以解决,从一定程度上体现了“人能胜天”的观念。

五、人为的灾害

《西游记》虽为神魔小说,但亦多言人间之事,像统治者对百姓的侵剥,人与人之间的伤害,乃至人与兽之间的对抗等,展现出多角度人为灾害的产生与解决。

(一)当权者的侵害

《西游记》中述及数国,其中当权者贤明者有之,但更多的是贪婪昏聩者。如比丘国国主因贪恋女色,为妖所迷,又谋求延寿长生,竟然欲用一千一百一十一个小儿的心肝做药引,令家家户户将小儿置于家门口鹅笼中,连国名亦被人讥为“小儿国”。此种举动置百姓于不顾,可称无道之极,亦是残忍之极!人谁无父母,谁无儿女,为谋私利而伤上千孩童性命,恐怕禽兽亦不会为之,比小说中多数妖怪更显邪恶。这样的举措在小说中虽描述为被寿星坐骑灵鹿所蛊惑,但只求自己延寿、多方盘剥百姓的举动无疑影射了现实世界中谋求长生的历朝当权者。此一情节中,蛊惑君王的妖怪因为是寿星坐骑,仅被收回,未受惩罚,没有后台的玉面狐狸则被直接打死,甚至一味想以国中小儿为药引谋求长生的比丘国国主还得到寿星几颗灵枣的补偿而得以延寿,《西游记》的讽刺意味在此展现得淋漓尽致。

还有灭法国国王只因有僧相谤,就许愿立誓,要杀一万个和尚,且在唐僧师徒到来之前已经杀了九千九百九十六个,后被悟空用计劝回心意,又转而欲皈依为僧,未免过于儿戏。小说中又借悟空之口,描述其是个“真天子”,并且“城头上有祥光喜气”①,此等描述未免反讽之意甚浓。“灭法”改为“钦法”,表面上皆大欢喜,被杀的近万僧人则成冤魂,无人再行提及。

(二)人与人之间的侵害

陈光蕊赴官途中,因妻貌美,被船夫刘洪加害,沉尸水底,导致其官被占,其妻被夺,其子流落为僧。陈光蕊因曾救下金色鲤鱼而得以尸身不朽,且日后复仇,但十数年的光阴空去,妻儿离散之难,实亦显露了行路之人的苦难。

太宗在地府枉死城中被一大群拖腰折臂、有足无头的鬼魅包围,皆为在战争中冤死者向其讨命,崔判官称:“那些人都是那六十四处烟尘,七十二处草寇,众王子、众头目的鬼魂;尽是枉死的冤业,无收无管,不得超生,又无钱钞盘缠,都是孤寒饿鬼。”②此等描写,透露了战争对百姓的戕害。

六人欲行抢劫唐僧师徒二人,却被孙悟空打死,就六贼的名字“眼看喜、耳听怒、鼻嗅爱、舌尝思、意见欲、身本忧”指向的正是六根七情,在小说中有所寓意。此段情节中唐僧训斥不应随意杀人,悟空不听而去,其间观音将紧箍咒教给唐僧,令悟空日后多了一层束缚。《西游记》中强盗出现多次,仅悟空就因打杀强盗而被逐两次。强盗虽为情节贯通而写,但对周边百姓和行路之人的伤害则是实际存在的,亦体现了人与人之间的侵害。

观音禅院老院主欲得袈裟,让人放火烧死唐僧与悟空,悟空煽风,反令火烧寺院,袈裟为黑熊精所偷,老院主自尽,此一情节体现了人因贪欲而滥杀所造成的伤害。

红孩儿为牛魔王和罗刹女的儿子,修成三昧真火,欺负周边土地成为“穷神”,“都披一片,挂一片,裩无裆,裤无口的”③,更遑论对其他妖怪和过路之人的欺侮了。此种描述,无形中亦展现了强霸一方者对周围人的欺压。

(三)人与自然之间的对抗

《西游记》中的妖魔多具兽形,取经途中诸多描写中亦体现了人与兽之间的对抗。

---

① [明]吴承恩:《西游记》,人民文学出版社 2020 年版,第 1017 页。
② [明]吴承恩:《西游记》,人民文学出版社 2020 年版,第 128 页。
③ [明]吴承恩:《西游记》,人民文学出版社 2020 年版,第 495 页。

如唐僧西行甫至大唐边界，遇虎、熊、野牛精，虎精"即呼左右，将二从者剖腹剜心，剁碎其尸。将首级与心肝奉献二客，将四肢自食，其余骨肉尽分给各妖。只听得嘓啅之声，真似虎啖羊羔，霎时食尽"①。唐僧被太白金星救出后，又遇虎、蛇等兽围困，得刘伯钦救下后，又目睹了刘伯钦打虎食兽，"铺排些没盐没酱的老虎肉、香獐肉、蟒蛇肉、狐狸肉、兔肉，点剁鹿肉干巴，满盘满碗的，陪着三藏吃斋"，对此，《西游证道书》夹批道："前面虎吃人，此处人又吃虎，不知寅将军与镇山太保孰是孰非？"②将虎食人与人食虎对比来看，虽为调侃，但亦指出生态系统中二者的依存与对抗关系。后文妖精被逐或被杀后，洞中小妖多被孙悟空等打杀殆尽，虽为妖类，但亦多为兽者。人与兽之间的紧张关系，亦是灾害的重要缘由。

孙悟空因三打白骨精被唐僧逐出，重回花果山，为救护众猴妖，以法术兴起大风，用碎石杀死猎人一千余人，又下令：

> 把那打死的猎户衣服，剥得来家，洗净血迹，穿了遮寒；把死人的尸首，都推在那万丈深潭里；把死倒的马拖将来，剥了皮，做靴穿，将肉腌着，慢慢的食用；把那些弓箭枪刀，与你们操演武艺。将那杂色旗号，收来我用。③

此段情节，言心猿重放，与占山为王者无异。只是孙悟空刚因打杀装扮人形的白骨精而被逐，又在花果山切切实实地打杀猎人，无形中表露出孙悟空心中对唐僧的不满，而人与妖之间的紧张关系亦得以凸显。

波月洞黄袍怪本为二十八宿之一的奎木狼下凡，除占山为王、将唐僧变作老虎外，在宝象国饮酒时"陡发凶心，伸开簸箕大手，把一个弹琵琶的女子抓将过来，扢咋的把头咬了一口"④，将人肉当作酒肴。玉帝得知奎木狼下凡为妖后，只是归为宿孽，进行的处罚亦只是贬与太上老君烧火，待有功时再得复职，并未追究食人之罪。孙悟空与之相斗时，又将黄袍怪与百花羞所生二子掼死，将小妖全部打死。祭赛国金光寺僧人因失国宝而顶罪受屈，称君不明、臣不良，

---

① ［明］吴承恩：《西游记》，人民文学出版社 2020 年版，第 156 页。

② ［明］吴承恩著，李卓吾、黄周星等评：《西游记》，山东文艺出版社 2007 年版，第 106 页。

③ ［明］吴承恩：《西游记》，人民文学出版社 2020 年版，第 340—341 页。

④ ［明］吴承恩：《西游记》，人民文学出版社 2020 年版，第 362 页。

孙悟空等发现此宝为九头虫所盗，而只因赘婿九头虫所犯过错，龙宫中的龙子龙孙龙女等多被打死，龙婆惜命看塔，亦可称无妄之灾。此类叙事中体现了对妖和兽性命的漠视。

荆棘岭木仙庵中松、柏、桧、竹、枫、杏、丹桂、蜡梅等树怪虽强掳唐僧而去，有逼婚之嫌，但未曾给唐僧造成实质性伤害，猪八戒将之拱倒，树根流出鲜血，唐僧心有戚戚然，进行阻止："不可伤了他！他虽成了气候，却不曾伤我。我等找路去罢。"孙悟空则言："师父不可惜他。恐日后成了大怪，害人不浅也。"①于是便将之除根，唐僧未再表示反对。对草木之妖的斩草除根，颇像烧荒造田等举动，亦体现了人与自然之间的某种对抗状态。

六、小说中的灾害叙事列表

《西游记》中的灾害叙事列表

灾害内容	出现位置	结果
菩提祖师谈"三灾利害"：天降雷、火、风，阻止修道者的长生	第二回	孙悟空矢志学习七十二变以抗天灾
孙悟空强取龙宫金箍棒和盔甲	第三回	龙王上天庭告状
孙悟空在冥府勾销生死簿	第三回	地府上天庭告状
孙悟空大闹蟠桃会，天兵征讨被打退，但擒捉去虎豹狮象等妖	第五回	引出观音等助擒悟空
二郎神与孙悟空相斗，其余妖猴被擒二三千	第六回	悟空心慌，终被擒获
悟空身受雷击、火烧等刑，又被压在五行山下	第七回	悟空之事暂告一段落，转述唐僧之事
如来赐观音三箍，令其用于本领高强的妖魔，给取经人做徒弟	第八回	三箍后传于悟空、黑熊精、红孩儿
沙僧因失手打碎琉璃盏，被打八百后贬下凡尘，每七天受一次飞剑穿胸之苦	第八回	遇观音，皈依佛门

① ［明］吴承恩：《西游记》，人民文学出版社 2020 年版，第 786 页。

续表

灾害内容	出现位置	结果
猪八戒因带酒戏弄嫦娥，被打二千锤后贬下凡尘，投胎为猪	第八回	遇观音，皈依佛门
小白龙因纵火烧了明珠，被父告忤逆，玉帝将之吊打三百，不日遭诛	第八回	遇观音，皈依佛门
陈光蕊被船夫刘洪加害，沉尸水底；其官被占，其妻被夺	第九回	被龙王所救，后日复仇
唐僧出生即面临被刘洪加害的危险，其母将其左脚小指咬下，留血书而置木板上	第九回	被金山寺僧所救而为僧
泾河龙王因意气之争而行雨差了时辰，克了点数，面临天诛之祸	第九回	请太宗出面斡旋却仍被砍头，魂灵在地府状告太宗，致太宗入地府
太宗入地府，因魏徵之书信而得延寿命	第十回	复生后邀请僧人做水陆大会
太宗在地府中被鬼魅所围，皆为在战争中冤死者	第十回	复生后邀请僧人做水陆大会
刘全以死替太宗赴地府进瓜	第十一回	后得与妻子同时复生
唐僧初行，遇虎、熊、野牛精，二从者被吃	第十三回	太白金星救出唐僧
唐僧路行，又遇虎、蛇等兽围困	第十三回	刘伯钦救出唐僧
六人截道，悟空将众人打死，不听唐僧训导，任性而去	第十四回	观音将紧箍咒教给唐僧，悟空归心
小白龙吃掉马匹	第十五回	收伏白龙，当作脚力
观音禅院老院主欲得袈裟，让人放火烧死唐僧与悟空	第十六回	悟空煽风，令火烧寺院，袈裟为黑熊精所偷，老院主自尽
悟空打死蛇精、狼精，与观音一起收伏黑熊精	第十七回	观音令黑熊精到其后山看门
高老庄猪八戒娶亲高翠兰，其家人惧怕妖怪，请悟空降妖	第十九回	收伏猪八戒
黄风怪劫走唐僧	第二十一回	悟空寻灵吉菩萨相助，救出唐僧，打死小妖

续表

灾害内容	出现位置	结果
唐僧等途阻流沙河	第二十二回	收伏沙和尚
四圣试禅心	第二十三回	八戒受愚弄
孙悟空在五庄观偷吃人参果,掀倒果树	第二十四至二十六回	菩萨救活果树
孙悟空三打白骨精	第二十七回	孙悟空被唐僧逐回花果山
孙悟空重回花果山,为救护众猴妖,杀死猎人一千余人	第二十八回	花果山上群妖重聚
唐僧觅路,为波月洞主黄袍怪所擒	第二十八回	宝象国公主百花羞放走唐僧,让其送信与其父
唐僧被黄袍怪变作老虎,关进笼子	第三十回	八戒去寻悟空搭救师父
黄袍怪在饮酒时陡发凶心,随手而食弹琵琶女子	第三十回	小白龙与之相斗,不敌而退
唐僧师徒被金角、银角大王劫去	第三十二至三十五回	悟空用计骗到宝贝,救出师父,太上老君收回宝贝,救回徒弟
乌鸡国王对唐僧言及国内曾大旱,有全真降雨以解旱情	第三十七回	全真将乌鸡国王推到井中,自己为王
红孩儿捉去唐僧	第四十回	孙悟空等前去搭救,红孩儿后被观音收伏作善财童子
红孩儿欺负众土地成一群穷神	第四十回	说出红孩儿来历
观音收伏红孩儿后,悟空等人打入洞中,剿净群妖	第四十三回	救出唐僧和猪八戒
黑水河鼍龙将唐僧擒去	第四十三回	西海龙太子擒住鼍龙,救出唐僧
车迟国道士当路,和尚受难	第四十四回	引出悟空与道士斗法之事
车迟国斗法求雨、猜物、砍头、剖腹、油炸等	第四十五至四十六回	孙悟空求雨灭妖

续表

灾害内容	出现位置	结果
通天河畔灵感大王要吃童男童女	第四十七至四十八回	孙悟空与猪八戒救下小儿
鳜婆献计,灵感大王擒获唐僧	第四十八至四十九回	观音收伏金鱼精,其余妖精尽皆死烂
独角兕将唐僧众人擒去	第五十至五十二回	孙悟空多方救助,太上老君收伏青牛怪
唐僧与猪八戒误饮子母河水而怀胎	第五十三回	引出如意真仙一事
如意真仙占住落胎泉水,向百姓索取礼物	第五十三回	孙悟空打跑如意真仙,取得落胎泉水
唐僧刚刚拒绝西梁女王,又被蝎子精掳去,欲行婚配	第五十五回	孙悟空请昴日星官降伏妖怪,救出唐僧
唐僧众人遇到强盗劫路,悟空打死二人	第五十六回	四人面是背非,心生龃龉
孙悟空又打死强盗众人	第五十六回	唐僧念紧箍咒,逐走悟空,悟空去观音处寻求支持,引出真假猴王之事
假悟空打倒唐僧,夺去包裹	第五十七至五十八回	如来辨出真假,悟空打死六耳猕猴
火焰山八百里火焰,百姓每十年凭礼物拜求罗刹女,方得生存,悟空三调芭蕉扇	第五十九至六十一回	悟空以芭蕉扇扇灭火焰
金光寺僧人因失国宝而顶罪受屈	第六十二至六十三回	悟空等寻回宝物,解得众僧冤屈
八百里荆棘阻路	第六十四回	八戒努力开路
黄眉童子假扮如来,擒去唐僧等人	第六十五至六十六回	悟空多方救助,弥勒佛助其收伏黄眉怪
小西天驼罗庄蛇妖作祟	第六十七回	悟空、八戒除妖
稀柿衕阻路	第六十七回	八戒努力开路
朱紫国国王郁积而病	第六十九回	孙悟空合药而医

续表

灾害内容	出现位置	结果
獬豸洞赛太岁强抢朱紫国王后,又强要宫女多人	第六十九至第七十一回	悟空救人,观音降伏金毛犼
盘丝洞蜘蛛精擒捉唐僧	第七十二回	悟空救人,打杀其诸多妖精干儿子
多目怪为蜘蛛精复仇而下毒害唐僧等人	第七十三回	悟空打杀蜘蛛精,请毗蓝婆菩萨收伏多目怪
狮驼国为众妖占据,一人皆无	第七十七回	如来等收伏三怪
比丘国国主为得长生,听道人之言,欲用上千小儿心肝做药引,又欲以唐僧为药引	第七十八至七十九回	悟空等擒妖、救人
唐僧因前世所犯过错而生病三日	第八十一回	留寓寺庙,六位僧人被鼠妖所食
唐僧被鼠精擒捉,强求婚姻	第八十一至八十二回	悟空寻托塔天王等收伏鼠精
灭法国国王欲杀一万和尚	第八十四至八十五回	悟空用计点醒昏君
凤仙郡因郡主得罪玉帝而亢旱不雨	第八十七回	悟空等说服郡主,敬礼上天而得雨
玉华州黄狮怪盗去悟空等兵器,后又惹出九头狮子大闹玉华州	第八十九至九十回	悟空请太乙天尊收伏九头狮子,其他妖怪皆被剿灭
金平府犀牛精作怪哄骗百姓香油,掳走唐僧	第九十一至九十二回	悟空等降伏妖怪,杀妖取角
天竺国玉兔精假扮公主,欲招亲唐僧	第九十三至九十五回	悟空等识破真情,太阴星君收伏玉兔
铜台府地灵县凶徒入户抢劫,致寇洪身亡,寇家诬告唐僧师徒	第九十七回	悟空入地府救活寇洪,擒获匪徒,洗去冤屈
阿傩、迦叶索要人事不得而付唐僧等无字之经	第九十八回	如来解释,复给有字之经

第四节 《红楼梦》中的灾害叙事

作为“中国封建社会的百科全书”,《红楼梦》内容含量极为丰富,其中涉及各类灾害的描写,各种灾害叙事对于联结情节、刻画人物、揭示主旨等起到了重要的作用。

一、祸由人启

(一)匪盗之祸

《红楼梦》第一回元宵佳节,甄士隐家人霍启抱英莲赏玩花灯,因一时小解而导致英莲被匪人偷去。霍启寻不到人只得逃往他乡,甄士隐“夫妻二人半世只生此女,一旦失落,岂不思想,因此昼夜啼哭,几乎不曾寻死。看看的一月,士隐先就得了一病,当时封氏孺人也因思女构疾,日日请医调治”①。甄家就此家境衰败。拐卖小儿给人家庭带来极大伤害,在历代皆为重罪。“霍启”之名寓意“祸起”,是甄家悲剧的开始,亦是《红楼梦》灾害叙事的起始。甄士隐夫妇在女儿丢失、宅院被烧之后,只得到田庄安身,只是:

> 偏值近年水旱不收,鼠盗蜂起,无非抢田夺地,民不安生,因此官兵剿捕,难以安身。②

此处虽言鼠盗之害,但亦言及“官兵剿捕”对百姓的侵害。甄士隐为此只得将田产变卖,投奔岳父家寄寓。所谓“好防佳节元宵后,便是烟消火灭时”,此段情节与癞头和尚的谶诗相呼应,既是甄士隐命运的预示,亦奠定了整部小说的

① [清]曹雪芹、[清]高鹗:《红楼梦》,人民文学出版社2000年版,第11页。
② [清]曹雪芹、[清]高鹗:《红楼梦》,人民文学出版社2000年版,第11—12页。

叙事基调。

英莲被拐子收养了七八年，一人两卖，导致冯渊被"呆霸王"薛蟠打死，英莲改名香菱，被薛蟠收房，又被夏金桂改名秋菱，多受欺辱，九死一生，在贾宝玉眼中不禁可怜："可惜这么一个人，没父母，连自己本姓都忘了，被人拐出来，偏又卖与了这个霸王。"①贾雨村复职，经原葫芦庙僧人点明，以"护官符"为念，虽查明英莲被拐缘由经过，却为了个人前途敷衍此案，完全忘却了甄士隐的恩情。英莲被拐，是连接甄士隐、贾雨村、薛蟠、贾府的重要线索，更是直接刻画了贾雨村的性格。其后薛蟠在金桂挑唆下暴打香菱，薛夫人一气之下亦说出要找人牙子来卖掉香菱的话语，虽被薛宝钗劝下，但其在薛家的地位可想而知。小说结尾处薛蟠因大赦放回，香菱扶正似为灾害已满修得正果，旋即借甄士隐之口称香菱难产生子而亡，就此完结尘缘。

除甄家败落缘于英莲被拐外，小说中还有数次提及"拐子"，如第十九回宝玉因不耐烦在家中看戏，茗烟提议出去逛逛，宝玉一口回绝，理由就是怕被花子拐了去②。此时宝玉已有十多岁尚且怕人拐去，可见常时家里人多方警诫之力。第七十七回芳官等被赶出大观园，闹着要出家，水月庵智通与地藏庵的圆心用心不正，小说中言"巴不得又拐两个女孩子去作活使唤"，王夫人"今听这两个拐子的话大近情理"③，遂令其出家。将僧尼与"拐子"相提并论，亦体现了小说中对某些出家僧尼的不满之情。

小说中更是直接叙述了几次盗匪作乱之事。周瑞干儿子何三带头夜盗贾府，包勇打退众人，但贾母遗物失窃；妙玉被盗人掳去，下落不明，惜春坚定出家之念。此伙盗匪原为海贼，勾连贾府中何三、鲍二等盗去财物和妙玉后，极有可能重新入海。小说第一百一十四回甄宝玉之父甄应嘉拜祭贾母，谈到"近来越寇猖獗，海疆一带小民不安，派了安国公征剿贼寇"，贾政亦言探春远嫁，"因海口案内未清，继以海寇聚奸，所以音信不通"④。后文借闲人之口先言海疆的贼寇擒捉到不少，经法司衙门审讯又牵扯出藏在城里的一些，隐约间透露出曾有盗匪犯事掳一女子下海，女子不依被杀，间接交代了妙玉的悲惨结局。盗匪即

---

① [清]曹雪芹、[清]高鹗：《红楼梦》，人民文学出版社 2000 年版，第 684 页。
② [清]曹雪芹、[清]高鹗：《红楼梦》，人民文学出版社 2000 年版，第 194 页。
③ [清]曹雪芹、[清]高鹗：《红楼梦》，人民文学出版社 2000 年版，第 866—867 页。
④ [清]曹雪芹、[清]高鹗：《红楼梦》，人民文学出版社 2000 年版，第 1236 页。

便被正法，而受侵害者所受灾害也难以消除，或许是此类灾害叙事所表达的某种悲悯情怀。数次盗匪事件，虽非为小说情节表现的重点，但直接推动了故事的发展，起到了一定的叙事功能。

（二）各种疾病的叙事功能

1.联结情节

贾雨村革职后游览四方，因偶感风寒，在旅店中将息一月方愈，亦因此而身体劳倦、盘费不足，得以寄寓林如海家里教授林黛玉功课。贾雨村因病而入黛玉家，继而与贾府攀扯上关系，疾病在此起到了联结情节的叙事功能。

秦可卿年纪不大，却抑郁生病而亡，其病亡直接引出王熙凤协理宁国府等一系列事件。王熙凤协理宁国府时，感觉府中风俗即是：

> 头一件是人口混杂，遗失东西；第二件，事无专执，临期推委；第三件，需用过费，滥支冒领；第四件，任无大小，苦乐不均；第五件，家人豪纵，有脸者不服钤束，无脸者不能上进。①

此五件事甚为普遍，而王熙凤能够有针对性地一一解决，足显其理事才干。其后与贾琏又数说管家奶奶们的不好缠：

> 错一点儿，他们就笑话打趣；偏一点儿，他们就指桑说槐的抱怨。坐山观虎斗，借剑杀人，引风吹火，站干岸儿，推倒油瓶不扶，都是全挂子的武艺。②

此段描写将王熙凤的性格特点深刻地描摹出来，亦与后文贾母逝世后王熙凤的有心无力形成前后呼应。秦可卿丧事期间，贾瑞关注王熙凤，后因调戏王熙凤，被用计戏弄，几番冻恼，惹出一身病症：

> 心内发膨胀，口中无滋味，脚下如棉，眼中似醋，黑夜作烧，白尽常倦，

① ［清］曹雪芹、［清］高鹗：《红楼梦》，人民文学出版社2000年版，第139页。
② ［清］曹雪芹、［清］高鹗：《红楼梦》，人民文学出版社2000年版，第160页。

下溺连精，嗽痰带血……诸如此症，不上一年，都添全了。①

其后，贾瑞又因不听劝告正照风月宝鉴而丧命。秦可卿之病死，在这一系列事件中起到了重要的联结作用。

元春之亡，小说中言：

元春自选了凤藻宫后，圣眷隆重，身体发福，未免举动费力。每日起居劳乏，时发痰疾。因前日侍宴回宫，偶沾寒气，勾起旧病。不料此回甚属利害，竟至痰气壅塞，四肢厥冷。②

发福、劳乏，加之独处宫内郁气所集，终至丧亡。元春患病身亡是贾府由盛转衰的转折点。

第五十三回李纨因时气感冒，需安静养病；邢夫人害火眼，迎春、岫烟需侍病，令诗社暂停。此回中提到贾府的所谓风俗秘法："无论上下，只一略有些伤风咳嗽，总以净饿为主，次则服药调养。"③此种治法，确实对症，是长期经验的积累。

王熙凤女儿巧姐发热，被诊断为天花出痘，凤姐着忙：

一面打扫房屋供奉痘疹娘娘；一面传与众人忌煎炒等物；一面命平儿打点铺盖衣服与贾琏隔房；一面又拿大红尺头与奶子丫头亲近人丁裁衣。外面又打扫净室，款留两个医生，轮流斟酌诊脉下药，十二日不放回家去……大姐毒尽瘢回，十二日后送了娘娘，合家祭天祀祖，还愿焚香，庆贺放赏已毕，贾琏仍复搬进卧室。④

此段描写足见当时对天花病症的重视。因此贾琏在十二日内只得搬出外

① [清]曹雪芹、[清]高鹗：《红楼梦》，人民文学出版社 2000 年版，第 127 页。
② [清]曹雪芹、[清]高鹗：《红楼梦》，人民文学出版社 2000 年版，第 1047 页。
③ [清]曹雪芹、[清]高鹗：《红楼梦》，人民文学出版社 2000 年版，第 567 页。
④ [清]曹雪芹、[清]高鹗：《红楼梦》，人民文学出版社 2000 年版，第 220—221 页。

书房来斋戒，并引出与“多姑娘儿”鬼混的情节。

尤二姐本抑郁而病，因医生胡君荣乱开药导致小产，一男胎堕下，后又被王熙凤、秋桐等百般逼勒，遂吞金而亡。其中医生的胡乱开药是促其走向死亡的直接原因。王熙凤小产未注意休息，患病八九个月方愈，引出李纨、探春、薛宝钗共理荣国府之事。

晴雯因风寒患病，又带病帮贾宝玉连夜修补雀金裘致令病情加重，后被赶出大观园，病重而亡，寓示了贾府众人的逐渐离散。大观园人去楼空，先是王熙凤夜间受惊吓而患病，继而尤氏、贾珍、贾蓉等亦病，闹鬼之说大兴，实映衬了大观园的衰败。晴雯表兄吴贵之妻因感冒吃错药而亡，贾赦在大观园里请法师捉妖，大观园日益凋敝。

迎春在夫家饱受欺凌，婚后一年亡过。史湘云夫婿染得暴病，贾母病势日增而逝，王熙凤勉力支撑丧事，力不从心，病情加重，邢夫人等则认为王熙凤是有意推病藏躲，家下人亦偷闲歇力，不成事体。鸳鸯因担心邢夫人任意掇弄而悬梁自尽，其嫂子得一百两银子而心喜。此外，小说中尤氏、惜春、李纨、王熙凤、贾宝玉、香菱等多有生病的相关描写，均在不同程度上对小说情节起到了一定的推动作用。

2.突出性格特点

《红楼梦》中的疾病描写，往往与各人性格的刻画密切相关。如林黛玉有小二岁弟弟早夭，其母一疾而终，自己亦哀痛过度兼且原就怯弱多病，连日不曾上学，每年至春分秋分之后，均犯嗽疾，见贾母时亦言需时时服药，其父林如海未几亦患病身亡。此后，每遇忧郁之事，每逢寒暖之时，林黛玉皆犯咳嗽，小说中的王大夫称其皆由平日郁结所致：

> 这病时常应得头晕，减饮食，多梦，每到五更必醒个几次。即日间听见不干自己的事也必要动气，且多疑多惧。不知者疑为性情乖诞，其实因肝阴亏损，心气衰耗，都是这个病在那里作怪。①

“病若西施”是林黛玉的重要特征，隐示黛玉最大的郁结在于跟宝玉的关

① ［清］曹雪芹、［清］高鹗：《红楼梦》，人民文学出版社2000年版，第927页。

系，在大家庭各种利益纠缠之下，难得解决，终至咳血而亡。

秦钟在秦可卿发丧期间，与智能缱绻受风寒而患病，又因此事遭父秦业毒打，秦业气死，秦钟临死之际尚念家务无人掌管、其父留下三四千银子及智能下落，苦苦哀求鬼差，鬼判自称不能徇私，且言：“我们阴间上下都是铁面无私的，不比你们阳间瞻情顾意，有许多的关碍处。”只是一听宝玉到来，鬼判又骂鬼使不懂变通，鬼使不免抱怨：“你老人家先是那等雷霆电雹，原来见不得‘宝玉’二字。依我们愚见，他是阳，我们是阴，怕他们也无益于我们。”鬼判则回道：“放屁。俗语说的好：‘天下官管天下民。’自古人鬼之道却是一般，阴阳并无二理。别管他阴也罢，阳也罢，敬着点没错了的。”①此段对话充满反讽意味，揭示了封建衙门欺软怕硬、趋炎附势的常见行径。秦钟临死前的几句话更是画龙点睛：

> 以前你我见识自为高过世人，我今日才知自误了。以后还该立志功名，以荣誉显达为是。②

所谓“以前见识”，即是蔑视科举、漠视权贵，终究不敌“立志功名、荣誉显达”，连阴间鬼判尚且如此，更遑论阳世？秦钟患病而亡，既展现了贾宝玉与其关系的莫逆，亦表现了贾宝玉多情、漠视功名的性格特点。

贾环使坏碰倒蜡油烫伤宝玉，致使其脸上烫了一溜燎泡，以敷上败毒消肿药医治。赵姨娘被斥责一顿，心中不服，用五百两银子买通马道婆，以魇魔法加害王熙凤和贾宝玉。二人先是拿刀拿杖乱杀乱砍，继而糊涂不省人事，对此症状，只能是通过寻僧觅道、送符水、问卜求神、医治祈祷等方法，皆无效验。直至癞头和尚与跛足道人出现，以通灵宝玉驱邪，三十三天之后方得平复。妙玉亦因思虑过甚，打坐时“走火入魔”，出现妄言妄说之症状。贾宝玉丢失宝玉之后失魂丧魄，林黛玉听闻宝玉与宝钗的婚事之后亦有失魂表现：

> 那黛玉此时心里竟是油儿酱儿糖儿醋儿倒在一处的一般，甜苦酸咸竟说不上什么味儿来了……那身子竟有千百斤重的，两只脚却像踩着绵花一

① ［清］曹雪芹、［清］高鹗：《红楼梦》，人民文学出版社 2000 年版，第 167 页。

② ［清］曹雪芹、［清］高鹗：《红楼梦》，人民文学出版社 2000 年版，第 168 页。

般，早已软了。只得一步一步慢慢的走将来。走了半天还没到沁芳桥畔。原来脚下软了，走的慢；且又迷迷痴痴信着脚从那边绕过来，更添了两箭地的路。这时刚到沁芳桥畔，却又不知不觉的顺着堤往回里走起来……看见宝玉在那里坐着，也不起来让坐，只瞅着嘻嘻的傻笑。黛玉自己坐下，却也瞅着宝玉笑。两个人也不问好，也不说话，也无推让，只管对着脸傻笑起来。①

小说后文中大夫将此归之为郁气伤肝、神气不定，此段描写实则为精神疾患的一种表现。黛玉病重，见贾母口称："老太太白疼了我了！"多种感情郁结于一处，而后贾母私下吩咐凤姐要及早预备后事，只因"咱们家里这两天正有事呢"，对黛玉的态度展露无遗：

如今大了懂的人事，就该要分别些才是做女孩儿的本分，我才心里疼他。若是他心里有别的想头，成了什么人了呢！我可是白疼了他了……咱们这种人家，别的事自然没有的，这心病也是断断有不得的。林丫头若不是这个病呢，我凭着花多少钱都使得；若是这个病，不但治不好，我也没心肠了。②

所谓"这个病"，指的正是宝、黛之间的相互钟情。宝玉迎娶宝钗之时，黛玉自焚诗稿，虽干干净净而去，临终不免喊出"宝玉，宝玉，你好——"之句，其中的留恋、悲伤、愤懑、失望等多种情感纠结于一处，令人深感造化之弄人，而王熙凤对此理解为"他临死咬牙切齿倒恨着宝玉呢"③。贾母逝世之后，赵姨娘着魔，自述加害王熙凤等人之事而亡，亦加深了对赵姨娘性格的刻画。

薛宝钗亦有胎里带来之病，表现是喘咳，需服"冷香丸"医治，此病及药的叙写，形象地刻画了薛宝钗性格中"冷"的特点。

袭人受风寒而卧床休息，宝玉奶妈李嬷嬷斥责其装狐媚子哄宝玉，发生争

① [清]曹雪芹、[清]高鹗：《红楼梦》，人民文学出版社2000年版，第1062—1063页。
② [清]曹雪芹、[清]高鹗：《红楼梦》，人民文学出版社2000年版，第1065页。
③ [清]曹雪芹、[清]高鹗：《红楼梦》，人民文学出版社2000年版，第1087页。

执，众人劝走李嬷嬷后，宝玉安慰袭人，体现出二人情谊的与众不同，亦体现了袭人“懂大体”的特点。

（三）小说中等级观念的描写

《红楼梦》描写封建大家族的里里外外，其中多处提及等级观念的压迫。像金钏跳井，袭人点头赞叹默然流泪，所谓赞叹无非是指金钏有个性，敢于以死反抗主子的欺辱，而默然流泪，则是联想到自己身为丫鬟的身不由己，更为自己前途命运而担忧。袭人在小说中最好的结局是成为日后的赵姨娘，终在贾府中地位不高，处处受排挤和白眼，金钏之亡在袭人看来，未始不是一种选择，像晴雯之死、鸳鸯自尽，皆体现出了等级制度对人性的伤害。当然，在小说后四十回中，袭人得嫁蒋玉函，算得上“幸运”，但贾宝玉离去时对她并未表现出太多的关注，站在袭人角度来看，心中亦难免有所不平。王夫人因掌打金钏，又将其赶出，心怀愧疚，宝钗急向王夫人道安慰问：

> 姨娘是慈善人，固然是这么想。据我看来，他并不是赌气投井，多半他下去住着，或是在井跟前憨顽，失了脚掉下去的。他在上头拘束惯了，这一出去，自然要到各处去顽顽逛逛。岂有这样大气的理。纵然有这样大气，也不过是个糊涂人，也不为可惜……十分过不去，不过多赏他几两银子发送他，也就尽主仆情了。①

薛宝钗此段言语多被读者解读为“冷血”“无情”，实亦由当时等级观念下主子小姐地位使然。其后宝玉面临被打的境地，欲令一老妇去找贾母求救，老妇认为是跳井之事发，称：

> 跳井让他跳去，二爷怕什么……有什么大不了的事，老早的完了。太太又赏了衣服，又赏了银子，怎么不了事的！②

一条人命，不论是在主子眼中，还是在仆人眼中，都轻易地让一点赏银掩盖

① ［清］曹雪芹、［清］高鹗：《红楼梦》，人民文学出版社 2000 年版，第 346 页。
② ［清］曹雪芹、［清］高鹗：《红楼梦》，人民文学出版社 2000 年版，第 351 页。

了过去。金钏与王熙凤同一天生日，贾府上下为王熙凤凑份子演戏坐宴，只有贾宝玉一人孤零零地至一荒僻之处为死去的金钏点一素香，热与冷形成鲜明对比。后鲍二媳妇与贾琏偷情，被王熙凤发现大闹，鲍二媳妇上吊自尽，亦以贾琏赔钱二百两了事。而第五十八回言及一老太妃去世，则：

> 凡诰命等皆入朝，随班按爵守制。敕谕天下：凡有爵之家，一年内不许筵宴音乐，庶民皆三月不得婚嫁。①

人物等级的不对等，在《红楼梦》中比比皆是，像刘姥姥入大观园故意惹人取笑，林黛玉为其取名“母蝗虫”，调笑中充斥着不屑，正是时代等级观念的投射。此种伤害虽不明显，但人格方面受到的压迫，必然更为深刻。如第三十一回史湘云与丫鬟翠缕谈论起阴阳，从天地、器物、水火、日月至植物，一直谈到动物的公母，涉及人的阴阳，史湘云恐牵扯出男女之事，遂怒啐丫头，不乐意再讲，而翠缕则言：

> 姑娘是阳，我就是阴……人规矩主子为阳，奴才为阴，我连这个大道理也不懂得！②

史湘云不愿讲人之阴阳，是涉及男女之情，而翠缕则将人之阴阳理解为等级之贵贱。紧接此段对话，袭人与史湘云聊天，开玩笑地说：

> 先姐姐长，姐姐短，哄着我替你梳头洗脸，作这个，弄那个，如今大了，就拿出小姐的款儿来了。你既拿小姐的款，我怎么敢亲近呢？③

虽是玩笑之语，亦是小姐与丫鬟之间等级关系的另类注脚。

小说中对等级压迫的描写，亦有比较直接的。如贾府收租的车子被官府提

---

① ［清］曹雪芹、［清］高鹗：《红楼梦》，人民文学出版社 2000 年版，第 630 页。
② ［清］曹雪芹、［清］高鹗：《红楼梦》，人民文学出版社 2000 年版，第 336 页。
③ ［清］曹雪芹、［清］高鹗：《红楼梦》，人民文学出版社 2000 年版，第 338 页。

走，东西被掀，其他买卖车亦是类似遭遇。贾琏派人找知县，门上人称本官并不知情，并无牌票出去拿车，是其手下吏员强行讹诈百姓，一见贾府之类有势之人，便轻松放行，其他百姓则受尽凌逼，只得自认倒霉。

二、水火之灾亦与人事相关

（一）火灾

俗话说水火无情，《红楼梦》中有多次涉及火灾的叙写。

第一回中葫芦庙失火，是甄士隐家世衰落继而从道的直接引子，亦是叙事进入贾府的楔子。贾雨村走后，甄士隐女儿英莲丢失，所谓福无双至、祸不单行：

> 不想这日三月十五，葫芦庙中炸供，那和尚不加小心，致使油锅火逸，便烧着窗纸。此方人家多用竹篱木壁，大抵也因劫数，于是接二连三，牵五挂四，将一条街烧得如火焰山一般。彼时虽有军民来救，那火已成了势，如何救得下，直烧了一夜方渐渐地熄去，也不知烧了几家。只可怜甄氏在隔壁，早已烧成一片瓦砾场了，只有他夫妇并几个家人的性命不曾伤了。①

大火起因于寺庙中和尚无意间的失误操作，提及军民来救，可见军方亦有救火的职责。但救火措施有限，只救得人命，火势难以扼制，百姓财产的损失难以弥补，小说中亦未见对寺庙方面的责罚。

第三十九回刘姥姥二进大观园时，众人正在畅谈乡间趣事，忽丫鬟来报“南院马棚里走了水，不相干，已经救下去了”，贾母众人至廊上探看，口内念佛，且急忙命人去火神跟前烧香，事后又对宝玉说：“都是才说抽柴草，惹出火来了，你还问呢。别说这个了，再说别的罢。”②“走水”以及刻意回避某些话题，体现出了言语方面的某些禁忌。贾母念佛、烧香的举动，亦可见当时的迷信观念。

《红楼梦》中既有秦可卿丧事的大事铺排，亦有元妃省亲的极力描写，还有

---

① ［清］曹雪芹、［清］高鹗：《红楼梦》，人民文学出版社 2000 年版，第 11 页。
② ［清］曹雪芹、［清］高鹗：《红楼梦》，人民文学出版社 2000 年版，第 417 页。

各种元宵、中秋、生辰等节令集会，多写到一些防火方面的预防措施。如第十四回王熙凤协管宁国府，在安排人员工作时特别强调防火：

这三十个每日轮流各处上夜，照管门户，监察火烛，打扫地方。①

贾母作为长辈，更是时刻不忘防火，第五十三回祭祖时叮嘱："好生派妥当人夜里看香火，不是大意得的。"②第五十四回又限制宝玉随便外出："你往那里去？外头爆竹利害，仔细天上掉下火纸来烧了。"③在众人看戏庆元宵时，贾母问起袭人，王熙凤也强调安排了细心的袭人做防火工作：

那园子里也须得他看着。灯烛花炮最是耽险的。这里一唱戏，园子里的人谁不偷来瞧瞧。他还细心，各处照看照看。④

虽有几次提及火灾，但贾府在繁盛时对水火管理相对严格，多未酿成大害，与小说"祸启"的寺庙大火形成对比。

(二)水灾

《红楼梦》虽有多处谈及水旱之灾，但涉及水灾的描写，较直接的是写到了冰雹大雪。大雪中，天寒地冻，百姓直接面临缺衣少食的困境，小说中多有涉及。刘姥姥一进荣国府，起因便是"这年秋尽冬初，天气冷将上来，家中冬事未办"⑤；第三十九回，刘姥姥二进荣国府，讲到：

就像去年冬天，接连下了几天雪，地下压了三四尺深。我那日起得早，还没出房门，只听外头柴草响。我想着必定是有人偷柴草来了。我爬着窗户眼儿一瞧，却不是我们村庄上的人……原来是一个十七八岁的极标致的

① [清]曹雪芹、[清]高鹗：《红楼梦》，人民文学出版社2000年版，第141页。
② [清]曹雪芹、[清]高鹗：《红楼梦》，人民文学出版社2000年版，第574页。
③ [清]曹雪芹、[清]高鹗：《红楼梦》，人民文学出版社2000年版，第579页。
④ [清]曹雪芹、[清]高鹗：《红楼梦》，人民文学出版社2000年版，第580页。
⑤ [清]曹雪芹、[清]高鹗：《红楼梦》，人民文学出版社2000年版，第62页。

一个小姑娘，梳着溜油光的头，穿着大红袄儿，白绫裙儿。①

此段情节虽是以刘姥姥讲故事的形式铺叙，但大雪之日尚要早起，尚要出房门，必定不是为了赏雪景，甚有可能是为了谋求生计；一听柴草响，便推定为“偷柴草”者，可见此事在乡村常见，大雪天偷柴草，最大的可能是家中无柴可烧，难以维持生计；不是本村人，后面又跟宝玉称是一庙所塑女子之像成精。只是生活丰裕的贾宝玉关心的不是大雪和偷柴火之事，而是大雪中女子所在的祠庙与女子的事迹，且还让茗烟去打听，体现了不同社会层次人对事件关注点的不同。

第五十三回，乌进孝交租之时，谈到路程之难，生计之艰，实亦由大雪所致：

贾珍道：“你走了几日？”乌进孝道：“回爷的话：今年雪大，外头都是四五尺深的雪，前日忽然一暖一化，路上竟难走的很，耽搁了几日。虽走了一个月零两日，因日子有限了，怕爷心焦，可不赶着来了。”贾珍道：“我说呢，怎么今儿才来。我才看那单子上，今年你这老货又来打擂台来了。”乌进孝忙进前了两步，回道：“回爷说：今年年成实在不好。从三月下雨起，接接连连直到八月，竟没有一连晴过五日。九月里一场碗大的雹子，方近一千三百里地，连人带房并牲口粮食，打伤了上千上万的；所以才这样。小的并不敢说谎。”②

数月淫雨加之冰雹、大雪，收成不足尚要冒雪走一个多月路程来交租，可见生计之难。上交的租单上有大量粮食谷物和山珍海味，贾珍尚嫌不足，可见此前只会更多。此前几回，同样为雪天，大观园里的男男女女们是在赏雪观梅开诗会，食鹿肉饮酒猜灯谜，与此言“今年雪大”前后呼应，形成鲜明的对比。

小说中还间接提及海啸和洪灾。第七十回，叙宝玉担心贾政查问功课，自己不免认真温习，还请姐妹们帮着写一些字充数，提道：“正是天天用功，可巧近海一带海啸，又糟蹋了几处生民，地方官题本奏闻，奉旨就着贾政顺路查看赈济

① ［清］曹雪芹、［清］高鹗：《红楼梦》，人民文学出版社 2000 年版，第 416 页。
② ［清］曹雪芹、［清］高鹗：《红楼梦》，人民文学出版社 2000 年版，第 570 页。

回来。如此算去,至冬底方回。”①此处灾害叙写作为宝玉暂得休息的缘由。第八十九回,亦借水灾言及贾政繁忙,无心教训宝玉:

一时贾珍过来,见了部里的人,问明了,进来见了王夫人,回道:“部中来报,昨日总河奏到,河南一带决了河口,湮没了几府州县。又要开销国帑修理城工,工部司官又有一番照料,所以部里特来报知老爷的。”说完退出,及贾政回家来回明。从此直到冬间,贾政天天有事,常在衙门里。宝玉的功课也渐渐松了,只是怕贾政觉察出来,不敢不常在学房里去念书,连黛玉处也不敢常去。②

此两次水灾的叙写,都言贾政忙于公务,无暇监管宝玉的学业。水灾的描写更多的是作为叙事背景的描摹,未重点展现灾害本身。

三、小说中的灾害叙事列表

《红楼梦》中的灾害叙事

灾害内容	出现位置	结果
甄士隐家人携英莲看社火花灯,英莲丢失	第一回	甄士隐夫妇因思念女儿而患病
葫芦庙和尚不小心引起火灾,甄家烧作平地	第一回	甄士隐夫妇到田庄安身
水旱不收,鼠盗蜂起	第一回	甄士隐夫妇只得到岳丈家安身,备受冷眼
贾雨村革职后游览四方,因风寒在旅店生病一月	第二回	寄寓林如海家教授林黛玉功课
冯渊因与薛蟠因争买英莲而被打死	第四回	贾雨村乱判葫芦案

① [清]曹雪芹、[清]高鹗:《红楼梦》,人民文学出版社2000年版,第773页。
② [清]曹雪芹、[清]高鹗:《红楼梦》,人民文学出版社2000年版,第987页。

续表

灾害内容	出现位置	结果
秦可卿抑郁成病	第十回	很快病死
贾瑞被王熙凤用计戏弄,惹出浑身病症	第十二回	正照风月宝鉴而亡
王熙凤贪名与财,插手金哥一女嫁二夫之事	第十五至十六回	金哥与其许嫁之人自杀,伏下王熙凤日后事发受难
秦钟因与智能缱绻受风寒而患病,致其父秦业气死,自己挨打病重	第十六回	秦钟身死
巧姐生天花	第二十一回	贾琏搬出外书房与“多姑娘儿”鬼混
贾环使坏碰倒蜡油烫伤宝玉脸	第二十五回	赵姨娘被骂,心中愤恨王熙凤和贾宝玉
赵姨娘买通马道婆魇魔法加害王熙凤和贾宝玉	第二十五回	癞头和尚、跛足道人出现,以通灵宝玉救下二人
金钏被王夫人掌打赶出而跳井	第三十二回	给其父母银子了事,引出宝玉挨打之事
荣国府马棚失火	第三十九回	及时救灾但打断了刘姥姥讲的故事,宝玉追究到底,刻画了宝玉性格
鲍二媳妇与贾琏偷情被王熙凤发觉,后上吊自尽	第四十四回	贾琏赔钱了事
晴雯风寒患病	第五十一回	因带病补雀金裘,留下病根
李纨因时气感冒,邢夫人害火眼	第五十三回	李纨养病,迎春、岫烟等侍病,诗社暂停
王熙凤小产未注意休息,患病八九个月方愈	第五十五回	引出李纨、探春、薛宝钗共理荣国府之事
贾宝玉听闻紫鹃说黛玉要走的玩笑而犯痴病	第五十七回	众人安慰,展现宝、黛深情
贾敬因吞金服砂而亡	第六十三回	引出贾琏偷娶尤二姐之事

续表

灾害内容	出现位置	结果
尤三姐因柳湘莲反悔而自杀	第六十六回	柳湘莲出家
尤二姐因医生胡君荣乱开药而小产	第六十九回	尤二姐被王熙凤、秋桐等所逼，吞金而亡
沿海海啸，糟蹋生民	第七十回	贾政前去赈济，贾宝玉功课得以放松
司棋、晴雯等被赶出大观园	第七十七回	晴雯身死，众人开始离散
薛蟠使气打死人命	第八十五、八十六回	知县受贿徇私，轻判薛蟠
河南一带决了河口，湮没了几府州县	第八十九回	贾政事繁而放松对贾宝玉的羁管
司棋因其母不同意婚事而自杀，潘又安殉情	第九十二回	王熙凤派旺儿帮着处理此事
贾府收租车子被拿走，东西被掀，其他买卖车亦是类似遭遇	第九十三回	贾琏派人找知县，原来并无牌票，其手下吏员所为
宝玉、黛玉相继失魂	第九十五、九十六回	宝玉昏聩中迎娶宝钗，黛玉凄凉而死
林黛玉焚稿而亡	第九十八回	宝钗将黛玉死讯告知宝玉，宝玉反而得以清醒
晴雯表兄吴贵之妻因感冒吃错药而亡	第一百零二回	贾府相继有人患病，贾赦在大观园里请法师捉妖
夏金桂欲毒害香菱，误食毒药而亡	第一百零三回	宝蟾说明真相，夏家反求薛家息事宁人
贾府被抄	第一百零五回	得西平、北静郡王照顾，贾政等尚不受牵连
迎春在夫家饱受欺凌，婚后一年亡过；史湘云夫婿身得暴病	第一百零九回	贾母病势日增
贾母病逝	第一百一十回	王熙凤勉力支撑丧事，力不从心，病情加重

续表

灾害内容	出现位置	结果
鸳鸯因担心被邢夫人任意摄弄而悬梁自尽	第一百一十一回	鸳鸯嫂子收百两银子而心喜
周瑞干儿子何三带头夜盗贾府	第一百一十一回	包勇打退众人,但贾母遗物失窃
妙玉被盗人掳去	第一百一十二回	惜春坚定出家之念
赵姨娘着魔而亡	第一百一十三回	伏王熙凤命不久
王熙凤病逝	第一百一十四回	贾家败落,丧事草草
甄应嘉称越寇猖獗,海疆一带小民不安	第一百一十四回	引出见到贾宝玉,与甄宝玉作比
薛蟠因大赦放回,香菱扶正,但难产生子而亡	第一百二十回	甄士隐接引香菱,完结尘缘

第四章　地方志中的灾害叙事

与史著相比，我国地方志的记载更为贴近百姓民生，更接地气，故而在涉及灾害的叙写方面，地方志更显细腻、真实。我国地方志中涉及灾害的叙事，既有专门记载灾害和祥瑞的部分，称为“祥异”或“灾异”等，又有相关人物故事中的灾害背景描写，通过简单的梳理可以体会其中凸显的民生意识。本章即以地方志中祥异记载、人物故事等为例，探讨地方志小说灾害叙事中涉及的内容及其叙事特征。

第一节　地方志中的祥异记载

“祥异”简单来说即为“吉祥”与“灾异”，二者在地方志小说中的记载往往与一定的“兆应”结合起来，体现出撰写者及其所处时代的某些灾害观念。

一、祥异观念表达

（一）天象兆人事

出于朴素的“天人感应”观念，大部分地方志在叙述具体祥异表现之前有一小段文字，陈述对祥异的看法，如有的将天象视作上天对吉凶的预示，如清光绪年间《咸宁县志》言：

古来灾祥不一，而俱归于天心仁爱，匪曰垂象以示吉凶已也。若何而旱？若何而雨？若何而草妖木怪？若何而星退舍？若何而蝗不入境、虎渡河？天道固在人事之中，亦甚迩矣。慎毋泄泄以处，而坐诿于莫可知之数。夫数果无可回也，天亦竟虐之而鞠凶之矣，何为先事而示之哉？荀悦曰："其本在地，而上发于天。自人招之，则亦自人弭之耳。"震无咎者存乎悔，在朝廷则问君相，在一方则官斯土者，曷可辞焉？志灾祥。①

以此种观念而言，灾害并非上天给人世间的惩罚，而只是一种提醒或警兆，无论是旱，是雨，是草妖木怪，是星退舍，是蝗不入境、虎渡河，皆是人事的某种曲折反映。欲观人事，先观天象，或者是此类叙事表现的重要观念。

地方志在撰写过程中，往往多参考相关史著和经典文献，并以某些观念作为例证来阐明叙事态度，如道光《宣威州志》言：

《易》著吉凶，《书》征休咎，由来尚矣。事乖而灾异兴，政修而嘉祥见。《诗》云"荷天之笼"，又云"敬天之怒"，"天人合一"之致，不啻影之随形，而响之应声，此君子所以大凝承而重修省也。志祥异。②

此处以《周易》《尚书》《诗经》等文献为论证依据，另清光绪《荆州府志》言：

孔子之修《鲁史》，纪灾异不言祥瑞，然大有年必书，蜚不为灾必书，未尝不以为祥焉。特灵芝瑞木珍禽异兽之观，有所不贵耳。虽变歧九穗，天或偶出其奇，以彰力田者之美。初不足为有位，风也。至于灾异之来，必人事失修，而后戾气乘之。董仲舒推阴阳所以错行，着灾异记，其书不传。历观史册，干象示异辄应以水旱寇盗，变不虚生，妖不自作，理固然已。圣王遇灾修省，尽人事以弭天变，庶几有之，而不足为患乎。《洪范·五行》之

① [清]陈树南修，钱光奎纂：《咸宁县志》卷之八《杂纪》，光绪八年刊本，第 1152 页。
② [清]刘沛霖等修，朱光鼎等纂：《宣威州志》卷五《祥异》，道光二十四年修抄本，第 98 页。

志，其大者固不仅系乎一方，而其小者则一州一邑，所当类记云《祥异志》第十二。①

此处则举孔子《鲁史》、董仲舒阴阳论、《洪范·五行》等，咸丰《邓川州志》亦举京房《五行》与《春秋》等，另以董、伏、欧、刘等为例证阐明无论祥瑞还是灾异大都为表象，本身不足为患，应借由感应之理，探询人世间的功过，及时调整，以便更好地服务于人事。有的地方志撰写者直接发表相关议论：

论曰：子产云："人事迩而天道远。"此殆为稗灶言也。不然，修吉悖凶之理，讵不捷于影响哉？明仁宗有言曰："在天为五行，在人为五事。五事修则五行之休征应，失则咎征应。"盖精于天人之际者矣。然则天变人警之以变，人畏天挽之以德。虎渡河而蝗不入境，转祸为福之道也。《洪范》曰："王省惟岁，卿士为月，师尹惟日，庶民惟星。"古盛时上下尊卑罔不兢兢焉。交相儆惧，盖以此。②

以作者看来，天变比人事表现更为明显，如日月之食，如旱涝之变，虽不一定必然为害百姓，但多与人间某种异常举措有所呼应，如同治《石门县志》所言：

君子言人事不言天道，言常理不言怪诞。然而星云灿帝世之华，风雷启忠臣之钥，则天与人通，龙麟游圣人之里，蝗虎避循吏之疆，则怪与常不又相贯哉！是故祯祥兆福也，妖孽兆祸也，殷忧兆兴也，盛满兆衰也。培福转祸，振兴扶衰，灵承修省之道如是，否则挟数任术，误用心于占测禳厌，间谶纬为幻妄之渐，祈祷亦惑溺之因，后或罹于法网而不知。京房、郭璞辈殷鉴不远，故曰："前识者道之华，而愚之首。"③

① ［清］倪文蔚等修，［清］顾嘉蘅等纂：《荆州府志》卷七十五《祥异志》，光绪六年刊本，第994页。
② ［清］侯允钦纂修：《邓川州志》卷五《灾祥志》，咸丰四年刊本，第48页。
③ ［清］林葆元修，［清］申正飏纂：《石门县志》卷十二《祥异志》，同治七年刊本，第1029—1030页。

所谓“子不语怪力乱神”①,从字面意义而言,一般解释为儒家圣人孔子从不谈论涉及怪异、勇力、叛乱和鬼神之类的事情。综观《述而》一章,多记述孔子学而不厌的治学精神,结合《论语》中的其他类似表述,可以从另一个角度进行理解,即孔子在教育弟子们时,认为对于鬼神之类事物要敬而远之,君子只存正道在心,如果自己不以正念做主而去祭祀、崇拜鬼神,非但不为福,甚至会惹来灾殃,反而为鬼神所制。儒家讲究中庸之道,重人事,虽未曾直接回应鬼神的有无问题,但从不主张去盲目地祀神、祭鬼。《左传·昭公十八年》所谓“天道远,人道迩,非所及也,何以知之”,亦是此一理念的展现。如民国刻印的《昭通志稿》所言:

> 和气致祥,乖气致异。二气之感召,大则有关国家盛衰,其次亦影响于一地方也。昭处滇边,溯有清之世,祥异所呈,不无征验。顾妖由人作福缘善,至《大易》垂天象,《春秋》有灾必书,所以示修省者至矣。因集往事,俾验将来,人道其匪遥乎?苟能尽人以合天,修德以禳患,和气所至,未必不可以化殃咎而为休征也。志《祥异》。②

此段叙述,将“祥异”志的撰写意图阐明详晰,即记天象之灾异实为了如何征往事而诫来者,实为了如何禳患祛难,令灾异不再为害人间。

(二)祥异不必定主祸福

地方志中涉及祥瑞与灾异的区分比较明确,但亦有地方志指出二者是可以互相转化的,如民国《宁远县志》所言:

> 祥异,祥者,休征也;异者,咎征也。《洪范》以五事配五行,而休咎各以类应。王省维岁,乡士维月,师尹维目,有由然矣。彼赤乌、元鸟,景星、庆云,祥也。星陨如雨,蝗飞蔽天,灾也。古圣王祥不敢谓瑞应,灾不敢谓偶然,故反灾可以致祥,不然,荧惑何以昼移,祥桑何以夕萎乎?宁邑素称醇

---

① [清]阮元等编:《十三经注疏》,上海古籍出版社1997年影印版,第2483页上。

② [民国]杨履乾等:《昭通志稿》卷十二《祥异志》,民国十三年,第15页。

茂,和亲康乐,固祥多而异少。然莅斯土者,当夙夜修者,庶迓祥休于无既也。①

此段论述指出如因灾异之发而惕醒自励,可由灾而转祥;而如因祥瑞而奢侈放纵,亦可由祥而转灾。灾异并不一定兆示着吉凶,往往只能代表自然现象,可能会引起灾害,亦有可能不会引起灾害,关键问题是如何对待灾异现象。如光绪《永昌府志》所言:

尝闻景星、庆云为大瑞,白狼、赤兔为上瑞,苍乌、朱雁为中瑞,嘉禾、芝草为下瑞。德政修则休征,着理不爽也。一涉于怪,即为圣人所不语,而《春秋》书灾异特详,盖怪者非事之常,非理之正,语之则易惑;异者人事失,天地示变,无是理而有是事,人见之则生畏。《诗》曰:"敬天之怒,勿敢戏豫;敬天之渝,勿敢驰驱。"《易》曰:"君子以恐惧修省。"非此之谓乎?谨历纪之,志祥异。②

对于此类天象的记载,是令人产生敬畏,产生反思,以便令异不生害,灾不生难,即如《罗田县志》所指出的:

灾异也,志之何?敬天戒也。嗟乎!天人之理微矣,然庶征衍于箕畴,而感应之神昭乎,不可诬者变之来也,其可独委于天乎?是故听一邑之政,则召祥弭灾者,今之职也。志灾异。③

主一邑之人事者,当先明了县邑之前所经历的祥异之事,了解其前因后果,以便更好地尽职治事。相当数量的地方志有当地主政官员的参与,甚至有的是为一府之主或一县之主亲自主持编纂的,其明职、尽职的目的性甚为明晰。而

---

① [清]曾钰纂修:《宁远县志》卷十《杂志》,嘉庆十六年刊本,第1221页。
② [清]刘毓珂等纂修:《永昌府志》卷三《祥异》,光绪十一年刊本,第30页。
③ [明]祝翊修,[明]蔡元伟纂:《罗田县志》卷七《灾异志》,明嘉靖二十一年修,民国十五年铅印本,第101页。

此类记述,往往对当地的气候变化及灾害处理有部分规律性的概括和总结,能够起到一定的预防和指导处置等功能。有的地方志中更是将"天道""人事"观念进一步科学化,认为灾异记述皆为自然现象,本身不一定必然与世间的灾害相联结,如民国刻印的《昭通志稿》所作按语:

> 祥异之事,不必定主祸福。惟是知几其神物得气,先默默中似有主宰,非无因而至者。独惜年远无征,存仅什一。至如日食、月食、雷电击毙人物等,属之常见习闻,故不书。①

伴随近代科学观念的深入人心,多有地方志将祥异视作轶事异闻者,如民国《南漳县志》所言:

> 总此十志,文省于旧,事增于前,包举目类,独遗祥异者,以地志非国史比,不当援五行之例,且推步日精,知无关于征应也。诸志之外,旧皆有"杂识"一门,或曰"杂录",或曰"杂记",凡遗闻琐事及无类可归者,胥入之。府志芟其榛芜,别为志余,体例较为简洁。兹以唐书艺文不废杂家,稗官丛谈足广异闻,故仍为杂识殿于十志之后,附以祥异,从府志例也。②

随着时代的推移,祥异虽仍多作为专门部分记载于地方志中,但其观念中已体现了愈来愈多的近代科学精神,"天人感应"观念在逐渐地发生演化,相应的灾害叙事亦发生了叙事重心的位移。

(三)分类祥异的记载

地方志中除总叙"祥异"外,还有将各种灾害分开论述者,如有"荒歉"的描述及对其来源的追索:

> 富室连阡,无产者多徒手坐食,不耕者多食指日繁,内虚者多风俗奢侈,外耗者多积,此四多,乐岁且虞不足,一遇凶年,十室九空,奸商酷富,闭

① [民国]杨履乾等:《昭通志稿》卷十二《祥异志》,民国十三年,第19页。

② [民国]向承煜等纂修:《南漳县志》卷首,民国十一年重刊本,第28页。

粜腾价，谷玉米珠，有不饿殍满野者哉？置义仓预备，多被领户侵食，故平日之查仓必严，请发赈抚恤须防胥吏作奸，故临时之办赈必亲。阖境谷多，可减富户之价，否则高其值以来远商，而价自平。饥民抢食，可用原情之典，太横则治其魁以警群愚，而抢自止。至于课农桑、劝节俭，务积聚，教任恤，皆素宜讲。身为民牧，凡先灾而虞，及时而拯，后事而备，关经济焉，可不以实心行实政乎？①

富者益富，穷者益穷，如遇荒旱之年，虽有赈济与义仓等，却又多被富户侵渔，此等叙述直接将荒歉产生之由推至执政者的不作为，比一般归咎于“天罚”“天意”的史著表述更切合实际，批判意味明显。亦有地方志叙述地震等灾害时除记其时间、地点、危害等之外，亦有一定文学描述，且将灾害前后之事合并分析，得出的结论虽不一定正确，但将地震与人事联系的描述，实为“天人感应”理念的表现，如光绪年间《道州志》言：

万历戊戌除夕前一夜，二鼓分，忽地震迅速接壤而去，声若卸瓦，屋舍皆动，合州同时。次年遂有征播用兵之扰。至崇祯十二年十月中，七省同时地震，是时州治瓦屋皆动摇有声，人或有侧堕床榻者。流寇之祸此时正炽，天道岂真茫昧哉？②

地震的发生被视作兵乱的预兆，或许地震会给百姓造成大规模伤害，直接导致生计的困难，加之为政者的赈灾不力，与随后的兵乱有一定的关联性，但此种论述受其背后的“天人感应”观念影响亦是甚为明显的。除此之外，亦有将竹子开花结实等自然现象视为预兆者：

康熙四年乙巳，遍地竹皆生花结实，自粤之富川、贺县以及楚之临蓝，到处皆有。始以为异，至夏旱，赤地焦土，民稍有拾以为食者。已而饥民争

① ［清］林葆元修，［清］申正飏纂：《石门县志》卷十二《祥异志》，同治七年刊本，第1037—1038页。

② ［清］李镜蓉修，［清］许清源纂：《道州志》卷十二《杂撰》，光绪三年刊本，第1030页。

取，男妇老幼折竹枝殆尽，乃搜之根底，劚之石窦，饥未甚惫者或日得盈斗，少亦七八升，羸者亦得一二升，或试以酿酒，亦清洌。①

竹子种类繁多，但绝大多数四季皆青，开花结果者比较少见，而一旦发生竹子开花结果，往往会导致竹林的成片枯死，大多会与灾异联系起来，像《山海经》《晋书》中亦有此类记载，民间更有"竹子开花，马上搬家"等俗语。据现代科学研究表明，竹子开花往往与多种因素有关，有的是因竹子生长达到一定年限，有的是因当地气候变化等。上述地方志所载康熙四年(1665)的竹子开花事件，甚有可能跟干旱气候有一定关系，因干旱而导致饥馑，有以竹实为食者，有以竹根为食者，得以暂缓饥情。此种叙述并未将竹子开花视作必然的灾害，而是将其看作干旱的预兆，且指出了竹实、竹根可食甚至可以酿酒的功用，有一定的现实依据。气候异变等天灾虽为灾甚广且直接，但"兵难"与之相比，更显频繁与难以防治，如同治年间《石门县志》概括兵难之害，言：

水旱虫蝗，饥馑疾疫，皆气运一劫，而莫甚于兵难。诸劫虽有转徙，无淫掠之羞；虽有死丧，无伤残之惨。兵则何所不至？故劫运以兵为极。生民以来，代有干戈。澧州自吴逆后，庆乐土者二百余年矣。石门土司归流，苗蛮不扰，粤匪犯顺，亦未窜入。第居安思危，有备无患，审守御以防外寇，则团练为寓兵于农之善法；严查访以清内匪，则保甲为十家互稽之良规；简方正以重委任，兼戒专擅，斯团练可久；择朴诚以充役使，预防私科，斯保甲无弊；干城作卫，而蘖芽不生。何不可以永销兵气哉？②

一般意义上来讲，天灾难免、兵难可避，但实际情况却是天灾对百姓的伤害或许是有限的，而兵难则给百姓带来无尽的伤害。像此地方志所庆幸的，各种水旱虫蝗、饥馑疾疫，百姓虽多有流徙之苦，但无淫掠之羞、伤残之惨，数年之间亦可得还复生计。石门一县有二百余年无兵难，虽有各种气候灾异，但不曾受

① [清]李镜蓉修，[清]许清源纂：《道州志》卷十二《杂撰》，光绪三年刊本，第1031页。
② [清]林葆元修，[清]申正飏纂：《石门县志》卷十二《祥异志》，同治七年刊本，第1047—1048页。

羞、遭惨，被诸人视为“乐土”，撰者最大的希望便是“永销兵气”，且提出各种防治措施以居安思危，努力令“乐土”得以延续。

二、地方志中的灾害记载

（一）自然异象的记载

与正史中的《五行志》相比，地方志中涉及自然灾异的记述集中到某一地域，较多关注到灾异对百姓生计的直接影响，如道光《遵义府志》所载黎安理记嘉庆年间水灾之惨甚为详悉：

> 嘉庆辛酉春，长子恂游庠，余送之郡，谒先师释菜。是日，天朗气清，夜阑寝矣。至丙夜，雷电大作，猛雨翻盆，屋瓦磔磔格格，几欲塌而不能支。惊起，则被褥尽濡，电光所烛见室中水已深尺余，而雷雨更甚，如天崩地裂，澎湃奔腾，水不及簟仅寸许。满城喧呼号哭，阗溢街巷。余黑夜立水中，直不知犹在人世。延及曙，街水尚数尺，乃知水由水井湾半坡暴涨而下，冲决当路房宅，淹捕署近一丈，径天后宫倒砖壁，横流大十字，合西门沟之水，荡大街，倒药王宫砖壁，殿前石缸二冲至熊氏门，直流下捞沙巷，有汪姓二宅及中男妇七口并地基冲低三尺，尽没乌有。折出东右水门，入湘江，计街房冲去者数十家，丁口淹没者百余人。人皆疑为有神物游焉，而实无有也。当时滂沱大作，如排山倒海而至，即长江大河巨浪汹沸，不能状之。其山潦直泻千仞，急流奔注，既无沟渠以纳之，又无堤防以捍之，一任其猖獗泛滥于城市，而无如何，盖势然也。其人民之死于水，房舍之漂没于水者，亦其数焉。时捞沙巷口柳树间流一人，援树呼救，一人流至右水门，其项为栅柱所夹，一冲落天后宫侧阴沟口中水倒碑，盖其口冒而过，俱得不死，非数不在水劫与？①

对于水灾的突发、满城号哭之怪，记述甚细。地方志将此文收录，亦展现了

① ［清］黄乐之、［清］平翰等修，［清］郑珍纂：《遵义府志》卷四十七《杂记》，道光二十一年刊本，第1102—1103页。

对民生疾苦的某种关注。还有对兵乱之前异象的记载,往往与随后的兵乱之惨联结起来,如道光《遵义府志》所载嘉靖年间之事:

> 二十七年正月内,日下复有一小日,空中相荡,数日方止。四月,彗尾见于西方,其芒如帚,又有一星四围皆若芒刺。民间谣云:"有饭无人吃,有路无人行。老者死大半,幼者死七分。"六月,应龙率苗兵犯顺,二十日抵至登铺,张良贤战不利,退回,与房嘉宠约,空綦城以免民难,房不然之。次日,城陷,杀男女万计,浮尸满江,城内外焚毁几尽。此建设以来非常之惨也。神宗震怒,命总督李化龙督师会剿,播酋叛势甚张。①

所谓日下复有一日,所谓彗星见于西方,本为自然异象,固然不甚常见,但与兵乱并无直接关联。而在地方志的叙述之中,因对兵乱中浮尸满江记忆深刻,二者同为异常,联结起来记载,亦展现了对兵乱本身的忧惧之情。

还有提及瘟疫,亦有与兵乱联结者,如光绪《湘潭县志》卷九即提及至元十五年(1278)、顺治六年(1649)、乾隆四十四年(1779)、光绪十四年(1888)等多次,称疫时死者甚众,有一次即数千人者,有一门皆为殄丧者,且遍及整个县域。对于引起疫情的原因,此地方志中归咎于瘟疫之前的兵乱,称为兵气之余沴,而治疫之法则以罢市、祭禳为主。② 亦有地方志将某地气候异常视为兵灾之兆,如光绪《兴宁县志》卷十八载康熙十二年(1673)初夏,日月磨荡,昼夜不停,色赤炫目,至秋末方止。又有河中名为刀枪鱼的小鱼浮满水面,信手可获。又西北方天上有关刀状云彩,长丈余,色赤,逾时乃隐。③ 此日月炫目、河浮刀枪鱼、天显关刀等本为某种自然现象,但与第二年春天发生的三藩作乱联结起来,皆被当成兵灾之兆。

当然与笔记小说中多有言疫病由天降相类,亦有地方志将疫病之来归诸神

---

① [清]黄乐之、[清]平翰等修,[清]郑珍纂:《遵义府志》卷二十一《祥异》,道光二十一年刊本,第436页。

② [清]陈嘉榆等修,[清]王闿运等纂:《湘潭县志》卷九《五行》,光绪十五年刊本,第1623—1624页。

③ [清]郭树馨、[清]刘锡九修,[清]黄榜元纂:《兴宁县志》卷十八,光绪元年刊本,第1968—1969页。

灵者，如嘉靖《徐州志》卷四十五《异闻》称平江市有周翁因患疟疾，被人劝着至城隍庙中暂作“避疫”之举。夜半时分，忽见城隍临轩而坐，有卒徒引七八衣冠者至于神座下，城隍称自己奉上帝勅令要在当地行疫，命下面的各位土地神不得迟缓，须速行此事。有一土地称所负责的孝义坊居民皆为良善之人，未有过恶，难以疫病相及，城隍怒斥，严令其遵照天旨而行，土地神遂请示是否可以小儿充数，城隍同意，后果然城中瘟疫大作，各处死伤无数，孝义坊则仅有童稚小儿患病①。此则小说中表露了一种观念，即瘟疫之作虽由神降，但如常行善举，疫亦难染，劝人为善的撰写意图有所展现。另如乾隆年间《庄浪县志》卷十九载雨雹、大旱、风霾多种，且记时人之诗：

水自东流日自斜，更无鸡犬有鸣鸦。
千村万落如寒食，不见人烟空见花。②

详述当时人以草根、树皮为食充腹，甚至有易子而食、析骸而爨之惨事发生。发生自然灾害之后，朝廷赈济固然是重要的举措，此外民间仁厚之人慷慨解囊亦起到了很直接的缓解灾情之功，如有民间仁者在灾害发生时民间行悬金瘗尸之举：

正德四年己巳七月七日，大雨倾注，一昼夜不息。旦起视之，高低田禾俱成巨浸，小民流离死亡者不可胜计。次年庚午正月八日，民间争看参星，冀得丰穰，父老曰：“使星古果验，当复如上年，吾民奈何？”春夏淫雨弥月，水更浮于己巳，民皆乏食，老者填死沟壑，幼者委弃街衢，久则壮者亦相枕而死矣。积尸河渠，触目伤痛。乡民严春家素饶，号仁厚，出己地以瘗之，复悬金为赏，传示村民，众皆利于得食，各载浮尸，争先以往，似得古人掩骼埋胔之意。维时县父母方公豪具奏，得免漕粮，迄今颂德。③

---

① [明]梅守德、[明]任子龙等修：《徐州志》卷四十五《异闻》，嘉靖间刊本，第 1866—1867 页。

② [清]邵陆纂修：《庄浪县志》卷十九，乾隆三十四年抄本，第 278 页。

③ [明]周世昌撰：《重修昆山县志》卷八《灾异》，万历四年刊本，第 544—545 页。

自然灾害往往与饥馑前后相连，像此则记载中连年大雨，令百姓屋居受损，粮食歉收，流徙乞讨者众多，由此导致老幼死于沟壑街衢，壮者亦枕藉而亡，触目惊心，更有可能因尸体不及时掩埋导致瘟疫的发生与扩散。此则记载旨在称颂乡民仁厚慷慨，以己田瘗无主之尸，且又出金悬赏，令众民埋尸得利，无形中既令死者得安，亦令生者得食，起到了直接的救灾之用。此文最后言及当政者启奏于上，得免漕粮而得令誉，以今人看来，不免隐隐中透露出某种对执政者的讥刺：在乡民未曾出金葬尸前，官府未曾有丝毫举措；在第一年发生水灾时，官府未曾启免税银；仅因具奏免第二年漕银，便可得"迄今颂德"之功，更可见其他未得"颂德"时候吏员赈灾功能的缺失。

除水旱虫蝗等自然灾害外，地震往往亦是某地百姓心中的噩梦，地方志中几乎所有的地震都会大书特书其灾害之重，亦有以故事形式寓示地震难以避免者，如《黎县旧志》言有海潮寺一僧人晚年散步，忽见一貌似贵官者造访，其间有吏员呈巨册于案：

> 僧献茶，官取茶向口，未饮即返僧，僧恍惚疑惧，官已觉，谓僧曰："汝勿惧，吾冥官也。此县应逢劫，邻境亦然，吾当按籍。案上册即劫中人姓名也。"揭示，僧多不能悉记，惟首一行系通海县把总赵某一门可认，官起，遽出，戒僧曰："汝当秘之。不然，将不利。"众拥之升舆去，如烟雾然。村人遥见僧出入趋走如送迎状，趋询之，初不言，苦询之，始语其异。众笑其言，因僧素有癫疾故也。及二十六日夜，地大震，压死人无数，赵把总合家无遗，其他死在数目半，如僧言。众始异之，余月，僧无故缢死。①

此则记载中称寺僧迎客时，村人仅见其迎送举动，未见有人入寺，不免狐疑，询问寺僧缘由。冥官谆谆告诫寺僧不得泄露地震的天机，但寺僧耐不住众人苦询，以实相告，众人反而不信。后地震大作，压死人无数，寺僧于冥册所见赵把总满门皆在劫未逃，将地震灾害的产生归咎于冥劫。另此则记载又将寺僧月余之后的缢死与地震联结起来，视为泄露天机的惩罚，体现了一定的命定论思想。还有火灾发生之后，如果没有找到确切的火源，往往会将起因归诸"天

① ［清］未署撰人：《黎县旧志·轶闻》，乾隆年间增修本，民国五年铅印本，第359—360页。

意”，如光绪《渭南县志》所载火灾频发之事：

> 顺治八年，远近火灾。烟起积草垛内，救之焰愈上，常数十垛皆燃。人于麦梗垛内捡出鸡毛、绵絮。一家白日庭木流烟，须臾火起延烧。九年至十年，火灾不断，南原西王里夜忽火发，邨庄人家十垛九皆起熖排空。人疑盗发，登堡城视之，见西北一带火光越堑如平地而来，近堡见持炬人三尺许，群绕火际。次日焚处拾一折，简字数行如人书迹，其语云：“土地不宁，天降凶神三位。一收牛，一收驴，一收人。人宜祭祷。”是岁，牛死几尽。①

此则小说中将火灾不断先是认为由盗匪所发，后又与简折上的字联结起来，认为是“天降凶神”，体现了对未知火灾原因的某种推测。当然，地方志在记载灾害之时，亦多有记载朝廷赈济之法者，如光绪《永昌府志》卷三《祥异》载成化年间之事：

> 十六年春正月，腾冲灾。巡抚副都御史陈金疏奏，上特遣重臣一人至滇敕谕略曰：“云南僻在万里，灾应有由。特命尔前去，广询博访，旌贤良，黜贪暴，阅军马，修城池，振举废坠，远达幽隐，兴利革弊，务期军民安靖，边境宁乂，少纾朕西顾之忧。”②

远离京城的腾冲发生灾害，朝廷特遣重臣前往，表现了对灾害的重视，另谆谆告其赈灾之法，即先探询灾情产生的原因，广泛访询当地百姓，旌表贤良，贬黜贪暴，检阅军马，修缮城池，兴利革弊，皆从根本举措上着眼。灾不为害，长治久安，或许是执政者最大的治理目标，亦是百姓的最大心愿。

（二）当地传说

地方志中亦有将某地的禁忌或某地的传说与灾害相联结记载者，如记龙母庙的来历：

---

① ［清］严书麟修，焦联甲等纂：《新续渭南县志》十二卷“祲祥”，光绪十八年刊本，第1233—1234页。

② ［清］刘毓珂等纂修：《永昌府志》卷三“祥异”，光绪十一年刊本，第30页。

时春陵苦旱，道士陈惟静诵《龙王经》，于月岩祷雨，遇老妪曰："上帝敕命村江不得施雨。"陈乞之，妪遂举案上笔，点砚池水，洒成云雨，忽失所之。三日后，陈见一巨蛇死于岩西，盖帝罚也。陈因葬之，有小蛇五绕坟，遂化为五龙去。土人因为之立庙云。①

此则小说中因为天旱，道士陈惟静祈雨，有当地司雨巨蛇化为老妪露面，告诉其因有上帝敕命故不得降雨。陈惟静苦苦哀求，老妪无奈，遂不顾帝命而擅自下雨，缓解了当地的旱情。然而三日之后，陈惟静见有巨蛇死于岩西，认为是此蛇因擅降雨而遭罚，故行葬埋，又有五龙绕坟而去，当地人念其恩义，遂建庙祭祀。此则小说记述龙母庙的来历，旨在彰扬"龙母"为民而不惜牺牲自我的精神。乾隆《甘州府志》卷十六亦载一仙姑庙的传说，称此女曾因黑河源水泛溢，百姓渡河不便，遂设板为桥以济众，令百姓得免病涉之苦，后逢水发，桥崩，此女随水而逝。其后此女常以魂灵形式后常显灵助百姓施风雨，当地百姓感其灵异遂寻尸而葬，立庙崇祀，号"仙姑庙"。此仙姑不但令其地风调雨顺，且劝化逆媳，警诫犯边番虏，生前与死后皆造福一方。

亦有记载某地禁忌者，如乾隆年间《成县新志》载：利泽龙神庙前湫池、陇右仇池旁之洞多有灵异之处，如举措得宜，可为福，如随意侵扰神灵，则可为祸。道光《宣威州志》卷八《杂记》则将冰雹的来历与吸阳塘、裸泥潭联结起来：

郡之西南有吸阳塘，龙母也；郡之东北有裸泥潭，龙子也，实冰雹之司。每春末夏首，东北者归省于西南，往反各道所至为灾。故老言旋风卷尘土化为冰雹，或又尝窥冰雹所自起，因掘其窟，得若白泥丸者数仓，谓冰雹之未化者。尔裸泥潭附近居民厌苦既久，于潭侧为作庙宇。落成之日，延道士阐号祈福。是夕，有白气一缕，直贯空虚，下瞩潭底，炯炯然双灯悬射。居民私相谓曰："白龙欢喜矣！"此潭固灵异，茂林环绕，落叶堕水面，辄见小

① ［清］李镜蓉修，［清］许清源纂：《道州志》卷十二《杂撰》，光绪三年刊本，第 1028 页。

青雀衔而出之，其下泽可引灌田亩，而龙固靳泽，护以冰雹，不听开渠也。①

以此则记载而论，将冰雹视为由龙所控，故建庙祈福，希求得龙之喜，以趋福避祸，地方志记载中与此相类者甚多，如《马关县志》言阴兵洞为冰雹之源：

在阿得老寨山麓，村人常闻洞内有锣鼓声。每年元旦俗以酒醴香烛拜祷，六月一日复以牧醴致祭。盖洞内能出冰雹，祭则致福，否则为害，大抵民俗迷信多所难稽，而祀赛之期籍以节，耕农劳顿，得一时之游乐，点缀风景，亦不在少。②

此类记载中对庙、寺、观、洞等的祭祀，一来为了某种愿望的达成，一来是为了避免某些神灵的侵害。伴随科学观念的深入人心，此类说法多不为人采信，如上则小说所言，节庆之时的祭祀渐渐成为民间游乐、点缀风景之法，亦是时代发展的必然。对引发自然灾害原因的探询，是地方志灾害叙事的重要方面，像某些山洪、泥石流之类，民间多归因于蛟龙的作祟，故有所谓的"捕蛟""除蛟"之法，如《归州志》附载有乾隆十一年(1746)江西按察使陈翁藻上疏朝廷且得到回复旨意的捕蛟法奏疏：

奏为敬陈管见，仰请睿裁事。窃惟旱潦系乎天时，补救借乎人事。上年江浙四川所属及江西之德兴、宜黄等县，偶以水患见告，荷蒙皇上天恩发帑赈恤，固已民庆更生矣。然臣查其被水之由，多系蛟发所致。按蛟似蛇而四足细颈，颈有白婴，本龙属也。相传旷原邃阜当春而雉与蛇交，精沦于地，闻雷声入土成卵，渐次下达于泉。久之，卵大如轮，又闻雷声奋起而上，自剖而出，暴腾狞劣，往往裂冈岭，荡田园，漂没庐舍，人畜而迫不可防。惟雉与蛇非类而交，其事不经，又未见于纪载，似涉臆说。第考晋太原中司马

① [清]刘沛霖等修，[清]朱光鼎等纂：《宣威州志》卷八《杂记》，道光二十四年修抄本，第182页。

② [民国]张自明修，[民国]王富臣等纂：《马关县志》卷一《地理志·风景》，民国二十一年石印本，第138页。

轨之将雉媒下翳，其媒屡雊野辄遥应，觅所应者，头翅已成，雉半身，后固是蛇。又武库中忽有雉，人咸怪之，司空张华曰："必蛇妖所作。"搜括之，果得蛇蜕。是雉与蛇交而生蛟，容或有之。要亦虫蛇恶物，为民害者，所当亟为驱除也。谨按月令，渔师伐蛟，则蛟之宜伐也，明矣！惟是伐之之法不传，询之山野父老，凿言生蛟之地，冬雪不存，夏苗不长，鸟雀不集，其土赤色，其气朝黄，而暮黑星夜视这，气冲于霄。未起三月前，远闻似秋蝉鸣，此时蛟能动不能飞，可以掘得。及渐起，离地三尺，声渐大，不过数日，候雷雨而兴，多在夏末秋初之间，善识者察气辨色，掘土三五尺余，其卵即得。多备利刃剖之，其害遂绝。或云："蛟非龙引不起，龙非雷电不行。宜用铁与犬血及不洁物以镇之。"又云："蛟畏金鼓夜畏火。夏月田间作金鼓声以督农，则蛟不起，若连日雨，夜竖高杆悬以灯火，亦可避蛟。"凡此搜捕之方，防御之术，体察物理，未必无征。臣以为御灾捍患，惟虑不得其法耳。苟得其法，似宜试行之。况蛟水为暴发，则为害匪轻，历查各直省内，每于山深谷邃之区多被蛟患，若将前项御蛟之法通行各省，令地方官晓示居民，不时留心察看。如果掘得蛟卵，永除民害，否则如法镇之，俾不得上腾，亦可防患于未萌。此人力所能为，似未便置之勿论也。臣愚昧之见，是否有当，理合恭折，奏请皇上训示。谨奏奉。旨：此折着抄录，寄与江南浙江督抚阅看，如有可仿照之处，令其酌量办理。钦此。①

此则奏疏针对当时频发水患而发，谈及朝廷赈恤、前人论述、实地考察、民间传说等，将捕蛟之法一一陈述详明，且欲推行广布以利百姓，姑且不言是否真正得以"捕蛟"，至少表明了地方官员力图从根本上除害利民的爱民之心，故得当权者的首肯。光绪八年的《归州志》另附一段按语，将此意图阐明更为明晰：

右《伐蛟说》一篇，乾隆年间陈文恭公为江西巡抚，因江省向有蛟患，故撰此说，用以劝谕乡民。其述蛟之情状及制御之法，最为详晰。本年六月，鄂省黄梅县一带同时发蛟，水势暴猛，漂没田庐，受害匪细。若于未发之时，先能留心辨察，依法除之，何至猝被水灾，穷黎漂泊？目击情形，良堪悯

① ［清］余思训修，［清］陈凤鸣纂：《归州志》卷八，同治五年刊本，第335—339页。

恻，爰取文恭公之说，复为刊布，凡乡老村农，允宜仿照遵行，奋勉从事，庶几蛟患不兴，而生民永利矣。①

无论是敬龙祀蛇，还是捕蛟除蛟，从根本上而言皆出于百姓朴素的趋利避害愿望。灾不为害，最好的方式便是从根源上予以解决，故而在某些地方志中记载了当地的某些特殊地点、特殊方法，有禁忌，有警励，客观上虽未必能起到真正的祛灾效果，但在灾害发生时，能够起到一定凝聚人心、缓解民间忧虑的功能。

（三）报应故事

地方志所载故事中有一些跟轮回报应观念有关，如嘉靖四十二年抄本《徽郡志》卷八载宋时吴璘曾在蜀为制置之官，因恐有盗匿于某山茂林之中，欲行焚山。夜晚有一老妪携子哀恳，请延缓一日焚山，以做迁徙，而吴璘不听且斥其为妖物，四面纵火焚山，第二日发现岩石下有大小二蛇皆焚死，大者有十数丈。纵火之时有黑气向东南方飞去，恰值其子妇生子吴曦，即言为蛇死后投胎。后数十年，吴曦叛乱而受金国爵命，自称吴王，终以叛逆而被灭满门。此则记载充满玄幻色彩，而将吴曦叛乱被诛杀与其祖父焚山时有死蛇联结起来，是一定的报应轮回观念的展露。

在前文讨论的笔记小说中有不少“蝗不伤田”的故事，地方志中的记载多有相似之处，或者有一定的借鉴关系。如道光《高邮州志》卷十《笃行》载有一国学生邹元焕，从小侍母至孝，多行善事，恤寡怜贫，见卖妻鬻子者辄出资助其赎回，遇有灾害之时，更是倾囊相助。某年忽然蝗虫飞集其田，邹元焕焚香祈祷，称此田间谷物并非自家享用，而是助贫之资，旋即蝗虫飞去他人之田，邹田不损一毫。于是邹元焕欣然将田地所产粮食数百斛皆赠予灾民。当时有乞讨者将死尸偷偷地放置邹田，欲图陷害敲诈，数百同乞者怒斥其忘恩负义，将敲诈者逐出，死尸掩埋，避免邹氏之祸。此则小说以“蝗不伤田”与尸不为祸彰显乐善好施者不但得天之善待，亦得百姓之恩报。② 与“蝗不伤田”相对应的，亦有地方志记载有因对神不敬，而致灾祸者，如嘉庆《如皋县志》卷二十四“别录”载一

① ［清］李炘辑，［清］沈云骏补纂：《归州志》卷三，光绪八年刊本，第164—165页。

② ［清］杨宜仑修，［清］夏之蓉等纂，嘉庆十八年冯馨等增修：《高邮州志》卷十《笃行》，道光二十五年范凤谐等重校刊，第1791—1792页。

故事：

(万历)四十四年九月，蝗从西北来，蔽天翳日，民争刲羊豕祷神。神有蒲神大王者，尤号灵异。凡祷之家，止啮竹树茭芦，不及五谷。有朱某者，牲醴悉具，见蝗势且逝，遂不致祷，须臾蝗复返集朱田，田禾七亩，尽啮而去，邻塍不损一苗。相传有怪书投其神曰："借道不借粮。"亦可异也。①

此处蒲神大王作为一方神灵，能够起到避祸的功能。朱某因不敬神，见蝗势且退遂不致祷，结果蝗虫对于祈祷之家只为"借道"，不伤五谷，至其家则尽食田禾，故事其实在警诫众人祷神须诚。同卷中载一妇人曾产七女，皆行溺死，结果第八胎时产下巨蛇，作人声而呼母索乳，令妇人惊骇而死，蛇亦死于母旁，此则故事中的报应观念体现更为明显。《金坛县志》亦载数则蝗不为害之事，一称康熙壬子年间(1672)，有神曾降于溧阳一民家，称其为金坛葛子坚，当年岁旱，蝗必为虐，上帝命其驱蝗，定能使蝗不犯田禾丝毫。百姓且信且疑，继而蝗果大至，弥漫林莽田野之间。百姓方大惧，裂楮大书曰"驱蝗葛公之神"，争先出鸡酒糗饵等物进行祭祀，蝗虫乃去。此葛子坚名维屏，为金坛进士。② 同卷另载宋宁宗嘉定己巳年(1209)时，邑间因大旱而飞蝗蔽天而下。当时太常丞刘宰正在家中，草书一函，命其仆至城北钟秀桥，见两黄衣客，即跪进之。仆人至桥后果见衣黄者，遂跪进书信，黄衣客启书阅竟，语仆曰："我借道不借粮也。"后蝗果不为灾。自此之后，如有蝗灾，必向漫塘祠虔祷祭之，蝗皆不为害。③ 此二则小说称葛维屏、刘漫塘为驱蝗之神，实有颂扬金坛当地名贤之意。

雷击之事虽不常见，但传闻甚广，此类故事在叙事中亦往往与轮回报应联结起来。如咸丰《邓川州志》卷末《杂异》载有一事，崇祯年间在三道桥发生雷击死府皂赵会成之事，且其背上有"刁讼害人"之字，乡间绅士听闻此事，作《谢雷表》表达对上天警示的敬畏之心，并令道士斋坛焚表，以告上天。五年之后，有人行乩，关帝降鸾称此表已达上帝，并将表文附录：

---

① [清]扬受延等修，[清]马汝舟等纂：《如皋县志》卷二十四《别录》，嘉庆十三年刊本，第2200页。

② [清]冯煦等纂：《金坛县志》卷十二《灵怪》，民国十年刊本，第897页。

③ [清]冯煦等纂：《金坛县志》卷十二《灵怪》，民国十年刊本，第897页。

伏以王法千条,人每玩而易犯。天雷一击,世必震而咸惊。第雷司之霹雳不轻行,而道路之诛击不多见。迩有赵会成者,原为太和县民,顷被迅雷击死于邓川州路,想此人不忠不孝,必有异恶而难容,乃于今告地告田,因以健讼而被戮。盖巧莫巧于诬田价,每至惊人魄,撤人髓,以上有好者,如今日贪酷极矣,而惨莫惨于捏控词,几番破人家,戕人命,则下有甚焉。令天心忍默得乎?是以三尺特授于帝廷,一击轰闻于邻境,嗟此人已化烬余之灰,即告得银如山,奚用?叹吾生俱属泡中之影,每惯作孽如蜮,何为一人告加田,众人食之,罪必归于首恶。千人诬告价,一人长之,祸必重于主公。雷乎,其以赵会成一人昭鉴乎?天乎,其以告加田一事示警乎?窃思乱臣贼子,恶止起于一念之贪,谗口妒心,奸莫甚于迭讼之毒。鬼神暗地里损寿、损财、损子,三元之校勘不差;报应显法中诛佞、诛暴、诛贪,五雷之疾威罔漏。某等曷胜激切悚惧之至!①

此则表文极力以"激切悚惧"为表达主旨,将被雷击毙与刁讼害人联结起来,又以行乩之语称此表已达上帝,作为报应的辅证。

第二节　地方志人物故事中的灾害叙事

地方志中的祥异部分主要以纪年的方式记叙发生的各种祥瑞或灾异情况,记述相对简略,与正史《五行志》中的记载方式甚为相似。除专门的祥异记载外,地方志中还有相当数量的灾害叙事分布在大量的人物故事中,"小说"的意味更为明显。所谓"沧海横流方显英雄本色",灾害往往是人物品格的试金石,亦成为很多地方志中人物故事的重要背景。

① [清]侯允钦纂修:《邓川州志》卷末《杂异》,咸丰四年刊本,第214页。

一、循吏官绩

(一)判案有神助

地方志中的“人物志”部分多有当地官吏的善政善举,除兴办学校、修建祀庙等之外,能辨善判亦是为官一方者的优秀品质之一。如嘉靖年间《太康县志》载:宋时蔡高为长溪县尉,善判明断,县中有老媪,其二子出海捕鱼而亡,媪定指某氏为仇人。入县上告,县吏皆言未见尸首,且海上本有风波之难,无法确定是否为仇杀。蔡高则观媪气色,称其面色有冤,于是暗访仇家,得其杀人痕迹,于是与媪相约宿于海上,七日时海水涨潮,二子之尸浮海而至,勘验之,果皆为人所杀,于是收捕仇家,问讯伏罪。另有百姓夫妇同时出门,有人入室盗窃而杀其子,蔡高亟召邻居里长等皆至环坐,熟视众人,忽指一人为杀人者,讯之果伏罪①。万历年间《开封府志》卷十八载:陈州人孟镛为监察御史,永乐初年巡按云南,途中忽见有百姓房舍灶中有白气腾出如虺蛇之状,他日又见之,于是默祷如有冤屈当梦中相告。夜间果梦有人诉状,自称大理人李二,曾佣工于王礼家,被其殴打致死,埋于灶下。第二日孟镛前往查勘,果然寻得尸首,于是王礼伏法,众人皆畏其神明。百姓感同身受的便是贪官污吏的不作为和乱作为,如遇冤情,往往期盼“青天”式官员的出现,地方志中多有此类因梦破案者,旨在称颂明断善判的良吏美政,表现百姓对良吏的期盼,但很多时候凭鬼神相告或梦中得信,未免亦隐隐展现出当时破案技术和方法的欠缺。

除审断人间冤案外,还有的小说中称有官员可审判畜类伤人之事,如隆庆《登封县志》卷五载谷庸判虎一事:

> 谷庸,陕西城固县临生。永乐八年知县事,时有秃尾虎入城为害,居民席守中犹子被啮死。守中诉于县,庸即反躬自责,郢沐投疏中岳祠,不旬日虎忽投守中涸井中。邑民皆称其德政所感。卒于官,远近闻者,莫不哀悼焉,祀名宦。②

① [明]安都纂修:《太康县志》增定卷六,明嘉靖刻本,第159—160页。

② [明]李明通纂修:《登封县志》卷五,隆庆三年刻本,第72页。

此则小说中谷庸只是反躬自省，投疏中岳祠，以今日观点看来，虎自投涸井而死或许只是偶然之事，但在当时观点看来，虎入城为害是彰显为官者不明，故席守中入县上诉。为民复仇解冤之事，是为官者的责任，故虎投井死，便成为官员德政的显现了。另有一相类故事：

易鹗，字九霄，成化壬辰进士，授长子知县，有善政。选御史，云南盘粮宿弊尽除。卒于关索岭。士民哀惜，建祠祀之。公为长子时，有断虎事甚奇，《长子志·民谣》云："青天无云日卓午，道路纵横走狼虎。磨牙掉尾群食人，髑髅夜泣伥魂苦。使君奋怒祈诸神，一念精诚流脏腑。上帝好生阴佑灵，狼虎就缚如擒鼠。呜呼，猛兽之猛尚肯诛，苛政之苛宁肯施？可怜率兽食人者，恶在为民父母欤！"①

以诗中之意来看，易鹗断虎除民弊亦是通过精诚祷祝来实现的。百姓对于虎患之除固然心喜，更重要的是宿弊尽除，像是猛兽之恶尚肯诛除，如此官员又怎会施苛政于民呢？这是反问，亦是百姓衷心的期盼体现。

（二）个人品行借灾害而彰显

1.逢旱祷雨

我国为农业大国，风雨旱涝等气候灾害直接影响百姓的生计，故对于为政一方的官员而言，能够祷旱祈雨，亦是德政的重要表现形式之一，地方志中此类故事大量出现，甚至成为某些"良吏"的标配，如载以释囚得雨者：

正德十二年丁丑秋，云南大旱，祈祷无应。沐总府玉冈谓巡按唐渔石曰："自巡抚追理职田，无辜被系，天旱在斯乎？"唐公因檄府县各阅其囚，乃亲阅会城，而分巡杭东乡、分守刘维新咸预其事。时七月十八日也。次阅昆明，释三十，天雨；次阅云南府，释五十余人，又雨；又次阅布按二司与六

① ［清］包韺纂修，谢建中点释：《固始县志》卷七，中州古籍出版社2014年版，第294页。

卫，释者益众，雨亦不息，倾城忻然。总公为建感雨亭，士夫诸生皆陈诗相庆。①

天旱之时往往官员反躬自省，政令有无错讹，个人德行有无缺欠，刑狱过重亦会被视作政令过失之一，故而将释囚与祈雨相结合，亦成为小说叙事中展现官员德政的重要方面。在自省无错且祈祷无应时，有"德行"的官员往往敢于质询上苍、龙神，甚至是斥责"龙神"，以此得雨，更显官员的德行无亏：

县城西北三十里许，宝泉龙潭夙着灵显。祠载典祀，水灌城川，农民溥食其利。同治十三年甲戌夏，旱，邑宰黄公金衔，忧心如焚，亲往龙神祠斋宿七日，百方诚求，均未得雨。因公回署，向神前责之曰："兵燹之余，黎民孑遗，又遭亢旱，民不堪命。县令不德，无以致雨，神司雨泽，受祭享亦不能致雨，亦是不职。兹与神约，三日不雨，即禀撤祭典，罢神祠。"责讫，公归。越二日，辰初，附近乡民报曰："昨薄暮，黄龙上天，满山皆黄，并将潭树勾折一枝，阖村皆见，当有雨矣！"公以为诳，及午，浓云四合，黄昏大雨倾盆，彻夜方晴，阖邑赖以种植。公乃备羊一、豕一往谢之。继验所折树枝，大如碗口，长数丈，其折痕确非人力所能为者。众称神异，而实天高听卑格保赤之诚心也。②

正因自省无过，方可正义凛然，方敢怒斥龙神之不恤百姓，此等叙事除了彰显官员的贤德之外，亦隐隐表达了百姓对某些神灵不能护佑一方的谴责。更有小说载贤明官员破除某地以人为牲祭祀得雨的陋俗，如光绪《宜兴荆溪县志》卷八《治绩》载韩城天旱时，往往以赵姓童男二人祭祀于赵文子庙，得雨之后则必死一人。沈云骧时任陕西府谷令，对此陋俗大加谴责，称如久旱不雨，罪责应在谷令，跟赵氏有什么关系呢？于是撰文祭祀，随后甘霖普降，百姓大为欣喜，陋

① [清]师范纂：《滇系》第四十册《杂载》，嘉庆十三年修、光绪十三年重刊本，第1526—1527页。

② [清]项联普修，[清]黄炳堃纂：《云南县志》卷十二《杂志·轶事异闻》，光绪十六年刊本，第170页。

俗亦得以解除。百姓的欢欣鼓舞,正是心中对此陋俗积怨已久的表现。沈云骧随后亟除宿弊,解民疾苦,汰除官吏侵渔弊政,履任期间以清贫自守,临行时父老馈赆千缗,不受而去。此等小说中,灾害是作为人物描写的背景出现,起到了凸显人物性格的叙事功能。

2.个人德行

"蝗不为灾"往往亦是展现官员德政的重要方面。如万历年间《开封府志》卷十八载祥符人苏璟,曾为乾州知州,天旱祷雨辄应,飞蝗入境时,祷于城隍坎地,蝗虫皆自投坎中而死。道光《重修宝应县志》卷九《灾祥》亦载:

> (万历)十六年,旱,大疫,江南北斗米钱二百。知县耿随龙施药祷雨,为文告八蜡之神,蝗不为灾。①

旱情兼之疫情,令米价上涨,百姓生计艰难,祈祷或者只能起到某种稳定人心的作用,而此时为政者如能像耿随龙一样施药赈济,以个人自省和德行虔诚行事,相信不但旱、蝗不能为灾,百姓亦能"灾不为害",平安度过灾情。故而地方志所叙贤明官吏多具贤良德行,暗室无亏,如万历年间《开封府志》卷十八载:襄城人高崧曾为福建巡按佥事,不顾盗贼蜂起与毒瘴挡路,毅然冒险赴任。任满时过高邮湖,正遇暴风狂涛,高崧焚香祝祷,称自己平生如做欺心之事,或者舟中有非义之财,当举家溺死,如无此过错,又何必如此恐吓于人?祝语结束,风浪自息。此则小说与前文笔记小说中所述管宁遇风浪自省故事甚为相近,勇于任事、不欺暗室,或许是百姓心目中贤官良吏的重要品格。有些官员生前为民,死后在地方志记载中成为城隍之神:

> 翁公运标,初宰武陵,有惠政,旋擢知州事。以民疫焚疏城隍,愿以身代。明年疫渐平,公已得疾,恍惚见舆马来迎,遂不起。阅数月,有自武陵来者,言其邑人多梦公来为本县城隍,特至州问公近状。询其入梦之日,即公临终日也。由是相与嗟叹,传为美谈。又学正周开坊,巴陵人,性质直无

① [清]孟毓兰修,[清]成观宣等监订:《重修宝应县志》卷九《灾祥》,道光二十年刊本,第378页。

私，终于州学署，后亦传其为汉阳府城隍，言之凿凿，与此相类。按鬼神之说，荒杳无凭，然如二公者，生为循吏，殁为明神，无足怪也。①

正如上述小说所言，某些传说固然荒杳无凭，但在百姓心目中，生前正直为官、乐于为民造福的“循吏”，死后成为造福一方的城隍，与其说是传说，毋宁说是一种美好的期望，既是对循吏的颂扬，亦是对百姓自身生活的一种保障。除面对自然灾害外，盗匪乱兵之灾往往亦给百姓带来极大伤害，官吏在此时刻亦更能凸显其个人品性，如记“忠烈”之事者：

姬文允，字士昌。万历癸卯举人，任滕县知县。视事甫三日，红巾贼徐鸿儒陷邹、滕、峄三县，文允率民兵三百守城，免胄示贼，喻以大义，贼弗从。至晚，城破，文允绯衣坐堂上，嚼齿骂贼，贼前裂冠裳，以银铛锁之。文允大骂曰：“贼胡不速杀我！”贼顾不忍。越三日，不食，劝之食，不可；劝之去，又不可。时贼防小疏，文允急令小吏魏显照、家僮李守务持印潜出，遂题诗壁间，曰：“欲生义不可，急死势不能。彷徨三日间，谁云我偷生。”又曰：“杀贼无寸铁，骂贼见孤忠。从容就死难，何谓非令终。”题毕遂正衣冠，北面拜者，再以谢无逃之义；西面拜者，再以谢罔极之恩。遂投环而死，谥忠烈，祀忠孝祠。②

正史中多有“忠义”人物的记载，如岳飞、韩世忠、文天祥、陆秀夫等人，正是兵乱之害，令其个人勇力、智谋、不屈等精神得以凸显。因篇幅所限，无缘进入正史的大量忠义之士，正是因地方志的记载而能留名青史，从这个角度而言，地方志的撰写意义深远，而地方志中的灾害叙事作为人物品格呈现的重要背景，起到了一定的叙事效用。

---

① ［清］李镜蓉修，［清］许清源纂：《道州志》卷十二《杂撰》，光绪三年刊本，第1040—1041页。

② ［清］无名氏纂修：《华州乡土志》卷六《人物》，民国燕京大学图书馆重印铅字本，第52页。

二、孝友善行

(一)孝友者天助

1.为子则孝

几乎所有地方志中皆有“孝义”部分,其中记载了大量民间广泛流传的故事,展现了在面对困苦饥馑与疾病时孝子们的抉择,起到了一定的民间教化功能。如乾隆年间《嵩县志》卷二十六《孝义》载:董湾刘明,在十八岁时与父亲入山砍柴,突然山间遇虎:

> 攫其父仆之,明奔救,举斧格虎,虎弃其父,屹如人立向明,乃毫无所畏,斧其顶者再。虎伏,抉起,怒噉其父右胫,明亦愤击其牙,力尽而止。方明击虎,樵者瞪视,莫敢前。已乃呼众逐之,则虎已毙,明喘卧,父亦气绝,掘虎口出其胫,舁归,三月乃痊。事闻于县,赏十金,给匾曰“孝勇可嘉”。今其父尚存。葛砦何小吾,亦杀豹救父。乡人称之。①

此段描写可以说是惊心动魄,在面临猛兽与生死时,刘明敢于举斧斗虎,虎毙而父子得生,实为幸事,一方面是出于个人的勇敢,另一方面则是出于孝子的亲情之爱。此则故事为遇虎无伤,亦有小说中载火避孝子者:

> 丁仕衡,生甫一岁,父卒,母颜氏鞠育,备尝艰苦。仕衡天性孝顺,既长,尤能竭力事母。乾隆九年,仕衡梦见城隍神同火神丈量各屋,私念:“若遭火灾,恐惊老母。”跪禀火神曰:“回禄天律难逃,求尊神宽限,恕老母终,天降罚。”火神命城隍神查其事亲事,查讫,量过西去。仕衡惊寤,述以告邻,各防火烛,竟得无恙。至十一年,母年六十九岁卒。既葬,十三年五月始灾,延烧十八家,所丈之内,不差毫黍。②

---

① [清]康基渊纂修:《嵩县志》卷二十六《孝义》,乾隆三十二年刊本,第556页。

② [清]阮升基等修,[清]宁楷等纂:《宜兴县志》卷末《轶闻补遗》,嘉庆二年刊本,第565页。

火神量地而灾或为无稽之谈，但既然在民间信仰中火灾由神所控，为孝之人必然为城隍所熟知，故某次火灾往往会与平日其家的作为联系起来，以小说的形式扬善贬恶，亦是地方志小说叙事的重要功用所在。道光《武陟县志》卷二十七载：虹桥人江所闻因河决水泛，房舍漂没，携母与妻子随流飘荡，水势甚急，自思无法全活，于是先舍其子，复舍其妻，独抱母亲于水中号泣不已。忽遇一大树，遂将母托举于树杪，不久上游漂下一小儿，救之，原来为其子，又有一妇漂至，亦救至树上，原来为其妻。一家人终得团聚，当时人皆称为孝感所至。此类故事与元代郑廷玉杂剧《疏者下船》甚为相似，在戏剧中因楚被吴国所败，楚昭公携妻、子及兄弟乘舟而逃，因船小浪大，只得有人下船，所谓“疏者”其妻、子相继投水，戏剧中为龙神所护佑，亦终得无恙。此类小说称水火难侵为孝之人，亦有小说谈到为孝之人逢凶也能化吉，如有神助：

> 咸丰二年四月，南关外居民淘井崩，压五人。越九日，掘得有黄孝娃者，系汉州中兴场人，尚活。云甫坠时，见一白须老人，自言龙姓，令衔草一茎，以是得无苦，且闻母临哭声朗然。相传其人素孝，虽手佣衣食，能博母欢，故龙君独佑全之云。居民建水神庙其上。①

井崩被压九日尚得生还，可称奇迹，此则小说言龙君助孝子得生，亦有奖善之意旨。光绪《虞城县志》卷六载：孝子耿辅因母亲年老，遂决意家居养亲，不求仕进。某年冬月，其母患病，思食鲜桃，百计不可得。其家原有桃树一株，于是耿辅绕树号泣，忽疾风突起，将树下败叶卷起，发现其中有二桃甚为新鲜，于是奉母食之，母病豁然而愈，乡里俱称其纯孝格天以致如此。明季流寇决水灌城，溺死者无数，耿辅负母而出，激流中几次差点溺水，皆若有人扶持得免于难，在水中一日方得抵岸，母子得以俱生。② 此类小说叙事中，猛兽、水火、疾病等类灾害皆为孝子所免，成为故事中的背景，起到了突出人物孝敬特点的叙事功用。

2.兄良弟悌

同治年间《新化县志》卷十九载：邓之彬与其兄邓之梁友爱异常，在兄求学

---

① ［清］张龙甲等修，［清］龚世莹等纂：《彭县志》卷十一，光绪四年刊本，第1074—1075页。

② ［清］李淇修，［清］席庆云纂：《虞城县志》卷六，光绪二十一年刊本，第454—455页。

期间,皆是邓之彬百般筹措饮食所需,其兄之师谢永琦即言:“有弟如此,难为兄矣!”在当地发生瘟疫时,亲戚不敢往来,兄子邓长智为人仗义,主动参加抗疫活动,百般救护染疫之人,后身亦染疾,月余不省人事。邓之彬泣祷于神前,夜半时分于旷野偏僻处呼疫鬼,称其侄于家为孝子,于乡为正人,疫不应入孝子正人之室,如果侄子染疾而亡,定当上诉于城隍、社公,求上天惩治疫鬼。此段言语体现了百姓对疾疫的反抗与无助,在没有科学的医治手段时,只能求助于祈祷,祈祷不行则行怒斥责问。小说中邓之彬的侄子梦中得人持杨柳枝洒水,终得痊愈,瘟疫成为考验亲友之情的试金石。之彬兄弟二人友爱异笃,年老时尚每食必共,否则便不饮不食。

乾隆二十八年修《狄道州志》载:岳含瑛父母双亡,与其十岁之弟相依为命,穷困交集,艰难度日。含瑛曾经到舅舅家求助,其舅怜惜而设粥以待,含瑛因念弟在家体弱无食而哽咽难下,自称已壮欲与弟同食。后其弟患病,含瑛又虔诚祝祷于天,欲以身相代,年老后终与弟同月而卒。此则记载旨在颂扬岳含瑛与其弟的友爱之情,但贫困之难令无食、无衣、无医,只能求告亲戚,只能求告上天,叙事之间,悲悯之情多有流露。

(二)善行助人

1.异能助人

地方志中涉及僧道的小说多有异能异事相伴,如冬日衣不蔽体而不寒,夏日衣羊裘而不暑,数日不食而不饥,能晓人休咎,能驱鬼降魔、役使风雨,以秘方医病,不取人分毫财帛,以及死后得复生他处等等。此等叙事虽是述奇志怪,但多体现了百姓对衣、食、病、老、死等的畏惧与忧虑。如光绪年间《重修丹阳县志》卷二十四《方外》记茅山三十七代宗师汤志道之轶事:

> 少读书,负奇气,髽髻跣足,坐大茅顶三十年。淳祐五年,召赴阙祷雨,师曰:“雨不须祷。”上曰:“亢旱奈何?”曰:“陛下忧民若此,雨当旋至。”是夕,果雨。上大悦,民皆曰:“汤仙雨也。”召住太乙宫,力辞还山。宝祐六年正月三日,召门弟子至,一笑而化。①

---

① [清]刘诰等修,[清]徐锡麟等纂:《重修丹阳县志》卷二十四《方外》,光绪十一年刊本,第1014—1015页。

雨不祷而降，可见法力之巨，亦有地方志中载因祷雨而自焚亡身者，如光绪《南阳县志》卷十二载一邵道人事：因天大旱，田禾俱枯，百姓困顿，生计困难，有司跣足祷雨皆不应。于是邵道人设坛南郊，置柴数百捆，自称如三日不雨，当自焚以祈。三日后仍无雨，邵道人于是入柴自焚，大雨倾盆而下，惠及数百里。官民为其立祠南郭。除僧道祈雨的记载外，还有关于孝子能以诚祈雨的故事，如嘉靖《襄城县志》卷四载：傅沾事母至孝，母病故之后昼夜号泣，一日昏迷中失火，有白犬投门将其惊醒，帷幔、祀品俱未伤损，人皆以为孝感所致。后嘉靖十九年（1540）大旱，知县王钺百般祈雨不应，因知傅沾素有孝行，于是礼请至县，立坛斋沐祈祷，不三日即雨，众人皆认为是孝足感天。

光绪《宜阳县志》卷八《方技》载有吴文景以善画钟馗像而为人驱病的故事：

吴文景，庠生，白杨人。家贫，性骨鲠，工书画，尤爱绘墨笔钟馗。有病者驱疫除祟多方未效，偶悬钟馗于壁，病者从卧榻，朦胧中见赤髯怒目者自画帧中下，搢笏执剑，跳跃于地，病亦寻愈。有黄姓者藏其钟馗一轴，一日悬卧室，值妇分娩，忘摘，遂乃不灵。后黄夜梦钟馗告之曰："宜祭予。"黄如其言，祀焉，灵如初。于是声闻远近。有祟家或求，吴生更画之，亦往往有效也。生尝读书观音阁，夜将阑，见几上罗列鼎肉壶觞，盘中蒸饼，沸沸有热气，读书灯烬油竭，俄而灯焰复炽，生佯若未睹，俱莫之问焉。一日读书阁中，晨起见户外有谷两装，急旋踵阖扉拒之，或戏之曰："曷不镇以钟馗也？"生笑而不答。①

此则故事中体现了人们对于无法医治的疾疫多归诸鬼神，而钟馗在传说中善能驱鬼治祟，能画钟馗像亦算得异能了。同卷载：胡喜孙二十岁时曾于古庙读书，见寄身庙檐下一乞丐老媪贫病之苦，遂每饭袖饼相馈。后老媪病愈，以家藏秘笈赠之，胡喜孙习得隐身之法，能役使鬼神，助乡人治病驱邪，往往立效。

① ［清］谢应起等修，［清］刘占卿等纂：《宜阳县志》卷八《方技》，光绪七年刊本，第695—696页。

此类小说隐隐言及百姓遇有病患，无钱延医取药，或医药罔效，多归咎于鬼神之类，对持有异术者往往心生羡慕或延揽之心。此外，亦有小说中对长寿者体现了某种崇敬心态，如天启年间《中牟县志》卷三《隐逸》载：

宋赵大，又号三公，庆历时人，居心正直，善养生，遇异人曰："汝欲富乎？贵乎？寿乎？"对曰："欲寿耳。"遂与药二丸，令吞之。言讫，不见。自是无疾病。美髭髯，人尝以太上老君称之，自赞曰："我惺惺我慷慨，不持经不受戒。遇着酒时吃几瓯，遇着肉时吃几块。得人恩处报人恩，少人钱时还人债。有人依得三公言，强似烧香磕脑袋。"寿三百六十卒，乡人立祠祀之。①

此则记载中称此人寿达三百六十岁，或许有夸大之嫌，但在富、贵、寿三者之中，无疑寿最难得，在小说叙事中居心正直者能得长寿，最大的特点便是"无疾病"，体现了民众对疾病灾害的某种畏惧之情，与上述小说表现内容有一定相通之处。

2.慷慨助人

与正史相比，地方志中记载的人物故事或许没有那么多的轰轰烈烈与丰功伟绩，但亦多有慷慨解囊以助人解难者，如乾隆《续河南通志》卷五十七载祥符人朱万元救人急难之事：

营兵张某征南不返，父母谓已死，将嫁其妇。万元乃伪为其子书云计日归且函白金八两，妻不果嫁。及张归，夫妇得如初。买雷姓子为仆，闻其止一男，焚券还之。又县役负官租逃，官寘其妻子于狱，万元曰："予有宿负，宜代完官租。"妻子乃得出，实与县役不识也。子超辛卯举于乡，授怀柔知县。②

① [明]段耀然纂修，[明]张民表纂：《中牟县志》卷三《隐逸》，天启六年刻本，第140页。

② [清]阿思哈修，[清]嵩贵纂：《续河南通志》卷五十七，乾隆三十二年刻本，第2245—2246页。

朱万元本来出自贫困之家，却又能慷慨助人，令素不相识的夫妇、父子得聚，令素不相识的妇人得以出狱，其子得授知县，在小说撰写者看来，便是善报的体现。另有拾金不昧之事者：

彭宗华，家赤贫，负板为食。嘉庆初年，负板入城，至大湾营路侧，拾银一包，约二十两。心喜甚，继而疑，既而惧中怀志忘己。行至过街楼，见一妇人，蓬发跣足，抢地呼天，哭曰："天乎，天乎！吾不复生矣。"宗华止而问之，答曰："吾冷氏，夫因盗牵连大禁，典吾二子以为赎夫计。今银不知何时已失，夫必死于禁，子亦永为人役，吾何能独生哉？"言已，大恸。宗华止之，曰："汝吾[勿]忧，俟吾以板交主人后，为尔鸣官乞恩，尔夫或可释也。"妇含泪犹豫，姑从之。果如其言，至衙备呈苦情，知州某亦怜而释之，夫妻拜谢欲归，宗华曰："止，且为若夫妻赎子。"乃同至典子之家，以原银赎其二子，然后飘然去。①

对于富贵之家而言二十两银子或许算不得什么，但对于失银之人则是生死的差别，是典子赎夫的救命之银，失银即意味着巨大的灾难。彭宗华作为以负板为食的贫苦人，能够拾金不昧，并助妇人救出其夫，又赎回其子，更显难能可贵。

除以钱财助人者外，亦有小说叙及以个人勇力抵抗盗匪，以解一方危难者。如乾隆《杞县志》卷十八《人物》记：李云汉曾经在过淮河时，遇巨盗齐魁乘巨舟劫掠，土兵不能敌。李云汉携二壮丁驾小舟迫近魁船，突起持铁鞭击破齐魁头颅，破一方巨寇。邻境有群盗入侵，李云汉亦用计破之。此等人物事迹或许无法跟正史中的将领相比，但作为地方豪杰，往往亦是百姓在面临乱兵之时的某种希望与依靠。

① [清]邓仁垣、杨昶修，[清]王继会、吴钟仑纂：《会理州志》卷六《人物·行谊》，同治九年刊本，第717页。

三、烈妇贞女

(一)守“礼”而亡

地方志所记载的烈妇贞女中,有不少遭遇的灾害正是源于“礼俗”,是为“守礼而亡”。如光绪年间《邵阳县志》卷九《烈女》载:一烈妇居住在江水之旁,忽一夜三更时分江水骤涨,众人仓促之间纷纷走避,有不少来不及穿上衣服的。此妇人一定要穿上衣服才肯离开,待穿好衣服后水已淹没门户,遂不得出门。其丈夫之弟忽然想到嫂子未曾逃出,返身相救,因未着衣,妇人则闭目摇手,称:“羞死与溺死等。汝未衣,勿近我。”①第二天水退之后,众人乃见其手握柳枝,工立垂柳之下,其夫至方松手释柳枝。宁肯溺死而不“羞死”,以今人观点看来未免过于迂腐,与《孟子》“嫂溺援之以手”的“权”相比亦未免过于死板,与《聊斋志异》中记载地震时众人忘衣而出的表现差异亦甚明显,体现了地方志所载小说中某些观念的迂腐,令人反思与警醒。

还有地方志中载有宁死不嫁无血缘关系的继兄者:

> 马烈女,名长媖,州之吴家寺人,宅近金邑万安乡。随母嫁,为马正洪所抚,善事父母,操家尤勤。马夫妇钟爱之,弗置。同治甲子月日,马欲以女配前妻子,集戚邻商之,以为可。告之女,女弗从,婉言曰:“子,女兄也;女,兄妹也。世岂有妹为兄妇者乎?”马是其言,后议婚何、张二姓,均未果,马意遂决。道光丁未,女年十七,子甫弱冠,马欲为之成婚。女复却之,曰:“父母如嫁女他族,虽贫不怨。若妻兄,决不允也,惟死而已。”马怒,女佯诺之。爰卜是岁十月吉日,花烛妆奁已具,女知不免,于月前十日早起盥栉,奔投宅边鸭蛋堰毙。马觉,痛悔不及,寻至邹家庵桥底,始获其尸,裙钗整饬如常,远近闻者,莫不堕泪。葬近马安寺道旁,过者咸知为马氏烈女坟云。②

---

① [清]黄文琛纂修:《邵阳县志》卷九《烈女》,光绪二年刊本,第568页。

② [清]张超修,[清]张敏行纂:《续汉州志》卷十八《烈妇》,同治八年刊本,第397—398页。

此女之继父及周围亲戚既然有意将其嫁于继兄，可见在当时此事亦非禁忌之事，毕竟二人本无血缘关系，所谓的“兄妹”是为继兄妹。而以此女看来，继兄妹亦是兄妹，故誓死不从，亦可算作“守礼而亡”。此则故事中“礼”即为灾害之源。地方志所叙烈妇贞女故事中，有相当数量是为“礼”而亡，像夫死从殉者更是比比皆是，亦多守贞终身者，如乾隆年间《济源县志》卷十二所载：

> 吴氏，庠生李尚贤妻，岁贡吴含谓女。幼即以礼教之，明于大义。年十九，夫亡，三日不食，自缢二次，姑泣而劝之，因缓其死。姑年七十六，卧病不起，氏亲尝汤药，亲涤溺器，每夜祷于神前，愿以身代。姑夜梦青衣神曰：“汝以孝妇增寿一纪。”未几病愈，寿至八十八岁。氏无子，以侄李郁为嗣，教之甚严。郁弱冠入庠，雍正十一年奉旨建坊。①

所谓“以礼教之、明于大义”，最大的表现便是夫亡之后的二次自缢。只是吴氏幸而未死，又替夫行孝，替夫养大过继之子，教子入庠成才，终得奉旨建坊，在当时的人们看来，这便是“明于大义”了。

(二)不屈而死

地方志记载的灾害中，给百姓影响最大、涉及最广、印象最深刻的往往是兵乱，而兵乱中最易遭受侵害的往往是女子。不少地方志所载的烈妇贞女中，有相当一部分是兵匪之乱下“不得不死”的无奈选择。如光绪年间《耒阳县志》卷五载：未字女子遇乱兵，为救下父母乡亲，将乱兵引走后慷慨赴水而死：

> 郑启秀，马水大英女。顺治九年，女年二十，未字。大兵入境，居民避入山林，女适为兵搜获，绐曰：“我为君获，此身已凭君矣。此处父母俱在，不便从君。”获者笑曰：“他处可也？”女唯唯，随带出山，拥马上，揽辔徐行。至李乐山塘边，女厉声骂曰：“我室女也，岂为汝辱？”遂跳入塘中。时游兵七日方出境，父母归，已不知此女方向。是夜，蓬头跣足，哭诉曰：“女为兵

① ［清］萧应植纂修：《济源县志》卷十二，乾隆二十六年刊本，第442—443页。

所获，义不受辱，赴水死某塘中，为神所守。”父母迹其处，尸忽浮出，颜色如生，一时观者如堵。顺治十年，知县李文炜额之曰“劲节凌霜”。①

此女死后梦诉亡处，未免有一定奇幻色彩，然而面临乱兵，除了一死之外，又有什么办法呢？光绪三十三年《洮州厅志》卷十二亦载同治五年(1866)时一类似故事，吕廷弼因兵乱举家而逃，猝然遇贼兵，其妻吕闫氏将子付夫，自称愿以一身赎全家性命，待其家人去远，与幼女并赴井而死，待同治十二年时方出其尸营葬，容貌如生，众人皆认为是其节孝所致。同卷载：贼至徐信仁家，杀其姐，复肢解其母，仅徐信仁藏于坑中得免于难，待兵乱得平后方得复仇。母女偕亡固然悲惨，而地方志中更记有一门四女皆死于兵乱者：

滇匪之乱，州中殉节妇女不下数百，其慷慨赴义、从容全贞者，以胡氏四女为最。胡氏者，明越国公裔也，世居州之经元巷。当贼陷城时，大肆搂掠，四女匿暗陬，未为贼觉。无何，贼之裨将刘国钦欲为其养子娶妇。时新附贼有文姓者，泥工也，曾佣于胡，悉四女美，欲媚刘，艳称于刘，刘命文率众索之。女之叔名文澄者，婉言谢，不许，且曰：“明旦，舁彩舆来，勿自取灭门祸也。”委衣物数事而去。于是，举家惶急，无所为计，或欲赂以金资者，或欲权为避逸者，咨嗟者，恸哭者，蹀躞不已，嚅嗫嚣然。夜已将半，忽四女靓妆盈盈，自房中出，诣祖堂展拜。家人毕集，四女拜毕，各牵父母裾，且跪且哭曰：“儿等命薄，生当乱世，遗家门祸，为父母忧。然不能失身为父母辱，今已矣。俟来生，再报劬劳也。”言已，大恸伏地，晕绝不能起。举家恸哭失声，扶掖四女入室，端卧而卒，盖四女于文贼去后已各服毒，不令父母知也。旦日，文贼至，见四尸僵卧，嗒然，率众遁去。贼首桂极富闻之，拍案叹曰：“烈哉，烈哉！可谓一门四烈矣。”诛文贼。四女一名七姑，文沛之女，年十九，失怙，未字；一名八姑，文滨之女，年十八，字刘氏，未归；一名九姑，文浩之女，年十六，字张氏，未归；一名十姑，文津之女，年十三，失怙，未字。

① ［清］于学琴等修，［清］宋世煦等纂：《耒阳县志》卷五，光绪十一年刊本，第846—847页。

时咸丰十年十二月十九日也。①

乱兵之中，如朝廷御敌不力，不但青春年华的女子无丝毫自保能力，其他百姓亦只能无奈地逃亡于山野之间，可以说兵乱是百姓面临的最大灾害。咸丰年间《邓川州志》卷末《杂异》载顺治年间乱兵抄掠邓川，所至之处民舍如洗，无有孑遗。有一村人稠户密，又邻近官道，贼至时忽白云际地，笼罩全村，贼未寻得村落，阖村得以免遭兵难。村民认为是村中有一孝妇孀居守节，山半又有观音寺，盖观音大士以慈云庇护孝妇之故，此村改名“漏一村”，指一村得以漏兵劫。

古代社会中对女子要求颇多，所谓“三从四德”中有“出嫁从夫”，不堪之夫往往亦会成为女子遭受灾害的来源。如光绪年间《梁山县志》卷九载《甘烈妇传》，称甘涂氏所嫁之夫甘克桂佚游放荡，致家道中落，甘涂氏勤于纺绩针黹，以供其夫与二女生计，虽无时休息亦无一怨言，然其夫仍不悔悟，整日游荡于酒肆之中，妇哭泣相劝：

> 克桂怒批其颊曰：“尔衣何足道？尔身与女，吾已得百金以鬻于某矣。”某富商也，榷盐引起家，克桂日与游，称贷必于商。商度其无赖而丧心也，曰：“尔妻归我，我焚旧券，后更当济汝。”克桂许诺且订日。妇闻言，骇甚，尚疑其诳，克桂言：“贫鬻妻，寻常事。岂汝诳哉？”妇仰天椎膺，大呼曰：“若真忍心，吾虽死不往。”克桂益怒，且詈且鞭其背至数十。翌日，又逼之，不允，又鞭之，痕血缕缕，身无完肤。妇恸哭者两昼夜，凄苦形声，可感木石，而克桂终不悟。妇度不能自免，乃纫缄衣履，皆联缀无露体处，给其女出户外，从容自缢。论曰：传烈妇者，谓其安贫茹苦。斯时知有夫，不知有身也。迨慷慨赴死，斯时知有身，不知有夫也。呜呼！立贞节之行者，所遭必苦。倘廉得其实，寘之法则，廉耻生，节烈著矣。得以文字传其人，烈女于是乎可死，然烈女于是乎不死！②

---

① ［清］邓仁垣、杨昶修，［清］王继会、吴钟仑纂：《会理州志》卷六人物《烈女》，同治九年刊本，第752页。

② ［清］朱言诗等纂修：《梁山县志》卷九，光绪二十年刊本，第1147—1148页。

此则故事中将丈夫的无耻与妇人的可怜刻画得淋漓尽致。妇人遭受家暴，又无力免于被鬻，唯一的反抗方式便只能是以死相抗，以示不屈，实在是可怜！某些灾害的产生，正是源于封建礼教的僵化与腐朽。此类灾害叙事，作为引发人们反思和反抗的引子，发挥了一定的社会改良作用。

第五章　评点与其他小说中的灾害叙事

除文人笔记小说、著名章回小说、地方志小说中存在着相当篇幅的灾害叙事内容之外，大量古代小说评点中及某些传播不甚广泛的小说中亦有一定的分布，因篇幅所限，仅选少数几例进行简单的介绍。

一、小说评点中的灾害叙事

小说评点在某种程度上起到对小说文本重新修订和增饰的作用，以评点的角度参照同一主题小说文本在传播过程中不断变异，可以更好地理解不同时期的阅读特点和价值观念。我国特有的“拟史”“拟诗”“如画”等理论术语多存在于小说评点之中，而针对小说正文灾害叙事的评点中蕴含的中国叙事视角更是我们的优质文化资源。通过对中国古代小说评点中灾难叙事研究，相信可以深挖小说创作和评论中的叙事方法，对中国古代文学理论的继承与创新起到一定的推动作用。

(一)自然灾害

1.气候灾异

对于小说正文中的自然灾害描写，评点中往往直接将态度亮明，褒贬意味甚为明显。如《东汉演义》第二十九回正文中提及大臣上疏，以商汤咎在一人劝勉皇帝减省不急之务，皇帝同意，致谢公卿百僚，进行自省下诏，天即降甘霖，旁批道“求天未有不应者，人变速，天应更速”①，指出只要秉持虔诚之心，上天即有所感应，重点在于人的诚与不诚。另正文述及青州每年发生蝗灾时，凡入平原界境内辄死，百姓歌颂，旁批道“愿天下守令感恩，所以致此”②，评点者对天下的官员提出督促。《唐书志传题评》卷六第六十节对于唐太宗因京师无雨而前后放出宫女三千余人之举表示首肯，眉批中将之称为唐太宗最大的德政。《七十二朝人物演义》卷二十二《墨氏兼爱》中唐太宗因见蝗虫为虐，不听大臣劝阻，毅然自吞数枚蝗虫，称愿蝗虫食己而勿伤百姓田禾。对此举动，评点者大加赞赏，眉批称：

好一个仁爱的君王，羞杀了墨氏之道矣。③

大多小说中的唐太宗为“明君”形象，其善于纳谏，胸怀天下百姓的品性在小说评点中多被直接点出。对于自然灾害的产生，当时的评点者与写作者意见大体类似，如《禅真后史》第三十九回对“火神”“水神”“瘟神”奉上帝之旨意降祸人间的情节，评点者以命定论观念来解释：

可见水火刀兵瘟疫之变，竟有定数，非德重福大之人不能免。④

《绣云阁》第五十四回正文中称气候之晴雨水旱都是缘于人间的不惜天物、不敬地祇，又有人奸诈邪淫、毫无忠孝所致，不应简单地怪罪于上天的不恤百姓，夹批亦对此态度进行概括：“逆天而行者，反不自咎而咎天之不仁，计亦左

---

① [清]清远道人：《东汉演义评》第二十九回，上海古籍出版社《古本小说集成》影印版，第400页。

② [清]清远道人：《东汉演义评》第二十九回，上海古籍出版社《古本小说集成》影印版，第401页。

③ [明]佚名：《七十二朝人物演义》卷二十二，上海古籍出版社《古本小说集成》影印版，第856—857页。

④ [明]方汝浩编次：《禅真后史》第三十九回，上海古籍出版社《古本小说集成》影印版，第917页。

矣。"①第六十一回中亦言久晴不雨是天之警兆，夹批称为"世人那得知此"②，将"天人感应"理念着重体现出来。《禅真后史》第四十回正文中提及：

话说黄衣之神因白衲道人盘诘，当下答道："予奉天旨颁行，于五月初旬，博平四州二十三县遍行瘟疫。葫魅囊妖，各逞其力，凡一概忠臣、孝子、义夫、节妇，存仁积德之家，皆不敢轻犯；所侵扰者，都是那奸臣、游[逆]子，阴险作恶之门。葫芦、黄囊所贮药物，遍洒于诸州各县溪涧井河之内，除良善已外，服此水者尽罹灾厄。"③

对此，眉批称"方显报应之妙"，对于白衲道人自称为生灵解除水、火二难，宁愿万刃加身，五雷轰顶，又哪有时间考虑天庭惩罚之言，大加赞赏，称其"舍一己以护于万人之命，何等热肠！"④对于为百姓甘心付出的白衲道人大加赞赏。《残唐五代史演义传》第五十七回《幼主称臣降契丹》回后评中则对旱蝗水潦时仍不恤百姓、百般敛财之举大加贬斥：

齐王舍桑维翰之忠谋，信景延广之狂策。内政不修，而外挑强胡，自阳城一捷之后，顾谓国势无虞，骄奢益甚，四方贡献，皆归内府。广置宫室，崇饰后庭，赏赐伶优，多寡无算。委任冯玉，倚势弄权，赂遗辐辏，朝政日坏。当旱蝗水潦，国脉如线之时，方且遣使括民之谷，括民之财。迨夫契丹入寇，境内皇皇，犹调莺御苑，排阻人言，遂使哭声振天，横尸蔽野，其君束手就缚，其臣计筹伏辜，迹其人谋，岂不幸哉！⑤

---

① [清]魏文中：《绣云阁》第五十四回，上海古籍出版社《古本小说集成》影印版，第859页。

② [清]魏文中：《绣云阁》第六十一回，上海古籍出版社《古本小说集成》影印版，第961页。

③ [明]方汝浩编次：《禅真后史》第四十回，上海古籍出版社《古本小说集成》影印版，第923—924页。

④ [明]方汝浩编次：《禅真后史》第四十回，上海古籍出版社《古本小说集成》影印版，第925页。

⑤ [明]罗贯中编辑：《残唐五代史演义传》第五十七回，上海古籍出版社《古本小说集成》影印版，第530—531页。

百姓在遭受自然灾害之时，朝廷不但不赈灾抚恤，反而变本加厉地掠民之谷、夺民之财，此等作为，国脉之断绝亦甚正常，评点者的态度表露无遗。《岳武穆尽忠报国传》卷四《兀术大败和尚原》在正文“当日，暴风大起，吹倒树木，刮折旗竿，人家房屋尽皆震动，官员百姓无不恐惧”处眉批曰“天怒”，在“又使刘麟籍民间壮丁十余万，为皇子府，凡两京坟墓发掘殆尽，庶民被其苛敛，莫能安生矣”处眉批曰“人怨”①，充分表达了评点者的褒贬态度。

2.瘟疫

《封神演义》第五十八回《子牙西岐逢吕岳》叙吕岳行瘟，回后评中提到对瘟疫的厌避之情：

> 瘟疫，恶病也；瘟疫使者，恶煞也。今人恶之更深，避之亦力。当时便自如此，无怪近日讳之。②

第六十四回《罗宣火焚西岐城》正文中写罗宣至西岐城放火，令官兵百姓遭难，燃灯道人后来出场称自己早知有此一难，因怕龙吉公主不来相助，故未曾救火，评点者对此表示不满，在眉批处称其“老儿”，指其只会说现成话，回后评中又言：

> 罗宣放火烧西岐，满城鼎沸，众生无所措手足，幸得龙吉公主来救灭，燃灯此时反说现成话，真可谓道人会打诳语。③

隐隐表现了对僧道之人不能及时止灾行为的不满，第八十一回《子牙潼关遇痘神》详述余德等人放痘的过程及其危害：

---

① ［明］于华玉：《岳武穆尽忠报国传》卷四，上海古籍出版社《古本小说集成》影印版，第238页。

② ［明］许仲琳：《封神演义》第五十八回，上海古籍出版社《古本小说集成》影印版，第1551页。

③ ［明］许仲琳：《封神演义》第六十四回，上海古籍出版社《古本小说集成》影印版，第1716页。

至一更时分，余德取出五个帕来，按青、黄、赤、白、黑颜色，铺在地下；余德又取出五个小斗儿来，一人拿着一个："叫你抓着洒，你就洒；叫你把此斗往下泼，你就泼。不用张弓射箭，七日内死他个干干净净。"兄弟五人，俱站在此帕上，余德步罡斗法，用先天一气，忙将符印祭起……且说周营众人俱肉体凡胎，如何经得起，三军人人发热，众将个个不宁；子牙在中军也自发热；武王在后殿，自觉身疼；六十万人马俱是如此。三日后，一概门人、众将，浑身上下俱长出颗粒，莫能动履，营中烟火断绝。①

在眉批处评点者感叹痘症害人之大，联想到当时的"痘"症，提出"近日散痘儿的可是如此"，回后评中又大谈"痘"疾的危害，甚至对姜子牙提出批评意见：

痘疹毒恶，于时疫之传染同，大抵是九死一生之症。不知此孽始于是时，其流波不可纪及。只恨当日子牙惹此祸端，何不连根斩断！痘疹流与近日，似人人难免。观之当年神仙，也自遭厄。如此言之，在当年不出痘的，也做不得神仙；在近日不出痘的，也做不得人。人与仙两不可得，还请自做主张。或曰："我恨姜子牙真会惹事，当初不惹他，也不得流传至今，使人人遭劫。在起初，不过达、兆、光、先、德弟兄五人，尚只管得男子，不知何年又添上个婆娘，如今连女子也不放空。"予曰："不然。子自错怪了人！非是婆娘不放女子，只男子谁肯放空了他？毕竟未曾添这婆娘，若是添这婆娘，彼自吃醋不暇，安得来管顾女子？还是你未曾打探得实！"或人不觉自叹。②

古人没有科学技术的支持，对于瘟疫的发生多归结为"天意"，归结于"瘟神""痘神"等的作祟，此段议论中对于"招惹""瘟神""痘神"的姜子牙亦表达批评，虽说有一定诙谐调侃之意，亦隐隐流露出对瘟疫病症的忧恐之情。正因为不知其起因，不知其医治方法，方有忧恐，如果能够真正找到病症的源头，对

① [明]佚名：《封神演义》第八十一回，上海古籍出版社《古本小说集成》影印版，第2204—2205页。
② [明]佚名：《封神演义》第八十一回，上海古籍出版社《古本小说集成》影印版，第2214—2216页。

症施治，相信大部分人都不会再有此忧惧之心。

3.雷击

《金钟传》第十回叙不孝子媳遭雷击，夹批中多次出现“何不避去”“欲避不能”“世之惑听妇言者，可不怕雷击耳乎”“世之唆夫为恶者，可不怕雷拔舌乎”等语，体现出评点者对不孝者的批评态度，对于夫妇二人无法饮食，终日只能如犬般嗷嗷哀号作出评点：

> 未变狗形，先发狗声，现报神速，闻者当惊。噫，此雷声也，胡为乎来哉？非察不孝，等而来欤？叹百福之夫妇，两相背逆，其不奉亲而绝亲者至极。谁不痛恨？当为天神不容。既而被雷，何难击碎其身，其仅诛逆子两耳，与刁氏寸舌者，盖雷神妙施，欲警将来，大有深意焉。后之阅此篇者，倘遇逆子刁妇，当广为劝化，庶几使逆子之两耳，变为聪听，刁妇之搅舌，化为良言也可。①

然而子媳被雷击之后，其父竟哀伤而亡，对此回后评曰：

> 子媳待父如此，当子媳显遭天谴之际，复悲伤交集，疼痛而亡。可见亲之爱子，无已时矣。为人子者，能体此爱子之心，反而加之父母，何雷击之有哉？然非李金华代为之计，以施不屑之教诲，百禄亦未必假奉其父也，可哀也夫。②

第十一回回后评亦将天雷击人之事作为上天的警诫：

> 神圣之教人也以训谕，天公之教人也以龙雷。训谕之不从者，龙雷即继之。他事犹缓，惟不孝之报应最速。聂百禄阴谋父金，阳养父口，虽不得为孝，亦可少赎其不孝之罪。然非赖周氏之贤良，恐不止七窍流血已也。

① [清]正一子、[清]克明子：《金钟传》第十回，上海古籍出版社《古本小说集成》影印版，第121—122页。

② [清]正一子、[清]克明子：《金钟传》第十回，上海古籍出版社《古本小说集成》影印版，第122—123页。

故其心未与乃兄之耳,同被龙雷抓去焉。阅者当细思之。

言刁氏彼[被]天雷拔去其舌,刁字去舌,乃成幻字。一伴幻化色身,岂能常存?聂百福彼[被]雷击其两耳,故聂字三耳也,去二留一,正所谓去乱归一也。若人能推聋妆哑,故能享福禄寿也。书云"视之而弗见,听之而不闻"是也。百禄七窍流血,原是七情发动,调和身心。故有周氏戒夫保养天良,莫听刁恶诡诈之言。勿损于心,久练纯熟,自然得愈。①

雷击伤人畜本为自然灾害中的特殊现象,虽概率甚低,但亦时有发生。"雷神"在我国民间信仰中多为正直、惩恶的化身,诸多小说中亦多将"雷击"视为某种天意的惩罚,尤其是在小说叙事中往往将被雷击者的过错一一列明,更显其"惩恶"的特性。小说正文以叙事为主,评点则大发议论,阐述前因后果,对于小说叙事起到了一定的补充作用。

(二)战乱灾害

战争对军兵尤其是对于百姓而言,皆为巨大的灾害之源,对于擅自发动战争者,小说评点中多提出直接的批评意见。如《隋史遗文》第三十六回《隋主远征影国 郡丞下礼贤豪》在回后评中对隋主远征之事提出批评意见:

海道是一支奇兵,却烟海茫茫,何处备御?烟汀沙渚,皆我进兵之路;涛生风顺,皆我进兵之时。以我之所长,攻彼之所短,况水陆并进,彼并兵于陆,则海口空虚,彼分兵相拒,则兵力单弱,海道不可不讲也。偶拈出,为复辽之筹。前面只叙他巡游并奢侈,民之不堪已自可想。千里馈粮,兵家所忌;骡驮车载,民力难堪。盖自汉取朝鲜,已先有楼船之役矣,如以海道为不足恃,而必欲关门进取,不几舍易而就难乎?夫乘风直捣,我无所不攻,则敌无所不备。故取辽者,必以海道为要着,从陆而有功者,以有海道之师牵制之也。邓艾牵制姜维于沓,而钟会乃得取阳平,意亦如此。②

---

① [清]正一子、[清]克明子:《金钟传》第十一回,上海古籍出版社《古本小说集成》影印版,第131—132页。

② [明]袁于令:《隋史遗文》第三十六回,上海古籍出版社《古本小说集成》影印版,第931—933页。

评点者一方面表达了对劳民远征之事的不满，另一方面除直接点明“为彼辽之筹”外，隐隐还在为明末抗清献策，体现出对时事的关注。此种视角站在时事的角度，往往有借评点小说而表达时事之思的意图。如第三十八回《宇文述计报冤仇 来总管力援豪杰》回后评中亦言：

千里馈粮，兵家大忌，况玄菟万里乎？千里远征，自负衣甲器械，已非所堪，乃军携三月粮，而责其自带，则不必遇敌而已坐困矣。失利而返，宁独战之罪也？今疲天下之物，以供关运，而战士尽鬻衣甲器械，不能得一饱，逆奴披猖，岂御虏之无长策哉？①

第三十九回《王薄倡众乱山东 须陀一日破四贼》回后评：

昔之乱贼，似今之流贼，以才相角，胜败未知。加之智谋，未有不克，破其一，众自胆落。②

第四十六回《润甫巧说裴仁基 世绩智取黎阳仓》回后评：

科尅是武官，得利是文官；战争是武官，叙功先文官。此最不平之事！强者自不受制，弱者方听穿鼻，安得有将？安能为国平贼？国事每坏于文臣。③

针对千里远征、御虏之策、乱贼流贼、文臣武官的议论，评点者多有具体所指，是对当时战乱的有感而发。《七十二朝人物演义》卷十三《羿善射》在正文

① [明]袁于令：《隋史遗文》第三十八回，上海古籍出版社《古本小说集成》影印版，第996—997页。

② [明]袁于令：《隋史遗文》第三十九回，上海古籍出版社《古本小说集成》影印版，第1029页。

③ [明]袁于令：《隋史遗文》第四十六回，上海古籍出版社《古本小说集成》影印版，第1242页。

叙述偃羿抽箭将给百姓造成巨大伤害的恶兽封豨射倒之时,用眉批的形式提出:“今日以此弓矢射虏,不亦快哉。”①此书创作于明朝后期,当时边关频频告急,评点者即将时事之想纳入评点之中。《春秋列国志传》卷四正文中言骊姬杀申生后尽逐众公子,以卓子为君,吕克鼓动叔坚等率兵杀入宫殿刀斩卓子,当时大臣荀息见卓子被诛,亦触阶而死。随后文中引“后人有诗云”:“荀息忠贞似烈霜,履危蹈险负纲常。一朝同死双君命,留得清名万古香。”而评点者在眉批中对不能及时出面阻止内乱的荀息提出不同看法:“息为国正卿,不能明礼义以格君心之非,一旦祸至自死,徒为天下笑耳!”②《续金瓶梅》第十三回《陷中原徽钦北狩 屠清河子母流离》正文中述徽钦二帝被掳北迁,清河被乱兵所屠,百姓涂炭,遭受灾害甚重,如回前用轮回观念先作阐发:

> 如有在人上的,爱人节用,怎得到风俗大坏?因上帝恨这人人暴殄,就地狱轮回,也没处报这些人,以此酿成个劫运,刀兵、水火、盗贼、焚烧,把这人一扫而尽,才完了个大报应。这些众生遇此大劫,说是天运,不知平日作业太重,大家凑将来的。③

正文中又详细描写乱兵的穿戴:

> 人人都戴雉鸡翎,个个紧穿羊皮袄。高鼻成群,拐子军连排铁马;蓬头垂辫,牛皮帐尽是金人。呜呜角声振地,三军银甲似披霜;惨惨皂纛遮天,百里乌云如泼墨。风起处神号鬼哭,马至时电走星飞。幽冥遣下众魔君,阳世追来罗刹鬼。④

---

① [明]佚名:《七十二朝人物演义》卷十三,上海古籍出版社《古本小说集成》影印版,第497页。

② [明]陈继儒重校:《春秋列国志传》,上海古籍出版社《古本小说集成》影印版,第583页。

③ [清]丁耀亢:《续金瓶梅》第十三回,上海古籍出版社《古本小说集成》影印版,第328—329页。

④ [清]丁耀亢:《续金瓶梅》第十三回,上海古籍出版社《古本小说集成》影印版,第344页。

对此，评点者用眉批的形式称“亲见此景”，不免有影射清兵之嫌。

小说评点中对战乱的源头，即残害百姓者，多持除恶务尽的观点，如《春秋五霸七雄列国志传》卷一载：西岐兵围崇城，城中粮草食尽，百姓多有饿死者，守城者崇应彪将饿死者尸首斩为两截丢于城外，西伯侯见状心生怜悯，退兵而去，评点者对此表达不同意见：

> 崇城将破，应彪将饥饿之民斩首，弃于城下，西伯一见，以德政未孚自责，即令退兵，此仁慈矣！吾闻仁慈之人，不以征伐为事，何西伯仁慈而征伐也？行征之处，岂无杀伐，何见撇首级而遂令退兵？既怜□[之]死而退兵，则勿进其兵矣。所进兵者，为崇害民，故征之也，半途而废，可不是斩草留根，遗后害民者乎？吾细思之，西伯先行征伐，民亦苦之；次困崇城，民又苦之；弃之而去，未除□□，民又苦之。民受三苦，西伯虽仁心，而退兵不得其宜，此可谓其见不足也。①

崇应彪作为一方守城者，不但置百姓饿死于不顾，甚至将百姓尸首砍断后丢下城池，此举可称暴虐至极。而西伯侯以妇人之仁退兵，功亏一篑，令民先受征伐之苦，又受困顿之苦，再受侵剥之苦，评点者虽批评西伯侯的不足，实是表达对战乱、对害民者崇应彪的不满。此卷中武王出师时因见风吹伞折，遂认为天命尚未归周而班师，评点者亦于眉批中表达不同意见：

> 武王见伞一折，即令退兵，弃商不伐，中道而废前功，吾不为也。②

所谓“吾不为”，指的还是评点者认为除恶务尽、务快的态度。战乱之中百姓遭受诸多劫难，而小说评点中除表达对祸之起源大加贬抑外，亦流露出一些“命定论”观念，如《续金瓶梅》第十四回《梦截发大士解冤 不食牛帝君救劫》回前评：

---

① [明]余邵鱼编集：《春秋五霸七雄列国志传》卷一，上海古籍出版社《古本小说集成》影印版，第58—63页。

② [明]余邵鱼编集：《春秋五霸七雄列国志传》卷一，上海古籍出版社《古本小说集成》影印版，第104页。

单说这些世人，平日贪财好色、欺心害物、百巧百能，到了大乱，那些机巧枉然，把这不义之财一扫而尽，往往杀身皆因贪起。也有那真实好人，孝父母敬神明的，就在劫中，常有神灵显应。可见因果之报不爽。①

劝善惩恶为“小说”教化功能的最大体现，此种议论虽迂腐而虚诞，但在当时经历过战乱的读者看来，亦有一定的劝化和抚慰功能。

（三）个人行为引发的灾害

《五色石》卷七正文中阐释“角”即赌博之为害，称“角”易令子弟流连忘返，不竭不止，不穷不辍，往往令人家破人亡，由赌而窃、由窃而盗，评点者更是于行间旁批提出多次警诫，指出父辈为此，子辈必将加倍为之，频频用“骂得快畅”“酷肖情状”“各宜猛省”等语，表达对身染赌博恶习者易招致祸殃的惕励之情。《杜骗新书》卷二《冒州接着漂白鏪》回后评引用大段文字，叙假银造法，与正文关系不大，最大的功能是提醒人们谨防受骗，如按语所言：

棍之用假银，此为商者最难提防，必得其梗概，方能辨认。②

此论中亦隐隐透出对以假银行骗之人的批评。《金钟传》第三十一回对正文中李金华称“吾看那人不是丧良心的”一句大发议论，表达对某些妓者的批评：

恼煞天下妓女流，还一味媚人不知羞。叹桃花流水，落红片片无人收。猛想起我命薄回不犹，为甚的把父母名儿尽遗丢。为甚的令荡子心儿犯淫偷，岂不是因我加罪尤。教他父母多担忧，甚心情迎笑脸苦把钱来钩。望那个垂青眼，怜白首，似我者葑菲下体，还敢想君子好逑不。想到者里，风流债，几时还彀。哭干眼，谁人替受，侧不如顿金莲，撞死在青楼，臭名儿永不留，臭名儿永不留。说甚么坠金粉，说甚么想[相]思豆，将往事恨不得一

① [清]丁耀亢：《续金瓶梅》第十四回，上海古籍出版社《古本小说集成》影印版，第350—351页。

② [明]张应俞：《杜骗新书》卷二，上海古籍出版社《古本小说集成》影印版，第189页。

笔勾，不吟赠芍咏柏舟。从今日操节守，从良侍，不让淑媛独占百花头。①

此时小说正文中尚未言及此妓的作为，先以评点的方式大发议论，将其后“丧良心”的举止已隐隐露出，有一定“剧透”之意，可以引发阅读者急于一探究竟的阅读兴趣。《艳异编·李娃传》在回后评中评者则通过对李娃的颂扬而对出自名门世族的“叛臣辱妇”进行了针砭：

> 叛臣辱妇，每出于名门世族；而伶工贱女，乃有洁白坚贞之行。岂非秉彝之良，有不间邪？观夫项王悲歌虞姬刎，石崇赤族绿珠坠，建封卒官盼盼死，禄山作逆雷清恸，昭宗被贼官姬蔽，少游谪死楚伎经。若是者，诚出天性之所安，固非激以干名也。至于娃之守志不乱，卒相其夫，以底于荣美，则尤人所难。呜呼，倡也犹然，士乎可以知所勉矣！②

此论未免有一定的时事之讥。除贬抑外，还有一些评点对于当时社会普遍认同的所谓“正面行为”亦不吝赞颂之语，如《型世言》第十回《烈妇忍死殉夫 贤媪割爱成女》在回前评中表达对烈妇的看法：

> 昔有吊夏贵者云：“君年七十三，胡不六十九？”呜呼！夏相公千古名不朽，盖以为失节之年，唯恨其多也。若夫殉夫自矢，怡然投缳，节妇不至令生，而世且谓红颜有柔情而无侠骨，岂其然？然而一篇四六呈，一个贞烈扁，又不如君翼数语，能播烈妇于遐荒，垂烈妇于不朽矣！③

对烈妇说服母亲之言评点道“井井有绪”，对其牢念夫临终哀怜她“似他这样守，极难，若是一个守不到头，反惹人笑，倒不如早死，是为妙事”之语，称此妇

① ［清］正一子、［清］克明子：《金钟传》第三十一回，上海古籍出版社《古本小说集成》影印版，第371—372页。

② ［明］王世贞编：《艳异编·李娃传》卷二十九，上海古籍出版社《古本小说集成》影印版，第1075—1076页。

③ ［明］陆人龙编：《型世言》第十回，上海古籍出版社《古本小说集成》影印版，第445—446页。

“偶尔之言,便盟于心,恩爱夫妻”,对于他人窃言烈妇之言称为“俗眼原如是”“小人之肠”,称烈妇偷偷自缢为“智勇俱备”,充分表达了作者的褒贬态度。这种对于“殉夫”态度的肯定侧面反映了当时的价值观念,与地方志小说中诸多“守礼而亡”的女子甚为相近,当然在今人看来未免过于迂腐,正是封建礼教害人的表现。亦有小说评点对某些人为灾害进行了规劝,如《林兰香》第三十二回正文中言及割股疗疾之事,回后评中则对割股一事进行规劝,认为割股之事只存在于小说、戏曲之中,现实中如行此事,不但于病者无益,且令自己受到伤害,不宜大力宣扬,可以算作对各种孝子孝妇割股疗亲故事的某种反拨。

二、其他小说中的灾害叙事

(一)中国古代神话中的灾害叙事

神话是先民在面对未知自然界时的想象,是内心渴望的外在投射。张光直先生曾根据我国古代文献的相关记载,将商周神话分为四类,其中一类即是“天灾与救世”①。在面对灾难之时,中华民族的勇敢、勤劳、抗争、坚持等品质得以凸显。如为人所熟知的“女娲补天”神话:

> 往古之时,四极废,九州裂,天不兼覆,地不周载;火爁炎而不灭,水浩洋而不息;猛兽食颛民,鸷鸟攫老弱。于是女娲炼五色石以补苍天,断鳌足以立四极。杀黑龙以济冀州,积芦灰以止淫水。苍天补,四极正;淫水涸,冀州平;狡虫死,颛民生。②

此段叙述中涉及先民经历的地震、水灾、火灾、猛兽、恶鸟等诸种灾害,故有的学者将“女娲补天”视为抗震救灾的故事,有的学者将之视作治洪故事,正是因为各种灾害往往相伴而生,且持续甚久。西方古希伯来神话中亦有洪灾灭世的传说,其应对方式为建造“诺亚方舟”,人类文明借此而得以延续,电影

---

① 张光直:《中国青铜时代》,生活·读书·新知三联书店2013年版,第381页。

② [汉]刘安著,[汉]许慎注,陈广忠校点:《淮南子》卷六《览冥训》,上海古籍出版社2016年版,第145页。

《2012》某些情节即以此为原型创作。相比较而言,中国古代的洪水神话,则呈现为“女娲补天”“大禹治水”等版本,表现的不是消极地等待或者说忍耐灾难的远去,而是主动地消弭灾难,令“灾不为害”。沧海横流,方显英雄本色,面对灾难,女娲作为人类精神的外在投射,主动承担重责,以“补天”为己任,平息各种灾害。中国古代神话中此类英雄颇多,像女娲、黄帝、后羿、鲧、禹等等,在灾难面前,他们凭借个人的勇气与能力,敢于担当重任,将灾害消泯,令百姓重归祥和。正如费尔巴哈所言:“一个人若没有希冀,也就没有神灵。”①这些英雄,正是人们在经历灾难时希冀的外在投射。

我们看一下《山海经·海内经》中所记载的鲧、禹治水故事:

> 洪水滔天。鲧窃帝之息壤以堙洪水,不待帝命。帝令祝融杀鲧于羽郊。鲧复生禹。帝乃命禹卒布土以定九州。②

面对滔天洪水,鲧不待帝命即以“窃”的形式偷取息壤以治水,置个人生死与荣辱于不顾,被“帝”杀死后又复生禹,鲧和禹既是父子,又是一人精神的延续,由堵而疏,由失败而成功,终息洪水之难。还有在面临十日同降、鸟兽肆虐之时,人间英雄后羿挺身而出,射九日而留一日,助人间重回正途,如《淮南子·本经训》所载:

> 逮至尧之时,十日并出,焦禾稼,杀草木,而民无所食。猰貐、凿齿、九婴、大风、封豨、脩蛇,皆为民害。尧乃使羿诛凿齿于畴华之野,杀九婴于凶水之上,缴大风于青丘之泽,上射十日而下杀猰貐,断脩蛇于洞庭,禽[擒]封豨于桑林。万民皆喜,置尧以为天子。③

所谓十日尽出,甚有可能源于古人对持续炎旱感觉的形象化表达,后羿射日亦有可能是一种禳除旱灾的特殊仪式。还有夸父所谓“逐日”大概亦为此类

① [德]费尔巴哈著,王太庆译:《宗教的本质》,商务印书馆 2010 年版,第 35 页。
② 袁珂校注:《山海经校注》,上海古籍出版社 1980 年版,第 472 页。
③ [汉]刘安著,[汉]许慎注,陈广忠校点:《淮南子》卷六《览冥训》,上海古籍出版社 2016 年版,第 182 页。

祛旱仪式的神话化。还有像身为炎帝女儿的精卫在东海游玩时不幸溺亡，矢志以一己之力湮灭东海，以复自己被淹之仇，以免他人重蹈覆辙之灾，不停地衔西山之木石投于海中；夸父在逐日过程中，干渴难耐，终因体力不支而倒下，仍以手持之杖化作邓林，为后人遮荫，提供继续前行的食物；“愚公”面对大山的阻隔，不离故土，与自然做斗争，努力改变家乡。女娲、精卫、后羿、鲧、禹、夸父、愚公等英雄人物一方面是中华民族应对灾难时的神话叙事创造的产物，一方面又激励和引导着中华民族正面灾难，勇敢地走出灾难的阴影，向着“灾不为害”的目标与方向，不断前行。

(二)其他小说灾害叙事举隅

1.《镜花缘》中的灾害叙事

《镜花缘》起始，百花便面临着某种难以避免的两难选择，人间帝皇武则天下诏令御花园百花齐放，如不从则甚有可能被刨根而枯，而开放的话则违背了“天命”即自然规律，会遭受神罚。掌管众花的花神百花仙子恰巧不在洞府，无形中将开与不开的两难抉择之责任分解了下去，为后文中参与反抗武则天埋下伏笔。如杨义先生所指出的：

> 中国著作家往往把叙事作品的开头，当作与天地精神和历史运行法则打交道的契机，在宏观时空或者超时空的精神自由状态中，建立天人之道和全书结构技巧相结合、相沟通的总枢纽。①

天道与人事紧密相连，百花仙子由神而被贬人间，对于她们而言即是为灾害的源起，隐寓在天道与人意之间往往会存在某种两难。百花仙子入凡化身为唐小山，其父作为凡人出外求仙不返，而求仙的目的无外乎无病无灾、超然物外。唐小山与舅父出海寻父，遍历诸种灾难，多遇难成祥，即所谓“灾不成害”，如在第四十六回中，林之洋传给唐小山“辟谷仙方”，让唐闺臣进山寻父时能长时间不感觉饥饿，其方在小说中记录颇为详细：

① 杨义：《中国叙事学》，人民出版社 2009 年版，第 135 页。

用黑大豆五斗，淘净，蒸三遍，去皮；用火麻子三斗，浸一宿，亦蒸三遍，令口开，取仁，去皮；同大豆各捣为末，和捣做团如拳大。入甑内，从戌时蒸至子时止，寅时出甑，午时晒干，为末。干服之，以饱为度，不得再吃别物。第一顿七日不饥，第二顿四十九日不饥，第三顿三百日不饥，第四顿二千四百日不饥，不必再服，水不饥了。不问老少，但依法服食，不但辟谷，且令人强壮，容貌红白，永不憔悴。口渴，研麻子汤饮之，更润脏腑。若要重吃他物，用葵子三合为末，煎汤冷服，解下药如金色，任吃他物，并无所损。又方：用黑豆五斗，淘净，蒸三遍，晒干，去皮为末；火麻子三升.浸去皮，晒研为末；糯米三升，做粥，入前二样和捣为团，如拳大。入甑内.蒸一宿，取晒为末；用小红枣五斗，煮去皮核，入前术和捣如拳大。再蒸一夜，晒干为末。服之以饱为度，最能辟谷。如渴，饮麻子水，能润脏腑；或饮脂麻水亦可，但不得食一切物。

此所谓仙方出自元代王祯的《农书》卷十《备荒论》，据说为晋惠帝时黄门侍郎刘景先遇太白山士所传。《备荒论》开头即称天灾难以避免，各代皆有，像尧时有九年大水，汤时有七年之旱，如遇此等灾害，即使是尧、汤般的圣人亦难免于难，百姓难免遭遇饥馑，甚至出现易子而食、析骸而炊的人间惨剧。此等情况下，所谓“辟谷仙方”的价值便显得异常巨大。可见此“辟谷仙方”原是人们在天灾盛行时候无奈的选择，是借此挨过颗粒不收、旱涝频繁的时期。明代药圣李时珍在《本草纲目》中提到的“辟谷之方”，也出自《农书》。此外，像第九回《服肉芝延年益寿 食朱草入圣超凡》、第二十九回《服妙药幼子回春 传奇方老翁济世》叙及祛病延年的所谓“仙药”，第十回《诛大虫佳人施药箭 搏奇鸟壮士奋空拳》、第二十一回《逢恶兽唐生被难 施神枪魏女解围》、第四十五回《君子国海中逢水怪 丈夫邦岭下遇山精》叙及与凶兽的争斗，还有书中多次提到的躲避兵难、苛政者，均谈及人们面对各种灾害之时的不同应对方法，作为小说叙事而言，起到了丰富小说情节性的功用，更加引人入胜。

第五十回回目中有“遇难成祥”“逢凶化吉”之词，展现了唐小山等人游历冒险的基本过程，而作为整部小说而言，始乱终治、始困终亨亦是伴随着多次的灾害叙事的，由仙而凡、由凡而仙或许是小说叙事的俗套，但亦体现了人们面对灾害时的美好愿望。

2.《野叟曝言》中的灾害叙事

《野叟曝言》序言中所谓天下“第一奇书”之称或许有过誉之嫌，但此书以文素臣历奇险、平叛乱、立大功的情节为主线，将天文地理、医卜星象、琴棋书画等熔为一炉，虽多有“腐儒”般的长篇大论令小说减色，亦有大量涉嫌过度描写之处颇引争议，长期以来毁誉参半，但勿论其优劣，就其所写内容含量而言，称之为一部包罗万象的百科全书式小说还是说得过去的。其中涉及不少灾害叙事，多将灾害以人力解决，体现出一定的入世观念，对我们了解当时的灾害观念还是有一定启发意义的。如第三回中叙文素臣于湖上遇妖蛟兴风作怪，雨势助长水势，给周边百姓造成了巨大伤害：

> 素臣看清水源，心知此水非关湖决，既在此山，又非江流灌入，其为山中发蛟无疑。此时水势浩荡，雨更大注，素臣秃头危立，无可躲闪。一路寻思，将择沿堤人家，暂为避止。只见孤山一带，颓垣没水，板扉竹片，荡漾中流，山坳坦处，有人避水，团坐路隅，或三五人，或六七人，隐隐听得儿啼女哭之声，甚是悲凉！再向外湖一望，洪流滚滚，自六桥直至南屏，葑田万顷，尽失所在。那湖心亭子，四隅均被涨没，但见亭角翼然，浮于水面。满湖不见一船，看到近堤一带，忽有画舫，底已朝天，舱门窗槅，零落漂流，不知是谁家游船，陡撄此险！①

见此惨景，首先考虑的不是天灾之难免，而是想到由妖兴祸，更是联想到百姓所遭受的灾祸：

> 莫非真有神龙取水？你看湖光山色，霎时间变成汪洋大海，此龙神力，亦不为小！但湖上居民，方春耕种，突然遭此巨灾，淹没田庐，溺毙人畜，不可算计！龙如有灵，何至害人若是？想来并非神龙，乃是山中蛰蛟，应时而出。昔周处斩蛟，为民除害，遂以成名；可见伐蛟，本属有司之责。今之民上，不修时政，使孽龙潜伏山中，酿为民害：此等尸位素餐之流，明圣之世，如何容他？今龙已启蛰，兴云作雨，谅不可制！但如此作怪，所过地方，不

① ［清］夏敬渠：《野叟曝言》，吉林文史出版社 1994 年版，第 37 页。

知又伤几许生命？诚无妄之灾也！①

由害人而推测此非神龙，而是妖蛟；由妖蛟而联想到有司之责未尽，以致酿为民害，是由天灾而想及人祸。后文中则提及此蛟是由于朝中奸臣靳直家葬坟时刻意寻求有名风水，故而产蛟祸乱百姓，而文曲星化身的文素臣经由此地，凭个人勇力杀蛟，为民除害。如此回总评所言："此回以斗龙为正事，缘龙在靳家祖坟，靳直叔侄逆谋，胎息于此；素臣一生事业，全在诛灭逆阉，使无擒龙手段，则王气已露，飞龙在天，逆谋成矣。"②水灾的叙写是引子，而归诸奸臣之逆反，将天灾与人祸相联结。文素臣消泯蛟害，亦是将靳家逆谋及时阻断，是对人祸的预防。

第三十五回借长卿之口写到苗兵作乱之祸，实亦源于有司的贪贿与无能：

去岁粤东海夷作乱，依弟愚见，只消潮、惠二府兵弁，尽可剿除。日兄持重云，搏兔必用全力，当令潮、惠主兵，调琼州及福建之漳州两处守将，出海会剿。如此，则潮、惠遏其前，琼、漳攻其后，海夷四面受敌，岂有不灭之理？而本兵无识，奏请三省会剿，广西省总兵郎如虎领三千兵协剿，就派着三千名苗丁伏侍，一切背负军装、打取水草、叠桥开路等事，俱是苗丁。又苦他去挡头阵，死伤俱属苗丁，功赏俱归粤卒。班师回去，仍复奴隶视之，盔甲叫他代穿，刀仗叫他代执，略不如意，非打即骂。苗丁怨恨入骨，暗暗约了时刻，一齐发作。粤卒无甲无械，如何抵敌，三千人逃不得百十个回去，郎如虎身被重伤，标下将弁，杀死了十余员，连夜奏告，发兵剿除。乱丁奉官岑晊为主，结连田州逆苗，抗拒官军。半年之中，打仗一二十次，不能取胜。近日反直冲入内地来，庆远一带，俱为骚扰。③

而平乱息兵之法，无外乎攻心："不掳一子女，不杀一老弱；降则抚之以诚，

① ［清］夏敬渠：《野叟曝言》，吉林文史出版社 1994 年版，第 38 页。
② ［清］夏敬渠：《野叟曝言》，吉林文史出版社 1994 年版，第 47—48 页。
③ ［清］夏敬渠：《野叟曝言》，吉林文史出版社 1994 年版，第 583—584 页。

叛则厉之以耻；警其豪猾而恤其孤穷，毁其险阨而完其家室。”①小说将兵乱之源推究为官府有司的盘剥与无能，“被逼上梁山”之意甚为明显，故而其处置方式亦以“诚”为基础，以“抚”为主，毕竟大量参与作乱的还是普通百姓，而且他们也是战乱的最大受害者。此种观念无疑是有一定道理的，对于当时的执政者而言应该多少有一些启发。

3.《女仙外史》中的灾害叙事

《女仙外史》叙明朝永乐年间山东蒲台县唐赛儿起义之事，此小说以神魔降世的方式将历史人物纳入其间，前后叙及燕王朱棣起兵靖难，族灭方孝孺、景清、铁铉等建文诸臣等人间惨祸。灾害在小说回目中即多有呈现，如第九回《赈饥荒廉官请奖 谋伉俪贪守遭阉》、第十一回《小猴变虎邪道侵真 两丝化龙灵雨济旱》、第十二回《柳烟儿舍身赚鹿怪 唐月君为国扫蝗灾》叙及饥荒、干旱、蝗虫等自然灾害，第十六回《王师百万竖子全亡 义士三千铁公大捷》、第二十一回《燕王杀千百忠臣 教坊发几多烈女》、第二十八回《卫指挥月明劫寨 吕军师雪夜屠城》、第四十四回《十万倭夷遭杀劫 两三美女建奇勋》、第四十八回《炼神针八蜡咸诛 翦仙蓑万民全活》、第七十七回《烧岘山火攻伏卒 决湘江水灌坚城》、第九十六回《孛夫人暗施毒蜮妖蟆 太阴主小试针锋剑炁》则叙及战争之惨烈、伤亡人数之众。

第十三回《邀女主嵩阳悬异对 改男装洛邑访奇才》开篇以大量笔墨叙说蝗灾与水旱等灾：

> 蝗虫，天地之所以特生也。以至微之物，而能制生民之命，坏国家之根本，故曰蝗灾。然而天之降灾，如水旱、刀兵、疾疫，亦既繁多，又曷籍此微虫之力哉？噫！此正造化之微权，盖有所分别界限于其间者。即以水旱而论，大则连延数十郡，小亦数十州县，莫不同然。然而赤地千里，一望平湖，善恶同归于劫，此亦天地之不能赏罚也。若使旱灾止于六七分，则低洼之处尚有薄收；水灾不过七八分，则高阜之乡亦能稍熟。大约全因地土之坐落，人遂得以侥幸，而非赏罚之平，此又天地之无所用其机巧也。惟蝗灾则不然，轰然而来，霎然而下，其应受灾者，反掌之间，田无遗茎，茎无遗穗；其

① ［清］夏敬渠：《野叟曝言》，吉林文史出版社 1994 年版，第 586 页。

不应受灾者，即在左右前后之间，要亦安然如故。更有阡陌相连，一丘两姓，一田二主者，此已化为乌有，彼则不摄其一禾半穗。彰善瘅恶之意，莫公于蝗虫，亦莫巧于蝗虫。所以造字者“虫”旁加个“皇”字，而蝗虫之首亦有一“王”字，言如皇王之用刑，必有罪者而后去之。是故从无能捕蝗之人，亦无善捕蝗之法。不是怕这个“王”字，其实没奈何他。此何以故？盖因出自化生，而有造物之机关在内也。①

此一段叙述，作者将蝗虫之灾视为上天的“罚恶”行为，体现了一定的“天人感应”观念。如果放在整部小说来看，作者将唐赛儿之起事视作“拨乱反正”之举，其中此次蝗灾的叙写是作为衬托诸正面人士而设置的背景，故而涉及灾害的详细描写相对较少，旨在体现灾害之源为天下有“恶”，而灾害的消泯则归功于“正人”的善。

小说中的灾害叙事大多为小说叙事服务，对于人物和情节的塑造有一定的推动作用，也是作者一定思想观念的体现，故而我们在阅读小说时，不但要关注到小说叙及了哪些“灾害”，更应关注到小说中是如何叙述“灾害”的，这或许是阅读中国古代小说时应该注意的重要方面。

三、小结

为阐述中国古代小说中灾害叙事所叙何事、如何叙事等问题，本书选取部分笔记小说、通俗长篇小说、地方志小说、小说评点等作为例证，进行了简要的分析，得出部分结论，现概括如下。

第一，无论是天灾，还是人祸，人类在生存、发展历程中甚难避免，故而在文学中多有所表现。中国古代小说中包含着大量的灾害叙事内容，涉及洪水、海啸、船难、干旱、火灾、冰雹、雷击、蝗虫、蛇害、瘟疫、疾病、战乱、盗匪、饥馑等，多种灾害的文学存在正源于写作者与阅读者耳闻目睹的社会现实。小说中的灾害叙事虽多有玄幻意味的“天意”归因，虽多有“神灵”的出力解决，但大多为人

① [清]吕熊著，杨钟贤校点：《女仙外史》第十三回，百花文艺出版社 1984 年版，第 129—130 页。

类愿望的投射，其中的讥刺、批判、反思、颂扬等意旨大多具有极强的现实意味。站在叙事分布角度来研究中国古代小说中灾害是“如何说”的，能够帮助我们更好地理解作品生成时代的价值观念，能够帮助我们更好地理解人类意识的发展变迁，能够帮助我们更好地理解当下人们面对灾难时的某些下意识行为与观念。

第二，不同种类的中国古代小说中的灾害叙事内容范畴虽大体相近，但表现形式存在着一定的差异。如文言笔记小说，因其篇幅相对较短，灾害叙事往往直接指向灾害起源、结果的叙写，对于灾害的影响、百姓的反应等表现较少；长篇通俗小说篇幅较长，涉及灾害叙事时较为细腻，对于百姓所受灾难描写入微，但灾害叙事多服务于情节的构建和人物的塑造，起到叙事背景的作用；地方志小说具有较强的地域性，所涉及的灾害叙事往往为当地印象极为深刻的巨大事件，更贴近百姓的所思所想，且受史著的影响，地方志中的灾害叙事相对较为客观，情节性较弱，而描述性较强；小说评点中针对灾害叙事，多以议论的方式直接表达观点，褒贬意味明显，尤其是对于灾害的引起者更是多持批判态度。

第三，中国古代小说中较少如加缪《鼠疫》般直接围绕着灾害书写的作品，灾害叙事相对较为分散，但灾害叙事的意识多贯穿于小说写作当中。如《三国演义》以“分合”论叙写各国争斗，始终关注面对战乱时的“民心”问题；《水浒传》叙梁山诸人的聚义、招安、征辽、征方腊亦存在一定的悲悯意识；《西游记》中的“八十一难”虽并非都是灾害，但对人生旅途中面对的多灾多难有一定的象征表达；《红楼梦》中“玉”意象面对的聚散离乱，以及诸多病症死亡等，灾害叙事亦隐寓其间。从一定程度上来说，中国现当代小说中涉及灾难的写作，像沈从文小说中的匪灾，莫言小说中的洪灾、蝗灾，余华小说中的艰难生存，迟子建小说中的人祸等，大多从一定程度上借鉴了中国古代小说中的灾害叙事。通过古代小说与现当代小说中关于灾害叙事的比较，或许可以更好地分析中国小说的发展轨迹。

第四，小说虽长期以来为世所轻，但作为凝聚着数代创作者心血的文学作品，小说审美娱乐功能的背后蕴含着更多的人生反思，其中大多渗透着对国计民生的深刻思考，是“有为之作”，是“大话”人生之作。中国古代小说中有相当数量作品中的灾害书写涉及灾害的发生缘由、灾害的处理、灾害的延续等方方面面，亦有描写“桃花源”般理想国度作品的出现，透过纸面，我们或许能够更好地发现人生、认识人生。

主要参考文献

［1］《古本小说集成》编委会:《古本小说集成》(1—5 辑),上海古籍出版社影印版。

［2］中国社会科学院文学研究所:《古本小说丛刊》(1—41 辑),中华书局影印版。

［3］上海古籍出版社主编:《历代笔记小说大观》(汉魏六朝、唐五代、宋元、明代、清代),上海古籍出版社。

［4］中华书局主编:《历代史料笔记丛刊》(唐宋、元明、清),中华书局。

［5］《中国地方志集成》编委会:《中国地方志集成》,江苏古籍出版社、上海书店、巴蜀书社等影印本。

［6］黄霖编著:《历代小说话》,凤凰出版社 2018 年版。

［7］［美］E.D · 赫施著,王才勇译:《解释的有效性》,生活 · 读书 · 新知三联书店 1991 年版。

［8］［法］莫里斯 · 布朗肖著,魏舒等译:《灾异的书写》,南京大学出版社 2016 年版。

［9］邓云特:《中国救荒史》,商务印书馆 2017 年版。

［10］王平:《中国古代小说叙事研究》,河北人民出版社 2001 年版。

［11］李朝军:《宋代灾害文学研究》,中国社会科学出版社 2016 年版。

［12］张堂会:《自然灾害与当代文学书写研究》,中国社会科学出版社 2017 年版。

后　记

伴随书稿的完成，心中的忐忑与不安与日俱增，《阅微草堂笔记》中有“祸枣灾梨”之谓，《驻春园小史》《绣屏缘》中有“徒灾梨枣”之称，或许指的便是笔者手中正在完成的小书吧？想有所为却无法真正做到有所为，想做读书人却难有静心读书的心态与精力，近几年来的“著书都为稻粱谋”，或许是心中忐忑的根源所在。

我国古代“灾”有不少异体字，多与水、火、兵等密切相关，其意有多种，而此字代表的各类事件发生往往具有突然性，打乱正常的生活秩序甚至打断生命的进程，令人猝不及防。新型冠状病毒令 2020 年的春节笼罩在一片未知与沉寂之中，打破了很多人正常的生活与原来的计划，对于年龄日增却宅男属性愈显的笔者而言可能影响不算直接，但每一次的出行买菜成为一种历险，路上行人口罩背后警惕的眼神，小区大门处身穿防护服严阵以待的值班人员，令人深感情况的紧张与突然。那一年春节之前，母亲患眼疾住院两个星期，来回奔波于单位、医院、家庭之间；那一年中，约定拜望的几位亲友相继离世，有的未能送行最后一程，有的仅能隔着棺木相见；那一年里，身体感觉不适，一直延捱至暑期，独自一人去医院检查，称需手术被留下住院，聆听麻醉师那虽概率不大但仍有多种风险的告知；那一年里，持续数天的降雨令很多熟悉的地方面临内涝……

加缪的《鼠疫》曾经提到，“无论白天还是黑夜，总有那么一个时刻，人很虚弱，他怕就怕这样的时刻”，这样一句话久久萦绕心间。笔者曾经有一段时间里感到异常地忧虑与焦急，很怕未曾预期事件的发生，很怕应该做的事情没时间完成，很想陪伴父母渐渐老去，很想看着子女长大成人，很想读万卷书，很想行万里路……人同此心，谁又不想平平安安地度过一生呢？然而面对亲身经历的或者听闻的各种无常，更多地感受到了人本身的脆弱。

在这种的心态下读书，难免会关注到其中谈及的灾难与灾害，于是申报了这样一个“中国古代小说中的灾害叙事研究”课题并且获批，感谢各位学界前辈的指点与帮助。只是在这几年中有几项同时进行的科研任务，工作中又面临着千头万绪的师范认证，课题给的研究时间又比较短，只能加班熬夜仓促成文，呈现于各位同道面前的小书挂一漏万在所难免，论点甚有可能亦有错讹之处，敬请各位方家批评指正。

我一直相信凡书皆有其意旨，这次的阅读与写作经历，更加深了这种感觉，中国古代小说的作者大多为努力改变某些社会现状的仁人志士，他们以文字为载体，将个人的心血凝聚于字里行间，多是“有为之作”，我们又有什么理由将之仅仅视为“娱乐之作”呢？小说中的灾害叙事是为了让后世读者更好地理解灾害的源头，更好地做好某些灾害发生时的准备，更好地避免灾害，“灾不为害”或许是小说作者与读者最大的期盼与向往。

感谢伟大祖国的和平与稳定，感谢各位师友亲人的支持与陪伴。时值正月初五，我国民俗中认为之前诸多禁忌过此日皆可破除，这一天承载了很多人们的希望与憧憬，唯愿平安、健康、无灾、无害。

孙琳

2022 年 2 月 5 日